앵무새의 정리

앵무새의 정리

드니 게즈 장편소설
문선영 옮김

2

자음과모음

수학의 역사에 대한 끝없는 경의를 담아낸
드니 게즈의 열정에 다시 빠져들다

방금 새벽잠 깬 아이를 다시 재우고 책상 앞에 다가앉는다.

잔잔한 충만 속의 숨죽인 일렁임…….

이 작품과의 첫 만남에서도 내 마음이 꼭 그러했다.

타임머신을 타듯 시간은 잘도 흘러 햇수로만 벌써 10년이 지났다. 수학역사소설이란 낯선 분야의 책, 그것도 600쪽이 훌쩍 넘는 원서를 처음 건네받았을 땐 '미안하게도' 절로 긴 한숨이 흘러나왔고 묵직한 두통과 함께 은근슬쩍 후회가 밀려왔다.

가슴팍에 돌덩이를 얹은 듯 막연한 부담감에 단 한 줄 번역하는 데만 몇 날 며칠을 끌다 야금야금 훑어 내리기 시작했다. 어느새 한 장이 두 장 되고 두 장이 세 장 되면서 말 그대로 사전이 걸레짝 되고 엉덩이에 굳은살 박이도록 꼼짝없이 책상에 붙어 앉아 숱한 날밤을 지새우며 고대 그리스 시대부터 현대에 이르는 위대한 수학자들과 켜켜이 만리장성을 쌓았던 기억은 아직도 생생하다.

그러나 '원고는 가고 후회는 남는 것'. 1998년 여름, 최종 원고를 출판사에 넘긴 후 인쇄기를 거쳐 세상에 나온 나의 첫 작품은 너무도 낯설고 거칠었다. 벅찬 감격보다는 지긋한 회한이 가슴속에 꽉 차올랐다. 그런데 참으로 다행스럽게도, 초판이 출간되자마자 당시로선 생소하기만 했던 이른바 수학소설의 새 지평을 열었다는 세간의 과분한 평가와 더불어 독자들의 적지 않은 관심과 사랑을 오랜 시간 누릴 수 있었다.

그리고 또다시 이렇게 한층 다듬어지고 매끈해진 모습으로 거듭나게 되었다. 이번 개정 작업을 통해, 흔한 말로 10년 묵은 체증이 내리듯 마음속 빼곡히 쟁여져 있던 오랜 아쉬움과 미련이 말끔히 해소된 것만 같다. 분명, 전보다 편안한 마음과 세심한 눈길로 책 속 등장인물과 에피소드를 맞댈 수 있었고, 수학의 역사에 대한 끝없는 경의를 담아낸 드니 게즈의 열정이 가슴 벅차게 전해져 오기도 했다. 이러한 변화가 독자들에게도 오롯이 전달되었으면 하는 바람을 조심스레 가져 본다.

끝으로, 내게 지난날의 부족함과 미숙함을 조금이라도 만회할 기회를 주신 자음과모음에 감사드린다. 아울러, 누구랄 것 없이 이 작품을 즐기는 동안 비록 수학에 문외한이라 할지라도, 한 번쯤은 스쳐 지났을 법한 여러 수학자들의 다양하고도 녹록지 않았던 삶의 면면을 통해 학문에 대한 열의와 진정성을 발견해 낸다면, 그리하여 수학에 대한 거리감을 덜고 친근감을 더하는 계기가 된다면, 더 이상 바랄 게 없다.

하얀 눈이 고마운 날
문선영

차
례

1권

2권

15

•

타르탈리아, 페라리
― 칼에서 독약까지

1512년 2월 19일 아침, 베네치아 브레시아의 대성당은 인파로 가득했다. 일찍이 그곳에 그렇게 많은 인파가 몰려든 적은 없었다. 하지만 이들은 종교 의식에 참석하러 온 신자들이 아니었다. 수십여 명의 여자와 아이들이 새파랗게 질린 모습으로 공포에 떨고 있었다. 그러면서도 무엇인가를 기대하고 있었다. 니콜로와 그의 어머니, 남동생, 누이는 기둥 옆에 숨어 있었다. 한겨울인데도 중앙 홀을 가득 메운 인파 때문에 실내는 덥게 느껴질 정도였다. 그런 가운데 정적만이 감돌았다. 모두들 교회 문쪽을 응시했다. 바깥에서 들려오는 소리가 점점 커지면서 가까워지기 시작했다. 이와는 반대로 안에서는 숨소리조차 들리지 않았다. 그들의 몸은 마치 화석처럼 굳어 있었다.

꽝음과 함께 문이 부서졌다. 이윽고 뻥 뚫린 문으로 칼을 든 한 무리의 자객들이 들이닥쳤다. 말을 탄 채 칼을 휘두르며 교회 안을 휘젓고 다녔다. 말은 무시무시한 울음소리를 내며 울부짖는 군중을 향해 마구 달려들었다. 사람들은 몸을 일으켜 도망가려 했으나 그럴 수가 없었다. 말에게 짓밟히고 또 짓밟혔다. 더욱 무서운 일이 그들을 기다렸다. 그 일당은 무방비 상태인 사람들을 단칼에 베어 버렸다. 어떻게 빠져나가지? 니콜로의 몸은 더욱 움츠러들었다. 몸을 잔뜩 웅크린 채 어머니의 두 팔에 꼭 안겨 있었다. 이들이 몸을 숨긴 기둥 앞으로 말을 탄 자객 하나가 다가왔다. 니콜로는 커다란 칼이 점점 커지는 것을 보았다. 그러고는 눈앞이 캄캄해지면서 거대한 칼이 그의 머리 위로, 그의 얼굴 위로 사정없이 덮쳤다. 다행히도 그런 우여곡절 끝에 그의 어머니는 무사할 수 있었다.

이탈리아 북부의 이 작은 마을을 점령한 프랑스 군대는 살인과 강간, 약탈과 방화를 자행했다. 당시 프랑스군의 지휘관은 '가스통 드 푸아'라는 스물두 살의 잘생긴 젊은이였다. 그는 그로부터 57일 후 라벤나 전투에서 끔찍한 종말을 맞이했는데 얼굴에 무려 열다섯 군데나 창에 찔린 흔적이 있었다고 한다.

순간 뤼슈 씨는 온몸에 전율을 느꼈다. 50년 전, 그러니까 1944년, 나치의 SS 요원들에 의해 자행된 오라두르쉬르글란 교회의 대학살에 관한 글을 읽었을 때와 같은 느낌이었다. 그는 자신이 '그로루브르의 계획'에 따라 친구가 거명한 세 번째 수학자에 대한 조사 과정에서 끔찍한 과거의 기억과 다시 마주치게 되리라고는 전혀 예상하지 못했다. 얼마 전 세월이 자신의 목숨을 가져가리라는, 확신과도 같은 두려움과 분노가 뒤섞인 느낌이었다.

바로 그것이 성당에서 니콜로에게 일어났던 일이다. 시체들을 열 구씩 세어 가던 사람들은 의식을 잃은 채 누워 있는 그를 일으켰다. 그의 얼굴에는 두 줄의 칼자국이 선명하게 나 있었다. 턱은 완전히 으스러졌지만 다행히 숨은 붙어 있었다.

당시 니콜로는 열두 살이었다. 그의 아버지는 몸집이 왜소한 데다 하루 종일 말을 타고 다니며 귀족들의 우편물을 배달하는 일을 했기 때문에 '기사 미켈레토'라고 불렸는데 니콜로 역시 아버지를 닮아 키가 몹시 작았다. 어쨌든 그 사건이 있기 6년 전, 이미 아버지 미켈레토는 세상을 떠났다. 원래 부자가 아닌 데다 가장이 죽자 가세가 완전히 기울어 더욱 가난해졌다. 너무나 궁핍하여 니콜로의 치료비조차 댈 수가 없었다. 그의 어머니는 직접 아들을 치료해 보기로 마음먹었다. 그래서 얼굴에 난 상처에 약을 발라 주고 붕대를 감아 주는 등 지극 정성을 기울였다. 그러고는 무작정 시간이 흐르기만을 기다렸다. 그렇게 여러 달이 지나는 동안 그는 한마디도 말을 할 수가 없었다. 벙어리가 되지 않을까 걱정하고 있던 어느 날, 그가 몇 개의 소리를 분명히 발음했다. 조금씩 말을 되찾아 갔지만 결국 말을 더듬게 되고 말았다. 친구들은 그를 '말더듬이'란 뜻의 '타르탈리아'라고 불렀다. 그는 그 이름을 그대로 사용했다. 그때가 1515년으로 그곳에서 멀지 않은 멜레냐노 전투에서 프랑수아 1세가 대승을 거둔 해였다.

타르탈리아 가족은 치료비로 쓸 돈이 한 푼도 없을 정도로 가난했지만, 어린 시절 니콜로에게도 가정교사가 한 사람 있었다. 하지만 가정교사는 수업료의 $\frac{1}{3}$만 받게 되자 알파벳을 $\frac{1}{3}$만큼만 가르쳤다. A에서 I까지 말이다. 니콜로가 여섯 살 되던 해, 그의 아버지는 다른 선생을 한 명 구해 왔다. 수업료는 $\frac{1}{3}$씩 나눠 내는 조건이었다. 하지만 첫 수업료 $\frac{1}{3}$을 주고 얼마 안 되어 그만 아버지가 세상을 뜨고 말았다. 선생은 그 즉시 수업을 중단했고, 그 바람에 니콜로는 또다시 알파벳의 $\frac{1}{3}$까지만 배운 상태로 학업을 중단해야 했다. I 다음에는 어떤 글자가 오고, 또 어떻게 쓰는 걸까? 니콜로는 너무나 알고 싶었다. 마침내 알파벳을 완전히 깨치게 되었는데 독학으로 나머지 $\frac{2}{3}$에 해당하는 알파벳을 터득했다. 훗날 그는 이런 말을 남겼다.

"내가 아는 지식은 모두, 먼저 살다 간 이들의 책을 통해 터득한 것들이다."

타르탈리아가 말한 이 '먼저 살다 간 이들'은 과연 누구일까?

이번에는 딱히 강의를 준비하고픈 마음이 없었다. 사실 그럴 기운조차 없었다. 그 나이쯤 되면 습관이 붙는 걸까? 하비비와 함께 알콰리즈미에 대해 기억에 남을 만한 강의를 한 다음부터 그 둘은 오후가 되면 한산한 시간을 골라 하비비의 식료품 가게에서 서로 얼굴을 보는 것이 습관처럼 되었다. 그들은 지내기 편하도록 개조한 가게 뒷방에서 함께 차를 마시곤 했다. 뤼슈 씨가 아마존 서재에서 가져온 책들을 읽는 동안, 하비비는 장부를 정리하거나 공상에 잠기곤 했다. 그러다 손님이 벨을 누르면 부리나케 일어나 가게로 나갔다. 그리고 다시 뒷방으로 올 때는 그 손님이 무엇을 사 갔는지 뤼슈 씨에게 꼭 말해 주었다. 생수 한 병, 햄 세 조각, 이렇게 말이다. 그러면 뤼슈 씨는 그대로 고개를 숙인 채 '아, 그래'라고 응대하며 오후 시간을 보내곤 했다.

그로루브르가 세 번째로 거명한 학자에 관한 조사를 착수키로 한 뤼슈 씨는 아마존 서재 서가에서 타르탈리아의 『다양한 질문과 발견』과 『일반 논문』, 카르다노의 『위대한 계산법』을 꺼내 왔다. 우선 타르탈리아에 대해 조금이라도 이해하기 위해서는 좀 더 이전 시기로 거슬러 올라가야 했다. 13세기, '피사의 레오나르도 다빈치'라고 알려진 중세 최고의 수학자 레오나르도에 이르렀다. 레오나르도는 비골로라고 알려져 있는데 이탈리아어로 '비골로'는 '게으름뱅이' '얼간이'라는 뜻이다. 그는 얼간이도 무엇인가를 할 수 있다는 것을 알려 주기 위해 그렇게 서명했다고 한다. 한 집안의 착한 아들이었던 레오나르도는 당시 알제리의 카빌리 해안에 위치한 부지(지금의 알제리 베자이아) 장관으로 있던 아버지 굴리엘모를 따라 그곳으로 갔다.

하비비는 부지에 대해 잘 알고 있었다. 그는 뢰슈 씨에게 미개지였던 작은 항구 도시인 부지에 대해 상냥하게 알려 주었다. 올리브나무며 코르크나무, 바위노랑촉수 그리고 성게 등……. 그중에서 가장 아름다운 것은 하비비가 떨리는 목소리로 이야기했던, 바로 지젤리까지 이어진 해안의 풍경이었다. 수십 킬로미터에 걸쳐 기기묘묘한 절벽이 병풍처럼 펼쳐져 있다고 했다.

"저 바다 건너, 알제리 최대 규모의 이슬람교 사원보다 더 장대하고 시원한 동굴이 있답니다. 그 동굴 이름이 뭔지 아세요? '마법의 동굴'이랍니다. 올여름에 저하고 함께 가지 않으실래요? 거기서 머리나 식혀요."

"난 너무 늙었네, 하비비. 내 나이에 여행을 떠난다는 건 무리일세."

"예전보다 한결 젊어지셨는데요, 뭘."

뢰슈 씨는 계산하느라 여념이 없는 하비비를 애정 어린 눈길로 바라보았다. 뢰슈 씨가 들고 있던 책에 레오나르도가 어떻게 부지의 식료품 가게에서 아랍어를 배우게 되었는지 나와 있었다. 훗날, 몽마르트르의 인명록에는 '피에로, 루코의 아들, 일명 비루코. 20세기 후반의 저명한 철학자로 마르티르가의 한 식료품 가게 뒷방에서 아랍어를 배웠음'이라고 쓰여져 있겠지…….

레오나르도는 중동 지역과 시리아, 이집트를 여행했다. 이집트는 당시 수학자들의 성지였다. 이 시기의 수학에 관심이 있는 경우, 아랍어를 안다는 것은 커다란 이점이었다. 오마르 하이얌은 '천막 장사의 아들'이라는 뜻으로 '하이얌'이라는 이름을 갖게 되었다. 또한 레오나르도 역시 '보나치오의 아들'이라는 뜻의 '피보나치'란 이름으로 불렸다. 실제 그이름으로 그는 서양 최초의 대수학서인 『산판서』를 출간해 유명해졌다.

이슬람 지역을 여행하는 동안, 인도 – 아라비아 숫자의 가치를 깨닫게 된 레오나르도는 이후 인도 – 아라비아 숫자의 우수성을 보여 줌으로써 인도 – 아라비아 계산법을 서양 세계에 소개하는 데 큰 역할을 했다. 『산판서』를 통해 그리스도교들은 0의 존재를 깨달았고, 위치 기수법(조나탕의 표현으로는 '층계의 맨 윗단에 앉아 있는 난쟁이는 맨 아랫단에 서 있는 거인보다 높은 법이다'라고 했다)의 기초를 다졌으며, 소인수분해와 2나 3, 기타 수로 약분 가능한 기준 등을 알았다.

이 내용은 토끼의 경우를 예로 들고 있다. 레오나르도는 토끼의 증식에 대해 지대한 관심을 갖고 연말쯤이면 토끼가 얼마나 느는지 자문해 보았다. 1월에 토끼 한 쌍이 뛰놀기 시작해 3월에 한 쌍을 낳고, 이때 태어난 한 쌍의 토끼가 두 달 뒤부터 매월 한 쌍의 토끼를 낳는다. 레오나르도는 차례대로 1, 1, 2, 3, 5, 8, 13, 21, 34, 55, 89, 144, 233이라는 숫자를 얻었다. 1년 만에 한 쌍의 토끼가 232쌍으로 늘어난 것이다. 세 번째 수부터는 연속된 수 각각이 바로 앞선 두 수의 합이 되었다. 레오나르도는 이러한 토끼 쌍의 증식 형태를 제시함으로써 '수열'이라는 수학적 개념을 만들어 냈다. 더욱 놀라운 사실은 이 수열을 따르다 보면, 그리고 한 수와 그 수 앞에 나오는 수와의 비를 적용해 보면 이 비가 다음에 가까워짐을 알 수 있다는 것이다.

바로 그 유명한 황금 분할비였다.

$$\frac{1+\sqrt{5}}{2}=1.61803\cdots$$

　　　　　　　　　　　*

　잘 차려입은 작은 남자는 일당인 덩치 큰 남자가 도쿄에서 팩시밀리로 전송한 서류를 받자마자 파일에다 챙겨 넣고는 서둘러 메지스리 기슭에 있는 조류 판매점으로 갔다. 가게 안으로 들어선 그는 매장을 한 바퀴 돌며 문제의 점원을 찾았다. 가게는 손님들로 붐볐고 점원은 보이지 않았다. 아마도 그녀를 미처 보지 못한 채 그냥 지나친 것이 분명했다. 그는 다시 한번 매장 안을 둘러보았다. 그는 결국 찾는 것을 포기하고, 그다지 현명한 일은 아니지만 어느 남자 점원에게 다가가 여점원은 어디 있냐고 물었다.

　"마리아 말씀하시는 건가요? 오늘 하루 휴가 냈어요."

　이제 그녀의 집으로 가서 그녀를 끌고 오는 일밖에 남지 않았다.

　그는 초인종을 눌렀다. 하지만 아무도 없었다. 그녀가 올 때까지 현관이 바라다보이는 맞은편 맥줏집에서 무작정 기다리기로 했다. 그는 맥주 한 잔을 주문했고 이내 공상에 빠졌다. 도쿄, 그는 그곳에 무척 가고 싶어 했다. 그런데 웬걸, 그곳에 간 것은 자기가 아니라 덩치 큰 녀석이었다. 언제나 그런 식이다.

　'그 친구가 항상 제일 좋은 자리를 차지하지. 파리를 떠나겠어. 내가 하고 있는 멍청한 짓거리 때문에라도 말이야. 보스의 변덕에 장단 맞추기도 힘든데 내 적성과는 무관한 일까지 하려니, 정말……'

　그때 누군가 그의 뒤통수를 힘껏 후려치는 바람에 그만 맥주잔을 엎고 말았다. 사진이 끼워져 있던 서류철은 괜찮았으나 웃옷이 술로 젖어 버렸다. 그는 싸움이라도 할 기세로 씩씩대며 자리에서 벌떡 일어났다. 젊은 여자가 활짝 웃으며 그를 쳐다보고 있었다.

"줄리에타!"

그녀의 이름은 조류 판매점 사장이 알고 있는 것처럼 마리아 줄레티가 아니라 줄리에타였다. 줄리에타 마리. 그녀는 남자의 멋진 줄무늬 웃옷에 얼룩이 점점 크게 번지는 것을 뚫어져라 보고만 있었다. 그 남자보다 머리 하나만큼은 더 큰 여자였다.

"그나마 맥주를 마시고 있었으니 다행인 줄 알아. 안 그랬으면 얼룩이 훨씬 더 크게 남았을 텐데."

그녀는 애통하다는 표정을 지었다. 그는 그녀에게 화를 낼 뻔했다. 자신을 계속 놀려 댔기 때문이다. 하지만 그 모습조차 너무나 사랑스러웠다. 상아처럼 뽀얀 피부에 멋진 갈색 머리. 정말 아름다운 이탈리아 여자다.

그녀가 물었다.

"어쩐 일이야?"

"널 기다리고 있었지. 이봐, 새로운 소식이야."

그는 파일에서 사진을 꺼냈다. 막스와 노퓌튀르의 얼굴에 동그라미가 쳐져 있었다.

"이 꼬마 말이야, 지난번 가게에서 봤던 아이지?"

그녀는 사진을 눈에 바짝 대고 쳐다보았다. 심한 근시면서도 남들 앞에서 안경 끼는 걸 싫어했기 때문이다.

"걔 맞아."

"확실해?"

"난 누구든 한번 보면……."

"그러니까 제대로 봤다면, 그렇다는 거겠지."

순간 탁! 하는 소리가 났다. 그녀는 죽일 듯한 눈초리로 그를 쏘아보았다. 하지만 그는 물러서지 않고 확실한 대답을 종용했다.

"그 꼬마야, 아나?"

"걔가 워낙 건방지게 굴었기 때문에 확실히 기억한다니까. 걔가 나한테 '엄마가 모르는 여자들하고는 말하지 말랬어요'라고 했을 때 한 대 올려붙였어야 하는 건데."

"그러지 마. 그 녀석을 찾으면 내가 한 대 패 줄 생각이니까. 너도 알지? 왜, 지난번 벼룩시장에 있는 창고에서 그 녀석이 내 배에 박치기하는 바람에 이틀 동안 배가 아파서 얼마나 고생했는지. 이게 다 그 망할 놈의 앵무새 때문이야. 빌어먹을!"

그는 앵무새의 목을 비트는 시늉을 했다. 그러고는 끝이 흉하게 뜯겨 나간 자신의 왼손 새끼손가락을 내보였다.

"그놈이 내게 어떻게 했는지 좀 봐."

눈이 나쁜 줄리에타를 위해 상처 난 손가락을 그녀 얼굴에 바싹 갖다 대야만 했다. 그녀는 고개를 설레설레 흔들었다.

"앵무새가 물었구나! 운 좋았네. 새끼손가락이잖아, 게다가 왼손이고."

"넌 오늘 계속 내가 운이 좋다고 말하는데, 이게 어떻게 운이 좋은 거냐? 넌 매번 그런 식이야."

그의 격한 반응에 그녀는 다소 놀란 표정이었다.

"그러긴 했지. 우리 엄마는 늘 이렇게 말씀하셨어. '얘, 줄리에타, 네게 아무리 큰일이 닥쳐도 이렇게 생각해. 이만하길 다행이야. 상황이 더 안 좋을 수도 있었는데……. 그러면 기분이 한결 나아질 거다'라고 말이야."

"네 어머니께 고맙다고나 해. 어쨌든 기분이 훨씬 나아지는군. 그 망할 앵무새를 찾으면 더 나아질 테지."

*

타르탈리아 이전 시대는 생각보다 훨씬 더 길었던 것으로 드러났다. 뤼슈 씨는 책을 정리할 준비를 했지만 『수: 기하 관련 문제에 대한 해법의 꽃』을 읽지 않고는 도저히 그냥 지나칠 수가 없었다. 왜 하필 '꽃'이라고 했을까? 그에 대해 레오나르도 자신은 이 문제들이 '까다로우면서도 꽃이 핀 듯 드러나 있고, 땅속뿌리에서 불쑥 솟아올라 본모습을 보이는 초목같이 그 문제들에서 다른 많은 문제의 경우를 추론할 수 있기 때문이다'라고 했다. 레오나르도는 이렇게 '피어 있는' 문제들 가운데 하나를 가지고 프레데리크 2세 앞에서 팔레르모의 장과 시합을 벌인 적이 있었다. 그것은 수학사상 최초의 시합이었다. 그때 다른 문제도 많이 나왔다. 타르탈리아는 그 문제들에 대해 대단한 것을 알고 있었다. 하지만 거기까지 가기도 전에 뤼슈 씨는 어느 성프란체스코회 수도사 이야기로 넘어가야만 했다.

그의 이름은 파치올리다. 그가 저술한 『산술·기하·비 및 비례 요약집』(흔히 『요약집』으로 일컬어진다)은 참으로 놀라운 책이었다. 뤼슈 씨는 책장을 넘기는 동안 내내 흥분을 감추지 못했다. 그로루브르는 어떻게 이 귀한 책을 구할 수 있었을까? 1494년에 쓰여진 책을 말이다. 르네상스의 절정기였던 그 시기에 이탈리아의 볼로냐, 시에나, 베네치아, 우르비노, 피렌체 등지에서는 장래에 전 세계 박물관을 살찌우게 될 레오나르도 다빈치와 라파엘로, 피에로 등의 쉼 없는 창작 활동이 이루어졌다. 오늘날 나폴리 박물관에 가면 루카 파치올리가 『요약집』에 손을 얹고 앉아 있는 모습을 그린 야코포 데 바르바리의 그림을 감상할 수 있다. 이 책에서 대수가 최초로 사용되었다! 한편 그보다 40년 전, 구텐베르크가 마인츠에 있는 자신의 작업실 인쇄기를 가지고 역사상 최초로 책을 인쇄했다. 이를 계기로 모든 것이 급속도로 진행되었다. 수십여 부씩 인쇄된 책들은 유럽 전역에 배포되어 역시 날로 그 수가 증가하는 서적상의 서고를 살찌웠다. 뤼슈 씨는 최초로 인쇄된 책이 자신의 서점으로 배달되어 온 것을 보며 당시 서적상들이 느꼈을 감동이 어떠한 것인지 상상할 수 있었다. 양피지에 쓴 필사본 이외에는 한 번도 만져 보지 못했던 사람들이 종이에 인쇄된 책을 본다면, 분명 첫 느낌은 놀라움이었을 것이다. 믿을 수 없을 만큼 글자들이 규칙적으로 배열된 책 앞에서 느끼게 되는 놀라움 말이다. 책 속에 나오는 a란 a는 모두가 닮은꼴이었다. b도 c도 마찬가지였다. 그러한 규칙성으로 책 읽기가 한결 쉬워진 것은 사실이지만 한편으로는 딱딱하고 건조한 듯한 느낌을 지울 수 없었다. 또한 인쇄본이 읽기에 편하긴 하나 그 활자의 획일성이 오히려 그를 우울하게 했다. 같은 책을 두 부 받아서 한 장씩 넘기다가 각 쪽이 서로 똑같다는 사실을 발견하게 될 때 또다시 놀라게 된다. 도저히 구분이 안 될 정도여서 두 권을 서로 바꿔도 알 수 없는 쌍둥이 책이다.

뤼슈 씨는 인쇄술이 발명될 당시에 자신이 서적상이었다면 어땠을지 상상해 보았다. 1480년대에 프랑스 최초의 인쇄본이 탄생했던 소르본 대학교에서 얼마 떨어지지 않은 에숄리에가에 서점을 하나 낸다면 어땠을까?

수학상 최초의 인쇄본인 루카 파치올리의 대수학 개론서에는 그다지 새로운 내용이 없었고 15세기 말 서양인들의 대수에 관한 지식 정도를 파악할 수 있을 뿐이었다. 대부분의 내용은 본래 아라비아 수학자들의 저서나 그리스 수학자들의 책을 아라비아어로 옮긴 번역서 등에서 나온 것이다. 그럼에도 불구하고 오마르 하이얌과 샤라프 알딘 알투시의 업적은 거의 알려져 있지 않았다. 바그다드와 알라무트는 이탈리아에서 상당히 먼 곳이었다. 오마르 하이얌을 생각하다 보니 언젠가 서점에서 페레트가 삼총사에 관해 했던 질문이 불현듯 떠올랐다. 동시에 이탈리아의 한 소년이 생각났다. '이름이 뭐였더라? 아, 그래. 타비오!'

그는 소르본 대학교 구내 카페에서 일하던 아이였다. 두 사람보다 나이는 어렸지만 그로루브르와 꽤나 친했던, 아주 친절한 소년이었다. 몇 달간 그들은 함께 신나게 어울려 다녔다. 그러다가 제2차 세계대전이 발발했고 그로루브르와 뤼슈 씨는 학교를 떠나 군에 입대했다. 그 후로 두 번 다시 그를 만나지 못했다. 삼총사로 지낸 건 아주 잠깐이었다. 뤼슈 씨가 그의 과거를 아무리 물어도 소용없었던 게 기억났다. 또 다른 이야기가 있었다. 그로루브르와 뤼슈 씨는 타냐라는 서른 살쯤 된 러시아 출신의 술집 여가수를 몹시 좋아했다. 그때도 이들은 트리오였다. 하지만 그 관계는 오래가지 않았다. 그녀가 한 터키 무용수와 눈이 맞아 그곳을 떠났던 것이다. 뤼슈 씨의 머릿속에는 그날 이후 그 가수에 대한 기억은 없었고, 대신 카페의 그 소년이 수학 증명에 열중했다는 사실만 희미하게 떠올랐다. 페레트가 방법을 잘못 선택한 것 같다.

그는 다시 수학에, 역사에, 수학의 역사에 빠져들었다. 알콰리즈미는 당시 서양에서 중세의 가장 위대한 인물로 알려졌다. 뤼슈 씨는 그의 이름을 아주 큰 소리로 발음하지 않을 수 없었다. 그는 아일랜드인이 북아프리카 요리인 쿠스쿠스를 처음 개발했다는 이야기를 듣고 하비비가 내질렀던 탄성을 기억했다. 12세기부터 유럽인들이 알콰리즈미의 저작에 대한 번역 작업을 활발히 벌이기 시작했다. 제일 먼저 소개된 책은 『인도의 계산에 따른 덧셈과 뺄셈에 관한 책』으로, 수학의 바이블로 평가되는 책이다. 당시 로마식 기수법은 계산에 부적합해 동전 등의 계산 알을

종렬로 끼운 중국식 주판과 같은 계산판의 도움 없이는 극히 간단한 연산조차도 할 수 없었다. 새로운 계산법의 도입은 가히 혁명이라 할 수 있었다. 그 도입을 반대하는 측과 찬성하는 측 간의 치열한 싸움이 계속되었다. 반대하는 측은 전문 계산가 조합에 소속되어 자신들의 특권을 사수했다.

'연산을 한다.' 종이와 펜만을 이용해 결괏값을 얻는 방식으로 되돌아감으로써 그 시대 사람들 대부분을 훨씬 이롭게 한 이 행위는 당시로서는 상상도 못 할 일이었다. 두 번째 천년이 시작되는 초기에는 곱셈만 할 줄 알아도 고위 관리가 될 수 있는 기회가 보장되었다. 자갈이나 구슬, 동전과 같은 계산 알 대신 문자로 연산을 하는 대격변의 시기를 거치면서 수 자체의 이름을 사용하여 계산하기 시작했던 것이다. 또한 필산만을 이용하는 등 계산법에 있어서도 근본적인 변화가 일어났다. 문자가 연산에 사용되다니. 도저히 상상조차 할 수 없을 정도로 충격적인 사건이다.

그렇다면 0은 어땠을까? 이 또한 참으로 놀라운 개념이었다. 뤼슈 씨는 0의 발명에 대해 알아보지 않을 수 없었다. 처음 0이 발명된 이래 오랜 시간을 거쳐 비로소 현재 우리가 알고 있는 0의 개념이 형성되었다. 몇 개의 기둥으로 이뤄진 장치에서 한 수는 기둥에 위치한 아홉 개의 기본 숫자 가운데 하나를 나타내는 것으로, 그 수의 구성 요소인 1단위, 10단위, 100단위 등의 수량을 의미했다. '1001개의 파피루스' 서점의 주인으로서 당연히 1001이란 수를 가지고 시험해 보았다.

분리 막대를 지우자 허탈 그 자체였다. 1001은 이렇게 되었다.

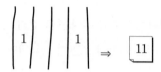

어느 날, 누군가가 기둥 하나가 비어 있다는 것을 나타내는 특수한 기호, 곧 작은 동그라미를 생각해 냈다. 뤼슈 씨는 중간에 비어 있는 두 기둥에 그 작은 동그라미를 적어 넣었다.

그 기호는 아무것도 아닌 것처럼 보이지만 사실 대단한 도약을 의미한다. 존재로서 표시된 부재, 충만으로 간주된 공허, 어떠한 존재를 따로 떼어 놓는다는 의미라기보다 구두점처럼 단일한 하나의 조건 속에 가둬 놓는다는 의미를 갖는 이 기호는 공통의 지위를 부여받아 숫자가 되는 것이다. 따라서 그 숫자는 다른 하나의 숫자, 심지어 다른 아홉 개의 숫자와 마찬가지인 셈이다.

뤼슈 씨는 기둥 안에 0을 그대로 두고 분리 막대를 모두 지웠다. 동맥이 막히는 것을 방지하고 혈액 순환을 돕기 위해 동맥 안에 피하 지방을 삽입하듯이 '0'도 두 개의 '1'이 서로 결합하지 않도록 공간을 터놓는 역할을 한다. 그럼으로써 수의 형태가 보다 명확해져 1001은 다음과 같이 된다.

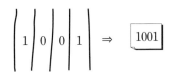

'목발로부터 벗어난 수들은 스스로 설 수 있다!'

뢰슈 씨는 그들이 부러웠다.

책을 계속 읽어 내려가던 뢰슈 씨는 기원전 300년 바빌로니아에도 그러한 숫자가 존재했다는 사실을 알고 놀랐다. 바빌로니아의 0이 역사상 최초의 0이었던 것이다. 당시 서기들은 그 숫자를 V 자형을 거꾸로 하여 두 개 겹친 형태로 나타냈다. 이후 마야의 천문학자들이 달팽이 집을 형상화한 수평의 타원 형태로 된 숫자 0을 만들어 냈다. 하지만 서기 6세기가 되어서야 비로소 숫자이자 수로서 '완전한' 0이 발명되었다. 연산의 요소가 될 수 있는 수학적 존재 말이다. 그렇게 하여 인도인들의 위대한 발명품인 0이 탄생했던 것이다. 한 정수에서 그 자신을 뺄 때의 결괏값으로 정의되는 '순야'는 다음과 같다.

$$0 = n - n$$

뢰슈 씨는 이러한 정의를 자신만의 철학적인 언어로 표현했다. '영은 똑같은 것의 차差이다.'

더하기에서는 무능한 존재: $n + 0 = n$

곱하기에서는 전능한 존재: $n \times 0 = 0$

나누기는 절대 금지: $\dfrac{n}{0}$ (×)

거듭제곱에서는 크기를 줄이는 존재: $a^0 = 1$, 단 $a \neq 0$

이것이 이 새로운 수의 기능이다. '얼마나 있는가?'라는 질문에서, 0이 수의 영역에 등장함으로써 '아무것도 없다'는 부정적인 대답이 '무가 있다'는 긍정적인 단정으로 바뀌었다. '0이 존재한다.' 수의 지위에 일대 변혁을 가져온 0은 하나의 수량, 곧 다른 수와 대등한 수가 된다.

'얼마지? 0!'

계산판을 비롯한 여러 가지 계산 장치가 전부 사라지자 종이가 사용되기 시작했다. 제일 먼저 중국에서 건너온 종이는, 이후 바그다드 지역에 이어 이탈리아와 프랑스 등지에서 생산되었다. 이때부터 대부분의 책이 종이로 만들어졌다.

*

한편 레오나르도와 파치올리 사이에 엄청난 사건이 일어났다. 1453년, 오스만 제국의 메메드 2세의 군대가 콘스탄티노플(이스탄불)을 점령한 것이다. 로마와 바그다드의 중간 지점에 위치해 수 세기 동안 '중앙 도시'로서 위용을 과시했던 콘스탄티노플의 몰락으로 유럽과 이슬람 세계가 서로 만나게 되었다. 그 사건은 예기치 못한 결과를 가져왔다. 비잔티움의 학자와 번역가 수백 명이 서양 세계에 대량 유입되어 수학의 흐름을 바꿔 놓았던 바로 그 수백 권의 그리스 수학서를 가지고 피난을 갔던 것이다. 졸지에 터키인은 적이 되었다. 당시 완전히 새로운 장르를 다룬 『다양한 질문과 발견』에서 타르탈리아는 다음과 같은 문제를 냈다.

"이슬람교도 열다섯 명과 그리스도교도 열다섯 명이 타고 가던 배가 폭풍우에 휘말렸다. 조타수가 승객의 절반을 배에서 바다로 집어 던지라고 명령했다. 그 대상을 선정하기 위해서는 이런 방법이 사용된다. 곧 모든 승객을 둥근 대형으로 세운 다음 일정 지점부터 세기 시작해 아홉 번째 오는 사람을 바다에 집어 던질 것이다."

'이슬람교도만 골라 바다에 던지려면 어떤 순서로 세워야 할까?'라는 문제였다. 아이러니하게도 타르탈리아가 낸 문제를 풀기 위해서는 그리스도교도인 조타수가 아라비아인들이 창안한 대수학을 동원할 수밖에 없었다.

타르탈리아는 삼차 방정식의 해법에 관심이 있었다. 뤼슈 씨는 오마르 하이얌과 샤라프 알딘 알투시 이후에도 이 대수 분야에서 새로운 발견이 이뤄져 왔다는 사실에 짐짓 놀랐다. 당시에는 '거듭제곱근을 이용한 방정식, 곧 대수적 방정식의 해법'이라는 말이 수학자들 사이에 자주 화두로 떠올랐다. 이는 방정식을 푸는 공식에 관계된 것이었다. 그렇다고 아무 공식이나 다 사용할 수 있는 것은 아니고, 제곱근이나 세제곱근을 구하는 등 거듭제곱근과 사칙연산을 이용하는 공식만이 요구됐다. 다시 말해 뤼슈 씨가 이해한 바로는, 연산 공식을 응용함으로써 효과적인 수치 계산이 가능하다는 것이다. 오마르 하이얌, 샤라프 알딘 알투시, 기타 아라비아 수학자들은 그러한 시도를 해 보았다. 그러나 결국 실패하고 말았다. 그들이 답을 구한 것은 분명한 사실이나 도형 작도법을 사용했을 것이다. 결국 오마르 하이얌 자신은 비록 실패했으나 후대의 수학자들이 반드시 성공해 '오직 계산만으로', 즉 거듭제곱근을 이용하여 이 방정식을 풀 수 있기를 기원했다. 타르탈리아가 중점적으로 연구했던 부분이 바로 그것이었다. 뤼슈 씨는 타르탈리아가 저술한 『다양한 질문과 발견』을 펼쳤다. 지은이는 이 책에서 삼차 방정식에 대해 부정적인 입장을 피력했다. 책장을 넘기던 뤼슈 씨는 한쪽 귀퉁이에 작은 십자 모양이 몇 개 표시되어 있는 것을 보았다. 누가 이런 짓을 했는지 궁금했다. 앞에 십자 표시가 되어 있는 단락을 읽어 보자 궁금증은 말끔히 해소되었다. 그로루브르의 짓이었다. 다시 보니 단락 전체에 밑줄이 그어져 있었다. 저명한 학자였던 타르탈리아는 '선대 수학자들의 책'에 관해 연구했을 뿐 아니라 그 책들을 번역하기까지 했다. 유클리드, 아르키메데스 등등. 특히 그가 공부했던 『기하학 원론』은 뤼슈 씨의 기억대로라면 타르탈리아의 번역서였다. 그는 아르키메데스의 저서 역시 타르탈리아가 번역했는지 확인하고 싶었다. 그는 서가를 뒤졌지만 찾을 수 없었다.

루카 파치올리의 『산술·기하·비 및 비례 요약집』을 보면, 이차 방정식은 다음과 같이 표시되어 있다.

제곱수 더하기 미지수는 임의의 수이다.

삼차 방정식은 더욱 간단하다(미지수를 제곱한 것이 아니므로).

세제곱수 더하기 미지수는 임의의 수이다.

특히 16세기 볼로냐학파는 1세기 동안 이탈리아 북부 지역을 대수학의 본고장으로 삼고 삼차 방정식의 해법 연구에 몰두했다. 타르탈리아의 책에 제일 처음 등장하는 십자 표시는, 삼차 방정식의 해법을 최초로 발견한 사람이 볼로냐 대학교의 수학 교수인 페로였다고 밝힌 대목에 있었다. 페로는 그 해법을 공개하지 않고 비밀로 했다. 그로루브르가 지적하고자 했던 부분이 바로 이것이었다. 수학사상 자신의 연구 결과를 비밀에 부친 것은 페로뿐만이 아니었다. 그러한 전례는 피타고라스학파도 유명했다. 하지만 페로는 그 해법을 결국 자신의 사위인 아니발 데 라 나베에게 알려 주었다. 나베는 입이 근지러워 견딜 수가 없었고 급기야 친구인 피오르에게 그 비밀을 털어놓았다.

그로루브르는 가족에게나 옛 친구에게도 자신의 증명을 말해 주지 않았다. 뤼슈 씨는 처음으로 그로루브르가 죽을 때까지 비밀을 지켜 달라는 조건과 함께 자신의 증명 내용을 친구인 자기에게조차 알려 준 적이 없다는 사실에 놀랐다. 마치 끝까지 자신만 증명에 대한 비밀을 갖고 있으려 했던 것처럼 말이다.

다행히 피오르는 1526년 페로가 눈을 감을 때까지 비밀을 지켜 주었다. 그는 훗날 비밀을 공개하는 대신 자신의 이름으로 수학자들에게 도전장을 던졌다. 그로루브르의 증명을 갖기만 한다면 뤼슈 씨 자신도 전 세계 수학자들에게 도전장을 던지리라는 것을 잘 알고 있었다. 피오르가 살던 시대에는 고작 몇백 군데밖에 되지 않았겠지만 지금은 수만 군데에 이를 것이다.

당시 도전에 응한 것은 타르탈리아였다. 우선 두 사람은 각자 30문항씩을 만들어 그 문제지를 일정액의 돈과 함께 공증인에게 맡겼다. 그리고 40일 내에 많은 문제를 푼 사람이 승자가 되고 예탁된 돈을 모두 갖도록 했다. 타르탈리아는 피오르가 낸 30문항을 모두 풀었다. 그 문제는 이런 것들이었다.

'세제곱근과 더해서 6이 되는 수는?'

'두 사람이 함께 100두카(13세기 베니스에서 주조된 금화)를 벌었는데, 첫 번째 사람은 두 번째 사람이 번 액수의 세제곱근에 해당하는 수입을 올렸다.'

'한 유대인이 연말까지 원금의 세제곱근에 해당하는 이자를 받기로 하고 돈을 빌려주었다. 연말에 가서 원금과 이자를 합쳐 총 800두카를 돌려받았다. 그렇다면 원금은 얼마인가?'

피오르의 문제들은 모두 삼차 방정식에 관한 것이었다. 타르탈리아는 불과 몇 시간 만에 그 문제들을 모두 풀었다. 하지만 피오르는 타르탈리아가 낸 문제를 하나도 풀지 못했다. 그러고는 시합 결과에 대해 이의를 제기했다. 타르탈리아는 당당히 승자가 되었음에도 불구하고 패배를 인정하지 않는 상대에게는 아무것도 받고 싶지 않다는 이유로 상금을 거절했다. 한편 사람들은 타르탈리아가 문제의 해법을 공개하기만을 기다렸다. 그러고 보니 타르탈리아가 해법을 공개하지 않았다는 부분의 맨 앞에 두 번째 십자 표시가 있었다. 타르탈리아는 '지금은 번역 작업 때문에 너무 바쁘다. 어떠한 경우에도 '해법을 숨기려는 것'은 결단코 아니며, 곧 공개할 예정인 그 해법에 대한 책이 완성되면 모두의 의문이 풀릴 것'이라고 말했다.

밀라노의 한 내과 의사가 이 일에 끼어든 것도 바로 그즈음이었다. 그는 의사인 동시에 수학자였다. 지롤라모 카르다노라는 이름의 이 사람은 프랑스군의 점령하에 있던 1501년 파비아에서 태어났다. 그의 이름은 히에로니무스 카르타누스, 지롤라모 카르다노, 제롬 카르당 등으로 알려졌다. 뤼슈 씨가 그의 생애에 대해 그만큼 자세히 알 수 있었던 것은 다름 아니라 서양 문학사상 최초의 자서전인 『나의 생애』를 저술한 사람이기 때문이다.

카르다노는 태어난 지 한 달도 되지 않아 천연두에 걸려 사경을 헤맸다. 그래서 부모가 초산을 푼 물에 목욕을 시키자 천연두가 말끔히 치료되었다. 여덟 살 때는 이질을 앓았다. 그리고 아홉 살 때 계단에서 떨어졌는데 엎친 데 덮친 격으로 떨어질 때 양손에 커다란 망치를 들고 있었다. 그 망치가 손에서 빠져나오면서 이마 한가운데를 찍어 뼈가 드러날 정도로 심한 상처를 입었다. 불행은 늘 한꺼번에 닥치는 법. 얼마 후 자기 집 문턱에 앉아 있는데 지붕에서 기왓장 하나가 떨어져 나와 밑에 있던 그의 머리를 덮치는 사고가 발생했다. 그리고 열여덟 살 때는 페스트에 걸렸다. 베네치아와 가르드 호수에서 수영을 하다가 익사할 뻔하기도 했다. 볼로냐에서는 오른손 약지가 부러졌고 두 번씩이나 개한테 물렸다. 게다가 자신이 성불구라는 사실을 알게 되었다. 숱한 여자들과 온갖 시도를 다해 봤지만 치유가 되지 않았다. 서른한 살에 결혼을 하고서야 그런 증상이 사라졌다고 한다. 또한 서른다섯 살이 되어서는 하루 소변량이 급증해 1.8리터나 되었다고 하는데 이런 증세는 한동안 계속되었다. 그러다가 쉰 살이 되자 이 증상 역시 말끔히 사라졌는데 대신 치질로 고생을 했다.

"나는 몇 번이나 자살 충동을 느꼈다. 솔직히 이 같은 불행은 다른 이들에게나 일어나는 일이라고 생각했다."

카르다노의 아버지 파지오는 검사이자 의사 그리고 법학자였다. 이른바 '르네상스적인 인간'이었다. 하지만 타르탈리아가 그랬던 것처럼 파지오 역시 말더듬이였다. 어렸을 때 엄청난 타격을 받아 두개골이 깨져 뼛조각을 제거한 적이 있었는데 그때부터 그는 모자 없이는 다닐 수가 없었다. 그런데 희한하게도 시력이 좋아졌다. 고양이처럼 밤눈도 밝았으며 평생 안경 없이 지낼 수 있었다.

뤼슈 씨는 생각했다.

'나처럼 말이지. 하지만 내 경우엔 두개골 조각을 제거한 적은 없었던 것 같은데 말이야.'

한편 카르다노의 표현을 빌리면, 그의 어머니는 '뚱뚱한 데다 걸핏하면 화를 내는 다혈질'이었지만 '놀라운 기억력과 재치를 가진' 사람이었다고 한다. 파지오는 카르다노를 하인 부리듯 했다. 그는 아이가 피곤해하든 말든 자신이 가는 곳엔 어디든지 끌고 다녔다. 카르다노의 아버지와 어머니 사이에는 사사건건 의견 대립이 있었는데 단 아들에게 손찌검을 밥 먹듯 한다는 점에선 일관된 태도를 보였다. 흠씬 맞고 나면 심하게 앓곤 했다고 그는 회고했다. 일곱 살 때 그의 부모는 더 이상 그에게 매질을 하지 않으리라 결심했다.

왜소한 체격, 짧은 데다 엄지발가락 쪽이 넓게 벌어진 발, 좁은 가슴, 가냘파 보이는 팔, 손금쟁이들이 그를 멍청하고 아둔한 아이로 판단할 정도로 손가락이 서로 붙은 오른손, 길고 가느다란 손가락이 흉물스러운 왼손, 움푹 파인 턱, 두껍고 처진 아랫입술, 하도 작아 무엇인가를 주의 깊게 쳐다볼 때만 빼고는 거의 감고 있는 듯한 두 눈, 왼쪽 눈썹 위에 찍힌 콩알 만한 점, 작은 공처럼 뒤로 갈수록 좁아지는 머리, 목 아랫부분에 튀어나온, 어머니로부터 물려받은 둥글고 단단한 작은 종기, 이 불행한 신체 조건에도 불구하고 머리는 아주 좋았다. 스무 살 때, 파비아 대학교에서 유클리드의 기하학을 배우다가 프랑수아 1세가 그곳에서 전투를 개시하기로 결정하자 파두아로 떠났다. 그때가 1525년이다.

카르다노는 수학자가 되어 학생들을 가르치기도 했지만 본업은 의사였다. 작은 마을에서 처음 일을 시작한 이후 밀라노와 파비아 등지로 가서 의사로 활동하며 의학을 가르치기도 했다. 그에게는 적이 많았는데 그들이 어느 날 카르다노의 강의를 감독하기 위해 장학관을 파견했다. 그 장학관은 카르다노의 수업을 참관하지도 않았으면서 강의 평가 보고서에다 이렇게 적었다.

"카르다노는 학생들이 아니라 의자에 대고 강의하는 것 같았다. 그는 실수가 잦고 모두에게 불쾌감을 주는 품행 불량자다……."

점성가로도 유명했던 그는 별점을 연구하는 데 많은 시간을 보냈다. 이미 400년 전 오마르 하이얌이 그랬듯이 말이다. 카르다노는 살아가는 동안 두 번에 걸쳐 자신의 저작 일부를 불태워 버렸다. 처음에는 아홉 권을, 다음에는 무려 124권이나 불태웠다. 두 차례의 분서로 모두 50여 권의 책들과 그만큼의 육필 원고만이 남았다. 이 대목 앞에는 십자 표시가 없었다.

그로루브르는 카르다노보다 훨씬 더 철저한 인물이었다. 그는 아홉 권이나 124권 정도가 아니라 책 전부를 불태웠다. 서류들이며, 수첩이며, 메모들……. 자신의 삶까지 모두 말이다. 참으로 가슴이 찢어지듯 아팠을 것이다! 뤼슈 씨는 이제야 친구가 자신에게 두 번째 편지를 쓰는 동안 심정이 어떠했을지 알 것 같았다. 그리고 친구가 편지를 쓰면서 방 한가운데 쌓여 있었을 자신의 원고들에 이따금씩 눈길을 주는 모습을 상상해 보았다. 편지는 유서나 다름없었다. 뤼슈 씨는 그렇게 마나우스의 집 서재에서 마지막 순간을 보내는 친구 곁에 있는 상상을 하며 한참 동안 있었다. 그러고는 다시 카르다노의 이야기로 되돌아왔다.

어쨌든 그렇게 살아남은 책들 가운데에는 『건강 유지법에 관하여』가 있었다. 카르다노 자신은 그 책이 어떤 책인지 너무도 잘 알 것이다. 그리고 그의 훌륭한 수학서 『위대한 계산법』도 끼어 있었다. 그의 책들은 이탈리아는 물론 바젤과 뉘른베르크, 파리 등지에서도 출간되었다.

이름이 널리 알려지자 로마, 리옹, 덴마크, 스코틀랜드 등 전 유럽에서 그를 찾는 사람이 줄을 이었다. 상당한 보수를 받고 에딘버러까지 대주교를 치료하러 갔다가 돌아오는 길에 런던에 들러 헨리 8세와 제인 시모어 사이에서 태어나 아홉 살에 왕위에 오른 에드워드 6세의 별점을 쳐 주기도 했다. 곧 열여섯 살이 되는 에드워드 6세는 카르다노가 평균 수명보다 훨씬 더 오래 살 거라는 점괘를 일러 주자 매우 기뻐했다. 그런데 카르다노가 이탈리아에 도착하기도 전에 '에드워드 6세가 죽었다'는 소식이 들려왔다. 사람들의 손가락질에 시달리면서도 카르다노는 전혀 당황하지 않았다. 그저 계산 착오일 뿐이라고 주장했다. 어쨌든 그 일로 입장이 난처해진 것만은 사실이었다. 그는 계산을 처음부터 다시 해 보고 말했다.

"에드워드 6세는 자신이 풀이한 대로 죽게 되어 있었다. 하지만 더 일찍이든 아니면 더 늦게든 그의 죽음은 원칙대로 되지 않을 것이다."

카르다노는 2남 1녀를 두었다. 딸에게는 별문제가 없었다. 하지만 두 아들은 그렇지 못했다. 먼저 장남인 조반니 바티스타는 그의 사랑을 듬뿍 받으며 자랐다. 자신처럼 몸이 약했기 때문이다. 네 살 때, 유모가 제대로 돌보지 않아 오른쪽 청력을 완전히 잃어버렸다. 그러나 어찌어찌해서 음악을 배운 그는 재능 있는 음악가로 인정받았다. 또한 아버지의 뒤를 이어 의사가 되었다. 그는 아버지처럼 성적 결함이 있었던 것은 아니지만 욕구가 강한 아내를 만족시키기에는 역부족이었다. 그의 아내는 끊임없이 바람을 피웠다. 남편이 독이 든 케이크를 먹이던 그날까지도 말이다. 결국 그는 독살 혐의로 사형 선고를 받았다. 참수형 집행 당시 그의 나이는 스물여섯이었다. 카르다노의 삶에 이보다 더 큰 비극은 없었을 것이다. 둘째 아들 알도는 아주 난폭한 데다 걸핏하면 가출과 도둑질을 일삼았고 집으로 돌아와서는 아버지인 카르다노에게 덤벼들기 일쑤였다. 겁이 났던 카르다노는 결국 아들을 집 밖으로 내쫓고 상속권마저 박탈했다. 어떻게 했기에 그토록 비정상적인 자식들을 두게 되었는지 누군가 묻자, 그는 이렇게 대답했다.

"내가 정상적인 사람이 못 되기 때문이죠."

카르다노의 조수로 일하던 한 학생의 협조로 집에 몰래 침입한 알도는 금고를 부수고 그 속에 있던 금은보화를 훔쳐 달아났다. 하지만 둘은 멀리 가지 못했다. 결국 붙잡혀 와 재판을 받은 알도에게 추방령이 내려졌고 그 공모자는 도형에 처해졌다. 알도는 아버지에게 앙갚음할 생각이었다. 감옥에서 그는 엄격하기로 소문난 로마의 종교 재판소로 편지 한 통을 보냈다. 그 편지는 아버지를 고발하는 내용이었다. 카르다노는 즉각 투옥되었다. 종교 재판소는 그에게 책 속의 잘못된 이론들을 모두 폐기하고 더 이상 그 이론들을 설파하지 말 것을 명했다. 그는 서명했고, 결국 대학에서도 파면당했다.

그로부터 30년이 지난 1600년, 종교 재판소는 조르다노 브루노를 화형에 처한다는 선고를 했다. 그로부터 33년 후인 1633년에 역시 그 종교 재판소가 갈릴레오 갈릴레이에 대해 제기한 소송으로 당시 로마 교회가 갖고 있던 온유와 관용의 이미지는 결코 회복될 수 없는 지경에 이르고 말았다.

카르다노가 도대체 어떤 죄를 범했기에 종교 재판소의 징계를 받게 되었던 것일까?

첫째, 그리스도교가 실제 다른 일신교보다 우월하지 않다고 썼다.

둘째, 영혼의 불멸성이라는 교리에 반기를 들었다.

셋째, 가장 큰 죄악은 자신이 저술한 『프톨레마이오스에 관한 논평』에 예수의 별자리 운세를 게재했다는 것이다. 예수가 그저 보통 사람인 것처럼 말이다.

1500년 전 갈릴리에서 예수에게 일어났던 일을 카르다노가 예언했는지는 알려져 있지 않다.

『나의 생애』를 덮고 나서도 카르다노의 말은 한참 동안 그의 머릿속에서 떠나질 않았다. 그것은 바로 '목욕하고 싶을 때는 먼저 몸을 닦을 수건을 준비하라'는 것이었다. 다음으로 뤼슈 씨는 카르다노가 타르탈리아와 어떤 관계였고, 삼차 방정식의 해법에 대해 어떤 입장이었는지 알아봐야 했다.

타르탈리아가 시합에서 멋진 승리를 거두었다는 소식이 전해지자 카르다노는 즉시 그와의 접촉을 시도했다. 수년 동안 타르탈리아를 쫓아다니며 그 공식을 가르쳐 달라고 사정했다. 하지만 타르탈리아는 거절했다. 카르다노는 더욱 집요하게 매달렸다. 온갖 술수를 써 가며 간청도 해 보고 사기에 협박도 불사했다. 타르탈리아의 계속되는 거절에 격분한 카르다노는 마침내 그에게 편지 한 통을 썼는데 그 편지 속에서 타르탈리아를 오만방자한 사람으로 취급했다.

"자신이 중요하다고 생각하는 어떤 이는 자신이 정상에 오른 듯한 착각에 빠져 있지만, 실제로는 그저 바닥을 헤매는 것일 뿐이다."

그날 이후 카르다노는 태도를 백팔십도로 바꾸더니 마침내 타르탈리아의 친구가 되었다. 타르탈리아가 피오르에게 낸 문제 몇 가지에 대한 내용을 말하기 시작했던 것이다. 그러나 그는 또 다른 비밀, 예를 들면 '일정 길이의 직선을 세 개의 선분으로 절단해 직각삼각형을 작도할 수 있다'라거나, '순수 와인 원액이 가득 들어 있는 커다란 술통이 있다. 거기에서 매일 두 동이의 와인을 퍼내고 대신 물 두 동이를 채워 넣었다. 그렇게 6일이 지나자 와인과 물의 비율이 반반이 되었다. 과연 술통의 용량은 얼마인가?'와 같은 문제에 대해서는 언급을 피했다.

비록 결국에 가서는 꺾이고 말았지만 타르탈리아의 고집도 만만치 않았다. 하지만 카르다노의 승리는 불 보듯 뻔했다. 그는 의사였다. 어렸을 때부터 몸이 부실했던 타르탈리아는 여러모로 카르다노에게 의지해 오던 터라 그의 요구를 끝내 뿌리칠 수 없었던 것이다. 1537년, 타르탈리아는 『새로운 과학』이라는 책을 펴냈다. 모두들 타르탈리아가 방정식을 푸는 데 사용한 환상적인 공식과 해법의 비밀을 파헤치느라 분주했다. 그러나 그 책에는 대수의 핵심에 관해서는 일언반구도 없었다. 그렇다면 브레시아의 성당에서 있었던 대학살극의 생존자, 타르탈리아는 도대체 무엇에 관해 연구했단 말인가? 바로 폭약의 제조 방법과 포탄의 탄도에 관한 연구였다. 그가 열성을 다해 매달린 문제는 '발사체의 사정거리와 발사각 사이에 어떤 관계가 있는가?' 하는 것이었다. 그 문제에 대해 타르탈리아는 다음과 같은 두 가지 답을 얻었다.

첫째, 포탄의 탄도는 결코 직선이 아니다. 하지만 속도가 빠르면 빠를수록 그 탄도는 직선에 가까워진다.

둘째, 대포의 사정거리가 최대일 때는 발사각이 45°인 경우이다.

이 두 가지 발견으로 타르탈리아는 새로운 학문을 탄생시켰다. 그것은 다름 아닌 발사체의 운동을 다루는 '탄도학'이다. 공식은 여전히 공개되지 않았고 카르다노의 요구는 더욱 집요해졌다. 반면 타르탈리아의 저항은 차츰 시들해졌다. 점성가였던 카르다노는 그에게 굳게 맹세했다.

"삼차 방정식의 해법을 일단 내게 가르쳐 주면 절대 공개하지 않을 뿐 아니라 나만 알아볼 수 있게 암호로 적어 놓아 내가 죽더라도 어느 누구도 알아채지 못하도록 하겠어요."

이 대목에 십자 표시가 있는 것을 본 뤼슈 씨는 돌연 책 읽기를 중단했다. 어쩌면 그 속에 전혀 다른 사실이 숨어 있을지도 몰랐다. 그로루브르는 자신의 증명을 암호화된 언어로 기록해 둔 것일까? 그래서 그 '믿을 만한 친구'는 암호로 된 원고만을 가지고 있는지도 몰라. 그렇다면 일이 복잡해진다. 이 표시가 정확하기만 하다면 직접 확인해 암호를 밝혀내야 할 것이다. 사실 뤼슈 씨나 그 주변 사람들은 어떠한 정보도 갖고 있지 않았다. 뤼슈 씨는 증명이 암호로 쓰여졌으리라는 자신의 추측이 제발 빗나가기를 바랐다.

1539년 3월 어느 날, 타르탈리아는 카르다노에게 두 손을 들고 말았다. 카르다노는 흥분한 나머지 가슴이 두근거렸다. 그는 자리에 앉아 귀를 기울였다. 타르탈리아가 드디어 입을 열었다. 타르탈리아는 3행시를 읊었다. 그가 중간중간 말을 더듬는 바람에 다소 귀에 거슬렸다.

*

오마르 하이얌과 그의 4행시에 이어 이번에는 타르탈리아와 3행시 연구라니, 뤼슈 씨는 수학자들 가운데 시인이 그토록 많은지 미처 몰랐다. 그 시의 내용은 대강 이런 것이었다.

"방정식 '세제곱수 더하기 미지수는 임의의 수'에 대한 해법을 말한다. 먼저 둘의 차가 임의의 수와 같고 그 곱이 미지수의 세제곱의 $\frac{1}{3}$이 되는 두 수를 찾아라. 두 수의 세제곱근의 차가 정답이다."

너무나 간단했다. 그러나 수학자들에게조차도 그다지 쉬운 문제는 아니었다. 카르다노는 타르탈리아가 읊어 준 시를 가지고도 도통 방정식을 풀 수가 없었다. 그는 타르탈리아에게 이 사실을 솔직히 털어놓으며,

타르탈리아가 실제로는 방정식의 해법을 모르는 게 아닌지 떠보았다. 그러자 타르탈리아는 카르다노가 두 번째 구 마지막 구절의 의미를 잘못 해석했다며 오히려 잘못은 그에게 있다고 했다. 그 시구의 뜻은 '세제곱의 $\frac{1}{3}$'이 아니라 '$\frac{1}{3}$의 세제곱'이었던 것이다. 바로 그 공식을 알아내는 데 무려 500년이나 걸렸다. 결국 삼차 방정식에 대한 오마르 하이얌의 소원은 이뤄졌다.

이 시를 읽고 얼마 되지 않아 카르다노는 『위대한 계산법』을 펴냈다. 타르탈리아는 친구가 쓴 그 책을 당장 읽어 보았다. 거기에는 자신의 삼차 방정식 해법이 상세히 기술되어 있었다. 카르다노가 그를 배신했던 것이다. 타르탈리아는 당시 느꼈던 환멸과 비애의 심정을 자신의 책에서 술회하면서 '그로써 카르다노에 대해 오만 정이 다 떨어졌다'고 적고 있다. 거기에는 또 '남들에게 알리고 싶지 않은 이야기는 어느 누구에게도 말하지 말라!'는 글귀가 있었다. 그로루브르는 그 앞에 십자 표시를 두 개나 해 놓았다. 그로루브르가 자신의 증명을 뤼슈 씨를 포함한 그 누구에게도 보내지 않았던 이유가 결국 타르탈리아의 충고 때문이었다는 사실을 알 수 있었다.

뤼슈 씨는 왠지 불만스러웠다. 『다양한 질문과 발견』에는 타르탈리아가 펴냈을 위대한 개론서에 대해 한 마디도 언급되어 있지 않았다. 타르탈리아가 11년 후에야 선보이기 시작한 위대한 개론서 『일반 논문』은 총 여섯 개 분야로 이뤄져 있다. 먼저 제1권부터 제4권까지는 1556년에 출판되었다. 뤼슈 씨는 제5권에 특히 관심이 갔다. 타르탈리아는 그 책이 나오기 전에 세상을 뜨고 말았다. 제6권은 삼차 방정식의 해법에 대한 부분으로 추정되나 출판되지 않아 그 내용을 알 수가 없다. 죽는 날까지 말더듬이 타르탈리아는 운이 따라 주지 않았던 것이다. 뤼슈 씨는 문득 이런 생각을 했다. 카르다노가 타르탈리아의 고집대로 공식을 공개하지 않았다면 그 공식은 전수되지 못한 채 우리 역시 삼차 방정식의 해법을 여전히 몰랐을 수도 있다. 타르탈리아의 해법은 대수학에서 가장 유명한 공식의 하나로, 실제로는 '카르다노의 공식'으로 알려져 있다. 그 내용이 너무나 궁금했던 뤼슈 씨는 막상 그 공식을 보고 나서는 실망하고 말았다. x, y, a, b 등 수학을 한다는 생각이 들게 할 만한 수많은 기호로 이뤄진 공식의 형태를 가진 해법을 기대했으나 마치 문학 원고 같은 형식으로 되어 있었던 것이다.

오히려 카르다노는 『위대한 계산법』에서 타르탈리아보다 훨씬 더 많은 이야기를 하고 있다. 그는 실제로 일부 방정식에만 해당되는 타르탈리아의 공식뿐만 아니라 다른 해법들도 제시했다. 그러므로 카르다노는 삼차 방정식의 모든 해법을 소개한 최초의 수학자였다. 그의 공로로 거듭제곱근을 이용한 삼차 방정식의 풀이 방법이 알려진 것이다. 『위대한 계산법』에는 또 하나의 놀라운 결과가 나와 있다. 사차 방정식 역시 근호로써 풀 수 있다는 사실이다. 이를 알아낸 사람은 타르탈리아도 카르다노도 아니다. 그것은 다름 아닌 로도비코 페라리였다.

페라리는 열다섯 살 때 카르다노 밑에서 급사로 일했다. 놀기를 좋아하며 부드러운 목소리와 밝은 표정, 귀여운 작은 코를 가진 똑똑하고 정직한 소년이었으나 심한 장난꾸러기였다. 카르다노는 자신의 급사가 수학에 지대한 관심을 보이자 자신의 강의를 들어도 좋다고 허락했다. 로도비코 페라리의 실력은 스승인 카르다노를 깜짝 놀라게 할 정도로 뛰어났고, 그 점 때문에 카르다노는 그에게 각별한 애정을 보였다. 유난히 자식 복이 없었던 카르다노는 그를 자식처럼 아끼고 사랑했다. 카르다노의 변호에 열을 올리던 로도비코 페라리는 카르다노와 타르탈리아와의 싸움에서 제일선에 나섰다. 두 수학자 간에 격렬한 논쟁이 벌어지는 가운데서 승패를 결정지은 것이 바로 페라리였다. 그 후 페라리는 하는 일마다 성공하여 벼락부자가 되었고, 언제부터인가 쾌락만 좇으며 방탕한 생활을 하기 시작했다. 그는 자신의 누이를 사랑했다. 하지만 그 누이에 의해 결국 마흔세 살이라는 젊은 나이에 독살되었다고 한다. 다른 한편으로는 독약을 넣은 이가 누이의 정부였다는 설도 있다.

뤼슈 씨는 순간 전율을 느꼈다. 남편이 아내를 독살하질 않나, 이젠 여동생이 오빠를 독살하다니…… '거듭제곱근을 이용한 대수 방정식의 해법'은 비극적인 죽음을 몰고 다닌다는 생각이 들었다. 그것은 실제로 르네상스 시대에 이탈리아 북부 지역에서 일어난 일이다. 또한 보르자라는 곳이 독약의 사용에 매우 관대했던 것도 사실이다.

드디어 삼차, 사차 방정식 문제는 해결되었다. 그럼 오차 방정식의 경우도 마찬가지였을까? 삼차와 사차 방정식들처럼 거듭제곱근으로 풀 수 있었을까? 그 해법 역시 어떤 비극과 맞물려 있는 것이 아닐까?

약속대로 뤼슈 씨는 자신이 얻은 정보들을 가족에게 보고하지 않으면 안 되었다. 그들과 함께 그로루브르 사건과 관계가 있을 것으로 생각되는 정보들을 분석해야 했다. 그는 마침내 '그로루브르가 남긴 단서를 토대로 무엇을 조사해야 하는가'라는 피할 수 없는 의문에 봉착했다.

타르탈리아의 어린 시절 이야기에 깊이 감동을 받은 막스는 그에 관해 더 많은 것을 알고 싶어 했다. 오차 방정식의 해법에 대해서는 관심이 없다고 솔직히 말했다. 학교에서 일차 방정식을 배우는 단계이므로 오차 방정식은 너무 어려울 수도 있었다. 레아와 조나탕은 정색을 하고 불만을 토로했다.

"원적과 정육면체의 배적, 각의 삼등분 문제에 이젠 거듭제곱근을 이용한 대수적 해법까지! 앞의 세 가지 문제에 대해서도 여전히 모른다는 거 아시죠? 그 세 가지 문제들은 풀 수 있는 거예요, 없는 거예요? 골칫거리들을 해결하지도 않고 마냥 쌓아 둘 수만은 없잖아요. 결국 불안감만 더해질 거예요."

조나탕은 더욱 근엄한 표정으로 말했다.

"뤼슈 할아버지, 현대의 젊은이들은 심각한 위기를 겪고 있어요. 젊은이들은 말예요, 확고한 것을, 목표를, 해답을 요구한단 말이에요. 도중에 그만둔다는 것은 질외 사정과 다름없다고요."

'그런 건 또 어디서 주워들었지? 섹스와 수학을 결합하다니!'

레아는 속으로 감탄하면서 이렇게 물었다.

"그럼 언어는?"

뤼슈 씨와 조나탕은 어리둥절해하며 레아의 얼굴을 쳐다보았다.

'웬 뜬금없는 언어? 너무 비약하는 거 아냐?'

조나탕이 생각했다.

"물론 모든 것이 언어로 표현되지. 미지수, 미지수의 세제곱, 수…… 많이 듣던 말이기는 한데, 의미가 뭔지는 전혀 모르겠어."

뤼슈 씨가 대답했다.

"시간의 작용을 배제한다면 어디에서 어떻게 해 그렇게 되었는지 전혀 이해가 안 될 게다. 너희는 책 읽을 때 결말이 궁금해서 몇 장 건너뛰고 싶어 하지. 하지만 현재가 어떻게 해서 이뤄졌느냐, 그것이 역사야."

레아가 슬쩍 한마디 던졌다.

"역사, 그건 있을 수 있었던 일은 아니잖아요?"

"물론, 그것도 역사야. 실현되지는 않았지만 다분히 가능성을 지닌 것이랄지, 열려 있으나 가지 않은 길…… 같은 것도 말이다."

16

•

평행선과 평등

희미한 불빛 아래에서 로버트 레코드가 한 손에 펜을 쥐고 숫자와 문자가 빼곡히 들어찬 종이를 열심히 들여다보고 있었다. 그는 곰곰이 생각해 보았다. 그러고는 뭔가 결심한 듯이 과감히 펜에 잉크를 찍고는 짧은 수평선을 그었다. 그리고 바로 위에 같은 길이의 선분 하나를 평행하게 그려 넣었다. 그는 펜을 내려놓은 다음 종이를 켠 채 팔을 죽 폈다. 이어 두 눈을 가늘게 뜨고는 자신이 그려 놓은 기호를 한참 동안 꼼꼼히 살펴보았다. 그러고는 흡족해하며 종이를 다시 내려놓았다. 거기엔 그럴 만한 이유가 있었다. 그의 눈앞에 가장 유명한 수학 기호인 등호가 모습을 드러낸 것이다. 똑같은 길이의 선분 두 개가 약간의 간격을 두고 평행하게 가로놓인 형태가 바로 그것이었다.

$$=$$

1557년의 일이다. 얼마 전부터 방정식 표기 시 '같은'이라는 단어를 대신할 만한 기호를 새로 만들자는 문제가 제기돼 왔다. 너무나 익숙하면서도 복잡한 이 개념을 어떻게 표현할까? 얼마 지나지 않아 그 기호가 수학자들 사이에 퍼져 나가자 모두들 레코드에게 그 같은 기호를 선택하게 된 이유를 물었다. 그에 대해 레코드는 "한 쌍의 평행선을 선택한 이유는 똑같은 선분인 데다 쌍둥이 선분만큼 흡사한 것은 없기 때문이다"라고 대답했다.

조나탕과 레아는 서로의 얼굴을 쳐다보았다. 거울을 보는 것처럼 똑같지는 않았다. 외관상의 공통점보다 더 많은 미묘한 차이가 있었다. 그들은 약혼한 두 사람이 사랑하는 이의 콧잔등에 난 여드름을 대하듯 상대의 얼굴을 찬찬히 뜯어보았다. 물론 인쇄된 두 권의 책처럼 똑같지는 않았으나 같은 서기가 쓴 두 권의 복사본 정도에 비유할 수는 있지 않을까.

'쌍둥이만큼 흡사한 것은 없다.'

조나탕과 레아는 레코드가 한 말을 읽는 동안 눈썹 하나 까딱하지 않았지만 속은 부글부글 끓고 있었다.

'이 영국 사람이 쌍둥이에 대해 뭘 알겠어. 위아래로 나란히 그은 두 개의 선이라……. 그럼 위에 있는 건 누구지? 또 아래에 있는 건? 레아야, 나야?'

레코드는 수학자인 동시에 의사였다. 에드워드 6세의 주치의가 될 정도로 명망 높은 의사였다.

레아가 물었다.

"여기에서 말하는 에드워드는 카르다노가 별점을 쳐 주었던 그 에드워드 아닌가요? 오래 살 거라고 예언했지만 열여섯 살에 그만 죽어 버린 바로 그 왕이죠?"

뤼슈 씨가 대답했다.

"그런 것 같구나."

"그 불행한 왕의 주위에는 사람이 많았군요. 수학자이자 의사인 누군가는 오래 살다 죽는다고 예언했는데, 이번엔 또 그의 수명을 연장시키지 못한 의사가 있었다니."

"카르다노가 뭐라고 했는지 기억나니? '에드워드가 죽었을 땐 죽을 만한 이유가 있게 마련이다, 더 일찍 아니면 더 늦게라도 그의 죽음은 원칙대로 되지 않을 것'이라고 했지. 시간 이전은 그 시간이 아니지만 시간 이후는 그 시간이 조금 지난 것일 뿐이야."

"+ 기호와 − 기호는 정확히 언제 생겨났을까요?"

"음악보다 빠르진 않을 거야. 등호를 발명한 지 얼마 되지 않아 레코드는 빚을 갚지 못했다는 이유로 런던 감옥에 투옥되었단다. 그리고 몇 달 후 그곳에서 눈을 감았지."

레아는 믿을 수 없다는 듯한 표정으로 뤼슈 씨를 쳐다보더니 갑자기 웃음을 터뜨렸다.

"정말이에요? 자신이 벌어들인 돈보다 더 많이 썼다고 해서 등호를 발명한 그 사람이 감옥에서 죽다니, 딱 그만큼이 아니고 더 썼다고 해서 말예요."

"그는 다른 사람보다 더 긴 평행선을 갖고 있었지."

"대신 계산력은 좀 달렸나 보군요."

이렇게 수학을 가지고 농담을 하게 될 거라는 걸 예전에는 짐작도 못했다.

침대 위에는 아마존 서재에서 꺼내 온 책 몇 권이 놓여 있었다. 『수학 기호와 기수법의 역사』 그리고 카르다노의 저서들이었다. 조나탕과 레아는 자신들이 어떤 기호에 관심이 많은지 뤼슈 씨에게 가르쳐 주어야겠다는 생각과 함께 카르다노의 해법에 관심을 갖기로 마음먹었다. 뤼슈 씨가 보여 준 몇 가지 문자 표기법은 그들로선 절대 판독 불가능한 것들이었다. 그런데 1557년 이전에는 등호가 존재하지 않았다는 사실이 그들을 깜짝 놀라게 했다.

"등호의 유래를 밝혀내느라 자신의 죽음을 지구 저 반대편 끝에서 맞이해야 하는 경우도 있었대. 수업 시간에는 왜 그런 이야기를 전혀 안 해 주는 거지?"

레아는 갑자기 〈페드르〉의 마지막 막에서 라첼이 했던 대사를 그대로 흉내 냈다.

"조나탕, 바보같이 죽을 뻔했어요!"

조나탕은 뭔가 미심쩍은 듯, 레아의 표정을 살폈다.

"죽다니? 너, 페라리가 여동생의 손에 독살되었던 것처럼…… 그런 생각을 하는 건 아니지?"

"또는 누이의 애인 손에."

조나탕은 수상하다는 표정으로 레아에게 물었다.

"너한테 애인이 있어?"

"나를 비극에 빠뜨리는군. 그래, 너 신나겠다."

"애인이라고 말한 건 너야."

"너 애인 있어?"

"노퓌튀르의 말처럼, 내 변호사 앞에서만 대답할래. 우린 쌍둥이지만 내겐 나만의 사생활이 있다고. 한 심리학자가 그랬어. 각자에겐 사생활이 있어야 한다고 말이야."

"하지만 똑같은 사생활을 가질 수 없다는 건 말해 주지 않았나 보군."

"걱정 마, 조나탕 리아르. 넌 로도비코 페라리가 아니잖아. 잘 기억해봐. 부드러운 목소리와 밝은 표정, 귀여운 작은 코를 가진 정직한 소년.

게다가 똑똑하기까지 한 소년. 너와는 전혀 다른걸."

"그래도…… 심한 장난꾸러기라는 점은 같잖아!"

조나탕은 큰 소리를 내지르며 레아에게 덤벼들어 장난을 쳤다.

쌍둥이 방 아래쪽에 막스의 방이 있지만 소음 때문에 막스가 잠 못 이룰 일은 없었다.

조나탕은 레아에게 느닷없이 이렇게 물었다.

"이 기호 이야기 알아? 호수가 있어. 잔잔한 수면 위로 우두머리인 백조 한 마리가 앞서 나아가고 있어. 그리고 우두머리의 짝인 암컷 백조가 그 뒤를 쫓아가는 거야. 우두머리 백조는 암컷에게 되돌아가서는…… 새끼를 배게 하지."

"암컷이 매력적이었나 보지, 조나탕. 너도 굉장히 우아할 수 있어, 네가 원한다면 말이야. 사실, 넌 그렇게 뚱뚱하고 땅딸막한 건 아니거든. 물론 체격에 비해 힘이 너무 세긴 하지만."

레아는 익살스러운 어조로 이렇게 덧붙였다.

"다들 똑같아…… 거의 흡사한 기호를 갖는다는 게 말이야."

"수학 기호와 기수법의 역사라……."

조나탕은 그 책 제목을 떠올리고 레아에게 '+'와 '−' 기호가 어떻게 해서 상업 산술 개론서에 등장하게 되었는지 이야기했다. 1489년, 비드만이라는 사람이 화물 상자를 구분하기 위해 +와 −기호를 처음 사용했다고 한다. 상자 하나를 다 채웠을 때 무게가 4첸트너(c) 정도 나가는데 정확한 중량을 얻지 못한 경우에는 뚜껑에다 표시를 해야만 했다. 만약 상자의 무게가 4첸트너에 약간 못 미칠 때는 마이너스 5파운드(l)라 하고 긴 수평선을 하나 그어 '4c − 5l'이라고 표시했다. 반면, 더 나가는 경우에는 플러스 5파운드라 하고, 초과됨을 나타내기 위해 수평선에 짧은 수직선을 교차시켜 '4c+5l'로 표시했다. 이렇게 하여 그 기호들이 나무상자 뚜껑에서 계산지 위로 옮겨졌고, 상업에서 대수학으로 건너가게 된 것이다.

레아는 침대에 드러누워 두 눈을 감은 채 이야기를 듣고 있었다. 조나탕이 이야기를 마치자 그녀는 음의 기호가 양의 기호보다 먼저 생겼으며 양의 기호는 음의 기호에 세로줄 하나 더 걸쳐 놓은 것일 뿐이었다는 사실을 알았다.

"뺄셈을 할 수 있는 사람은 덧셈을 할 수 있다."

조나탕은 레아에게 고대 이집트인들이 덧셈과 뺄셈을 나타내기 위해 사용했던 상형 문자를 보여 주었다. 둘은 회심의 미소를 주고받았다.

조나탕은 계속해서 목록에 있는 기호들을 하나씩 설명해 나갔다. 곱셈 기호 '×'는 1631년 영국의 수학자 윌리엄 오트레드가 만들었다. 그리고 V 자가 가로누운 형태로 수식의 대소 관계를 나타내는 기호 '<'와 '>'는 곱셈 기호보다 먼저 토머스 해리엇이라는 또 다른 영국인에 의해 발명되었다. 한편, 제곱근 기호 √는 1525년에 독일의 수학자 루돌프 크리스토프 오이켄이 도입했다. 이어서 세제곱근, 네제곱근 기호…… 등을 짚어 나갔다.

"그럼 무한대를 나타내는 기호는?"

"무한근?"

"아니, 무한대 말이야."

조나탕은 책장을 넘기더니 답을 찾았다.

"또 영국인이네, 존 월리스라고. 그가 바로 '8' 자가 가로누운 형태의 무한대 기호 '∞'를 도입했어. 이것 봐, 그 사람 역시 의사였어. 벌써 세 번째네."

조나탕은 '지수'로 넘어가서 프랑스 수학자인 니콜라 쉬케가 15세기부터 「수의 과학에 있어서의 세 부분」이라는 프랑스 최초의 대수학 논문에서 사용한 방법에 대해 레아에게 상세히 설명해 주었지만 레아는 별로 귀담아듣지 않았다.

"니콜라 쉬케, 그 사람 직업이 뭐였는지 아니?"

"의사."

"네 번째네. 수학자들은 시인이라고들 하지만, 의사 출신도 많은 것 같아. 니콜라 쉬케는 '2의 4승'을 표시하기 위해 4를 2 위에 올려 썼지. 2^4이라고 말이야. 그리고 그 수가 분모에 왔을 때는 그것을 분자로 올리고 지수 앞에 '−'를 붙였어. 정말 기발한 아이디어야.

$$\frac{1}{2^4} = 2^{-4}$$

음의 지수는 다른 수학자들이 최소 음수를 인정하기 수 세기 전에 이미 사용 중이었대. 이것 좀 들어봐! '그리고 10에서 −4를 빼면 14가 남는다. 그래서 −4라고 할 때는, 어떤 사람이 아무것도 가지고 있지 않은 상태에서 여전히 4여야만 하는 것과 마찬가지다. 0이라고 할 때는 무를 말한다. 음수는 아무것도 갖고 있지 않으면서 그래야만 하는 것이다.'"

레아가 니콜라 쉬케의 논문을 읽고 있는 조나탕을 가로막았다.

"나도 이야기 하나 해 줄게. 정오야. 거미줄 안에서 거미 한 마리가 먹이를 기다리고 있어. 파리 세 마리가 거미줄 근처를 지나가는 거야. 거미는 그들을 쳐다보더니 생각에 잠겼어. '−파리 한 마리'라고 했을 때 파리 두 마리만 먹으려면 이 세 마리에다가 그것을 더해야 한단 말이지."

"음수란, 더해서 처음보다 마지막 결괏값이 더 작아지도록 하는 수야."

"네게 '−3'이 있다면, 넌 아무것도 가지고 있지 않은 데다 내게 3을 빚지고 있는 셈이지."

"바로 가엾은 레코드의 경우로군. 음수가 그로 하여금 감옥으로 가게 했으니, 만약 0이 무라면 음수는 '무보다 작은 수'라는 거지."

"니콜라 쉬케란 학자, 정말 앞서가는 사람이었어. 그가 저술한 「수의 과학에 있어서의 세 부분」을 출간하지 않은 것만 빼고는 말이야. 당시 그 논문을 읽어 본 사람은 아무도 없었대. 따라서 즉각적으로 어떤 것에 영향을 주거나 했던 것은 아니야."

"파헤치면 파헤칠수록 그로루브르가 자신의 발견을 공개하지 않았던 최초의 사람과는 거리가 멀다는 사실을 인정하지 않을 수 없겠는걸."

레아는 자신의 생각을 분명히 말했다.

"그럼 그의 편지들은 어찌 된 걸까?"

"아, 이런, 그걸 잠시 잊고 있었잖아!"

"세상에나! 내게 굉장히 똑같은 쌍둥이라고 했던 게 누군데 그걸 잊고 있니?"

"그건 다른 문제야."

조나탕은 다시 책을 훑어보다가 잠시 후 말을 이었다.

"이거야. 그 영웅은 바로 '문자 사나이'라는 별명이 붙은 프랑수아 비에트인 것 같아. 그 이전에도, 여기저기에서 일부 수량을 문자로 대신했지만 미지량에 한해서만 그랬지. 그러나 프랑수아 비에트는 어디서나 문자를 사용해 미지량은 물론 기지량까지도 나타냈어. 단, 대문자로만 표시했어. 예를 들어 미지량은 모음 A, O, I…… 등으로, 기지량은 자음인 B, C, D…… 등으로 표시했지. 역사적인 맥락에서 살펴보면, 당시 프랑스는 종교 전쟁에 휩쓸리면서 기즈 공작과 성 바르톨로메오, 앙리

4세, 기타 요인들이 암살되는 등 어수선한 분위기였지. 어느 날 왕의 가신들이 스페인 측이 가톨릭교도들에게 보낸 암호로 된 편지들을 중간에서 가로챘어. 그런데 그 편지들 속에는 각기 다른 문자 기호가 500개 이상 적혀 있었던 거야. 앙리 4세는 그 편지들을 곧장 비에트에게로 보냈대. 물론 다른 편지들도 가로챘지. 스페인 측은 수차에 걸쳐 암호를 바꿨지만 프랑수아 비에트 역시 바뀐 암호를 추적할 수 있는 방법을 이미 마련해 놓았어. 주술의 힘을 빌리지 않고는 어느 누구도 자신들의 암호를 해독할 수 없으리라고 확신하던 마드리드 당국은 비에트를 종교 재판소에 고발하기에 이르렀고, 그 때문에 로마의 종교 재판소에서 마녀 사냥의 표적이 될 뻔했지. 우연의 일치인지 몰라도 거의 같은 시기에 카르다노 역시 종교 재판소의 결정에 따라 투옥된 상태였대. 반종교적인 태도를 보이는 자를 심판한다고들 하지만 당시에는 오히려 사제들이 수학자들에게 반감을 가졌던 것 같아."

조나탕의 말은 계속되었다.

"이제 수십 년 건너뛰어 데카르트 이야기를 해 보자. 데카르트는 대문자를 소문자로 바꾸고 a, b, c…… 등 알파벳의 첫머리에 오는 문자들로 기지량을 표시하는 한편, 맨 뒤에 오는 z, y, x…… 등으로 미지량을 표시했어. 현재 우리가 쓰고 있는 지수 표기법 역시 데카르트의 작품이고. 이런! 그러고 보니 방정식 기호들이잖아. 이를 방정식의 좌변으로 모두 이항하면 우변에는 결국 0만 남네. 그래서 방정식은 항상 0과 같다고 놓는구나. 이봐, 지금 내 말 듣고 있는 거야? 괜히 이런 얘기 하는 게 아니라고. 예쁜아, 내가 뭐 하릴없어서 이러고 있는 줄 아니?"

"그래서 모든 방정식은 항상 0과 같다고 놓는다며? 그리고 나한테 '예쁜이'라고 하지 마! 계속 그러면 그로루브르의 애인처럼 나도 널 '자기'

라고 부른다!"

레아는 무거운 눈꺼풀을 간신히 치켜뜨며 조나탕의 말에 기계적으로 대답했다. 조나탕은 그 말을 무시하고 카르다노의 책을 읽기 시작했다.

레아는 완전히 손을 놓고 깊은 잠에 빠져들었다. 조나탕은 혼자 밤새 도록 공부해 '타르탈리아에게서 빌려 온' 한없이 긴 카르다노의 공식을 현재 고등학교 수준의 언어로 번역했다. 번역이 모두 끝나자 종이를 잘 챙겨 넣고는, 침대 위 천창을 열어 쌓인 눈을 털어 내다가 한밤중이라는 것을 깨닫고 창을 다시 닫았다. 다락 안으로 어둠이 파고들었다.

이튿날 아침, 집을 나서기 전에 그는 차고 방문 아래로 살며시 종이 한 장을 밀어 넣었다.

*

덩치 작은 남자는 도쿄에서 보내온 편지를 읽어 보았다. 그 편지 속에 는 일본 신문에 난 사진의 설명 부분이 번역되어 있었다.

프랑스의 한 노학자가 고대 그리스의 수학자 탈레스의 그림자 계산법을 이용, 건축가 이오 밍 페이가 설계한 루브르 박물관 유리 피라미드의 높이를 측정했다.

"이걸 가지고 도대체 날더러 어쩌라는 거야! 이 작자가 탈레스란 말인가?"

어쨌든 루브르 박물관으로 간 그는 경비원들과 안내원들에게 뇌물을 바쳤지만 사진 속의 노인에 관한 정보를 얻는 데는 실패했다. 탈레스에 관해서도 마찬가지였다.

작은 남자는 도쿄 신문에 난 사진을 열 장 정도 복사했다. 그리고 그 꼬마가 다시 나타날 경우를 대비해 메지스리 기슭 인근을 부하 한 명에게 지키도록 했다. 맥주 세 잔을 들이켜고 나자 문득 어떤 묘안이 떠올랐다.

아이들은 보통 학교에 다닌다. 그렇다면 그 애 역시 학교에 다닐 것이다. 프랑스에서는 의무 교육을 실시하고 있으니 말이다. 캘커타나 리우데자네이루, 나폴리 같은 데라면 또 모를까. 그나저나 꼬마는 몇 살쯤 되었을까? 그는 아이들에 대해서는 전혀 아는 바가 없었다. 줄리에타는 분명 그 꼬마의 나이가 열한 살에서 열두 살 정도 되었을 거라고 했다. 아니, 열두 살일 가능성이 많다고 했다. 그렇다면 초등학교가 아니라 중학교에 다닐 것이다. 남자는 교육부로 전화를 걸었다.

"이 근방 중학교가 모두 몇 개라고요? 세상에나! 10여 개에다 각 학교당 학급 수를 계산하면?"

남자는 그 많은 중학교를 언제 다 돌아볼지 눈앞이 캄캄했다. 그래서 학교로 직접 찾아가는 것은 일단 포기했다. 인정 많은 줄리에타가 그에게 이런 말을 건넸다.

"그 애가 파리 교외에 있는 중학교에 다닐 가능성도 있잖아? 교외 지역에 사는 조무래기들도 벼룩시장에 얼마나 많이 오는데!"

"그래, 누가 그걸 장담할 수 있을까? 인구 1000만 규모의 도시에서 열두 살짜리 어린애를 찾는다는 건 불가능해! 게다가 애들은 다 비슷비슷하게 생겼잖아."

줄리에타의 생각은 달랐다.

"이 꼬마는 좀 특이한 구석이 있었어. 뭔지는 모르겠지만 평범하지 않은 어떤 면을 지니고 있었지. 내가 그 아이에게 말할 때 그 앤 날 뚫어

져라 쳐다봤어. 날 바라볼 때 뭐랄까…… 아주 주의 깊게…… 관찰하
듯……."

"그 꼬마는 네가 귀엽다고 생각했나 보지."

남자가 장난기 가득한 얼굴로 한마디 내뱉었다. 그러자 여자는 까불지
말라는 듯 손을 들어 내리치려는 시늉을 했다. 그리고 덧붙여 말했다.

"그 꼬마에게서 야릇한 느낌을 받았어."

"저런! 애들한테 그런 걸 느끼다니, 너 변태 아냐!"

"으이그, 이 멍청아."

그녀는 휙 돌아서더니 빠른 걸음으로 멀어져 갔다. 줄리에타는 정말
화가 나 있었다.

"그 꼬마 정말 귀엽긴 하더라. 그 아이를 보니 내가 어렸을 때 만나다
헤어진 남자애가 생각났어. 그때 우리 엄마가 그랬는데……. '너, 그 녀
석과 또 만나면, 눈을 확 뽑아 버릴 거야.'"

"그래서 다시는 안 만났어?"

"그 애보다는 내 눈이 더 소중하다고 여겼던가 봐."

*

남자는 끝내 성공하지 못했다. 줄리에타의 마음을 사로잡으려면 그녀
가 그를 존경스러운 눈길로 바라볼 수 있어야 한다. 어떻게든 자신의 능
력을 과시하고 싶었다. 그는 또 다른 묘안을 짜내느라 머리를 굴렸다. 그
리고 마침내 생각해 냈다.

그에게는 꼬마의 사진이 있었고, 그 꼬마는 어느 중학교에 다닌다. 중
학교에서는 매년 초에 학급별로 사진을 찍는다. 그렇다면 학교 전속 사

진사들에게 수소문하면 그 꼬마를 찾을 수 있겠지. '뤼기, 역시 넌 대단한 놈이야.' 그는 속으로 이렇게 말하며 자기 머리를 쓸어 넘겼다.

일단 사진사 명단을 입수한 다음 그들을 찾아갔다. 모두들 그를 경계하는 듯한 눈치였다. 그러고는 직업상의 비밀은 엄수해야 한다며 그의 요청을 거절했다. 미성년자와 관계된 일이라 더욱 비협조적이었다.

하지만 남자는 사진사들의 경계를 단번에 허물어뜨릴 수 있는 아주 깜찍한 각본을 마련해 둔 상태였다. 일본 유명한 동물 잡지사의 특파원 행세를 하는 것이었다. 그는 먼저 꼬마의 어깨 위에 앉아 있는 앵무새를 손가락으로 가리켰다. 사진 속에서 어깨에 앵무새를 올려놓은 아이가 최우수 독자로 선정되었다, 그래서 상을 전달하기 위해 그 주인공을 찾는 중이라고 했다. 그러고는 지나가는 말로 상금이 엄청나게 많다는 얘기도 슬쩍 흘렸다.

"물론 아이를 손에 넣도록…… 무슨 뜻이냐 하면, 아이를 찾아 주는 사람에게는 약간의 사례금을 지급할 예정입니다."

이제 기다리기만 하면 된다. 그러고는 벼룩시장으로 발길을 돌렸다. 그런데 그때 문득 그의 얼굴이 창백해졌다. 그 꼬마가 앵무새를 되팔았다면 큰일이다. '보스가 노발대발하겠지.' 남자는 무엇보다도 보스가 화낼까 봐 두려웠다. 보스가 한번 화나면 정말 무섭다. 언젠가 된통 혼났을 때는 정말 어찌할 바를 몰랐다. 너무나 당황한 나머지 탁자 밑에 숨으려고까지 했다. 어렸을 때 두려움에 바들바들 떨고 있는 그의 머리 위로 아버지가 힘없이 쓰러져 돌아가셨을 때처럼 말이다.

그는 비록 그리스도교 신자는 아니었지만 성모 마리아에게 기도했다. '이 망할 앵무새를 찾게 해 주십시오.' 그는 기도로 자신감을 얻은 듯, 가벼운 마음으로 앵무새를 찾으러 떠났다.

'보스가 날 칭찬해 주면 그 덩치 큰 녀석은 배가 아파 죽을 지경이겠지. 줄리에타도 내게 고분고분해질 테고.'

그는 벌써부터 맘이 들떠 얼굴이 붉게 상기되었다.

*

느지막한 시간이 되어서야 뤼슈 씨는 조나탕이 차고 방문 틈으로 밀어 넣고 간 종이를 발견했다. 얼른 종이를 집어 들어 내용을 읽어 보았다.

이집트인들의 연산 기호법

덧셈: 문자의 방향으로 걸어가는
두 다리 모양

뺄셈: 반대 방향으로 걸어가는
두 다리 모양

뤼슈 씨는 문자의 방향으로도, 반대 방향으로도 걸을 수 없는 자신의 다리를 가만히 내려다보았다. 그러고는 신발로 가득 찬 작은 코너 장 안에서 양가죽으로 된 반장화를 끄집어냈다. 신발장에 붙어 있는 '과학을 모르면, 신발의 과학을 이해하지 못한다'라는 문구를 다시 한번 읽으면서, 말을 바꾸는 게 더 낫지 않을까 생각했다. '신발의 과학을 모르면, 과학을 이해하지 못한다.'

조나탕과 레아의 메시지는 보다 현실적이었다.

'말씀대로 얼마 후엔 카르다노의 공식이 이런 모습을 하게 되겠죠.'

뤼슈 씨는 공식을 들여다보았다.

"흠! 공부하는 동안 골머리를 앓던 바로 그 공식이군."

그 공식을 보고 있노라니 그로루브르가 마치 거칠고 상스러운 말로 자신을 표현하는 야만인처럼 느껴졌다.

그 공식들은 하기 싫은 일을 억지로 강요하고 있었다. 뤼슈 씨는 이대로 가만히 있을 수는 없다고 생각했다. 여전히 삼차 방정식의 완전한 해법이 어디에 있는지 몰랐다.

$$\sqrt[3]{-\frac{q}{2}+\sqrt{\left(\frac{q}{2}\right)^2+\left(\frac{p}{3}\right)^3}}+\sqrt[3]{-\frac{q}{2}-\sqrt{\left(\frac{q}{2}\right)^2+\left(\frac{p}{3}\right)^3}}$$

'거듭제곱근을 이용해야 풀 수 있는 공식인가? 그럴 수도, 아닐 수도 있지.'

공식에는 문제가 있었다. 외양이 제아무리 그럴듯해 보여도 그 공식으로 모든 문제를 풀 수 있는 건 아니다. 뤼슈 씨는 그 점을 이해하는 데 다소 시간이 걸렸다. 그 공식은, 때론 기대 이상으로 많은 해법을 만들어 내는가 하면, 때론 응용 불가능한 경우도 있었다.

어느 날 타르탈리아와 교분이 있던 사람들 가운데 하나가 타르탈리아에게, 자신은 솔직히 삼차 방정식에 두 가지 또는 그 이상의 해법이 있을 수 있다는 사실을 믿기 어렵다고 고백했다. 이에 대해 타르탈리아는 이렇게 대답했다.

"분명 그것은 믿기 어렵네. 실제로 실험을 통해 그 사실이 입증되지 않았다면 나 역시도 믿지 않았을 거야."

삼차 방정식에 대한 두 가지 이상의 해법을 얻을 수 있었지만, 그 밖에도 그 해법은 몇 가지나 되었을까? 두 가지, 세 가지? 사실 모든 일은 음수 때문에 일어나는 법이다. 20세기 말 주차장을 자주 들락거려 본 아이들에게 음수는 전혀 문제가 되지 않는다. 승강기 버튼에 찍혀 있는 '—2'라는 숫자는 그저 자동차가 주차되어 있는 지하 2층을 가리킬 뿐이다. 음수와의 관계에 대해 현대적 사고와는 거리가 멀었지만, 그래도 카르다노는 음수를 해답으로 인정하는 데 대한 반감이 그의 조상보다는 훨씬 덜했다. 그의 표현대로라면 음수는 '덜 순수한' 근이지만, 어쨌든 근은 근이었던 것이다.

$$\sqrt{\left(\frac{q}{2}\right)^2 + \left(\frac{p}{3}\right)^3}$$

조나탕이 밤새 준비해 건네준 그 공식에서 이 부분이 문제였다.

불행히도 근에 해당하는 수, 즉 $\left(\frac{q}{2}\right)^2 + \left(\frac{p}{3}\right)^3$이 음수인 경우, 그 공식은 적용 불가능하다. 바로 음수의 제곱근을 구할 수 없기 때문이다. 뤼슈 씨는 그 이유를 생각해 내려고 했다. 마침내 추론의 방향을 다소 수정하지 않을 수 없었다.

첫째, 임의의 수의 제곱은 언제나 양수다. 그 수가 양수든 음수든 간에. 양수 곱하기 양수와, 음수 곱하기 음수는 모두 양수가 된다는 규칙상 그럴 수밖에 없다.

둘째, a의 제곱근, 곧 $\sqrt{a}$란 무엇인가? 그것은 제곱하여 a가 되는 수, 다시 말해 $(\sqrt{a})^2 = a$가 되는 수다. 그리고 a가 음수인 경우에는? 그럴 땐 음의 제곱수가 될 것이다. 그렇다면 앞의 결과와 모순되지 않은가.

음수의 제곱근은 없다.

그러므로 $\left(\frac{q}{2}\right)^2 + \left(\frac{p}{3}\right)^3$이 음수인 경우, 그 공식은 적용 불가능하며 따

라서 근도 존재하지 않는다. 카르다노는 아마도 타르탈리아가 건네준 아르키메데스의 『구와 원기둥』 번역본을 읽으면서 그 시라쿠사의 수학자가 바로 이 경우에 세 개의 근이 존재한다는 사실을 입증했음을 알게 되었을 것이다. 카르다노는 이 점을 확인했다.

첫째, 나의 공식은 맞다.

둘째, 특수한 경우에는 적용 불가능하며 아르키메데스의 해답과 모순된다.

셋째, 음의 제곱근을 취할 수 없다는 것은 오로지 이러한 모순 때문이다.

카르다노는 그 해법을 완전히 알아냈다. 감히 예수의 별점을 치던 사람이 음수의 제곱근을 구하는 일 앞에서 주저할 이유가 없었다. 그는 독자들에게 '그 때문에 겪어야 할 정신적 고통을 잊어버리고, 여러분의 방정식에 이 수를 도입하시오'라고 했다. 그는 '$\sqrt{-1}$' 같은 것들을 도입했다. $\sqrt{2}$라는 존재를 다소나마 이해하는 데에도 엄청난 시간이 걸렸다. 그럼 이 $\sqrt{-1}$을 가지고 어떻게 문제를 풀려는 걸까?

그리스 수학자들은 무리수가 필수불가결하기 때문에 어쩔 수 없이 그 존재를 인정했다. 하지만 수의 범주에는 포함시키기를 거부했다. 한편 아라비아 수학자들은 더욱 관용을 베풀어 무리수에 그나마 수로서의 위치를 부여했다. 따라서 다른 수들과 마찬가지로 수로서 취급했고, 대수 방정식의 해로 인정했다. 그렇다고 해서 흔히 알고 있는 무리수의 정의가 그대로 받아들여진 것은 아니었다. 적어도 16세기 말까지는 그랬다.

$\sqrt{-1}$ 역시 이와 비슷한 과정을 겪었다. 제일 먼저 그것의 개념 파악에 뛰어든 수학자는 라파엘 봄벨리였다. 라파엘 봄벨리는 '정규 수'를 위해

사용된 규칙을 그대로 그 수학적 대상에 적용함으로써 음수 근을 가지고 연산을 시도했다. 그가 저술한 『대수학』에는 이러한 새로운 해법이 총망라되어 있어 타르탈리아와 카르다노의 책보다 더 많은 주목을 받았다. 그러나 가난했던 라파엘 봄벨리는 자신의 명성을 누려 보지 못했다. 『대수학』은 안타깝게도 1572년, 그가 세상을 떠난 직후 발간되었기 때문이다.

뤼슈 씨는 라파엘 봄벨리가 각의 삼등분 문제를 이용해 삼차 방정식의 해법을 연구했다는 점에 주목했다. 그것은 분명 획기적인 이론이긴 했으나 자와 컴퍼스의 작도 문제를 해결하지는 못했다. 하지만 각의 삼등분 문제가 그때까지만 해도 대수학적인 문제 해결을 위해 라파엘 봄벨리가 열중하고 있던 순수 기하학 분야에서는 다소 벗어난 부분이라는 점을 잊어서는 안 된다.

조나탕과 레아가 작성한 목록에는 빠져 있지만, '둥근 괄호' 역시 라파엘 봄벨리가 만들었다. '괄호'가 수학 기호들 가운데 소홀히 취급된 면이 없지 않으나, 중요한 기호의 하나임에는 틀림없다. 괄호는 대개 쌍을 이뤄 사용된다. 왼쪽 괄호는 열림 괄호, 오른쪽 괄호는 닫힘 괄호다. 그것의 주역할은 수학적 수식을 명확하게 나타내는 데 있다. 뤼슈 씨는 나눗셈을 두 번 연속해 보았다. '2 나누기 3 나누기 5는?' '2÷3÷5'라고 표기했지만, 이러면 2를 3으로 먼저 나눠야 하는지 아니면 3을 먼저 5로 나눠야 하는지 혼선이 생기게 마련이다. 어떻게 할까? 만약 괄호를 해 주지 않으면, 문제가 복잡해질 것이다. 그런데 괄호를 해 주면 계산의 우선순위가 정해진다. 가령 '(2÷3)÷5'와 같은 식으로 괄호를 사용하면 0.13333333333……이라는 답이 나온다. 반면 '2÷(3÷5)'를 계산하면, 답은 3.3333333333……이 된다. 완전히 다른 결과가 나오는 것이다.

타르탈리아의 삼행시를 듣고 카르다노가 범한 오류가 바로 이것이다. '$\frac{1}{3}$의 세제곱'을 카르다노는 '세제곱의 $\frac{1}{3}$'로 잘못 이해했던 것이다. 만약 괄호를 사용했다면 그런 실수를 범하는 일은 없었을 것이다. 타르탈리아가 $\frac{p^3}{3}$이라고 썼다면 카르다노가 $\left(\frac{p}{3}\right)^3$이라고 읽었을 리 만무하다. 뤼슈 씨는 작은 기념탑에 다음과 같은 헌사라도 새겨야겠다는 생각을 했다.

괄호에게,
수식이 감사하는 마음으로 바친다.

라파엘 봄벨리는 또 하나의 기호를 발명했다. 봄벨리 이전에도 +1, -1이 있었다. 봄벨리는 거기에 $+\sqrt{-1}$과 $-\sqrt{-1}$을 추가했다. 앞으로 대수학은 네 개의 주역들이 서로 짝을 바꿔 가며 노는 놀이터가 될 것이다. 이 확대된 계산 규칙을 제시한 그는 수식의 확장을 보다 용이하게 하기 위해 술래를 정할 때 부르는 노래를 만들었다. 곧, 이러한 새로운 수학적 존재들을 사용해 계산을 하기 시작했다.

$$\sqrt{-1}\times\sqrt{-1}=-1$$
$$\sqrt{-1}\times(-\sqrt{-1})=+1$$
$$(-\sqrt{-1})\times\sqrt{-1}=+1$$
$$(-\sqrt{-11})\times(-\sqrt{-1})=-1$$

세상 사람들 눈에는 그저 인위적으로 만들어진 가상의 존재로 보였기 때문에 정의를 내리는 데도 매우 조심스러웠다. 순수한 계산 도구들은 자신의 역할이 끝나면 흔적 없이 사라질 것을 종용받는 그저 단순한 매개물로서만 이용되었다. 수십 년 전 바로 같은 지역에서 발명된 투시도법의 경우, 사용된 직선들이 말끔히 지워져서 실제 완성된 그림에는 전혀 나타나 있지 않은 것처럼 말이다. 이 새로운 존재들은 설사 수라고 하더라도 그것은 존재한다고 믿기 어려운 '불가능 수'에 불과했다. 하지만 이후에 데카르트는 그 존재들의 위상을 한 단계 높였다. 실제 차수를 표시하기 위해 그것들의 위치를 부여하고 '허수'라고 명명했다. 시간이 더 흘러 그들의 실재성이 확인되자 독일의 수학자 가우스는 그 존재들을 '복소수'라고 불렀다. 그와는 대조적으로 그때까지 사용되던 수들은 그것이 양수건 음수건 유리수건 무리수건 간에 '실수'라고 통칭했다. 한편 1777년에야 비로소 레온하르트 오일러에 의해 $\sqrt{-1}$이 오늘날 우리가 알고 있는 아래의 기호로 바뀌었다.

$$\sqrt{-1} = i \ (i는 \ 허수의 \ 머리글자)$$

뤼슈 씨는 눈살을 찌푸렸다. 오일러란 수학자도 그로루브르가 언급했던가? 타르탈리아 바로 다음에 페르마가 오고 그다음이 오일러였다. 모두들 낯익은 세계에 있었다. 뤼슈 씨는 한참 동안 이 수학적 존재가 걸어온 길에 대해 곰곰이 생각해 보았다. 불가능 수에서 허수까지, 허수에서 복소수까지. '실재'가 되기 위해 얼마나 많은 이론과 방법론이 그 길을 함께 걸었던가. 이러한 새로운 수는 어떤 모습을 지니고 있었을까? 그 수에 걸맞은 수식어를 가지려면 우선 다른 수보다 복잡해야 했다. 복소수를 만들기 위해서는 두 개의 실수가 필요했다. 예를 들어 (2, 3)이라는 두 수를 가지고 아래와 같은 방식으로 복소수를 만들어 보았다.

$$2+3i$$

 (2, 0)이라는 두 수로는 $2+0i$, 간단히 말해 2가 되는 것이다. 이 말은 곧 하나의 실수가 특정 복소수임을 의미한다. 고리처럼 완전히 원을 이뤄 원점으로 되돌아오는 셈이다. 마지막 단계에서는 보다 광범위한 집합 내에 실수를 포함시키는 작업이 이뤄졌다. 불가능한 것을 가능케 하기 위해 그때까지 사람들이 운신했던 세계를 보다 확대시켰던 것이다. 그런데 한 가지 문제가 뤼슈 씨를 괴롭혔다. 요컨대, 음수의 제곱근을 구할 수 있는가 없는가 하는 것이다. 답은 두 개다. 실수의 범주에 음수의 제곱근을 포함시킬 수는 없다. 불가능한 것은 그것이 불가능한 곳에서 여전히 불가능한 것으로 남아 있는 법이다. 그렇다면 복소수의 범주에 음수의 제곱근을 포함시킬 수 있다.

 마지막으로 i란 무엇인가? 수학자들은 그것을 '음수 단위의 허근'이라고 한다. 실수에는 속하지 않으면서 수학의 세계에 불쑥 끼어듦으로써 이 집합 속에 어떠한 모순을 끌어들이는 경우는 없다. 뤼슈 씨는 수학의 세계를 항해하는 동안 철학적인 동시에 수학적인 문제, 곧 존재에 대한 문제와 불가능성에 대한 문제에 누차 직면한 바 있었다는 사실을 깨달았다. 역사의 어떠한 시기에, 몇몇 수학자는 도저히 해결할 수 없는 문제에 마주치면 꼼짝없이 부정행위를 하는 경우가 있었다. 그들은 자신의 연구실에서 몰래 그런 짓을 하곤 했다. 남들보다 더 앞서가고자 한다면 그때까지 활동하던 세계에서 과감히 벗어날 필요가 있다는 것을 알고 있었다. 이상한 나라의 앨리스처럼 그들은 거울을 통과한다. 자신의 연구실을 무대로 스스로 떠나왔던 세계에서 통용되는 원칙을 방패 삼아 불순하지만 자신이 처한 상황을 타개하는 데 효과적인 행위들을 일삼는

다. 그리하여 대담성과 새로운 기술로 무장한 채 거울을 통과함으로써 자신 또는 그 후손들이 수학의 세계를 더욱 확대하여 거울의 이면에서 배출된 이 새로운 존재들을 수용할 수 있도록 하려는 것이다. 거울의 이면에서는 음수나 무리수, 허수 등의 세계로 언제든 갈 수 있다. 두 손 가득 경이로운 것들을 움켜쥐고 돌아오기만 한다면 말이다.

하지만 순수한 문자는 존재하지 않는다. 수학에서처럼 시나 문학에서도 마찬가지다. '불가능한 것'을 쓴다는 것은 불가능한 것을 인정하려는 시도를 용인함으로써 그 존재 여부에 대해 스스로 의문을 갖는 것이다. 수학에서는 그때까지의 이런 엉뚱한 문자가 제대로 정의된 대상을 표현하고 있는 하나의 이론을 정립함으로써 가능한 일이다. 따라서 언제나 새로운 존재를 정의할 수 있다. 그 존재의 형태가 공존이라는 조건에서는 말이다. 그 존재가 이미 확정된 결과와 어긋나서는 안 되는 것처럼 새로운 존재의 출현이 기존의 존재들을 위태롭게 하지는 않을 것이다. 수학에서 대변혁이 일어난다 해도 구체제가 완전히 와해되는 것은 아니며, 구체제는 항상 그들의 정당성과 진리를 고수하게 될 것이다. 각종 선례들을 포함하는 것이든 그들 편에 서 있는 것이든, 새로운 세계의 건설이라는 방식으로 개혁이 이뤄지게 되어 있다. 새로운 존재는 기존의 존재를 위협하는 것이 아니다. 가장 바람직한 예는 기존의 존재와 새로운 존재 간의 공존이다. 뤼슈 씨가 허수에 관한 내용을 조나탕과 레아에게 이야기하자 즉각적인 반응이 나타났다.

"'자와 컴퍼스 이외의 도구로는 절대 작도하면 안 된다'는 금기 사항과는 정반대되는 얘기군요."

레아의 반응은 좀 달랐다.

"허수의 경우, 그 문제 풀이에 사용된 수단에 대해서는 그다지 신경을 쓰는 편이 아니죠. 그러니까 '목적이 수단을 정당화한다' 이 말이네요. 요컨대 결과에 이르는 과정을 완전히 비밀로 하겠다는 얘긴데……."

레아는 말끝을 흐리다가 한결 부드러운 목소리로 말했다.

"결과는 과정을 대단치 않게 여기죠. 그건 자신의 뿌리를 망각하는 건데…… 중요한 것은 과정이잖아요."

휠체어에 앉아 있던 뤼슈 씨는 불편한 심기를 드러내듯 삐걱거리며 자세를 이리저리 바꾸었다.

"일이 잘 안 될 때는 어쩌겠니?"

그러자 레아가 대답했다.

"일이 잘 안 될 때라고요? 그렇담 뭐, 부정행위를 하는 거죠."

노퓌튀르는 날개를 파닥이며 공중으로 날아오르더니 레아의 어깨 위에 내려앉았다. 레아의 어깨에 앉기는 처음이었다. 레아는 기분이 얼떨떨했다.

*

다음 날, 조나탕과 레아가 일을 맡게 되었다. 뤼슈 씨는 허수에 관한 강의를 굳이 할 필요가 없다고 생각했기 때문에, 그들이 강의를 하리라고는 전혀 예상하지 못했으나 그들은 하고야 말았다. 쌍둥이는 뤼슈 씨, 막스, 페레트는 당연히 출석할 것으로 믿고, 아울러 알베르와 하비비에게도 참석하라는 통지를 했다.

강의가 시작되자 노퓌튀르는 홰의 위쪽 막대에 발을 걸고 뜀뛰기를 시작했다. 그리고는 고개를 아래로 숙이고 소리쳤다.

"허수에 관한 극시劇詩!"

막대의 회전 속도가 빨라지면서 뜀뛰기를 하던 노퓌튀르가 몸을 꼿꼿이 세움과 동시에 동작을 멈췄다. 목을 길게 뺀 노퓌튀르는 진홍색의 날개 끝부분을 파닥이며 이렇게 외쳤다.

"제1장!"

곧이어 조나탕과 레아가 낑낑대며 한 발짝 앞으로 나가더니, 갤리선 노예들의 비참한 생활을 노래한 시를 함께 낭송했다. 이것이 끝나자, 오마르 하이얌의 재능을 이어받기라도 한 듯 자신들이 개작한 '신 루바이야트'를 읊기 시작했다.

국경 저 너머에서 건너와
변변한 지위도 갖지 않은
허수 노동자들,
사람들은 그들에게 무조건 열심히 일할 것을 요구했다네.

세월이 흘러도
상황은 변한 것이 없어
허수들은 하루살이 같은 덧없는 생활을 접었으니,
그들의 일은 더 이상 임시직이 아니라네.

이렇듯 힘겨운 현실이
상황을 참을 수 없게 만들어,
숱한 의문을 불러일으켰다지.
탁자 위에 미지수를 놓아야만 했다네.

여기 실재하지 않는 존재들이 있다네,

게으름뱅이들만 빼고.

그들이 죽음과 만날 수 있도록 허공으로 날려 보낼

비행기 한 대 빌리기에는 때가 너무 늦었다네.

그렇다면 해결책은 단 한 가지,

바로 조정, 조정, 조정뿐이다.

노퓌튀르는 마지막 말을 여러 번 되뇌었다. 이른바 허수 'i'를 발견한 말더듬이 타르탈리아에 대한 경의의 표시였으리라. 하지만 그의 'i'는 '아이'로 발음된다. 오마르 하이얌의 4행시에 이어, 타르탈리아의 3행시와 라파엘 봄벨리의 술래를 정하는 노래, 조나탕과 레아의 시까지 뤼슈 씨네 집은 무슨 시낭송 모임 장소라도 된 듯했다. 하비비는 분위기에 흠뻑 취해 있었다. 내용은 제대로 알아들을 수 없었지만 시에서 깊은 감동을 느꼈던 것이다. 한편 페레트는 허수와 그 불안한 탄생을 노래한 극시를 아무 말 없이 지켜보았다.

조나탕과 레아가 기획한 토막극은 예술성보다는 날카로운 정치적 풍자가 돋보인다는 점에서 뤼슈 씨에겐 아주 인상적인 작품이었다. 조나탕과 레아가 평소 집에서는 전혀 입에 올리지 않던 이러한 문제들에 대해 그 정도로 민감한지 몰랐다. 뤼슈 씨는 한 번도 운동가로 활동했던 적은 없었지만 정치가적 기질이 다분한 사람이었다. 레지스탕스의 일원이 되고 나서는 정치적이든 이념적이든 종교적이든 경제적이든 테러라는 것에 대해 뿌리 깊은 반감을 갖게 되었다. 이유는 간단하다. 그는 억압을 싫어했던 것이다. 그의 머릿속에는 당연히 억압받는 이들의 편에 서야 한다는 일종의 절대 공리가 자리하고 있었기 때문이다. 또 한 가지 주목할 건 언제부터인가 아이들이 가슴속에 담고 있던 속내를 이야기하기 시작했다는 것이다.

17

·

박애와 자유
― 아벨과 갈루아

오차 방정식은 과연 거듭제곱근을 이용해 풀 수 있을까, 없을까? 모인 사람들 모두 그 질문에 대한 답이 나올 때까지 조사를 계속해야 한다고 결정했다. 지금까지는 그리스의 3대 작도 문제에 대해 어떠한 해결책도 제시하지 못했다. 더 이상 그들이 제기한 문제들의 해답을 찾지 못한 상태에서 무작정 시간을 보낼 수는 없었다.

일할 사람을 정하려고 제비뽑기를 했지.

제일 나이 많은 사람이 당첨됐다네.

더 잘됐지, 더 잘됐어.

＊

뤼슈 씨가 어쩔 수 없이 일을 떠맡았다. 유리펜을 다시 꺼냈다. 그리고 커다란 바둑판 무늬가 그려진 공책에 이렇게 적었다.

우선, 거듭제곱근을 이용한 풀이는 방정식 중에서도 다항식만을 대상으로 하는 '대수' 방정식에만 해당된다는 점을 분명히 해둔다. 예를 들어, '$2x^2+3x+1=0$'은 '이차' 대수 방정식이지만 '$\sin x+1=0$'은 대수 방정식이 아니다. 대수 방정식의 가장 일반적인 형태는 다음과 같다.

$$a_n x^n + a_{n-1} x^{n-1} + \cdots\cdots + a_2 x^2 + a_1 x + a_0 = 0$$

여기에서 n은 방정식의 '차수'이며, '계수' a_i 수이다.

초기 대수학자들에게 방정식은 풀 수 있거나 풀 수 없는 것, 곧 근이 하나 있거나 그렇지 않은 것, 다시 말해 하나의 근만 구하면 문제가 해결된다고 생각했기에 어려운 것이 아니었다. 하지만 카르다노나 라파엘 봄벨리, 그 밖의 다른 대수학자들은 그 단계를 뛰어넘어 방정식이 쉽게 해결되지 않는다는 것을 알게 되었다. 연구가 쉽지는 않았지만 그 자체는 훨씬 더 흥미로워졌다. 그들은 방정식의 근의 개수에 대해 일반적인 질문 한 가지를 던졌다. 근을 구하기에 앞서 먼저 그 개수를 알아보는 것이 좋겠다는 것이다. 이차 방정식은 세 개의 근을 가질 수 있을까? 또 사차 방정식에서 근이 하나도 없는 경우도 있겠지? 과연 그 물음에 대해 확신해도 좋을까?

알베르 지라르는 1629년 출간된 『대수학에서의 새로운 발견』에서, '허근을 고려한 상태에서 n차 방정식은 n개의 근을 갖는다'고 했다. 단, 중근은 두 개로 간주한다. 『백과전서』로 유명한 달랑베르가 1746년 최초로 그에 대한 증명을 시도했고, 이어 1749년에는 오일러가 같은 시도를 했다. 이후에도 다른 두 명의 프랑스 수학자, 곧 조제프 루이 라그랑주와 피에르 시몽 라플라스가 그 연구에 뛰어들었다. 수학사상 최초로 증명을 해낸 사람은 바로 '수학의 일인자'인 독일 수학자, 카를 프리드리히 가우스였다. 그는 한 가지 증명에 만족하지 않고 세 가지를 더 발표했다. 그럼으로써 정리의 기술 형태와 자신의 증명 사이에 꼭 필요한 차이가 있다는 증거를 제시했다.

n차 대수 방정식은, 근을 가지되 그 수가 정확히 n개다.

이것이 바로 '대수학의 기본 정리'다. 얼마나 대단한 정리인가! 이보다 더 간단하고 개괄적인 답을 기대할 수 있을까? 삼차 방정식은 언제나 세 근을 갖는 반면, 이차 방정식은 두 근을 갖는다.

뤼슈 씨는 얼굴을 찡그렸다. 『잠자는 숲속의 미녀』에 나오는 왕자처럼, 그의 오랜 기억 속에 묻혀 있던 문구 하나가 무려 75년이나 지난 지금 깊은 잠에서 깨어났다.

이차 방정식에서 판별식이 음수면 근을 갖지 않는다. 반면, 판별식이 0이면 중근을 갖는다. 그리고 판별식이 양수면 두 근을 갖는다.

옛 문구가 그로 하여금 일부 이차 방정식은 근이 없다는 사실을 확인시켜 주었다. 하지만 기본 명제가 '모든' 이차 방정식이 두 개의 근을 갖는다고 하지 않았는가? 그는 그 옛말이 정확하다고 믿었다. 뤼슈 씨는 그저 무덤덤하게 앉아 있었다. 분명 그로루브르의 계획을 이행하는 데, 이해하지 않는 것보다 이해하면서 그것에 따르는 편이 나았다. 하지만 언제나 모든 것을 이해했던 것은 아니었다. 그의 오른쪽 뇌는 거기에 신경 쓰지 말라고 충고했다. 뤼슈 씨는 그 말이 옳다고 인정하기로 마음먹었다. 반면 왼쪽 뇌는 이에 반기를 들고 당연한 논리를 욕보이는 모순을 거부했다. 뤼슈 씨는 마침내 해답을 찾았다. '옛 문구도 정리도 사실과 어긋남이 없다.' 그나마 이 답이 위안이 되었다.

두 주장 간의 차이는 이런 것이었다. 옛 문구는 '실수'의 세계에 대한 것이며, '대수학'의 기본 정리는 복소수를 포함한다. 그러므로 거기에는 모순이 존재하지 않는다. 우리는 살면서 '어디에서 찾는가?'라는 질문을 항상 한다. 왜냐하면 항상 어디에선가 찾기 때문이다. 그리고 대부분의 시간 동안 자기 자신도 그 답을 모른다. 그것이 오밤중에 가로등 발치에서 물부리를 찾고 있는 한 남자의 이야기를 생각나게 했다. 행인이 그에게 물었다.

"이 가로등 아래에서 물부리를 잃어버리셨나요?"

"아닙니다. 하지만 거기에 물부리가 있다면 분명 거기밖에는 찾을 곳이 없겠지요."

어머니가 늘 하시던 말씀이었다.

"어머니 생각을 안 한 지 몇 해던가. 그때의 어머니보다 지금의 내가 훨씬 더 늙었지. 기본 정리 덕에 어머니를 다시 떠올리다니. 정말 수학은 모든 것과 통하는군! 어머니는 언제나 이렇게 말씀하셨지. '애야, 네가 바다로 가더라도 마실 물을 구하지는 못할 게다.'"

대수 방정식의 경우가 바로 그렇다. 항상 느끼는 것이지만 복소수의 세계에서 해답을 찾는다는 것, 그것은 바다에서 마실 물을 찾는 것과 같다. 뤼슈 씨가 복소수의 진가를 알아본 것도 이때였다. 복소수의 힘은 바로 그 개수에 있었던 것이다. 복소수는 각 대수 방정식에 해답이라는 돈을 치르기에 충분할 정도로 많으며, 요컨대 그들만의 세계를 구성한다.

*

　한편 도쿄에 있던 덩치 큰 남자의 일은 잘 풀리고 있었다. 그가 도쿄에 파견되어 신주쿠 NS빌딩에서 추진하던 사업은 물론이고, 개인적인 일 역시 착착 진행되었다. 그는 그 가라오케 주점에 몇 번 더 갔었다. 언젠가 옆 탁자에 앉아 있던 두 명의 아가씨 가운데 그에게 신문을 건넨 여자 말고 그 옆에 있던 다른 여자도 그곳을 다시 찾았다. 남자와 여자는 동석했고 함께 노래를 불렀다. 이중창으로 말이다. 그는 자신이 프랑스인이 아니라 이탈리아인이라고 고백했다. 그러자 그녀는 그렇다고 해서 달라질 것은 없다고 말했다. 대화 중에 이탈리아인들이 아주 노래를 잘하는 민족이라고 그가 말했다. 물론 최고의 가수는 불가리아인들이라고 흔히들 말하지만, 그들은 저음인 데 반해 이탈리아인들은 중간 톤의 음색을 갖고 있다.

　그녀가 물었다.

　"그럼 흑인들은요?"

　"아, 흑인들은 잊고 있었군요."

　그러고는 부드러운 목소리로 이렇게 털어놓았다.

　"흑인들을 잊고 있었을 뿐 아니라 당신도 잊고 있었어요."

　그 말 한마디가 그녀의 마음을 사로잡았다. 그녀는 순진하게도 이런 유의 감언이설에 익숙하지 않았던 것이다.

　"내가 태어난 곳이 어딘지 궁금하지 않아요?"

　그는 반들반들 윤이 나는 나지막한 탁자 위에 유럽 지도를 펼쳤다. 그리고 이탈리아 남단에 있는 섬 하나를 가리켰다. 그녀는 그를 껴안았다.

　"당신도 나처럼 섬에서 태어났군요. 우리가 만난 건 운명인가 봐요. 함께 노래를 하게 된 것도……."

그는 그녀가 왜 그런 말을 하는지 영문을 몰랐지만, 문득 〈나비 부인〉 이라는 오페라가 생각났다. 아마도 반쯤 벌어진 그녀의 기모노 사이로 하얀 가슴이 드러났기 때문일 것이다. 그는 푸치니의 오페라를 무척 좋아한다. 불현듯 어떤 예감이 엄습해 왔다.

이튿날 전보 한 장이 도착했다. 보스는 그에게 즉시 파리로 돌아오라는 명령과 함께, 이렇게 덧붙였다.

'뤼기, 이 멍청이가 앵무새를 아직도 찾지 못했네. 자네가 직접 나서야겠어.'

보스의 명령은 무조건 따라야 한다. 결국 일본 여자는 그와의 만남으로 쓰라린 경험을 해야만 했다. 그날 저녁, 그녀는 가라오케 주점에 홀로 우두커니 앉아 있었다. 남자에게 받은 유일한 물건을 한 손에 꼭 쥐고서 말이다. 그것은 남자의 고향이 나와 있는 유럽 지도였다. 그녀는 밤새 슬픈 노래를 불렀다.

*

"$\sqrt[3]{6064321219}$년(소수에 유념할 것), 코펜하겐에서."

자신에게 온 편지의 첫 문장을 읽은 베른트 홀름보에의 입가에 미소가 번졌다. 발신인이 누구인지 이내 알아차렸기 때문이다. 편지 서두에 있는 수수께끼를 보고 들뜬 기분으로 계산하기 시작했다. 세제곱근을 구하기란 결코 쉬운 일이 아니다. 하지만 수학 교수이다 보니 로그를 능숙하게 사용할 줄 알았다. 답은 바로 1823.590827년이었다.

0.590827년은 0.590827×365=216일이다. 따라서 1823년의 216번

째 날이 언제인지 알기만 하면 된다. 그는 달력을 뒤졌다. 그 편지는 1823년 8월 4일 코펜하겐에서 발송한 것이었다. 보낸 사람은 현재 덴마크를 여행 중인 그의 옛 제자, 닐스 아벨이었다. 아벨을 처음 알게 된 것은 5년 전으로, 크리스티아나(오슬로)의 수학 교수로 복직했을 때였다. 1년이 끝날 무렵, 그는 아벨의 생활기록부에 이렇게 적었다.

'아벨 군은 천재성과 수학에 대한 열정을 겸비한 아주 뛰어난 학생이다. 살아 있는 한, 그는 세계 최고의 수학자가 될 수 있을 것이다.'

그런데 왜 '살아 있는 한'이라는 조건을 붙였는지는 홀름보에 자신도 모른다. 당시 아벨은 열여섯 살이었다. 홀름보에는 그해, 아벨에게 수학을 가르쳐 준 것이 바로 자신이라며 아주 자랑스러워했다. 그의 예언은 모두 맞아떨어졌다. 분명 아벨은 노르웨이는 물론 스칸디나비아 전체를 통틀어 단연 최고의 수학자였다. 그때 나이 겨우 스물한 살이었다. 그는 다들 눈이 휘둥그레질 정도로 거뜬히 레온하르트 오일러의 방대한 이론들을 소화해 냈다. 유럽에서는 거듭제곱근을 이용한 오차 방정식의 대수적 해법에 대한 문제가 다시금 논란의 대상으로 떠오르기 시작했다. 이미 숱한 업적으로 이름을 떨치던 오일러 역시 오차 방정식의 근을 구하려고 시도한 바 있다. 그러나 실패하고 말았다. 하지만 공식이 존재한다는 사실만은 확신했다. 수학에 대한 충분한 지식과 자신감을 얻게 된 아벨도 이 오차 방정식의 해법 문제를 집요하게 파고들었다. 그리하여 얼마 되지 않아 오차 방정식의 근을 구할 수 있는 공식을 알아냈다. 오일러도 실패한 것을 말이다. 당시 홀름보에는 아벨의 증명에서 어떠한 오류도 발견하지 못했다. 그 증명을 분석해 본 다른 수학자들도 마찬가지였다. 다행히 얼마 지나지 않아 아벨 자신이 직접 틀린 부분을 찾아냈다. 그 공식이 모든 경우에 다 해당되는 것은 아니었다. 그렇지만 일반적인 유형의 방정식에는 별 무리가 없는 공식이었다. 사차 방정식의 경우처럼 말이다.

아벨은 전혀 다른 관점에서 문제를 바라보았다. 만약 공식을 발견하지 못했다면 공식을 찾을 수 없기 때문이며, 공식을 찾을 수 없는 이유는 그 공식이 존재하지 않기 때문이라고 말이다. 그야말로 완전한 발상의 전환이었다. '사차 방정식까지 그러한 공식이 존재하므로, 응당 오차 방정식에도 공식이 존재해야 한다'에서 '사차 방정식까지 그러한 공식이 존재하는데, 왜 오차 방정식에는 존재할 수 없는 것일까?'라는 식으로 생각했던 것이다.

덴마크에서 휴가를 보내고 코펜하겐으로 돌아온 아벨은 공부에만 전념했다. 특히 몇 년 전 파리에서 눈을 감은 수학자 조제프 루이 라그랑주의 책들을 모조리 읽었다. 라그랑주는 이 분야에서 가장 뛰어난 수학자로 '오차 방정식의 해법을 연구하고자 하는 모든 이에게' 올바른 길을 제시했다. 자신이 걸었던 길을 말이다. 그러나 성공과는 거리가 먼 길이었다.

늦가을, 첫눈이 내리기 시작할 즈음이었다. 아벨은 본격적인 연구에 착수했다. 그러다 문득, 눈이 그치고 새봄이 찾아올 때쯤이면 문제가 완전히 해결되리라는 예감에 사로잡혔다. 그리고 성공할 수 있는 방법들을 하나씩 적용해 보았다. 그러는 사이 연말이 다가왔다.

크리스마스를 며칠 앞둔 어느 날, 결국 끝을 보게 되었다. 그 증명은 매우 압축적이지만 명료했다. 그는 내용을 다시 읽어 보았다. 이번에는 어떠한 오류도 발견할 수 없을 만큼 완벽한 증명이었다. 그 한 번의 시도가 성공함으로써 쉽게 일자리를 얻을 수 있었다. 그는 드디어 수학자가 되었던 것이다. 그의 결론은 아주 명쾌했다. 단 한 줄밖에 안 되는 짧은 문장이지만 멋진 표현이었다.

오차 대수 방정식은 거듭제곱근으로 풀 수 없다.

무려 300년에 걸친 그야말로 기나긴 여정이었다. 얼마나 많은 여행자가 이 길을 거쳐 갔던가? 때론 험하고, 때론 평온한 이 길을 말이다. 델 페로, 타르탈리아, 카르다노, 페라리, 봄벨리, 치른하우스, 오일러, 라그랑주, 루피니 그리고 아벨까지. 기나긴 여정에 마침표를 찍은 수학자가 바로 아벨이었던 것이다. 그는 「일반 오차 방정식의 불가해성을 증명하는 대수 방정식에 관한 연구 보고」라는 논문을 발표했다. 이 논문은 프랑스어로 되어 있다. 총 6쪽이었지만 아벨은 자비로 출간해야만 했다. 경제적인 어려움 때문에 글자 크기를 줄여 반쪽짜리로 빽빽하게 편집했다. 그렇게 하여 비용은 줄일 수 있었지만, 내용을 알아보기가 힘들었다.

어떻게 이러한 결론을 얻을 수 있었을까? 뤼슈 씨는 솔직히 말해 그다지 대단한 점은 발견하지 못했다. 다만 방정식의 해법을 하나하나 따로 검토할 것이 아니라, 전체를 검토하는 것이 중요하다는 사실만은 알 수 있었다. 실제로 전체에서 방정식의 모든 근을 구하고 그들의 '순열' 등을 연구하는 것, 바로 그것이 핵심이다. 20년 전에 이미 시작했다면 틀림없이 큰 성과를 거두었을 것이다. 그로루브르가 자기와 좀 더 일찍 연락하지 않았음을 안타깝게 생각하다니……. 뤼슈 씨는 자신의 신경 세포 일부가 사라져 버려 되찾을 가망이 없으며, 그나마 남아 있는 세포들을 동원할 수 있다는 것도 기적이라는 사실을 잘 알고 있었다.

아벨은 자신의 논문이 발간되자 곧장 유럽에서 내로라하는 수학자들에게 한 부씩 보냈다. 가우스는 그 논문을 읽지도 않고 어딘가에 던져 놓았다. 가우스가 세상을 뜬 뒤 그의 서류 더미에서 펴 보지도 않은 아벨의 논문이 발견되었다. 아벨은 새로 '적분'에 관한 연구 논문을 써서 대학

장학금 신청 서류에 첨부했다. 물론 그는 장학금을 탔지만, 이후 그 논문은 흔적도 없이 사라져 아무도 찾지 못했다.

아벨은 이미 2년 전에 크렐리 켐프라는 아리따운 처녀와 약혼한 사이였다. 하지만 돈이 없어 결혼식을 올릴 형편이 못 되었다. 그렇다 보니, 이 두 사람은 아벨이 교수직을 얻기만을 손꼽아 기다렸다. 그는 예전이나 지금이나 빈털터리였다. 자기 고향에서뿐만 아니라 베를린이나 파리에서도 말이다. 그러다 때마침 크리스티아나 대학교에 수학과가 창설되었는데 교수직이 다름 아닌 자신의 옛 스승이자 지금은 친구가 된 홀름보에에게 돌아가고 말았다. 아벨은 그를 축하해 주었다. 게다가 특강을 하여 받은 돈의 일부는 집안의 빚을 갚는 데 썼다. 가난한 천재 아벨은 진정한 낭만파였다. 굳이 단점이라면 반항할 줄 모르고 쉽게 체념해 버리는 유약한 성격의 소유자라는 것이다. 그래도 자신의 연구 성과를 알리려는 시도만은 게을리하지 않았다.

그의 발견이 처음 인정받은 곳은 파리였다. 아벨 자신도 어느 정도 확신이 있었다. 자신의 논문을 프랑스 한림원(아카데미 프랑세즈)에 제출할 것이고, 거기라면 오귀스탱 루이 코시와 아드리앵마리 르장드르를 비롯한 여러 수학자가 논문에 대해 올바른 평가를 내릴 것이다. 아벨은 프랑스어를 정확히 구사하는 데다, 물론 간접적이긴 하나 프랑스를 이끌어가는 인물이 아니던가?

아벨이 고향을 뒤로한 채 크리스티아나로 유학을 떠난 1815년, 노르웨이와 막강한 이웃 나라 스웨덴 간에 동맹이 체결되었다. 역사의 아이러니는 나폴레옹이 워털루에서 참패함으로써 인생의 내리막길로 접어든 때에, 그가 거느리던 부사령관들 가운데 가장 명망 있는 베르나도트 백작(카를 14세)은 출세의 가도를 달리기 시작했다는 것이다. 그는 이후 스웨덴 왕이 되어 노르웨이에까지 권력을 행사했다. 18세기 말 이름난 수학자들을 가장 많이 배출해 낸 나라는 다름 아닌 프랑스였다. 프랑스 혁명 당시, 콩도르세와 들랑브르를 제외하더라도, 라그랑주와 카르노, 몽주, 라플라스, 르장드르, 푸리에 등이 파리를 무대로 활동하고 있었다. 그리고 이후에는 코시, 퐁슬레, 제르맹, 푸아송 같은 수학자들이 뒤를 이었다.

＊

오후가 되자 알베르가 뤼슈 씨를 '모시러' 왔다. 맨 처음 탈레스에 대한 강의가 있었을 때처럼, 차는 파리의 중심가를 향해 달렸다. 팔레 루아얄(옛 왕궁)을 거쳐 루브르의 카루젤 광장을 지날 때, 뤼슈 씨는 구면이라 할 수 있는 유리 피라미드를 쳐다보았다. 지금이 초가을이니까 벌써 6개월이나 지났다. 오늘도 변함없이 일본인 관광객 한 무리가 있었지만 이번에는 다들 모피 코트에 깃털 달린 모자를 하나씩 쓴 채 횡단보도를 건너고 있었다. 찬 바람을 맞으며 서 있는 피라미드의 맑고 투명한 크리스털 느낌이 더욱 잘 어울렸다. 거기다 그 주위에 매달려 있는 고드름의 모습은 가히 환상적이었다. 물방울이 완전히 얼지 않아 조금은 무거워 보였지만. 냉동고에서 막 꺼낸 보드카처럼 말이다. 좀처럼 입을 열지 않던 알베르가 예의상 조사가 어느 정도 진행되었는지 물었다. 뤼슈 씨는 대답하기가 난감했다.

"의사이면서, 이미 400년 전, 차에 들어가는 주요 부품을 발명했던 한 특이한 이탈리아 수학자에 대한 조사로 며칠을 보냈네."

"그 시대엔 자동차가 없었잖아요?"

"없었지. 하지만 배가 있었고, 배 위에는 나침반이, 배 아래에는 바다가 있었지. 바다가 심하게 요동칠 땐 나침반 역시 흔들려 아무짝에도 쓸모없었거든. 그러다가 방향을 잃고 말지. 내가 조사한 수학자는 배가 전후좌우 어느 쪽으로 흔들리든 간에 나침반이 별 영향을 받지 않도록 하기 위한 장치를 개발했어. 자네 차에 들어 있는 것은 약간 개조된 형태라 할 수 있지. 아마 이름만 들어도 알 거야. 카르다노라고."

"아! 이탈리아인이죠. 그리 놀라운 사실도 아니네요. 이탈리아인들은 자동차에 관한 한 도사들이죠. 어쨌든…… 뤼슈 씨는 기계에 대해 전혀 모르실 거예요. 카르다노가 개발한 조인트는 두 가지 중요한 역할을 하죠. 먼저, 엔진이 바퀴를 구동할 수 있게 해 주죠. 그리고 핸들로 바퀴의 방향을 틀어 주는 데 이용되고요."

알베르는 핸들을 돌리며 시범을 보였다. 그러자 카르다노의 조인트가 제대로 작동하는지 바퀴가 그대로 돌아가기 시작했다. 차는 어느새 갓길로 접어들었고, 때마침 횡단보도를 막 건너오던 일본인 관광객들을 덮칠 뻔했다.

뤼슈 씨가 소리를 질렀다.

"그만하면 됐네, 알겠다고!"

알베르는 퐁데자르 다리와 연결되는 루브르 기슭에다 뤼슈 씨를 내려 주었다. 계단 양쪽으로 경사로가 있어 다리로 쉽게 접근할 수 있었다.

카르다노고 뭐고 간에 자동차 소음은 정말로 끔찍했다. 튀일리 정원 쪽 강 상류에서 신호등이 파란색으로 바뀔 때마다 갑작스레 소음이 사라지면서 동시에 밀려드는 정적이, 마치 환자의 무거운 숨소리가 돌연 멈춰 버리면 어쩌나 하는 것 같은 극도의 불안감을 안겨 주었다. 몇 번 휠체어 바퀴가 구르는가 싶더니 어느새 다리 위에 올라와 있었다. 플랑드르파(15세기에서 17세기 초 플랑드르에서 전개된 미술로, 생동하는 감각적 표현과 뛰어난 회화 기법으로 유명하다)의 어느 화가를 미치게 만들었다던 그 청회색의 물빛하며, 센강은 참으로 아름다운 강이다. 강 주위의 푸르스름한 물안개에는 마음을 아련하게 하는 그 무엇인가가 있다.

모래를 실은 거룻배가 휠체어 바로 밑으로 소리 없이 지나갔다. 뤼슈 씨는 그 모습을 눈으로 좇았다. 시테섬 끝에 이르자 배는 오른쪽으로 바짝 다가서더니 어느새 퐁네프 다리 아래로 사라져 버렸다. 뤼슈 씨는 다리 중간에서 멈춰 섰다. 희미하게 빛나던 여린 태양이 뤼슈 씨를 따라다니는 가벼운 한기를 잠재우고, 주변의 풍경을 따뜻하게 감싸 줬다. 차츰 날씨가 풀리는 듯했다. 뤼슈 씨에게 겨울의 이러한 온화한 날씨는 마치 뜻밖의 선물처럼 기분 좋은 것이었다. 센강이 자동차의 소음을 삼켜 버렸나 보다. 이제는 행인들의 발걸음 소리와 목소리밖에는 들리지 않았다. 앙상한 가지를 드러낸 나무들은 벌거벗은 보초들처럼 강둑길을 따라 죽 늘어선 채 복잡한 세상을 가리는 차단막이 돼 주었다. 그 때문에 뤼슈 씨는 강 한가운데 있으면서도 센강의 양쪽 기슭에서 까마득히 먼 곳에 있다는 느낌을 받았다.

✳

홀름보에가 크리스티아나 대학교에 있는 자신의 방에서 한창 연구에 몰두하고 있을 때, 수위가 문을 두드리고 들어와 편지 한 통을 건네주었다. 홀름보에는 책상 위에 놓여 있던 편지 칼로 봉투를 열었다. 편지는 '$\sqrt[3]{6121085701}$년, 프롤란에서'가 아닌, 보다 일상적이고 관례적인 '1829년 4월 6일, 프롤란에서'라는 문구로 시작되었다. 그리고 그 뒤를 이어 단 한 문장이 적혀 있었다.

'금일 오후 4시, 아벨이 세상을 떠났습니다.'

홀름보에의 눈에서 눈물이 왈칵 쏟아졌다. 제자이자 친구가 병으로 고생하다 생을 마감한 것이다. 스물일곱이 채 되지 않은 나이에 말이다. 문득 자신이 아벨의 생활기록부에 '살아 있는 한, 그는 세계 최고의 수학자가 될 수 있을 것이다'라고 적어 넣은 것이 생각났다. '살아 있는 한!'

당시 신임 교수였던 그는, 이런 말 한마디가 갖는 폭력성을 깨닫지 못했다. 홀름보에는 쓸쓸하게 웃었다. 그의 예언은 정확했다. 아벨은 오래 살지 못했으나 세계에서 누구보다 뛰어난 수학자였다. 게다가 뛰어난 학문적 자질을 가진 이 걸출한 인물이 눈을 감고 나서야 비로소, 그의 연구가 학계의 인정을 받아 명예와 영광이 함께 그를 찾아왔다. 아벨이 교수직에 지원했다가 수차례 거절당한 바 있던 베를린 대학교에서 마침내 수학 교수로 임명한다는 통지서를 그에게 보내왔다. 그러나 그 편지가 노르웨이에 도착했을 때는 이미 아벨이 죽은 뒤였다.

*

1793년 프랑스 혁명 세력은 아카데미를 모두 폐쇄했다. 그 후 30개월이 지나서야 혁명 의회가 한림원을 창설해 루브르에 설치했다. 1805년, 이 한림원은 나폴레옹에 의해 새로 건설된 센강의 퐁데자르 다리를 사이에 두고 루브르와 마주하고 있는 옛 마자랭궁으로 이전되었다.

뤼슈 씨는 여태껏 그곳을 주의 깊게 살펴본 적이 한 번도 없었다. 그러나 이번에는 아주 찬찬히 뜯어보았다. 루브르 안쪽에 있는 정사각형 뜰 입구와 프랑스 한림원의 둥근 지붕은 퐁데자르 다리와 정확히 일직선상에 놓여 있었다. 직선은 분명 최단 거리다. 하지만 무엇과 무엇 사이를 말하는가? 바로 희망과 절망 사이다. 뤼슈 씨는 추운 나라에서 온 이 젊은이가 자신의 논문을 끼고 부푼 가슴으로 수학자들의 메카인 파리에 도착하던 때를 상상하지 않을 수 없었다.

때는 1826년 7월, 날씨가 더워 퐁데자르 다리는 놀러 나온 사람들로 북적댔다. 그 다리는 파리 최초의 철교로 많은 이의 사랑을 받았다. 아벨은 주철제 아치와 철근 바닥면으로 된 이 철골 구조물을 보고 감탄했다. 파리에 오기 전 독일, 오스트리아, 이탈리아 등 각지를 여행하는 동안에도 그 같은 건축물은 본 적이 없었다. 다리를 따라 진열된 커다란 화분들은 오렌지나무로 장식되어 있었다. 아벨은 간이식당에서 레모네이드 한잔을 시켜 단숨에 들이켰다. 소규모 악단이 흥겹게 연주하는 민요를 들으며 그는 머나먼 고국 땅에서 자신을 기다리고 있을 약혼녀 크렐리 켐프의 모습을 떠올렸다. 그곳을 빠져나온 뒤 인형극을 공연하는 아주 작은 극장 앞에서 발길을 멈췄다. 그러더니 어린아이처럼 해맑은 미소를 지어 보이고는 서둘러 프랑스 한림원으로 향했다. 잠시 후면 그의 논문이 정식으로 한림원에 등록될 것이다.

*

자동차의 지독한 소음과 함께 뤼슈 씨는 어느새 아벨이 살던 시대로 돌아가 있었다. 정신을 차린 그는 신호등이 파란색으로 바뀌기를 기다리고 있다가 불이 켜지자 콩티 대로를 느긋하게 건넜다. 사실 시간은 충분했다. 한림원에서 과거와의 만남이 그를 기다리고 있지 않았다.

그는 현관 관리실에 신분증을 맡겨야 했다. 한림원 본부에는 두 개의 도서관이 있었다. 그중에서 마자랭 도서관은 가장 오래된 공공도서관으로 뤼슈 씨가 학창 시절 자주 이용하던 곳이라 잘 알고 있었다. 그래서 이번에는 마자랭 도서관에 가지 않았다. 일단 현관에서 받은 표찰을 가슴에 달았다. 그리고 지붕이 아치형으로 된 복도를 지나자 왼쪽에 또 하나의 뜰이 있었다. 제복 차림의 경비원이 나와 뤼슈 씨가 현관 앞 층계를 오르는 것을 도와 건물 안 로비까지 데려다주었다. 계단을 따라 길게 뻗은 선명한 초록색 양탄자 길은 작은 승강기까지 이어졌는데 승강기 앞에 도착하자 문이 자동으로 열렸다.

"드디어 한림원 도서관에 와 보는군!"

아랍문화연구소 같은 여타 연구소의 도서관과는 전혀 다른 유형의 도서관이었다. 둘 다 센강의 왼쪽 기슭에 위치하고 있다는 사실 이외에 공통점이라고는 전혀 없었다. 열람실 의자부터 달랐다. 이곳은 녹황색 벨벳 천을 씌운 고급 나무 의자들이 가득 차 있었다. 그리고 의자의 등받이 부분은 사각형이었다. 길이가 40미터 정도 되는 좁은 열람실 중앙에는 육중한 참나무 책상이 일렬로 늘어서 있었는데 책상마다 다리 부분에 판지로 만든 그리핀(그리스 신화에 나오는 몸은 사자, 머리와 날개는 독수리, 귀는 말, 볏은 물고기 지느러미 모양을 한 괴물) 장식이 있었다.

뤼슈 씨는 자리를 잡고 앉았다. 그러고는 곧장 「광범위한 초월함수의 일반적인 속성에 관한 연구 보고」라는 아벨의 논문을 펼쳐 들었다. 이 논문 역시 아벨이 죽은 지 일주일쯤 지나서 열린 학회에 처음 소개되기 전까지는 서랍 속에서 3년 동안이나 잠자고 있었다. 코시는 르장드르의 도움으로 아벨의 논문에 관한 보고서를 내놓았다. 하지만 이 수학자는 자신이 아벨의 논문을 발굴했고 그 보고서를 발표하게 되었다는 데 감격한 나머지 도저히 알아볼 수 없는 필체로 빼곡히 써 내려간 무명의 젊은 노르웨이 수학자의 이론에는 정작 신경 쓸 겨를이 없었다.

＊

한 달 전쯤 이곳 한림원에 아벨보다 훨씬 더 젊은, 겨우 열여덟 살밖에 되지 않은 어떤 청년이 논문 하나를 제출했다. 제목은 「일차 대수 방정식에 관한 연구」이었고 이 논문을 쓴 사람은 어느 고등학생이었다. 그의 생활기록부에는 이런 말이 적혀 있었다.

'하지 말라는 일에 몰두하는 성격' '성적이 날로 저하' '다소 기벽이 있음' '품행 불량' '내성적임' 등등. 또 다른 교수는 이렇게 덧붙였다. '원래 지능이 낮거나, 아니면 자신의 재능을 일부러 숨긴 것이 아닌가 사료됨.'

뤼슈 씨는, 자신의 명석함을 누군가에게 알리는 것이 그 학생에게는 달갑지 않은 일이었으리라는 느낌을 받았다. 문제의 선생은 갈루아라는 학생이 자신의 뛰어난 두뇌를 제공하고 싶어 하도록 그를 이끌어 주지 않고 도대체 무엇을 했을까? 뤼슈 씨의 생각으로는 그저 허튼소리에나 귀를 기울이며 이죽댔을 것 같았다. 학생이라고 해서 모두가 홀름보에 같은 선생과 만나는 행운을 누리는 것은 아니다. 갈루아를 가르친 선생들 가운데 몇몇은 '갈루아는 매우 뛰어난 학생'이며, '수학에 대한 열정으로 똘똘 뭉친 학생'이라는 점을 지적했다. 한 선생은 '그를 지배하고 있는 것은 바로 수학에 대한 광기'라고까지 평가했다. 이 선생은 또한 '그는 독창적인 것을 추구한다'라는 자신의 꾀바른 평가가 어떤 식으로 발현될지 전혀 짐작하지 못했을 것이다. 마지막으로 그의 성적표에 기재된 '그는 침묵에 항의한다'라는 말은 마치 고함 소리처럼 울려 퍼졌다.

수학에 대한 남다른 열정으로 자신의 논문을 한림원에 제출한 이 고등학생의 이름은 바로 에바리스트 갈루아였다. 또다시 불가피하게 오귀스탱 루이 코시가 그 논문을 접수하여 심사하게 되었다. 이번에는 자기 앞에 닥친 일이 중요하다는 것을 알고 있었다. 그런데 유감스럽게도 논문 심사 결과를 보고해야 하는 날, 그만 앓아눕는 바람에 도저히 학회에 참석할 수 없는 상황이 되고 말았다. 곧 건강을 회복했지만 보고에 대해서는 까맣게 잊어버렸다.

뤼슈 씨는 이 젊은이가 자신의 논문을 찾으러 왔을 때, 한림원 관리인이 당신의 논문이 아직 넘어오지 않았다고 대답하는 광경을 어렵잖게 상상할 수 있었다. 그 대답을 듣고 자신의 연구 논문이 학회에 아직 소개되지 않았다는 사실에 격분한 젊은이는 제정신이 아니었을 것이다. 분노로 어쩔 줄 몰라 하던 젊은 갈루아는 그다음에 어떻게 했을까? 그는 얌전히 집으로 돌아와 자신의 논문을 처음부터 다시 써 내려갔다.

1830년 한겨울, 그는 하루 만에 다시 한림원의 높은 문턱을 뛰어넘어 「거듭제곱근을 이용한 방정식 풀이 조건에 관한 연구 보고」라는 논문을 제출했다. 이는 초여름쯤에 수여하기로 되어 있는 수학 논문 대상을 염두에 둔 것이었다. 하지만 이번에는 불행히도 코시가 아닌 푸리에가 논문 심사 보고를 하기로 되어 있었다. 장바티스트 조제프 푸리에(유명한 푸리에 급수의 발명가)는 보나파르트 나폴레옹의 이집트 원정 때 수행했던 수학자로 이집트 노예 기병의 공격에도 용케 살아남았다가 학회가 있기 며칠 전 그만 파리에 있는 자신의 집에서 눈을 감고 말았다. 그리하여 애석하게도 갈루아의 논문은 소개되지 못했다. 갈루아는 자신이 논문 경시대회 참가를 허락받지 못했다는 사실을 전혀 모르고 있었다. 아벨의 논문은 그가 죽고 나서야 가우스의 서류 더미 속에서 발견되었다. 그러나 갈루아의 논문은 푸리에의 서류 더미 속에서조차 찾지 못했다. 이렇게 하여 갈루아의 저작은 또다시 갈 길을 잃고 방황하게 되었다. 1830년 6월 28일, 수학 논문 대상은 아벨에게로 돌아갔다. 한림원은 그의 생전에 이 상을 주지 않은 데 대한 사과의 뜻으로 그런 결정을 내린 것 같았다. 그렇게 하여 학계의 동료로 아직 생존해 있는 갈루아를 제쳐 두고 망자가 되어 버린 아벨이 상을 탄 것이다. 두 번의 실패로 끝난 적은 한 번도 없다. 반드시 세 번째 실패가 도사리고 있게 마련이다.

1831년 겨울 어느 날, 갈루아는 세 번째로 한림원의 문턱을 넘어 논문을 제출했다. 이번에는 무사히 심사를 받을 수 있었다. 드디어 그의 눈물겨운 노력에 대한 응답이 있었던 것이다. 논문을 심사한 이는 시메옹 드니 푸아송으로, 확률론에 관한 중요한 원리를 발견한 수학자였다.

"우리는 갈루아 씨의 증명을 이해하려고 최선을 다했습니다. 그러나 당신의 추론은 너무나 모호할 뿐 아니라 논리 전개가 불충분하여 추론의 정확성 여부를 판단할 수 없으므로 심사 보고 시 그에 대한 개괄적인 이해조차 불가능할 것으로 보입니다."

이 편지는 한림원과 갈루아의 관계가 끝났음을 알리는 것이었다. 푸아송이 갈루아의 연구 내용을 전혀 이해하지 못하고 있을 때, 그는 감옥에 있었다. 자신의 연구가 다른 이들의 이해를 얻어 인정받는 모습을 보고자 하는 그의 희망을 무참히 짓밟아 버린 단 몇 줄의 소견서를 받아 든 것도 교도소 감방에서였다. 갈루아가 스무 살이 채 되기 전에 철창신세를 지게 된 것은 어쩌면 숙명과도 같은 것이리라.

*

"심사 보고 시 그에 대한 개괄적인 이해조차 불가능할 것으로 보입니다.' 푸아송이 그렇게 썼단 말이지."

뤼슈 씨도 그럴지 모른다. 갈루아에 대한 경의의 표시로 어쨌든 그것을 시험해 보기로 했다. 그로루브르는 도서 카드를 통해 뤼슈 씨에게 몇 가지 암시를 주고 있는 것 같았다.

도서관 이용 시간은 오후 6시까지였다. 지금은 5시 45분이다. 열람실 끄트머리, 사서가 앉아 있는 자리 뒤쪽에 특이하게도 문자판이 둘인 추시계가 시간을 가리키고 있었다. 도서관은 공화정 9년에 건립되었다. 위 문자판은 태양시를, 아래 문자판은 상용시를 가리킨다. 이처럼 두 가지 방식으로 시간을 나타내는데, 월과 년은 그레고리우스력과 공화력에 따라 표시되었다. 뤼슈 씨는 지금이 한창 우월雨月(공화력의 5월로 비가 많은 시기)임을 알았다.

하던 일을 마무리하는 중에 정문 맞은편 도서관에서 볼테르상을 보았던 것이 생각났다. 그것은 '일흔여섯 살 된 볼테르의 나신'을 표현한 작품이었다. 하지만 이제는 거기에 없었다. 노인의 몸은 대개 감추게 마련인데 그곳에서는 당당히 전시해 놓고 있었던 것이다. 게다가 그것은 한 철학자의 나신이었다. 노인에다 철학자라는 두 가지 사항 모두가 자신에게도 해당될 수 있다는 생각에 뤼슈 씨는 도서관 직원에게 볼테르상을 어디로 옮겼는지 물어보았다. 직원의 말로는 마자랭의 묘와 자리를 바꿔 놓았단다.

"한림원 회원들한테야 늙었지만 살아 있는 듯한 철학자의 나신상보다 추기경의 텅 빈 묘를 갖다 놓는 게 낫겠지."

뤼슈 씨는 들뜬 마음으로 집으로 돌아왔다. 그리고 오후에 조사한 내용에 대한 이야기를 막 끝냈을 때 그의 흥분은 절정에 이르렀다. 물론 너무 어린 막스와 앵무새 노퓌튀르를 빼고는 모두들 갈루아에 대한 이야기를 열심히 경청했다. 군데군데 눈에 띄는 경구들. 뤼슈 씨의 입을 통해 그들은 갈루아의 생애와 업적 전부가 중요한 내용들임을 알게 되었다. 반면 아벨에 대해서는 전혀 들은 바가 없었다.

＊

레아의 목소리가 희미하게 들렸다. 그녀는 자기 침대 위에 앉아 있었다. 조나탕은 그 옆에서 천창 너머 하늘을 멍하니 바라보며 레아가 읽어 주는 내용을 열심히 듣고 있었다.

＊

사랑하는 내 아들아.

이것이 마지막 편지가 될 것이다. 장차 네가 이 글을 읽을 때쯤, 난 이미 저세상 사람이 되어 있겠지. 난 네가 절망하거나 비통해하지 말았으면 한다. 될 수 있으면 평범한 삶을 살아가도록 노력하려무나. 물론 네겐 친구 같은 아버지를 잊는다는 게 쉽지 않으리란 걸 나도 잘 안다. 내가 영원한 작별을 결심하게 된 이유를 네게 어떻게든 설명하고 싶었다.

얘야, 너도 알다시피 난 지난 17년간 이 도시의 시장으로 있었다. 워털루에서의 참패 이후, 우리 공화국 적들이 나를 몰아내려고 혈안이 되었지만 결국 수포로 돌아가고 말았지. 그들 한 명 한 명은 부르봉 왕가와 예수회에 대한 나의 입장과 신념을 잘 알고 있었단다.

아들아, 난 교구의 주임 신부와 그를 그곳으로 보낸 자들이 공개적인 싸움에서 나의 권위에 감히 도전할 수 없다는 것을 잘 알고 있었을 거라 확신한다. 그래서 저들은 방법을 바꿨지. 난 더 이상 사람들에게 경외의 대상이 아니었단다. 그들은 내게 싸늘한 미소를 보내기 시작했어. 처음부터 나의 적이었던 이들은 미친놈을 시장으로 뽑아 나라의 웃음거리가 되었다며 내 면전에서 손가락질을 해 댔지. 내가 전혀 반응을 보이지 않으면 비웃고, 설득이라도 할라치면 또 비웃고, 화를 내면 더욱 심하게 조소를 퍼부었다.

하지만 내가 강경한 태도로 일관하자 뒤늦게 저들도 나와 우리 가족에 대한 존경심을 되찾게 되었단다. 그러니 이제는 어느 누구도 감히 네 엄마와 널 어찌하지 못할 게다.

정말 숨이 막혀 죽을 것 같구나. 맑은 공기가 부족해 죽을 것 같단 말이다. 이렇게 숨을 못 쉴 정도로 공기를 오염시킨 것은 부르라렌 사람들이란다. 이 사실을 만방에 알려야 한다.

사랑하는 나의 아들아, 네게 작별 인사를 한다는 것이 이다지도 힘들다니. 넌 나의 장남이고, 널 항상 자랑스럽게 생각했단다. 언젠가 넌 위대한 사람이 될 테지. 그날이 꼭 오리란 걸 알지만 고통과 투쟁, 환멸의 순간이 널 기다릴 거라는 사실도 알아야 한다.

넌 수학자가 될 거야. 하지만 세상 모든 학문 중에서 가장 고귀하고 순수한 학문이라는 수학조차도 역시 우리가 살고 있는 이 땅에 깊은 뿌리를 내리고 있단다. 그러니 수학 역시도 너로 하여금 너의 고통과 다른 이들의 고통에서 벗어나게 해 주지는 못할 것이다.

차라리 싸워라, 아들아. 나보다 더 용감하게 싸워라. 네가 죽기 전에 자유의 종소리를 들을 수 있으면 좋으련만.

　　　　　　　　　　　　　　*

　레아는 어떤 전율을 느끼며 갈루아의 아버지(니콜라가브리엘 갈루아)가 자살하기 전 아들에게 보낸 편지를 가만히 내려놓았다. 거기에는 아버지의 손으로 쓰여진 아들의 미래가 있었다. 고통과 투쟁, 환멸, 천재성, 자유 그리고 죽음. 죽음을 앞둔 아버지가 젊은 아들에게 차례로 펼쳐 보인 미래의 모습 말이다. 아울러 투쟁과 자유도……

　1830년. 왕정복고 시대를 맞이한 지 15년이 되었다. 하지만 부르봉 왕가는 끝내 파리 시민들과의 갈등을 해결하지 못했다. 그해 7월 파리에서는 대규모의 민중 폭동과 영광의 3일 봉기(1830년 7월 27·28·29일의 가두 봉기)가 있었는데, 당시 갈루아는 자신의 뜻과는 무관하게 고등사범학교의 입시 준비반에서 기숙생으로 있다 보니 가두 봉기에 참여하기가 어려웠다. 하지만 그는 가까스로 그 대열에 끼어들었다. 조나탕은 경찰 조서를 꼼꼼히 베껴 써 놓은 종이를 펼쳤다.

　파리에서 일어난 거의 모든 소요와 폭동에 가담. 민중당의 집회장에서 '장관들을 죽여라'라고 소리쳐 군중을 선동하려 했음. 국민병으로 포병대에 입대. 1830년 12월 21일과 22일 야간 근무 중 포수들을 설득해 시민군에게 대포를 넘겨주려 했음. 1831년 5월 9일, '부르고뉴의 포도 수확제' 때 열린 공화파의 자축연에서 한쪽 손에 단검을 쥔 채 건배를 하며 '루이 필립을 위하여'라고 외쳤음.

　이야기를 할 때 차분하고 냉소적인 태도를 취하다가도 갑자기 흥분하거나 거칠게 반응하는 경우가 있음. 수학자들 사이에서 인정은 못 받고 있지만 수학에 관한 한 천재성이 엿보임. 여자관계 없음. 골수 공화파.

매우 대담하고 과격한 열성파. 그 대담성으로 보아 위험인물로 사료됨. 사람들을 쉽게 믿는 편이며, 세상 물정에 어두운 자로 우리 쪽 사람들을 풀어 접근하기가 쉬울 듯함.

레아는 의아해했다.

'여자관계가 없다고? 사실 여자가 한 명 있었잖아. 딱 한 명. 갈루아는 자신의 열정을 함께 공유할 수 없는 여자와 사랑에 빠졌지. 이해할 수도 없는 엉뚱한 이유들 때문에 말이야. 같은 공화파에서 활동하던 친구 하나도 그 여자에게 열을 내고 있었고, 어느 날 그에게 결투 신청을 했다고 했는데……'

갈루아에게는 운이 따르질 않았다. 그와는 정치적 노선을 함께하는 동지이면서 동시에 연적이었던 그 친구는 사격 솜씨가 뛰어난 장교였다. 갈루아는 결투 하루 전날, 친구인 오귀스트 슈발리에게 장문의 편지를 썼다.

"……언제부턴가 내 머릿속에 자리한 생각은 다의성 이론에 대한 초월적인 분석을 적용하자는 쪽으로 흘렀다네. 그것은 초월량 또는 초월함수들 간의 관계 속에서 어떤 식의 교환이 가능하며, 그 관계가 지속되는 경우 주어진 기지량 대신 사용할 수 있는 수량이 무엇인지 등에 대해 선험적으로 아는 것이 관건일세. 그 때문에 앞으로 만나게 될 그 많은 수식을 풀지 못하리란 생각을 하지 않을 수 없군."

이 대목에서 레아는 잠시 말을 멈췄다. 그러고는 다시 읽어 내려갔다.

"하지만 내겐 시간이 없을뿐더러, 나의 뜻은 드넓은 이 땅에서 아직 제대로 펼쳐지질 못했네. 살다 보니 나 스스로도 확신이 서지 않는 불확실한 명제들을 제시하는 경우가 종종 있었지. 그러나 내가 여기에 쓴 내용은 이미 1년 전부터 내 머릿속에 자리 잡고 있던 생각들이야. 완벽하게 증명하지 못할 정리를 제시했다는 의심을 받지 않았으면 하는 것이 나의 욕심이라네."

어슴푸레 날이 밝아올 때쯤에서야 갈루아는 '사랑하는 친구여, 잘 있게'라는 마지막 말과 함께 편지에 서명을 했다. 그는 그렇게 수학에 대한 유언을 남긴 채 증인들과 함께 방을 나섰다.

＊

다음 날, 뤼슈 씨는 아마존 서재를 다시 찾았다. 그는 또 한 번 감탄 어린 눈길로 암적색과 금색이 주조를 이루는 서가 쪽을 바라보았다. 이 모든 책이 여기에 다 모여 있다는 것이 감격스러웠다. 자신이 언제든 손댈 수 있는 곳에 말이다. 평생 받아 본 선물 가운데 가장 멋진 선물이었다. 그로루브르, 그로루브르의 고귀한 책들이다. 하지만 그로루브르가 그 책들을 그다지 깨끗하지 못한 방법으로 구입한 이상 은닉했다는 이유로 날 비난하지는 못할 것이다.

몇몇 절친한 사람을 제외하고는 어느 누구도 그러한 보물이 이 평범한 정원 깊숙이 있으리라고는 전혀 의심하지 못할 것이다. 그가 음흉한 사람이라면 서점을 희귀본의 불법 거래를 슬쩍 가려 주는 '가면'처럼 이용할 수도 있겠지만, 그는 그럴 사람이 아니다. 희귀본의 원래 주인도 그것을 잘 알고 있다. 그로루브르는 그에게 종이 한 장 보내지 않았으며 마나우스에 있는 그의 집은 이미 잿더미로 변해 버렸다. 물론 편지가 남아 있지만 그것만으로는 부족하다. 이 도서실은 자신만이 아는 보물 창고다.

뤼슈 씨는 눈을 크게 뜨고 주위를 둘러보았다. 이 방 안에는 무언가가 빠져 있었다. 뤼슈 씨가 매입하기 전만 해도 두 작업실은 화가와 조각가들의 공용 화실로 사용되었다. 화실은 조각품을 세워 두겠다는 꿈을 누릴 수 있는 곳이다. 뤼슈 씨는 몽마르트르의 조각하는 친구들에게 한림원의 볼테르 나신상을 비웃기라도 하듯 장난스럽게 '84살 된 뤼슈 씨의 나신상'을 만들게 해 아마존 서재 입구에 세워 둘까 하는 생각을 했다. 그리고 여러 가지 포즈를 머릿속으로 그려 보았다. 진짜라면 속옷을 벗자마자 곧 감기에 걸리게 될 것이다.

뤼슈 씨는 잠시 꿈꿔 본 자신의 나신상 재료가 될 돌에서 지난 수 세기 동안 쓰여진 책들의 재료인 종이에 대한 생각으로 옮겨 갔다. 아마존 서재의 서가에서는 평소 귀족을 증오하던 갈루아가 어느 남작과 대공 사이에서 고민하고 있었다. 여기서 남작은 장바티스트 조제프 푸리에를, 대공은 카를 프리드리히 가우스를 가리킨다. 수학 용어로 말하자면, 소위 '근방'인 셈이다. 뤼슈 씨는 대수 방정식의 해법에 대한 공략을 시작하기 전에 요점 정리의 필요성을 느꼈다. 그는 유리펜과 잉크를 꺼낸 다음, 두꺼운 공책을 펼쳤다. 대수 방정식이 그에게 보여 준 대로 수학자들이 거쳐 간 단계는 여러 가지였다.

당연히 그들은 일정 유형의 방정식에 근이 있느냐 없느냐를 먼저 파악했다. 그런 다음 근을 구했다. 그 과정에서 방정식 가운데 어떤 것들은 여러 개의 근을 갖고 있음이 확인되었다. 여기서 새로운 의문이 제기된다. '하나의 방정식이 몇 개의 근을 가질 수 있는가? 과연 그 상한값이 존재할까? 그리고 하한값은?' 그에 대한 답은 이렇다. n차 방정식은 정확히 n개의 근을 갖는다는, 우리가 이미 알고 있는 대수학의 기본 정리다.

동시에 '거듭제곱근을 이용한 해법'이라는 효과적인 해법에 관한 문제가 제기됨으로써 수학자들은 일·이·삼·사차 방정식에 대한 공식을 마련했다. 아벨이 일반 오차 방정식에 대해서는 대수적 해법이 없음을 증명하기 전까지 무려 300년을 기다려야 했다. 갈루아 역시 오차는 물론 그 이상 차수의 방정식에서 대수적 해법이 없음을 증명했다.

이러한 수 세기에 걸친 이어달리기 경주에서 결승점에 도달함으로써 르네상스 시대부터 시작된 이 시합에 마침표를 찍은 것이 바로 갈루아였던 것이다.

오차 이상 차수의 모든 방정식은 거듭제곱근으로써 풀 수 없다는 말이, 곧 모든 것에 다 적용된다는 의미는 아니다. 갈루아는 특수한 방정식에 대한 대수적 해법이 존재하는지 결정할 수 있는 선험적 방법이 존재하는가 하는 문제를 제기했다. 그것을 가능케 하는 기준이 존재하기는 할까? 갈루아는 바로 이 기준을 마련했던 것이다. 푸아송의 경우 온갖 노력을 기울이고도 개괄적인 이해조차 불가능했는데, 과연 겨우 열아홉 살의 갈루아가 그 기준 설정에 사용된 방법을 스스로 이해하고 있었을까?

갈루아의 전집은 단 한 권으로 요약된다. 뤼슈 씨는 그로루브르의 도서 카드에 있는 내용을 전적으로 신뢰했다. 정성스레 써 놓은 그로루브르의 한마디가 도서 카드의 첫머리를 장식하고 있었다.

고대 기하학자들의 노력은 고상함을 목표로 한 것이다.

뤼슈 씨는 순간 멈칫했다. 자신도 관계가 있는 말이었기 때문이다. 그가 보기에는 고상함이라는 것이 가장 쉽게 사람의 마음을 움직이게 하는 지식의 범주 가운데 하나였던 것이다. 아무리 사춘기를 갓 벗어나 연구 과정에서 그 고상함을 목표로 삼는 젊은이라 해도, 크고 투박한 장화를 신은 채 의식 속으로 돌진하는 사람들이 유념해야 할 것이 있는 법이다. 갈루아는 이 글을 쓰기 9개월 전부터 철창신세를 지고 있었다. 과연 광기와 독창성이 갈루아를 고상한 인물로 이끌 수 있을까? 뤼슈 씨는 다시 읽어 내려가기 시작했다.

갈루아는 방정식의 근을 각 개체로서 고려하기보다는 전체 집합에 속한 존재로서 고려했다고 그로루브르는 적어 놓았다. 그는 이 집합이 치환을 비롯한 몇몇 변형의 상황에 처했을 때 어떻게 작용하는지 연구했다.

그로루브르는 이렇게 결론지었다.

이 간단하면서 집약적인 연구를 통해 갈루아는 최종적으로 그 의문을 접었다. 하지만 그렇게 함으로써 결과적으로는 그가 발견한 방법이 수학계에 새로운 장을 열었다. 그가 만들어 낸 대상은 수학에서 새로운 주역이 되었고 그가 사용한 방법들은 수학에 새로운 방법론의 탄생을 가져왔다. 갈루아에 의해 비로소 대수학이 더 이상 같은 모습만을 갖는 학문이 아니라고 말할 수 있게 되었다. 이제 대수학에서 주목하는 대상은 수나 함수가 아니라 바로 '구조'다. 다시 말해, 대상은 자신의 특수성이 아닌 집합 속에서 고려되고 이 집합을 '구성'하는 관계들로 묶여 있는 것이다. 이런 개념이 바로 갈루아에 의해 처음 도입된 '군群'의 구조로 20세기 대수학의 주요 연구 대상이 되었다. 이 같은 새로운 관점이 '현대 수학'의 기조를 이룬다. 시대마다 새로 탄생한 수학이 현대 수학은 아니듯이 말이다.

(설명)체의 구조를 정의하는 것은, 바로 같은 것이 아닌 두 원소가 무엇 때문에 다른지 말하는 것이다. 또한 한 집합을 구성하는 원소들 간에 존재하는 미분화 상태를 깨뜨리는 것이다.

뤼슈 씨는 마지막 설명 부분이 무척 마음에 들었다. 그것은 수학이 철학과 하나로 결합되는 순간이었기 때문이다. 또는 그 반대의 경우도 인정했다. 그로루브르로 인해 수학과 철학이 진정 대등하게 만날 수 있는 순간이었다.

갈루아의 마지막 수학적 발견 때문에 그를 조사한 심사관들은 다소 관대한 판결을 내렸다. 갈루아의 연구 결과를 이해하지 못했다고 해서 그들을 비난할 수는 없는 일이다. 하지만 이해하려는 어떠한 자세도 취하지 않은 것은 비난받아 마땅하다. 갈루아는 값비싼 대가를 치른 것이다! 그 시대보다 단지 생각이 너무 앞섰다는 이유로 말이다. 그는 다른 수학자들이 자신을 따라잡기만을 기다리지 않았다.

뤼슈 씨가 갈루아 전집을 덮는 순간, 이 이야기의 원류가 된 카르다노의 말이 문득 생각났다.

'네 책이 욕구를 충족시키고, 이러한 실리가 너를 개선시키도록 노력하라. 그렇게 하는 것만으로도 이미 성공을 거둔 셈이다.'

푸리에와 가우스의 저서들 가운데 뤼슈 씨가 아마존 서재에 비치해 둔 책이 이런 의미에서 완성작인가에 대해서는 이론의 여지가 없다. 마침내 대수학에 관한 기본적인 의문 한 가지가 해결된 셈이었다. 그는 서가를 한참 바라보면서 여기에 있는 책들 가운데 '욕구를 충족시키는 것'이 얼마나 되는지 자문해 보았다. 자신과 같은 서적상에게, 갈루아의 말은 그대로 가슴에 와닿을 만큼 감동적이었다. 생의 대부분을 책과 함께 보낸 자신이 팔았던 책들 가운데 완성작은 과연 얼마나 되는가? 뤼슈 씨는 불을 끄고 작업실을 나왔다.

아직 쌀쌀한 날씨임에도 불구하고 그는 정원의 어둠 속에 있었다. 도저히 자신이 알게 된 모든 사실을 온전히 받아들이기가 어려웠다. 그로루브르가 마지막에 덧붙인 내용이 내내 뇌리에서 떠나질 않았다. 그와 함께 어떤 의문 하나가 그를 괴롭혔다. 하지만 그 의문이 어떤 것인지는 구체적으로 표현할 수가 없었다. 그러다 문득 그 의문이 분명하게 떠올랐다. 바로 대수 방정식 문제를 풀기 위해 갈루아가 사용한 방법과 다른 해법이 또 존재하는가, 하는 것이었다. 예컨대 갈루아의 시대에 널리 인정받은 다른 방법들 말이다. 과연 다른 해법이 있었을까? 1830년대 수학에서는 갈루아가 했던 것처럼 문제를 풀어 인정받지 못했거나 아예 문제를 풀지도 못한 경우만 있었던 것은 아닐까?

갈루아 같은 천재는 다시없을 테지만 바로 그가 문제를 푸는 데 성공했다는 사실 때문에 그는 더 비참했다. 차라리 그가 문제를 풀지 못했더라면 좋았을지도 모를 일이다. 게다가 그를 가르친 선생들도 닐스 아벨과 홀름보에처럼 명석하고 통찰력이 있지 않았다. 그러나 갈루아는 독창성을 추구했다. 그로서는 독창성의 추구만이 유일한 방도가 아니었을까?

수학처럼 증명이 곧 법으로 취급되는 분야에서 갈루아의 비극은 그의 주장을 뒷받침할 증명을 효과적으로 제시하지 못했을 뿐만 아니라 그 주장을 이해할 수 있는 사람을 찾지 못했다는 것이다. 다시 말해 주장을 지지하는 사람 말이다. 단지 자신의 확신만으로 혼자 버둥거린 셈이다. 따라서 자신의 증명이 정확한가에 대한 확신을 가질 수 있는 것은 갈루아 자신밖에 없었다. 그가 제시한 증거들이 다른 이들에게는 이해 불가능한 것들이었기 때문이다.

뤼슈 씨는 전율을 느끼며 차고 방으로 돌아갔다.

＊

노퓌튀르는 추위에 꽁꽁 얼어붙었다. 노퓌튀르는 겨울을 몹시 싫어했다. 기온이 떨어지면서부터는 만사 의욕이 저하되었다. 말수도 줄어들고, 별로 날아다니지도 않았으며, 집안일에도 아주 가끔씩만 참여했다. 예년에 비해서 그나마 덜 추운 날씨임에도 노퓌튀르를 위해 일부러 난방에 각별히 신경을 썼지만 그것만으로는 부족했다.

음울한 일요일 오후다. 날씨도 고약했다. 노퓌튀르는 방열기 근처 홰에 올라앉아 꾸벅꾸벅 졸고 있었다. 그러는 동안 다들 정리를 위해 주방에 모였다. 레아가 뤼슈 씨에게는 차를, 나머지 사람들에게는 커피를 가져다주었다. 어두운 날씨 탓에 키 큰 스탠드를 켜야만 했다. 뤼슈 씨가 지난번 아폴로니오스의 원뿔곡선론을 설명할 때 사용했던 바로 그 전등이었다. 전등갓을 이용해 불빛의 모양을 일그러뜨려 둥근 포물선 형태를 만드는 실험을 했었다.

맨 먼저 입을 연 것은 페레트였다.

"내 기억이 맞는다면, 자신의 공식을 비밀에 부치고 싶어 하다가 친구 행세를 하던 누군가를 믿는 바람에 그만 공식들을 날치기당한 타르탈리아에 의해 모든 것이 시작됐어요."

레아가 지적했다.

"만약 공식을 비밀에 부치려고 하지 않았다면 그에게서 공식을 훔칠 사람은 아무도 없었겠죠."

조나탕이 주장했다.

"그는 공식을 공개하고 싶었던 거예요. 그저 숨기려 하는 비밀광은 아니었어요."

"그가 공식을 공개하기로 마음먹은 순간, 이미 때가 늦었다는 것만 빼고는 말이에요. 그는 그 전에 죽어 버렸으니까요."

막스가 말을 마치자 조나탕이 한마디 던졌다.

"예상하지 못한 일이었어."

레아가 이렇게 결론을 내렸다.

"그로서는 안된 일이야. 자신의 실수로, 자신의 공식에 그 공식을 누설한 사람의 이름이 붙게 되었으니. 그는 두 번이나 속은 셈이지."

페레트는 잠시 생각에 잠겼다. 다들 그녀에게 다른 생각이 있음을 알아챘다.

"그럼 이 이야기는 아벨과 갈루아로 끝나는 거네요. 그들에게 어떤 일이 일어났죠? 그 두 사람은 자신의 연구 성과를 공개하고 이해받기 위해 뭐든 했잖아요. 물론 갈루아에겐 쓸데없는 일이었지만요. 그로루브르가 당신에게 말하려 했던 것이 바로 그게 아닐까요. 대수 방정식에 관한 이 기나긴 여정을 거치게 한 것도 그런 이유에서일 거예요. 자신의 증명을 비밀로 하려는 이유를 당신에게 설명하기 위해서죠. 그리고 자신이 그 증명을 공개하려 했다면 쓸데없이 실망했으리라는 것을 말하려고요."

뤼슈 씨는 그녀의 이야기를 주의 깊게 들었다. 그리고 잠시 후 입을 열었다.

"아마도 당신 말이 옳을 거요. 이름도 없는 한 늙은이가 아마조니아 숲 속에 살면서 수학의 대가들에게 자신의 증명에 관한 논문을 보냈을 리는 만무하오. 설사 보냈다 하더라도 곧장 쓰레기통으로 들어갔겠지."

조나탕이 끼어들었다.

"저는 이 이야기에서 다른 사실을 발견했어요. 타르탈리아는 자신의 해법이 비밀로 남겨지길 바랐는데 결국 그 비밀이 새어 나간 거예요. 갈루아는 오히려 공개되길 바랐지만 비밀로 묻힌 거고요."

페레트가 물었다.

"어떻게 그런 결론을 얻었지?"

"예상하고 있는 일은 결코 일어나지 않는 법이니까요."

레아의 입에서 무심코 흘러나온 말이다.

페레트가 물었다.

"예상하고 있는 일이야, 아니면 원하는 일이야?"

"당연히 원하는 일이죠."

조나탕이 확언했다. 페레트는 조나탕을 뚫어져라 쳐다보았다. 열일곱 살인 아이가 그토록 원하는데도 결코 일어나지 않은 일이 무엇일까? 페레트는 아들의 볼을 어루만져 보고 싶었다. 그리고 꼭 안아 보고 싶었다. 하지만 그것은 자신의 평소 모습이 아니었다. 만약 그랬다면 조나탕은 무척 어색해했을 것이다. 노퓌튀르는 한마디도 하지 않았다.

막스는 왠지 이쯤에서 자신이 끼어들어야겠다고 생각했다.

"여기서 가장 성공한 사람은 할아버지 친구네요. 그분은 자신의 증명을 비밀에 부치고 싶어 했어요. 그리고 그 증명은 아직 비밀로 남아 있잖아요."

레아가 말했다.

"지금까지는 그랬지."

조나탕은 막스의 의견에 동의할 수 없는지 얼굴을 찌푸리고 있었다. 그는 주머니에서 종이 한 장을 꺼내더니 이렇게 말했다.

"갈루아가 감옥에서 쓴 짧은 글을 가지고 왔어요. 내용은 이거예요. '공부를 위해 서로 손을 잡는다면 학문의 세계에서 이기주의는 더 이상 횡행하지 못할 것이다. 아무리 하잘것없는 연구 결과라도, 조금이라도 새로운 것이라면 단단히 봉해 한림원으로 보낼 것이 아니라 재빨리 공개하고 끝에 이런 말을 덧붙여야 한다. '그 밖의 것은 모른다.' 그리고 '그들에 의해 두 차례나 논문이 폐기 처분된 한 젊은이로서, 학술서가 아닌 교리서를 쓰는 걸 떳떳하게 생각한다. 나는 가장 잔인한 형벌인 바보들의 비웃음을 온몸으로 참아 내야 했으므로 내겐 희생이 따랐다. 이것이 바로 내가 모든 장애를 극복하고 며칠 밤을 새워 가며 얻은 결실을 공개하지 않을 수 없었던 이유들이다. 이 글은 내가 철창 속에 갇히기 전 세상에서 사귀었던 친구들에게 내가 잘 살고 있음을 알리기 위함이다.'"

마지막 부분을 읽자 무거운 침묵이 뒤따랐다. 단 몇 줄밖에 안 되는 짧은 글이 그로루브르에게는 더없이 견디기 어려운 말이었을 것이다.

조나탕이 말했다.

"그는 두 논문이 분실되고 나서 이 글을 썼고, 비밀주의에 맞서 계속 싸워 나갔죠. 갈루아의 글을 읽고 제가 느낀 것은 그로루브르가 이기주의자라는 사실이에요. 그리고 전 기꺼이 갈루아의 의견에 공감해요."

"내가 갈루아라면 말이야……."

레아가 말을 시작했지만 더 이상 계속할 수가 없었다. 경직된 분위기가 풀어지면서 한바탕 웃음바다가 되었다.

"그래, 너라면 어떻게 했을 건데?"

조나탕은 귀를 쫑긋 세우고 레아의 답변을 기다렸다.

"내 오빠에게 그들의 얼굴을 갈겨 달라고 부탁했을 거야."

"그럼 기꺼이 그들의 얼굴을 갈겨 주지."

페레트가 말했다.

"너희는 갈루아에게 그다지 큰 문제가 없었다고 여기는구나!"

"±1인 셈이죠. 논문이 몽땅 분실됐는데, 나 같으면 돌아 버렸을 거예요."

뤼슈 씨의 눈이 휘둥그레졌다.

"뭐라고 했니?"

"갈루아가 한림원에 제출한 논문을 누군가 세 번 연속 잃어버렸다는 이야기를 해 준 사람은 바로 할아버지였잖아요."

뤼슈 씨가 물었다.

"그로루브르의 믿을 만한 친구에 대한 이야기를 기억하고 있지?"

"놀라운 기억력을 가졌을 거라고 하셨죠."

페레트가 그때 기억을 떠올렸다.

"그런데 말이다. 이 믿을 만한 친구가 기억력을 상실했다면, 그 증명들은 영원히 묻히고 말겠지?"

조나탕이 한숨을 내쉬었다.

"지금 무슨 얘길 하시는 거죠? 지나친 걱정 아닌가요? 그것도 병이에요, 병."

뤼슈 씨는 순간 어안이 벙벙했다. 하지만 조나탕의 말은 옳았고, 자신이 조심했어야 했다. 혹시 차츰 과대망상증에 빠져드는 게 아닐까? 페레트는 몹시 흥분한 채 자리에서 벌떡 일어났다. 그녀가 그런 모습을 보인

적은 거의 없었다.

"아마도 나 역시 과대망상증에 걸렸나 봐. 그런데 갈루아에게도 믿을 만한 친구가 있었지. 아까 얘기하지 않았니. 이름이 뭐랬지?"

레아가 대답했다.

"슈발리에요. 오귀스트 슈발리에. 갈루아는 결투 하루 전날 자신에게 그동안 무슨 일이 있었으며, 이 결투가 있게 된 이유를 말하기 위해 친구에게 편지를 썼죠. 그리고 자신의 연구 결과에 관해서도 편지에서 속 시원히 털어놓았어요."

그것은 사실이었다. 그로루브르와 그토록 분명한 공통점이 있는데도 그 공통점을 명확히 밝힌 사람은 아무도 없었다. 그로루브르 역시 죽기 전날 편지 한 통을 썼다. 전날 또는 죽기 바로 직전까지 원치 않았던 그 상황은 달라지지 않았고, 결국 그 편지를 뤼슈 씨에게 보낼 수밖에 없었다. 뤼슈 씨는 고개를 설레설레 흔들었다. 마음이 영 불안했다.

"믿을 만한 친구라…… 모르겠군. 하지만 분명 사귄 지 오래된 친구일 거야. 이 편지에서 그로루브르는 자신의 연구 결과에 대해 내게 털어놓지 않았어. 바로 그게 다른 점이라면 다른 점이겠지. 그렇지만 각각의 상황은 당혹스러울 만큼 비슷하구나. 똑같은 각본이 두 사건에 모두 사용된 것처럼 말이다."

조나탕은 갈루아와 그로루브르를 비교하는 것을 도저히 참을 수가 없었다. 결국 화가 폭발하고 말았다.

"같은 각본이라고요? 한 경우는 겨우 스무 살 된 젊은이의 이야기고, 다른 경우는 그보다 네 배나 나이가 많은 노인의 이야기라는 것만 제외하면 그렇죠. 게다가 젊은이는 천재였고, 노인은……."

"젊은이는 사실 눈을 감은 지 40년이 지나서야 천재로 인정받았는걸."

페레트가 사실을 정정해 주었다.

"그럼, 그로루브르에 대해 평가를 내리려면 40년을 기다려야겠네요."

"내가 죽고 없어도 계속 기다려야겠지."

뤼슈 씨의 말에 화가 난 쌍둥이는 밖으로 나가 버렸다.

"애들이 왜 저렇게 화를 내는지 아오?"

페레트가 말했다.

"알 것 같아요. 애들이 도저히 용인할 수 없었던 비밀이 있어요. 그중 한 가지 때문에 저도 무척 놀랐어요. 저도 결투 이야기라면 잘 알고 있는데, 그저 갈루아가 왕정주의자와 싸웠다고 믿었거든요. 그런데 실제로 그에게 결투를 신청한 사람은 같은 공화주의자였던 그의 친구였어요."

"그래서 뭘 말하고 싶은 거요?"

"모르겠어요. 전 그저 사실을 말하는 것뿐이에요. 사람들은 언제나 자신을 죽이는 것이 적이라고 생각하죠."

페레트가 그로루브르를 죽인 사람이 그의 친구였을 거라고 말한 것은 이번이 두 번째였다.

오마르 하이얌과 알라무트 요새에 관한 이야기를 할 때가 처음이었는데, 그때 '세 친구'에 관해 언급했다. 또한 갈루아를 죽인 사람이 장교라는 사실을 지적하면서, 갈루아가 사격 솜씨가 뛰어난 사람과 대결해 절대 이길 수 없다는 점을 강조했다. 그로루브르 역시 그 범죄 조직에 대항할 수 없었던 것이다.

"두 가지 상황이 참으로 비슷하군. 그런데 조나탕이 날더러 병이라고 하다니……."

뤼슈 씨는 달리 뭐라 할 말이 없었다.

"좀 심한 말이었죠."

레아는 잠자리에 들기 전, 타르탈리아의 얼굴을 흉측하게 만든 칼에서
부터 갈루아를 죽인 총알까지의 여행을 다시 시작했다. 레아의 머릿속
에는 갈루아가 공화주의자인 자신의 친구들에게 던진 마지막 말이 또렷
이 각인되어 있었다.

"친구들이여 안녕! 나의 삶은 진정 선량한 민중을 위한 것이었다."

바로 옆에서는 조나탕이 천창 아래 침대에 드러누운 채, 열 번씩이나
그 결투 장면을 재연하고 있었다. 스무 발자국 떨어진 풀밭 위에 던져진
두 장의 하얀 손수건. 그리고 사용하게 될 권총들. 갈루아와 그의 적이자
옛 친구는 서로 멀리 떨어져 있다. 두 남자는 마주 보고 있다. 상대가 방
아쇠를 당겼다. 갈루아는 꼼짝하지 않고 그저 상대를 쳐다보더니 그 자
리에 푹 쓰러진다. 갈루아의 귀에 이런 소리가 들린다.

"1분의 시간 여유를 줄 테니 일어나 보시지."

그러나 아무 소리도 들리지 않는다. 그는 풀 위에 누운 채 침묵으로 항
의한다.

18

·

아마추어의 왕, 페르마

'아, 미모사 향이군!'

바르 지방의 봄레미모사 언덕에는 미모사 꽃들로 주위가 온통 붉게 물들었다. 겨울 내내 둔감해진 후각을 살짝 깨우는 첫 향기는 얼마나 놀라운가. 자연이 새로 향기를 뿜어내기 시작하는 때가 바로 지금이다. 솜털같이 부드러운 작은 꼬투리가 뤼슈 씨의 볼을 간질였다.

르픽 거리 아래에 위치한 화원 앞을 지나던 뤼슈 씨는 커다란 도기 항아리에 담긴 꽃다발에 코를 박고 있었다. 그는 잘하면 '아래'로 내려갔을 것이다. 아래란 지중해를 말한다. 하지만 코트다쥐르행 기차표 대신 꽃한 다발을 사서 페레트에게 건넸다. 페레트가 그 꽃을 꽃병에 꽂아 서점 계산대 위에 올려놓았더니 며칠 동안 서점이 노란 황금색으로 화사하게 빛났다.

대수 방정식 때문에 뤼슈 씨는 완전 녹초가 되었다. 자신이 직접 방정식을 푸는 것처럼 힘이 들었다. 그는 잠시 휴식이 필요하다고 느꼈다. 벌써 여러 날 동안 가족회의가 계속되었다. 아마존 서재도, 그로루브르도, 마나우스도, 그 믿을 만한 친구도 없는 곳으로 가고 싶었다. 휴가에 대한 강한 욕구를 또 한 번 느꼈다. 사실 휴가라는 단어는 이미 그의 사전에서 사라진 지 오래였다. 지금까지 뤼슈 씨는 일만 해 왔다. 일을 하고 있기 때문에 휴식을 누릴 자격 또한 충분하다. 하지만 5주는 너무 길다. 그러면 후유증이 클 것이다.

그는 지난번 퐁데자르에 간 날 이후 알베르를 다시 만나지 못했다. 휴가 이야기를 꺼내자 예상한 대로 알베르는 그 자리에서 동의했다. 그도 다음 날 하루 짬을 내기로 했으니 예전처럼 둘이서만 한가로이 휴가를 즐길 것이다. 다만 야유회를 즐기기에는 날씨가 아직 완전히 풀리지 않았다는 것이 유감스러울 뿐이다. 그래도 그들은 조만간 언덕 위의 숙소에서 지내게 될 것이다.

*

10시경, 차가 서점 앞에 섰다. 새로 칠한 회색 차체는 금속성 광택으로 반짝였고 바퀴에 장착한 알루미늄 휠이 눈부시게 빛났다.

"자동차는 사람과 똑같아요. 나이가 들수록 응석을 받아 줘야 하죠. 오일 교환에 기름칠, 점화기 점검, 녹 방지 처리 등 차에 조금만 주의를 기울이면 평생 탈 수 있어요."

노후한 작은 부품들은 미리 여벌을 챙겨 출발 준비를 마쳤다. 두 사람을 배웅하는 가족의 시선 속에 비난이나 불만 같은 것은 깃들어 있지 않았다. 오직 부러움만이 있었다. 파리 외곽 순환도로를 빠져나간 차는 서부 고속도로를 타고 신나게 달렸다. 그들은 망트라졸리로 나가, 국도를 타고 베르농 방향으로 달렸다. 롤부와즈 언덕 바로 앞 분기점에서 다른 길로 접어들었고 이어 센강을 따라 달리기 시작했다. 그러다 수문이 닫히는 광경을 본 알베르는 속도를 줄였다. 마침 거룻배 한 척이 운 좋게도 그 수문 아래로 쏙 들어가고 있었다. 알베르는 차를 도로 한쪽에 주차시킨 채 센강 쪽으로 얼굴을 내밀었다. 그리고 차창 문을 있는 대로 활짝 열어젖히고는 배가 부지런히 오가는 모습을 지켜보았다. 퐁데자르 다리에 갔던 날처럼 따사로운 날씨였다. 그는 슬슬 배가 고팠다.

강가에서 벗어난 도로는 강 위로 삐죽이 솟아오른 언덕을 향해 나 있는 가파른 비탈길로 이어졌다. 작은 숲을 지나자 '사냥 구역'이라고 쓴 팻말이 눈에 띄었다. 알베르는 속도를 줄였다. 그리고 갑자기 숲이 끝났다. 이내 아름다운 전경이 펼쳐지는가 싶더니 아무런 예고도 없이 불쑥 나타난 센강의 모습. 강가에는 마치 동화에나 나올 법한, 초가지붕에 전면이 유리로 된 낡은 숙소가 하나 있었다. 여인숙과 식당을 겸하는 곳이었다. 간판에는 '뱃사공들의 쉼터'라고 쓰여 있었다. 두 사람은 안으로 들어갔다. 실내는 텅 비어 있었고 손님이라곤 아무도 없었다. 마치 마법에 걸린 곳 같았다. 훈훈한 열기로 유리창 표면에 김이 서려 있었다. 뤼슈 씨는 예리한 눈으로 조그마한 벽보를 발견했다.

"'센강은 굽어 있고, 우리의 정신은 곧다'라."

알베르의 담배꽁초가 약하게 떨렸다. 그사이, 어떤 젊은 남자가 도로 건너편의 작은 술집에서 나와 숙소 안으로 들어왔다. 한 손에는 차림표가 들려 있었다. 탁자 수만큼이나 요리의 가짓수도 많아 선택하는 데 한참을 고민했다.

센강을 사이에 두고 바로 맞은편에는 멋진 교회가 있었다. 교회는 약간 더 높은 곳에 있어서 그 모습이 한눈에 확 들어왔다. 뤼슈 씨는 분명 이곳에 한 번도 와 본 적이 없었다. 그런데 언젠가 꿈에서 본 것처럼 교회의 모습이 눈에 익었다. 식당에는 두 사람 외엔 아무도 없는데도 그는 목소리를 낮춰 조용히 알베르에게 이 사실을 말했다. 알베르는 허위 기억에 관해 이야기했다. 한 번도 가본 적 없는 곳인데 손님을 모셔다 드리는 경우, 처음 본 사람인데 낯이 익은 경우, 과거에 이미 경험한 사건을 또다시 겪는 경우 등. 뤼슈 씨도 다른 사람들처럼 처음 경험한 일을 예전에 경험한 적 있는 것처럼 기억해, 정신이 새로운 것을 길들이는 이러한 경우에 대해 잘 알고 있었다. 처음 경험한 일에 대한 이야기가 나온 김에 그는 알베르에게 최근 들어 새로 발견한 나라가 없느냐고 물었다.

알베르가 말했다.

"새로운 도시죠. 국가는 존재하지 않아요. 실존하는 것은 도시뿐이죠. 파리의 음울함이 느껴질 때가 바로 여행을 떠나야 할 때죠."

알베르는 걸핏하면 공항으로 내달리곤 했다. 그가 발견한 도시들 가운데 인상적인 곳이 한 군데 있었다. 그 도시는 하나가 아닌 두 가지 현실을 가지고 있었는데, 그곳은 다름 아닌 요하네스버그다. 알베르는 자신의 택시에 백인과 흑인을 번갈아 가며 태웠다고 한다. 그들은 한 도시에 살지 않는다. 두 개의 서로 다른 세상에 속해 있었다. 한 번도 겪어 본 적 없던 일종의 단절이었다. 그가 이야기를 나눈 사람들은 파리 변두리 지역에 모여 사는 흑인들과는 또 달랐다.

그때, 석탄을 산더미처럼 실은 화차가 식당 바로 옆으로 지나갔다. 닭은 농가에서 풀어놓고 기른 토종닭이고, 달팽이는 부르고뉴산, 와인은 타른산이었다. 게다가 날씨도 아주 좋았다. 얼굴이 불그스레해져서 창 안쪽에 앉아 있는 그들은 자신들이 마치 온실에 피어 있는 꽃이라도 된 듯한 기분이었으리라.

　＊

　이튿날 잠자리에서 일어난 뤼슈 씨는 몸이 가뿐한 것을 느꼈다. 하지만 오늘은 아무것도 하지 않겠노라 마음먹었다. 하루가 제법 길게 느껴졌다. 그는 몇 번이고 서점에 들락거렸다. 처음에는 인상파에 관한 책을 찾기 위해서였다. 그러다가 '뱃사공의 쉼터'에서 본 교회가 인상파 화가인 모네의 〈베퇴유 성당〉이라는 작품 속에 나오는 바로 그 교회인 것을 알게 되었다. 그들이 점심 식사를 한 장소 바로 옆에 밧줄로 고정시켜 놓은 작은 선상 화실에서 그린 그림이었던 것이다. 서점 계산대 위의 미모사 꽃은 여전히 기분 좋은 향기를 뿜어내고 있었다. 뤼슈 씨는 집 안을 한 바퀴 빙 돌았다. 몹시 따분했다. 그로루브르의 편지와 다른 일들이 생기기 전에는 도대체 어떻게 이 일상의 권태로움을 견디며 하루를 보냈는지 의아할 정도였다.

　그로루브르가 작성한 명단에서 그다음에 나오는 수학자는 피에르 페르마였다. 그로루브르가 풀었다고 주장한 두 가지 가설 가운데 한 가지를 제시한 사람이었다. 따라서 그로루브르 사건에 있어 중요한 수학자임에 틀림없다. 뤼슈 씨는 자기도 모르는 사이에 그로루브르가 첫 번째 편지에서 자신을 지칭했던 것처럼 'πR'이라고 적었다. 그리고 그 아래에 '페르마'라고 쓰고는 단숨에 그 둘레에 둥근 원을 그려 넣었다.

두 피에르 사이의 공통점은 그것이 전부였다. 페르마는 이마가 넓고, 턱에 보조개 모양으로 오목하게 파인 자국이 있으며 다섯 명의 자녀를 두었다. 그리고 툴루즈 고등법원 자문역, 심리부 위원, 조사부 자문역 등을 역임했다. 그렇지만 마지막 직함인 '조사부 자문역'은, 뤼슈 씨 자신이 현재 하고 있는 일과 일맥상통하는 면이 있다고 생각했다.

그는 휠체어를 몰고 〈섹션 3〉 서양의 수학(1400년~1900년)'에 해당하는 서가로 갔다. 그런데 놀랍게도, 페르마의 전집 이외에 다른 저작들은 찾아볼 수가 없었다. 전집은 총 5권으로 이뤄졌다. 뤼슈 씨는 제1권을 찾아 그로루브르의 도서 카드를 꺼냈다. 실제로 그 속에는 여러 장의 카드가 들어 있었다.

수학 분야에서 다행스럽게도 페르마는 그의 유명한 가설을 발표하는 것 외에도 여러 가지 발견을 했다. 그의 업적 전체를 놓고 본다면 그 정도는 그리 대단한 것이 못 된다. 페르마는 현대 수론의 창시자로 파스칼과 함께 확률론의 기틀을 마련했으며 데카르트와 함께 해석기하학을 창안, 독자적인 이론과 방법론을 제시했고 라이프니츠와 뉴턴보다 먼저 미분법과 적분법을 도입했다.

"그러니까 한평생 수학 공부만 한 거로군!"
너무도 엄청난 위업에 잠시 정신이 멍해진 뤼슈 씨의 입에서는 이 한마디가 절로 흘러 나왔다. 아주 간단한 이력이지만 뤼슈 씨로 하여금 파스칼이나 데카르트를 읽지 않고 페르마에게 접근하기란 불가능하다는 것을 일깨워 주었다. 페르마는 사실 그에겐 다소 낯선 수학자인 반면, 나머지 두 사람은 너무도 귀에 익숙한 이름들이었다.

하지만 그들이 저술한 철학서라면 몰라도 수학에서의 연구 성과에 대해서는 전혀 몰랐다. 그야말로 불완전한 지식을 채울 수 있는 좋은 기회였다.

자신에게 많은 학문적 영감을 주고 기호법까지 전수했던 비에트와 마찬가지로 페르마 역시 전문가는 아니었다. 후계자들에게 페르마는 '아마추어의 왕'이라는, 모두가 부러워하는 별명으로 불렸다. 실제로 그는 제대로 된 책을 출간한 적이 한 번도 없다. 대부분의 연구 성과는 다른 학자들과의 편지 왕래를 통해 전달되거나 그가 생전에 써 놓은 원고로만 남아 있을 뿐이다.

뤼슈 씨는 책장을 넘기며 내용을 대충 훑어보았다. 다섯 권의 책에 실린 내용 중 대부분이 메르센이나 파스칼, 데카르트 등 이름난 수학자들과 유럽 전체에서 내로라하는 지식인들에게 보낸 편지들이었다. 한마디로 서한집이다.

뤼슈 씨는 그로루브르가 페르마에게 호감을 갖게 된 이유를 차츰 깨달았다. 그 두 사람 모두 '아마추어'였던 것이다. 그로루브르 역시, 페르마처럼 책 한 권 쓰지 않았다. 또한 페르마와 마찬가지로, 그로루브르는 유명한 수학의 본고장(물론 17세기의 툴루즈가 20세기의 마나우스는 아니며, 프랑스 남서부 지방이 아마조니아는 아니더라도 말이다)에서 물러나 있었다. 단 한 가지 면에서는 거리가 있다고 볼 수 있는데, 그것은 바로 페르마의 경우 자신의 연구 성과를 남들에게 바로 알려 주었다는 것이다. 그와는 반대로 그로루브르는 끝까지 비밀에 부쳤다. 뤼슈 씨는 새삼 그로루브르가 자신의 연구와 관계해 다른 수학자들과 서신 왕래를 했는지 궁금해졌다. 지금까지는 그런 추측을 할 만한 어떠한 근거도 없었다.

뤼슈 씨는 도서 카드를 다시 읽어 내려가기 시작했다.

페르마는 계승자이자 창시자였다. 그의 편지에는 화제를 불러일으킬 만한 선언의 흔적이 전혀 없었다. 데카르트와 마찬가지로 페르마 역시 수학계에 대변혁을 일으키려는 생각은 전혀 없었던 것이다. 그렇지만 근본적인 변화를 가져왔다. 아폴로니오스 이론의 계승자로서 해석기하학을 창안했던 것이다. 또한 디오판토스 이론의 계승자로서 현대 수론의 토대를 구축했다. 그리고 아르키메데스 이론의 계승자로서 적분법을 최초로 도입했다.

어떻게 하면 'πR 페르마'를 기념비적 작품으로 더 깊이 통찰할 수 있을까? 뤼슈 씨는 작은 원을 그려 넣은 종이를 집어 들고는 자신이 읽은 내용의 큰 줄거리를 적기 시작했다.

17세기 중반에 왕성한 활동을 펼치던 페르마는 자신을 수학계의 '방위 표시도'라고 했다. 그를 중심으로 하여 네 방향으로 뻗어 나가다 보면 각기 수학의 큰 분야와 만난다. 뤼슈 씨는 이 부분에서 문득 '원형 도시' 바그다드에는 칼리프가 거처하던 궁궐을 중심으로 사방으로 간선 도로가 뻗어 있어 그 끝이 각각 성곽의 사대문으로 이어졌다는 이야기가 생각났다. 그의 기억으로는 이들 사대문이 그 도시로 들어가는 유일한 통로였다.

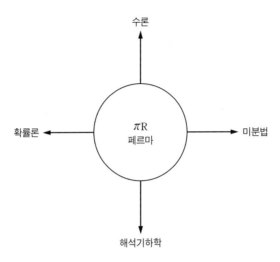

뤼슈 씨는 사방으로 나 있는 네 개의 길을 가 보지 않고서는 결코 페르마의 수학을 이해하지 못하리라는 것을 알았다. 혼자서 이 어려운 일을 해내기란 솔직히 불가능했다. 그래서 쌍둥이에게 도움을 청했다. 그들에게 자신의 방향 표시도를 보여 준 다음 각자 어느 방향을 맡을 것인지 물어보았다.

조나탕과 레아는 조금도 망설이지 않고 서쪽, 곧 확률론을 선택했다. 그렇게 해서 남은 것이 다소 벅찰 것 같아 보이는 세 가지 방향이었다.

레아는 서가 앞으로 다가가 파스칼의 책 몇 권을 꺼내 들고는 방을 나갔다. 지금쯤 시들어 버려 본래의 향기를 잃어버렸을 미모사 꽃에 경의를 표하며 뤼슈 씨는 남쪽에서부터 출발하기로 마음먹었다.

그는 방위 표시도에 나타난 네 개의 화살표에서부터 '해석기하학'의 두 축으로 넘어갔다.

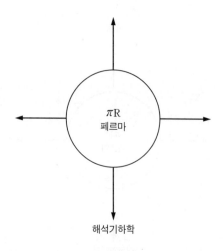

해석기하학

해석기하학의 원리는 단 하나의 문장으로 집약된다. 곧, 곡선 방정식은 곡선의 모든 속성을 이해할 수 있게 한다……. 이러한 발견은 페르마와 데카르트에 의해 몇 년의 시차를 두고 이뤄졌지만, 두 학자는 그에 대해 서로 다른 이론을 펼쳤다. 그 이론을 '좌표기하학'이라고 한다.

*

순간 뤼슈 씨는 무엇에 관한 것인지 깨달았다. 고등학교 때는 이러한 문제에서 페르마의 이름이 한 번도 언급된 적이 없었다는 사실에 놀라움을 금할 수 없었다. 하지만 다들 하나같이 '데카르트의'라는 형용사를 언제나 입에 올리곤 했다.

그는 자기도 모르는 사이에 기계적인 손놀림으로 가로축을 그리기 시작했다. "x', x 가로 좌표"라고 웅얼거렸다. 그리고 다시 세로축을 그렸다. 또다시 그는 "y', y 세로 좌표"라며 조그맣게 중얼거렸다. 그러더니 두 좌표가 만나는 지점에 커다랗게 '0'이라고 쓰고는 '좌표의 원점'이라고 썼다.

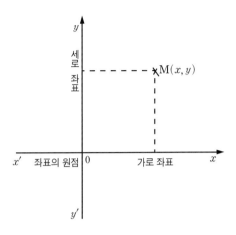

잠자리에 든 뤼슈 씨의 머리를 무엇인가가 부드럽게 쓰다듬었다. 노뛰튀르가 뤼슈 씨의 하얀 머리카락 사이로 부리를 살짝 디밀어 천천히 쓸어내렸다. 참 희한한 새였다. 조레스(프랑스 사회주의자)처럼 말을 하는, 다정다감하면서도 별난 구석이 있는 새였다.

노뛰튀르가 보기에는 뤼슈 씨에게도 도저히 이해할 수 없는 무엇인가가 있었다. 노뛰튀르가 뤼슈 씨와 불과 몇 센티미터 거리를 두고 비서처럼 얼굴을 마주한 채 뤼슈 씨를 바라볼 땐 아주 깊고 새까만 눈동자를 그에게 고정시키곤 했다. 그럴 때면 파란 머리 한가운데 난 흉터 때문에 마치 미치광이 어릿광대처럼 보였다. 과연 노뛰튀르는 어떤 전투에서 살아남은 것일까?

뤼슈 씨는 언젠가 막스가 했던 것처럼 노뛰튀르의 목덜미 정확히 한 지점을 긁어 주었다. '깃털의 결 방향으로요!'라고 막스가 말했었다. 뤼슈 씨는 유리펜에 잉크를 찍어서 장난스러운 표정으로 공책에 있는 좌표축 그림 아래에 이렇게 적어 넣었다.

바다에 떠 있는 배처럼 바둑판 모양의 평면에 찍혀 있는 점들은 그 좌표에 의해 위치가 결정될 것인가? 위치를 파악하지 못하는 사람에게 어떻게 그 위치를 알려 줄 수 있을까? 바둑판 모양의 평면에 찍혀 있는 한 점의 위치는 그 점의 이름이 될 것이다. 삶을 살아가는 데 인간이 그러하듯 평면상의 점들에게도 기준이 되는 좌표가 필요하다.

그로루브르는 좌표축을 그 단위로서의 길이에 상관없이 어디에든 그릴 수 있다는 것을 말하고 있었다. 특히 데카르트의 경우 음(−)의 좌표를 부정적인 시각으로 보았음을 지적했다. 영국 수학자, 존 월리스가 음의 좌표에 어떤 특성을 부여하기 전까지는 말이다.

도서 카드에는 또 이런 문구가 있었다.

프랑수아 비에트와 마찬가지로, 존 월리스 역시 비밀 편지의 판독에 뛰어난 수학자였다.

암호화된 편지에 대한 언급이 또 한 번 나온 셈이다. 이어 월리스에 대한 주석이 있었다. 찰스 1세에게 반기를 든 크롬웰 그리고 의회 측과 손을 잡게 된 존 월리스는 의회파가 입수한 왕당파의 비밀 편지를 해독했다. 그러나 왕을 처단하는 것은 반대했다.

'맞아, 왕의 처형 문제를 먼저 들고 나온 것은 영국인들이었어. 공화국 문제도 마찬가지야. 영국인들은 프랑스보다 한 100년은 먼저 공화국임을 선포했지. 뭐, 그리 오래가진 못했지만 말이야. 이 월리스만큼 대단한 인물이 또 어디 있을까. 케임브리지 대학교에서 전 과정을 이수하고 옥스퍼드 대학교의 교수로까지 임명되다니. 수학자이자 논리학자, 문법학자, 의사로 활동. 또 있군! 유클리드『기하학 원론』의 제5공준에 관심이 있었을 뿐 아니라, 나시르 앗딘 알투시의 저서들을 번역했군. 이건 거리가 좀 먼 것 같아. 오마르 하이얌, 알라무트 요새, 책 수레…….'

존 월리스는 같은 영국인 학자 윌리엄 하비의 혈액 순환에 대한 주장을 공개적으로 옹호하고 나선 최초의 학자였다. 또한 영국 최초로 농아 학교를 설립하기도 했다.

막스는 농아 학교를 다닌 적이 없다. 비록 청각 장애는 있지만 언어 능력에는 아무런 이상이 없기 때문이다. 그는 자신만의 언어 구사 방법을 갖고 있었다. 천천히, 또박또박, 단어 하나하나를 발음하고 끊어 읽어야 하는 부분을 잘 지키는 것이다. 또한 그에게는 나름대로의 청취법이 있었다. 그래서 '아이올로스 막스'였다.

음의 좌표로 가는 길은 아직 요원했다. 뤼슈 씨는 자신이 표시해 둔 곳으로 돌아갔다. 어떤 것에 대해 한동안 잊고 있다가 다시 생각하면, 그 문제가 정확히 보이는 때가 가끔씩 있다. 페르마와 데카르트가 발견한 사실도 그랬다. 겉보기엔 볼품없는 이 축들이 입체의 진정한 '변성' 주체인 것이다. 이러한 관점에서 말하자면 기하학적 존재가 대수적 존재로 '보이는' 것이다. 점 M은 두 수 (x, y)로 바뀌었다. 가히 혁명과도 같은 일이었다. 결국 내몰린 것은 순수기하학이었다.

곡선의 경우에도 마찬가지이다. 곡선 방정식은 대수적인 이름을 갖고 있다. 곡선상의 점들의 집합을 총칭하는, 점 각각의 이름을 마음대로 만들어 낼 수 있는 장치로서의 방정식, 가장 강력한 것이 있어야 한다. 이러한 방정식에 대한 인식이 곡선의 모든 기하학적인 속성을 발견하도록 했다. 뤼슈 씨는 '그래프 표시법'을 접하는 순간 가슴이 뛰는 것을 느꼈다.

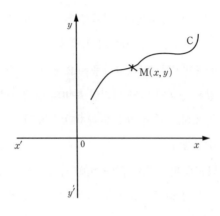

페르마는 자신의 이론 체계를 갈고 다듬어 낡은 기하학 분야에 새로운 분야인 대수학을 접목시켰다. 두말할 필요도 없이 그에게 기하학은 수학이라는 학문의 중심이었다. 반면, 데카르트의 경우 앞으로는 단순히 산술로서 취급될 기하학에 비해 대수학이 훨씬 더 중요한 분야라고 생각했다. 그리스인들은 수학의 여러 분야 가운데 기하학을 제일 먼저 탄생시켰다. 그러나 17세기 들어 수학이라고 하면 당연히 대수학을 떠올리게 되었다. 데카르트는 여전히 막강한 힘을 자랑하던 기하학 위에 승리자인 대수학을 올려놓았던 것이다.

그러한 대변혁이 일어나고 술의 향연이 펼쳐졌다. 뤼슈 씨도 어울릴 만한 홍차를 마셨다.

데카르트는 수많은 저작을 남겼다. 그렇지만 아마존 서재 서가에는 그의 책이 거의 없다. 「기하학」은 따로 제본된 어떤 책 속에 언급되어 있었다. 그다음으로 『방법서설』『제일철학에 대한 성찰』, 마지막으로 『정신지도 규칙』이다. 뤼슈 씨는 특히 마지막 책의 앞부분은 이미 외울 정도로 훤히 알고 있었다.

"무대에 등장한 배우들은 붉게 상기된 자신의 얼굴을 감추기 위해 가면을 쓴다. 그들처럼, 지금까지는 그저 관객에 불과했던 나 자신이 이 세상의 무대에 오르는 순간 나 역시 가면을 쓰겠다."

뤼슈 씨는 서가에서 「기하학」을 꺼냈다. 이 책은 너무나 얇았다. 분량이 얼마 안 되는 이 책에서 데카르트는 다섯 가지 사항을 중점으로 한 방법론을 제시했다. 누구든 기하학의 문제에 맞닥뜨렸을 때는 아래의 지시를 따르면 된다.

첫째, 문제가 해결된 것으로 생각하라. 그래야만 문제를 '분석'할 수 있다(곧, 미지수에서 기지수로 넘어가라).

둘째, 문제를 간단한 변량으로 분해하라. 그 변량이 미지량이건 기지량이건 목록을 작성하라. 그런 다음 변량들을 문자 하나로 명명하라.

셋째, 미지량과 기지량 간의 구분 없이, 변량들 간의 관계를 설정하라.

넷째, 서로 다른 두 가지 방식으로 하나의 유일한 변량을 표시하도록 하라. 이 두 가지 수식을 등식으로 놓는다.

다섯째, 일련의 미지량이 있는 방정식은 모두 찾아보라. 만약 나오지 않는다면 그 문제는 완전히 해결된 것이 아니다.

뤼슈 씨는 이에 탄복했다. 해석기하학의 뛰어난 효율성이 바로 이 방법론에서 비롯된 것임을 알았다. 작도가 조금이라도 마무리되면 충분히 그 방정식의 값을 구할 수 있고, 한 번에 완성된 도형을 그릴 수 있다. 『방법서설』에서 데카르트는 이렇게 주장했다.

'어떠한 방법이 마련되지 않고서는 진리 탐구란 있을 수 없다.'

그에게 대수학은 그저 학문이 아니라 방법 자체였다. 보편적인 방법

말이다. 방법은 곧 길이며, 그 길을 통해야만 목적지에 이를 수 있는 것이다. 물론 그 방법을 따른다면 말이다.

뤼슈 씨는 조사 과정에서 어떠한 방법을 따랐는가? 방법을 사용하겠다는 생각만 했던 것은 아닐까? 아무런 계획 없이 여기저기 들쑤셨으니 경망스럽게 날뛰는 꼴밖에 안 된 것이다. 그를 목적지까지 인도하게 될 길은 도대체 어디에 있는 건지 막막했다.

πR 페르마의 방위 표시도에서 조나탕과 레아가 서쪽을 선택한 것은 분명, 밤마다 다락에서 상상의 나래를 펴고 서쪽으로 달려가던 습관 때문이었다. 대서양을 건너 아마존강을 거슬러 올라가 마나우스를 향해 내달리는 상상 말이다. 조나탕은 달을 찾다가 천창 끝에 닿을락 말락 하게 떠 있는 달을 발견하고는 자세히 보기 위해 침대 위에서 발돋움을 하곤 했다.

*

헨리 알렉산더 위캠의 심장은 요란하게 방망이질치고 있었다. 이윽고 검사를 끝낸 브라질 세관원에게 침착하게 대답했다.

"초목 몇 종이 좀 약해 보여서 큐 왕립식물원으로 가져가 며칠 내로 온실에 옮겨 심을 예정입니다."

화물의 내용물에 대해 달리 수상한 점을 발견하지 못한 세관원은 배에서 내렸다. 위캠은 서둘러 화물창으로 달려가서 꼼꼼히 챙겨 둔 수십 개의 바구니를 애정 어린 눈길로 바라보았다. 그 바구니에는 보물이 들어 있었다. 영국에 막대한 부를 가져다주고 마나우스를 몰락의 길로 이끌게 될 보물 말이다. 증기선은 산타렝에서 점차 멀어져 갔고, 벨렝(산타마리아드벨렝)에 이르러 대양으로 빠져나갔다. '아마조나스'라는 이름의 이 증기선은 영국의 리버풀항을 향해 내달렸다. 이 항해는 윌리스의 항해가 있은 지 정확히 25년 후인 1876년 5월 말경에 이루어졌다. 폭풍도 화재도 비켜 간 순조로운 항해였다.

그렇다면 큐 왕립식물원에 가져갈 이 연약한 초목들은 어떤 것이었을까? 그것은 초목이 아니라 종자였다. 씨앗은 약하지 않을뿐더러 매우 값진 물건으로 일부만 배에 들여왔는데도 무려 7만 개나 되었다. 말린 야생 바나나 나뭇잎을 켜켜이 쌓고 그 사이사이에 씨앗을 넣은 다음 사탕수수 섬유소로 엮은 바구니 수십 개에 숨겨 왔던 것이다. 7만 개의 '브라질산 파라고무나무 씨앗'이다. 아마조니아 고무나무는 저항력이 강하고 고무 유액의 생산력이 뛰어난 최우수 품종으로 알려져 있다. 당시 이 종자의 반출은 엄격히 규제되었다. 그러나 위캠의 단 한 번의 눈속임이 성공함으로써 마나우스의 불행은 시작되었다.

그로부터 수십 년 후 말레이시아의 삼림에 옮겨 심은 그 씨앗들은 언제나 고무액이 넘쳐나는 엄청난 규모의 고무나무 플랜테이션을 탄생시켰다. 그때부터 마나우스의 몰락이 시작되었다. 차츰 인구가 감소하더니 결국엔 폐허가 되고 말았다.

하나하나 유럽에서 수입되어 대로를 따라 줄지어 서 있던 거대한 성채들, 귀스타브 에펠이 영국에서 축조한 다음 아마존강을 타고 마나우스로 공수해 간 아케이드식의 시장, 리스본에서 직송된 포석으로 장식한 거리들, 남미 최초의 전차, 밀림 한복판에 가설된 전화, 19세기 말 당시 최신식 전기 조명 설비, 1400석 규모의 오페라 극장. 이 극장에서 그 유명한 카루소도 공연한 바 있다. 그리고 알자스에서 들여온 유약 바른 기와며 카라라에서 수입된 대리석, 프랑스산 상감, 영국산 철공예품, 이탈리아산 샹들리에 그리고 오페라 극장 현관에 있는 대리석 주랑 밑에서 사라져 간 광장의 모자이크식 파상 무늬 장식 등등…….

마나우스는 그렇게 끝이 났다!

이 대목을 읽는 동안 조나탕은 이 이야기가 그로루브르에게 어떤 영향을 미치지 않았을까 하는 의문이 생겼다. '자기가 생산한 것을 빼앗겼을 때 바로 이렇게 되는 거야'라고 생각한 것은 아닐까. 그 종자 도둑은 자신이 초래한 일은 비밀로 해야 한다며 그를 설득하지 않았을까? 자신을 위해 숲의 비밀은 지켜야 한다고 말이다.

'분명해, 틀림없어. 그런데 증명은 종자가 아니잖아. 과연 증명을 옮겨 심을 수 있겠어?'

레아가 조나탕을 잡고 흔들었다.

"간단히 요약해 볼게."

조나탕이 침대에서 마나우스의 종말을 생각하고 있는 동안, 레아는 자신의 침대 위에서 '확률론'으로 인정받은 파스칼의 초창기 연구 성과에 대해 조사했다. 레아가 말을 계속했다.

"파스칼에게는 아버지, 결혼한 누이와 매형, 또 다른 누이가 있었지만 어머닌 안 계셨어. 그가 세 살 때 돌아가셨거든. 누나인 자클린은 수녀가 되었고, 여동생 질베르트는 결혼해서 페리에 부인이 되었지. 그의 아버지, 에티엔 파스칼은 천재 아들을 둔 아버지의 전형이었어. 모차르트의 아버지처럼 자신이 직접 아들에게 모든 걸 가르치려고 들었던 거야. 파스칼은 학교에 가지 않았고, 그 때문에 또래 친구가 하나도 없었지. 물론 아버지가 유일한 선생님이었어."

조나탕이 한마디 던졌다.

"정신적으론 문제가 있겠는걸."

"물론이지! 아버지 에티엔은 클레르몽페랑 재판소장이자 수학자였어. 심지어 그는 곡선을 발명해 '파스칼의 선'이라고 자기 이름을 붙인 적도 있는데, 그 곡선이 요즘 말하는 '나사선(콘코이드)'이야, 무슨 말인지 알지? 나사선은 경우에 따라 데카르트의 타원이나 삼등분 곡선이라고 하지. 이렇게 말하면 될라나. 모든 선이 교차하는 거야. 너, 듣고 있는 거야?"

"열심히 듣고 있잖아."

"파스칼 아버지는 아들에게 기하학을 공부하지 못하게 했어. 왜냐하면 아들이 지겨워할까 봐 두려웠거든. 파스칼이 어떻게 했겠니?"

"기하학 공부를 몰래 숨어서 했겠지. 그럴 땐 아버지가 그 사실을 알까 봐 두려운 마음에 약간 흥분이 되기도 했을 테고."

"맞아! 파스칼이 우리 막스와 같은 나이였을 때, 삼각형의 세 각의 합이 180°라는 걸 혼자서 깨쳤대. 유클리드의 서른두 번째 명제를 말이야. 자기 아버지가 말해 주지도 않았으니 유클리드의 이름도 몰랐을 텐데 말이지. 어쨌든 아버지도 아들이 발견한 내용을 알고서 기쁨의 눈물을 흘리고는 하도 기분이 좋아 아들에게 열세 권짜리 『기하학 원론』 한 질을 사 줬다지 뭐야."

"와!"

"진정해. 아무리 수학 공부를 하지 말라고 자식에게 일러도 소용없는 부모들도 있지만, 사실 그런 이유로 아이들에게 수학 공부를 하지 못하게 할 순 없는 일이잖아. 똑같은 이유가 항상 똑같은 결과를 낳는 것은 아니니까."

천재들의 이야기에 은근히 부아가 치밀어 오른 조나탕이 한마디 툭 내뱉었다.

"아벨은 스물한 살, 갈루아는 열여덟 살 그리고 이젠 열두 살의 파스칼. 점점 나이가 어려지네. 이러다 0살까지 가는 거 아냐?"

'열일곱 살이나 되었는데 천재적인 생각 하나 못 하니, 도대체 난 뭐야!'

"그로루브르는 예순 살에 그의 정리를 증명하려 했잖아. 정말 그가 증명에 성공했다면 대단한 거지. 증명에 성공했다는 사실만도 특종감이지만 증명을 한 사람이 예순 살 된 할아버지라는 건 더욱 놀라운 일 아니겠어?"

"스무 살이 되기 전까지 책 한 권 내지 않은 수학자는 이후에 어떤 중요한 발견을 할 기회가 거의 없다는 기사를 언젠가 읽은 적이 있어."

"기회가 거의 없다고? 어느 정도나? 그건 확률 문제네. 그렇지! 결국에 가선 그렇게 될 거야. 체조 선수들도 스무 살이 넘으면 끝장이잖아."

"보통은 그렇지. 그래도 수학은 정신 운동인데 뭐. 파스칼은 이미 열여섯 살 때『원뿔곡선론』을 써서 출간했대. 그 책은 아마존 서재에도 있어. 현재 지구상에 딱 두 권밖에 남아 있지 않은데, 그로루브르가 어떻게 그중 한 권을 손에 넣을 수 있었는지 모를 일이야. 책 속에는 처음 나왔을 때 세상을 떠들썩하게 만들었던, 어떤 정리를 파스칼이 증명해 놓은 것이 있어. 변이 여섯 개인 다각형 말이야."

"'육각형'이라고. 그 단어를 겁내지 말라니까."

"잘난 척하긴. 원에 내접하는 육각형은 변이 여섯 개면 당연히 서로 마주 보는 변이 모두 세 쌍이 있겠지. 마주 보는 변이 서로 교차할 때 생기는 세 점은 하나의 직선을 지나게 된다는 거야. 어때, 무슨 소린지 하나도 모르겠지?"

"음……."

"그건 아무것도 아냐. 이제부터가 정말 중요해. 여하튼 파스칼은 육각형이 어떤 원뿔곡선에 내접하든 마찬가지라는 것을 증명했던 거야. 타원, 포물선, 쌍곡선 등등…….'

조나탕이 불쑥 질문을 던졌다.

"넌 네가 말하고 있는 내용을 다 이해하는 거니?"

"절반 정도는! 두 가지 얘기하면 하나 정도는 알아듣지."

"근데 왜 나한테 그런 이야길 하는 거지?"

"네가 멍청이인 채로 죽는 건 원하지 않으니까."

"넌 내가 죽기를 바라니?"

"난 그저 기하학에서 가장 중요한 정리에 대해 설명하고 있는데, 넌 네 얘기만 하잖아! 이봐, 이름이 아주 재밌어. 파스칼은 자신의 육각형을 '신비의 6선형'이라고 불렀어. 그리고 파스칼의 정리는 누군가가 '고양이 요람'이라고 명명했지."

"이 시간에 고양이가 네게 뭐라고 하는지 알아?"

잠시 후 조나탕은 담요를 몸에 둘둘 말고는 야옹 하며 고양이 울음소리를 흉내 냈다.

레아는 자신이 왜 뤼슈 할아버지처럼 새로운 수학자를 만날 때마다 루브르 박물관이나 아랍문화연구소, 한림원 등 매번 다른 장소를 찾아다니지 않는지 아쉬웠다. 그래서 이번에는 자신이 맡은 파스칼에 대해 조사할 만한 장소를 물색해 봤다.

＊

막스는 쌍둥이를 따라나서기로 결심했다. 날씨가 추워진 다음부터는 한 번도 외출하지 않았던 노튀튀르도 함께였다. 오페라를 시작으로, 그랑 불르바르(마들렌에서 바스티유로 이어지는 큰길)를 거슬러 올라가서 생마르 문까지 갔다. 가는 길에 생드니 문에서 그들은 막스에게 달타냥이 생을 마감한 마스트리흐트 전투 장면을 묘사한 부조를 보여 주었다. 셋은 길을 걸어가면서 삼총사 가운데 나머지 두 사람은 어디서 죽었는지 기억해 내려고 애썼지만 허사였다. 레아가 대뜸 파스칼의 '수레' 이야기를 꺼냈다. 두 형제는 별것 아니라는 듯한 표정이었다. 오늘날까지도 현대 기술 향상에 결정적인 이론으로 남아 있는 수레론을 레아가 내세운다는 사실에 그다지 놀라워하지 않는 눈치였다.

프랑스 혁명 때 건립된 국립공과대학(에콜 폴리테크니크)은 옛 수도원 자리에 위치하고 있다. 그 앞을 지나던 그들은 식욕이 싹 달아날 정도로 우뚝 솟은 옛 수도원 식당을 보았다. 그 식당은 현재 도서관으로 바뀌어 있었다. 그들은 성당 안으로 들어갔다. 거기에는 후대의 수학자들이 매달아 놓은 모형 비행기들이 있었다. 또한 조나탕도 읽어 본 적 있는, 움베르토 에코의 소설에 등장하는 그 유명한 '푸코의 추'가 있었다. 그런 곳에 처음 와 본 노튀튀르는 신나게 노래했다. 막스의 어깨를 떠나, 매달려 있는 비행기 날개 주위를 휘휘 돌며 공중 비행을 했다. 그때 관리인 한 사람이 다가와 뭐라고 지껄였다. 막스는 한 마디도 알아들을 수가 없었다. 관리인의 입술을 도저히 읽을 수가 없었던 것이다. 마치 정육점 기계에서 나오는 햄버그스테이크용 고깃살처럼 그의 말소리는 완전히 으깨진 채 입에서 쏟아져 나오고 있었다. 막스는 이렇게 따발총 쏘듯 쉴 새 없이 떠들어 대는 사람들을 혐오한다. 이런 사람들이 그를 정말 귀머거리로 만드는 것이다. 노튀튀르는 막스의 어깨로 다시 돌아왔다. 처음에는 관리인이 그들을 바깥으로 내몰았다. 그러나 어린 관람객들의 비난 어린, 특히 막스의 일그러진 얼굴을 보고서야 앵무새가 막스의 어깨를 벗어나지 않는다는 조건하에서 계속 둘러봐도 좋다고 허락했다. 노퓌튀르는 그러겠노라 약속했다. 레아는 안내자로 돌변하더니 파스칼의 아버지에 관한 이야기를 시작했다.

"에티엔 파스칼은 생계를 위해 노르망디 지방에서 세금 징수원으로 일했어. 수입이 꽤 좋은 자리였대. 돈이란 멀리하면 멀리할수록, 그로부터 자신을 지킬 수 있는 법이지. 그가 의욕적이라는 건 말할 필요도 없겠지. 그의 유일한 걱정거리는 덧셈할 일이 수두룩하다는 거였어. 그럼 블레즈 파스칼은 그토록 사랑하는 아버지를 위해 무엇을 했을까? 그는 아버지를 위해 자그마한 계산기를 발명했어."

그 계산기가 바로 그들 눈앞 진열장 안에 고이 모셔져 있었다. 작은 나무 상자에 여섯 개의 회색 바퀴가 달려 있고, 각 바퀴에 열 개의 숫자를 나타내는 황금색 바큇살 열 개가 끼워져 있었다.

조나탕이 한마디 덧붙였다.

"다분히 고전적인 형태의 셈틀이군."

"그 계산기는 그다지 정확하지 않았어. 게다가……."

레아가 말을 마치기도 전에 막스가 물었다.

"게다가 뭐?"

"기계 계산에 관한 모든 질문은 9에 1을 더할 때 무엇을 하느냐 하는 거지. 한 자리 숫자를 올릴 때 말이야. 파스칼은 이전엔 누구도 생각하지 못했던 작은 장치를 만들어 냈는데, 바로 자동으로 올림수를 알려 주는 '올림 표시기'였어."

그들에게서 시선을 떼지 않고 있던 관리인이 나가 달라고 했다. 이제 문 닫을 시간이 다 되었기 때문이다. 관람을 마치고 서둘러 출구로 향하는 인파 속에서 레아는 노퓌튀르를 보고 한 번 씩 웃더니 블레즈 파스칼이 어린 사업가가 된 경위에 대해 얘기했다.

파스칼은 자신의 회사를 설립했다. 직접 발명한 장치의 도면을 그려 직공들에게 제작하게 한 다음, 제조 방법에 대한 특허를 취득하고 50여 개의 계산기를 생산했다. 계산기는 개당 100리브르에 팔려 나가 그는 결국 돈방석에 앉게 되었다. 그의 아이들은 국립공과대학을 나왔다.

"『명상록』에서 파스칼은 계산기가 동물이 하는 어떤 행동보다 인간의 사고에 더 가깝다고 말했어."

막스가 레아의 말을 제대로 알아듣지 못한 표정을 짓자 레아는 다시 한번 이야기했다.

"그는 자신이 발명한 장치가 동물이 하는 어떤 행동보다 인간의 사고에 더 가깝다고 말했어. 그리고 덧붙이기를, '하지만 그 장치가 하는 것 중 어느 것도 동물처럼 의지를 갖고서 한다고는 말할 수 없다'고 했지."

"네 생각은 어때?"

국립공과대학 천장에 매달려 있던 낡은 비행기 주위를 비행하다 지쳐 버린 노퓌튀르에게 막스가 물었다. 겉으로 보기에 노퓌튀르는 파스칼이 동물의 행동을 제대로 평가하고 있었다는 데 별로 신경 쓰지 않는 것처럼 보였다. 파스칼이 노퓌튀르가 17세기 얀선주의 수학자 겸 철학자들에 대해 생각할 수 있다는 데 아랑곳하지 않는 것처럼 말이다.

*

비행기 한 대가 루아시 공항에 착륙했다. 한 남자가 출구에서 제일 가까운 곳에 서 있는 택시 쪽으로 걸어갔다. 그러고는 열린 차창 사이로 이렇게 말했다.

"파리까지 좀 갑시다."

택시 기사는 매우 놀란 표정을 짓더니 그 남자에게 '어디로 가시나요?'라는 말 대신 이렇게 물었다.

"어디에서 오셨어요?"

남자는 잠시 머뭇거리더니 대답했다.

"도쿄에서요."

"그저 그런 곳이군요."

기사는 택시를 몰아 조금 떨어져 있는 다른 쪽 공항 입구 앞에 가서 차를 세웠다. 남자는 어리둥절해하며 차에서 내려 근처에 줄줄이 늘어선 택시들 쪽으로 향했다. 차례를 기다리는 동안, 그는 승차 거부한 그 택시가 다른 손님들을 태우고 막 출발하는 것을 보았다. 자신의 차례가 돌아오자 그는 신형 택시에 올라탔고, 북부 고속도로를 타고 파리를 향해 달렸다. 차창 밖으로 가랑비가 내리고 있었다. 남자는 아까 그 택시 기사에 대한 생각을 지울 수가 없었다. 그는 갑자기 트렁크 손잡이를 잡더니 비밀번호를 찍고는 트렁크를 열었다. 곧이어 서류 더미를 뒤져 그 속에서 파일을 하나 꺼냈다.

"이런, 제기랄!"

"손님, 뭐가 잘못됐나요?"

운전사는 백미러를 통해 그를 쳐다보았다. 남자는 파일 속에서 무엇인가를 한참 들여다보았다. 문제의 루브르 박물관 사진 속에서 어깨에 앵무새를 얹은 꼬마 옆에 서 있던 남자가 바로 아까 그 택시 기사였던 것이다. 통탄할 노릇이었다.

"손아귀에 들어온 걸 놓치다니!"

그러고는 운전석 쪽으로 몸을 기울여 말했다.

"몇 분 전 우리 앞에서 출발한 택시, 그 택시를 꼭 잡아야 합니다."

"더 빨리 달리는 건 무리입니다, 손님."

"제가 얘기했지요, 꼭 잡아야 한다고."

백미러로 뒷좌석에 앉은 승객의 모습을 유심히 살피던 택시 기사는, 말끔하게 차려입은 이 남자가 영향력 있는 사람이라고 판단했다.

"그 택시를 따라잡기만 한다면 오전 영업 공치지 않도록 후하게 드리죠."

"그 택시 차종이 뭐죠? 회사는요? 택시 회사 이름은 보셨어요?"

"음…… 아뇨."

"그럼 찾기 힘들 겁니다. 주위에 있는 택시들 좀 보세요."

주변에는 공항에서 나온 택시들이 바글바글했다. 하지만 아까 보았던 그 택시는 없었다.

"분명히 택시 맞던가요?"

"날 어떻게 보고 그런 말을 하는 거요?"

"제 말은 진짜 택시냐는 거죠. 지붕에 택시등이 있던가요?"

"맞아요, 택시등에 불이 켜져 있었어요."

"그럼 차 뒤쪽은요? 뒤쪽 선반 위에 번쩍이는 작은 표시판 같은 거 못 보셨어요? 이것과 같던가요?"

그는 남자 머리 바로 뒤쪽에 있는 표시판을 가리켰다.

"안에서야 거기 뭐라고 쓰여 있는지 보이지 않겠죠."

기사는 택시 영업 시간표와 요일을 가리켰다.

"요즘 가짜 택시가 판을 치기 때문에 말씀드리는 겁니다. 그 녀석들은 밀매로 미터기를 구해 영업하죠. 찾으시는 택시가 진짜 택시인지 확인할 방법은 이것뿐이네요!"

그는 자동차 앞 유리창에 붙은 붉은색 종이를 손가락으로 가리켰다. 그건 올해 택시 대장에 등록을 마쳤는지 여부를 나타내는 등록 필증이었다.

"이 대장은 어디에 있죠?"

"경찰청이요."

그들은 외곽 순환도로를 달렸다. 하지만 그 택시를 붙잡지는 못할 것이다. 이미 끝난 일이다. 이젠 끝장이다. 그러나 남자는 지금 한 가지 실마리를 쥐고 있었다. 언젠가 문제의 택시를 다시 찾게 될 것이다. 그렇게 되면 불쌍한 뤼기는 그때부터 쩔쩔맬 테고, 보스는 흡족해할 것이다. 지금은 사진과 택시, 이 두 가지 실마리가 있었다.

＊

미모사 꽃은 오랫동안 쳐다보지 않아도 그 자리에 없다는 것을 금방 깨달을 수 있는 네잎클로버 같은 것이다. 르픽 거리에 있는 화원 주인은 뤼슈 씨에게 장미를 권했다. 꽃 한 다발을 안고 집으로 간 그는 페레트에게 장미꽃을 주었고, 페레트는 역시 꽃병에 잘 꽂아서 서점 계산대 위에 올려놓았다. 아마존 서재로 간 뤼슈 씨는 방위 표시도를 한번 보고 그 요점을 파악했다. 서쪽으로 떠난 조나탕과 레아는 확률론의 바다를 항해하고 있었다. 이 여행에서 돌아오면 그들의 배는 무엇으로 가득 차게 될 것인가? 두 개의 좌표로 확실히 위치를 찾은 뤼슈 씨는 해석기하학의 문명 세계에서 대수학의 뜰을 산책했던 프랑스 남부로의 기나긴 여행에서 포만감을 느끼며 돌아왔다. 이제 남은 것은 북쪽과 동쪽이다. 북쪽은 그로루브르가 그를 인도하려 했던 방향을 가리키고 있었다. 끝까지 그 방향을 남겨 두리라.

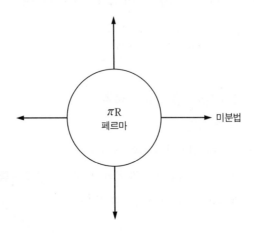

‘미분법이 그에게 나타내는 이미지의 세계’를 발견하겠노라 마음먹은 뤼슈 씨는 동쪽 방면으로 떠날 준비를 했다.

이 새로운 수학 분야를 개척한 수학자들의 명단은 17세기 수학자 인명록에 다 들어 있다. 이탈리아의 보나벤투라 카발리에리와 에반젤리스타 토리첼리, 프랑스의 페르마, 로베르발, 파스칼, 데카르트, 로피탈 후작, 네덜란드의 크리스티안 하위헌스, 스위스에서는 ‘적분’이라는 용어를 처음 사용한 야코프 베르누이와 요한 베르누이 형제, 영국의 아이작 배로, 크리스토퍼 렌, 존 월리스, 제임스 그레고리, 브룩 테일러 등등. 수학이라는 세상에서 가장 아름다운 건축물을 설계한 건축술의 대가로는 아이작 뉴턴, 고트프리트 빌헬름 라이프니츠를 들 수 있다.

뤼슈 씨는 몸을 비틀었다. 엉덩이가 몹시 배겼다. 그는 엉덩이를 살짝 쳐들고 방석을 재빨리 밀어 넣었다. 이제 됐다. 휠체어에 안착한 뤼슈 씨는 πR 페르마의 방위 표시도에서 네 번째 방향으로 계속 진행할 수 있었다.

곡선이 있다.

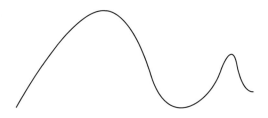

첫눈에 무엇인지 알아볼 수 있는가? 곡선의 최고점과 최저점인 '극대'와 '극소', 아래가 열린 상태에서 위가 열린 상태로 바뀌면서 곡선의 구부러진 형태가 바뀌는 지점인 '변곡점' 그리고 '첨점' 등이 있다.

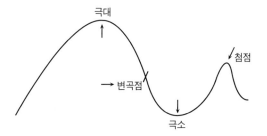

정확히 극대 또는 극소는 무엇인가? 잘 보면, 직전이 직후와 같다는 것을 알 수 있다. 이러한 속성은 '극값'의 특징을 나타낸다. 페르마는 그 속성을 대수학 용어인 '방정식'으로 바꾸어 극대 및 극소에 대한 연구 방법의 기초로 삼았다. '전前', 이것은 달리 표현하기가 쉽지 않다. 하지만 '직전'의 '직'을 수학에서는 정확히 뭐라고 할까? 모든 의문은 거기에 있었다. 한 점에서 그 점 '직전'까지의 공간 사이에는 작은, 아주 작은 차가 존재하므로 얼마든지 그 차를 좁힐 수 있다. 그 차는 매우 작다.

17세기에는 '미분의 정신'이 지배했다. 그러한 지식에다 극히 미소한 감성을 이식함으로써 수많은 분야에서 '더 가까이에서 자세히 보려는' 경향이 만연된 시대였다. 그때까지는 때때로 편협한 지식이 폭 넓은 지식일 수 있었다. 위험을 무릅쓰고 결단을 내렸다. 극미한 지식이 이제는 폭 넓은 지식으로 통한다. '무한소.' 새로운 이 존재는 무엇인가? 이탈리아 수학자 카발리에리가 생각하듯 기하학에서 도형의 크기를 말하는가? 아니면 페르마가 말하는 수의 크기인가? 라이프니츠는 허구적인 존재로 보았다. 허수의 경우와 마찬가지였던 셈이다. 허수에 대해 충분히 알지 않고도 허수를 활용했다. 허수는 실로 기적적인 결과를 낳았다.

뤼슈 씨가 이 무한소의 세계에 빠져드는 사이 그의 공책도 한장 한장 채워져 갔다. 오랜 시간 공부하는 동안 한참을 핵심에서 벗어나 옆길로 새고 있다는 뜻이었다. 옆길로, 아니면 '바로' 옆길로? 넓게 보아 옆길의 옆길로 빠졌다는 거지. 그는 학부 과정에서 철학을 공부하는 동안 어쩔 수 없이 이 분야를 공부해야 했지만, 거의 매력을 못 느꼈다. 책들도 차츰 그의 손에서 멀어졌다. 그런데 70년이나 지나서야 비로소 300년 전 페르마가 알았던 내용을 뤼슈 씨 자신도 이해하게 된 것이다. 곡선의 무한소의 호는 '접선'에 해당하는 선분과 동일한 것으로 취급될 수 있다. 그 용어들은 매력적이었다. 곡선은 좁은 의미에서 직선과 동일하게 취급되기도 했다. 곡선을 나타내는 점의 이동 방향은 각 점의 위치에서 곡선과 접하는 접선을 말한다. 마지막으로 곡선의 형태는 그것의 접선의 방향에 따라서만 달라진다는 것도 이해했다. 직선을 알면 곡선 전체를 알 수 있는 것이다. 이 모든 이야기는 사실 직선을 통해 곡선을 이해하게 된다는 말이다. 무한소와 접선은 핵심적인 개념이다. 뉴턴은 전자를 '점차 감소하나, 소멸하기 전도 소멸하고 난 후도 아닌, 그저 소실되고 있는 바로 그때의 양'이라고 정의했다.

"소실되는 바로 그때의 양이라! 마치 히스테리에 관한 시 같군."

접선은 곡선과 할선의 교차 시 생기는 두 점 M과 M′가 '서로 무한히 가까워질 때', 곧 그 할선의 극한을 말한다. 접한다는 것과 교차한다는 것은 다른 말이다. 그것은 일종의 가벼운 접촉이다. 뤼슈 씨는 접선을 하나 그렸다.

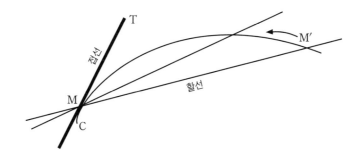

살아가는 동안 일어난 것과는 정반대의 일이 수학에서 일어나고 있었다. 수학에선 할선의 '끼어들기'로 시작해 접선의 가벼운 풋사랑으로 끝났다. 게다가 접선은 할선이 점진적으로 빠져나간 결과였다. 에로티시즘의 멋진 모습이었다.

*

사진들이 연속적으로 지나갔다. 사진마다 스물다섯 내지 서른 명의 아이들이 있었다. 앞의 두 줄은 앉고, 뒤의 두 줄은 서 있었다. 그는 아이들이 지긋지긋했다. 아이들은 모두 다 닮았다. 심지어 돋보기로 들여다봐도 그 얼굴이 그 얼굴이었다. 하지만 벼룩시장에서 만난 그 고약한 녀석과 닮은 아이는 하나도 없었다. 작은 남자는 지금이라도 포기하고 싶은 마음이 굴뚝같았다. 그러나 사진사들에게 했던 부탁이 헛되지 않아 이렇게 5반과 6반의 학급 사진을 얻어 들여다보고 있는 것이다. 사진들이 연속적으로 지나갔다. 보스는 초조해했다.

*

미분법에 푹 빠져 있던 뤼슈 씨는 방위 표시도에서 이 방향으로 너무 멀리까지 들어왔다고 판단했다. 조사하는 데 함수, 변화량, 극한, 미분계수 등 이 모든 지식이 필요하지는 않을 것이다. 그러나 어디서 중단해야 할지 어떻게 안단 말인가? 미분계수는 뤼슈 씨 자신에게 좋지 않은 기억을 남긴 개념이지만 함수의 순간 변화량을 구하는 것쯤은 이미 알고 있다고 생각했다. 그 명칭이 말해 주듯이 함수는 변수에 따라 변한다. 일정 구간에서의 함수의 변화량을 아는 것은 어렵지 않다. 하지만 그 변화량을 변수의 정확한 값으로 인정하는 것은 어떨까? 그것은 '미분'의 역할이다. 미분계수를 갖는다는 말은 결국 순간 변화량을 구하는 것과 같다. 단지 함수의 무한소 변화와 변수의 변화 사이의 비를 계산하기만 하면 된다. 그러고 나서 그 비가 0에 가까워지도록 하는 것이다. 함수 $f(x)$의 미분계수 $f'(x)$를 정의하는 공식이 있었다.

$f(x)$가 변수 x의 함수라면, 그것의 미분계수는 $f'(x)$이다.

Δx: 변수 x의 변화량

Δf: 함수의 변화량

그러므로 변화량 Δx가 0에 가까워질 때

$$f'(x) = \frac{\Delta f}{\Delta x}$$
$$f'(x) = \lim_{\Delta x \to 0} \frac{\Delta f}{\Delta x}$$

더 이상은 이해하기 힘들었다. 극한 개념의 등장이 그를 즐겁게 했던 것을 제외하고는 말이다. 극한에 가까워지고 무엇인가 원하는 만큼 가까워지되 절대 거기에 도달해선 안 된다. 이 수학 분야는 쾌감에 대해 이야기하는 것 같다.

'에로티시즘이군. 이제야 내가 되찾은 것도 열정과 폭발할 듯한 욕망이다.'

뤼슈 씨는 기분이 좋았다. 이 무한소가, 이 불가분량이, 이 접선이 어째서 그로 하여금 힘이 솟게 만드는지 그 이유는 몰랐다. '미분의 정신'이 출현한 것과 마찬가지로, '적분의 시선'이 탄생했다. 17세기의 모든 수학자가 '면'을 파악하기 시작했을 때 그들은 면을 연속된 전체로서 보지 않고 서로 나란히 배열된 채 표면을 완전히 꽉 채우는 작은 무리의 복합체로 보았다.

이 대목에서 불현듯 생각나는 게 있었다. '알라무트' 쌍둥이가 스키장으로 떠나기 직전의 강의에서 언급된 적이 있었다. 하산 사바흐가 알라무트 요새에 도착했을 때 소가죽을 펼쳐 놓고는 요새 사령관에게 금화 5000개를 줄 테니 대신 이 가죽으로 경계를 정할 수 있는 만큼의 땅을 팔라고 제안했다. 하산 사바흐는 땅바닥에 가죽을 펼치는 대신 가죽을 아주 가늘게 자른 다음 그 끝을 서로 연결해 끈 한 가닥으로 만들었다. 카발리에리가 그랬던 것처럼 가죽의 면을 나누어 여러 개의 줄로 만들었던

것이다. 그가 줄을 가늘게 자를수록 끈의 길이는 길어지고 그 끈으로 두를 수 있는 땅의 넓이도 커질 것이다. 그렇게 하여 하산 사바흐는 무기가 아닌 단지 적분법을 사용해 알라무트 요새를 점령할 수 있었던 것이다.

그는 다시 '적분의 시선'으로 돌아왔다. 적분에서는 도형의 넓이가 합에 해당한다. 단, 특수한 유형의 합을 말한다. 0에 가까운 넓이를 갖는, 반무한성을 지닌 '선'의 '합'이다. 뤼슈 씨는 '각각 0에 가까운 넓이를 갖는 무한히 많은 선의 합'이라는 문장을 다시 읽어 보았다. 모든 문제는 무수히 많은 원소와 무수히 많은 무한소 원소의 '합'을 의미할 수 있다는 것을 알아야 한다는 것이다. 수많은 유한량 가운데 유한수가 아닌, '무수히 많은' 미소 원소를 더하는 이러한 덧셈은 희한한 연산법이다. 그리고 계산의 결과 유한량이 되는 덧셈이다. 바로 이 새로운 유형의 합산법이 '적분'이다.

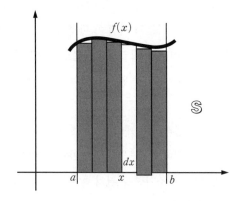

뤼슈 씨는 다시금 요점 정리의 필요성을 느꼈다. 잠시 정리를 하다가 적분이란 결국 무한 '미소량'의 합산이며, 그것으로 무엇인가를 제대로 정의할 수 있다고 생각했다.

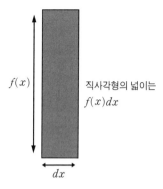

$f(x)$

직사각형의 넓이는 $f(x)dx$

모든 직사각형의 변 dx가 0에 가까워질 때 직사각형의 넓이 $f(x)dx$의 합은 S.

dx

이 합산을 나타내는 기호로 라이프니츠는 길게 늘인 S 자를 최초로 도입했다. 이것은 총면적이 직사각형의 면적에 해당하는, 무한소 직사각형의 무한대 수의 합인 적분 기호로 ∫(인테그럴)이다. 이런 것들이 수학 이외의 분야에서는 필요하지 않다. 하지만 뤼슈 씨는 유클리드에게 그 제자가 던졌던 질문과, 소르본 대학교의 구내 카페에서 그로루브르에게 그 '애인'이 던진 질문이 생각났다. 아니, 그는 단지 그것이 수학에서 어떤 경우에 필요한지를 알고 싶은 것이다.

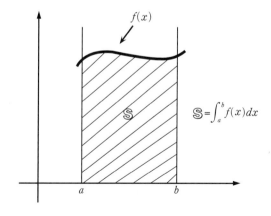

$f(x)$

$$\mathbb{S} = \int_a^b f(x)dx$$

뤼슈 씨는 답을 알고 있었다. 이 모든 것은 구장법, 구적법, 입체구적법 등에 사용되었다. 다시 말해 길이, 넓이, 부피를 구하는 데 필요하다. 그 언젠가처럼 '원적', 곧 같은 넓이의 정사각형을 만든다. 아르키메데스 나선, 포물선, 쌍곡선 등등 키오스의 히포크라테스가 발명한 활꼴 구적법 이후 무려 2000년이라는 오랜 시간이 흘렀다.

마침내 기하학과 대수학의 측면에서 도형을 '고물'로 취급하며 미분법과 적분법을 재결합시킨 새로운 분야가 등장하게 되었으니 그것이 바로 온갖 아름다움으로 중무장한 '해석학'이다. 흔히들 '고귀한 해석학'이라고 부른다. 뤼슈 씨는 고개를 들었다. 화판은 여전히 벽에 걸려 있었다. 그는 휠체어를 굴렸다. 그리고 오래전에 막스가 그려 놓은 여덟 개 섹션에 이렇게 덧붙였다.

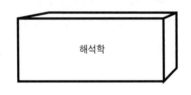

해석학

사실 뉴턴과 라이프니츠, 이들은 유명해지기 위해 서로 찢고 싸우며 으르렁대던 창시자였다. 하지만 이들은 두 가지 중요한 발견을 했다.

첫째, 당시 수학자들이 연구했던 두 가지 서로 다른 방향, 곧 접선 측정과 넓이 계산은 사실 똑같은 한 현상의 양면이며 그 양면은 서로 바꿀 수 있다는 사실을 발견했다. 접선에서 곡선으로 거슬러 올라갈 수 있고 미분계수에서 그 원류인 함수로 거슬러 올라갈 수 있다. 구장법이 구적법으로 환원될 수 있었다. 이러한 발견은 곧 수학의 영역을 확장시켰다. 같은 도구로 곡선의 길이 산정이나 도형의 넓이 계산, 입체의 부피 산정,

도형의 중심 설정, 곡선의 극소 및 극대의 위치 결정, 접선 측정, 속도 및 가속도 표시 등 다른 여러 기능을 할 수 있었던 것이다. 물리학에 몰두한 수학자들을 열광하게 한 일종의 만능 도구였던 셈이다. 모든 현상의 변화는 앞으로 이러한 기술을 이용해 연구될 것이다. 물리적 현상의 이해를 향한 문은 활짝 열려 있다. 물리학과 역학은 이제 그들의 도구를 찾은 것이다. 그리고 그 도구는 바로 수학이다.

결과적으로 여태껏 수학의 대상에서 제외되었던 '운동'이 이제는 당당하게 그 위치를 찾게 된 것이다. 17세기 말, 비로소 고대 그리스 시대 도형들의 경직된 세계가 살아 움직이기 시작했다. 사진에서 영화의 시대로 변화하게 된 것이다.

둘째, 뉴턴과 라이프니츠는 이 새로운 분야에서 규칙적인 '계산법', 곧 '미적분법'을 발견했다. 특히 '미분'은 연산이 가능했다. 단순한 수가 아닌, 곡선과 관련된 가변량에 대해 작용하는 새로운 유형의 연산 말이다. 그리하여 체계적인 알고리즘을 통해 연산을 시행할 수 있었다. 유일한 연산법으로서 사칙연산과 근 풀이를 손쉽게 활용할 수 있는 시대가 지나고, 몇 년 후 미분과 적분이 급부상하게 되었다. 첫 번째 연산법이 반대쌍, 곧 덧셈 / 뺄셈, 곱셈 / 나눗셈, 제곱 / 제곱근 등에 의해 진행되는 것과 마찬가지로, 새로운 쌍인 미 – 적분은 서로 비슷한 기능을 하면서도 역연산의 관계에 있다.

∗

뉴턴은 갓 태어났을 때 몸집이 너무 작아 1리터짜리 항아리 속에 쏙 들어갈 정도였다. 열 살 때는 연을 만들어 그 안에 등을 달았는데 시골 사람들은 불꽃을 일으키며 번쩍이는 박쥐가 날아다닌다고 생각해 겁에 질린 채 밤마다 도망 다니곤 했다고 한다. 그로루브르는 평소보다 더 각별한 정성을 들여 두 문장을 그대로 옮겨 놓았다. 첫 번째 문장은 뉴턴의 이야기다.

나는 과연 어떤 모습으로 세상에 나왔는지 모른다. 하지만 내 자신은 강변에서 이따금씩 매끈한 조약돌이나 귀여운 조개껍데기를 찾아다니며 노는 여느 어린아이와 다르지 않다는 인상을 받았다. 또한 나 자신도 깨닫지 못하는 사이에 진리의 대양이 눈앞에 펼쳐지곤 했다.

두 번째 것은 파스칼의 이야기다.

불가분량에 대한 기하학의 진리를 규명하게 될 사람들은 사방에서 우리를 둘러싸고 있는 이 이중의 무한성 속에서 자연의 힘과 위대함에 감탄하게 될 뿐만 아니라 이러한 과정을 통해 무한성과 크기의 무의미함, 무한성과 수의 무의미함, 무한성과 운동의 무의미함, 무한성과 시간의 무의미함 사이에 있는 자신의 모습을 발견함으로써 자기 자신을 먼저 아는 법을 배우게 될 것이다. 그로써 자신을 올바르게 평가하고 기하학의 나머지 것들보다 더 가치 있는 성찰을 행할 수 있는 것이다.

우리는 무한성과 무의미함 사이에 있다. 팔을 벌려 한 손으로 다른 팔을 가볍게 건드리고 다른 한 손으로 반대쪽 팔을 부드럽게 어루만져라. 그리고 자신을 올바로 평가하라.
한참 동안 뤼슈 씨의 머릿속에서는 파도 소리가 들렸다. 집채만 한 파도에 모든 생각이 이내 사라지고 말았다. 아마존 서재 한가운데에서 그는 휠체어에 앉은 채 그대로 잠이 들었다. 뤼슈 씨는 밤새도록 맨발로 모래사장을 달리고 또 달렸다.

19

·

방위 표시도

바르베 지하철역을 나오던 부부(아프리카의 소매 없는 긴 옷) 차림의 키 큰 흑인 하나가 레아에게 전단지 한 장을 내밀었다. 커다란 광고지가 아니라 조그만 명함 같은 것이었다.

족집게 도사 M. 시마카, 대점술가
대대로 이어온 정통 신점神占의 일인자.

그 아래에는 아주 깨알 같은 글씨로 '해답 없는 문제는 없다'라고 쓰여 있었다.

레아는 이 명함을 청바지 뒷주머니에 찔러 넣고는 지난번 뤼슈 씨가 내준 페레트 리아르 자녀들의 나이에 관한 방정식을 풀던 카페로 향했다.

"그것에 대해 내가 알고 있는 건 두세 가지 정도야."

조나탕은 이렇게 말하며 레아와 카페 테라스에 마주 앉았다.

"그것이라니, 뭐?"

"확률론 말이야. 방위 표시도에서 하나 맡기로 했던 거, 벌써 잊었어?

얼마 전에 네가 확률 공부하자며 국립공과대학에 데려갔잖아. 확률론에는 꼭 기억해야 할 것이 몇 가지 있어. 먼저 확률은 0과 1 사이에 존재해. 1보다 확률이 더 크다는 것은 곧 흰색보다 더 희다는 거야. 0보다 확률이 더 작다는 것은 곧 불가능한 일보다 일어날 가능성이 더 적은 일이라는 거지. 확률론에서 0은 불가능한 일의 수학적 표현이고, 1은 사건이 일어날 확실성의 수학적 표현이야. 그러니까 사건이 일어날 가능성은 모두 둘 사이에 존재해. '가능성의 숫자'라고 말하기도 하는 거야. 파스칼은 불확실한 우연이 결합된 정확한 기하학적 증명을 '우연의 기하학'이라고 이름 붙였어."

"피! 우연을 정확한 것으로 만든다고?"

레아가 입을 삐죽거리며 잠시 생각에 잠겼다.

"무슨 생각 해?"

"오래전부터 생각해 온 건데, 막스가 벼룩시장의 창고에서 노퓌튀르와 마주칠 확률은 얼마였을까?"

"뭐, 그럴 확률이 전혀 없었던 건 아니지. 그럼 우리가 쌍둥이로 태어날 확률은 얼마였는지도 생각해 봤니?"

"물론이지."

레아는 의자에 몸을 깊숙이 파묻은 채 조나탕의 이야기에 대꾸했다. 나름대로는 열심히 자료를 수집한 것처럼 보였고 자기 말따나 고생도 좀 한 것 같았다. 조나탕이 역마차 이야기를 꺼내자 레아는 더욱 주의 깊게 조나탕의 말을 경청했다. 그리고 어느새 이야기에 빠져들어 17세기 중반 파스칼과 이웃에 사는 기사 메레가 말싸움을 벌이고 있는 현장에 가 있었다.

파스칼이 탄 역마차가 역참에 이르렀을 때 노름꾼이던 메레가 그를 주사위 노름에 끌어들였다. 역마차가 다시 출발할 시간이 되자 노름을 중단해야만 했고 두 사람은 판돈을 똑같이 나눠 가졌다. 어떻게? 파스칼은 집에 도착하자마자 페르마에게 편지를 썼다. '주사위 노름에 대한 문제'를 담은 편지였다. 실제로 노름을 하던 중에 판이 깨지는 경우가 상당히 많았다. 특히 타르탈리아와 카르다노는 그 문제에 관한 글을 이미 발표한 적이 있었다.

"그래서 두 명이 하는 노름은 기권하는 게 좋아. 한쪽은 타르탈리아처럼 패를 감추려 하고 다른 쪽은 카르다노처럼 패를 내보이려고 하니 당연히 게임이 안 되지!"

"솔직히 꼭 그렇지는 않잖아."

레아가 반박했지만 조나탕은 개의치 않았다.

"아무튼 파스칼과 페르마는 그 주제를 놓고 몇 차례 편지를 주고받았어. 그 두 사람의 편지 내용이 바로 확률론의 기초가 되었지. 파스칼은 가능성 있는 경우들을 하나씩 셀 필요 없이 죽 열거한 다음 세어 들어가는 새로운 계산법과 순열, 조합, 치환 등 '조합론'에 대한 연구에 몰두했어. 수업 시간에 배운 건데 파스칼의 삼각형이라는 '어떤 사건이 일어날 확률은 기대되는 경우의 수를 모든 경우의 수로 나눈 것이다'라는 정의를 잊고 있었네."

"네 말뜻은 '쌍둥이로 태어나는 것은 기대되는 경우이다' 그런 거야?"

"그런 생각은 전혀 안 해 봤는데…… 계속할 테니 들어 봐."

카페 종업원이 뒤늦게 주문을 받으러 왔다. 조나탕은 '흰색보다 더 흰 것'이란 생각에 우유를, 레아는 커피를 시켰다.

"확률론에 관심이 있던 학자들은 처음에 카드놀이나 주사위놀이, 룰렛 게임, 검은 주머니 속의 흰 공, 흰 주머니 속의 검은 공 찾기 등 각종 게임으로 재미있게 시작했지만 이내 따분해졌어."

조나탕은 따로 적어 온 내용을 힐끗 보고는 다시 말을 이었다.

"그들이 사람들의 죽음을 떠올리면서 표를 만들었다고 상상해 봐. 끔찍하지. 그들은 무작위로 한 사람을 선정해 생존 확률을 수학적으로 추산해 봤어. 여러 사람의 공존 가능성 역시 마찬가지로 말이야."

"흠."

레아는 뭔가 곰곰이 생각하는 듯했다.

조나탕이 레아에게 물었다.

"같은 나이고, 같은 부모에게서 태어났고, 역시 같은 질병을 앓았고, 같은 장소에서 살았으니까 우리의 생존 확률은 같겠네? 그럼 사고를 당할 확률은?"

"사고의 경우는 계산에 넣지 않아. 따라서 우리의 공존 확률은 1이지. 같은 나이에 죽는다면 우리는 평생을 함께 사는 거야. 좋은 소식이지, 안 그래?"

"그들은 결코 '평화 공존'이라는 말은 안 했어."

레아가 큰 소리로 말했다.

"우리의 공존이 평화롭기까지 하다면야 더 이상 바랄 게 없지. 와, 죽이겠다!"

"죽음이라…… 확률론의 첫 작품 가운데 하나가 다름 아닌 '사망 통계표'라는 거 알고 있겠지?"

레아는 기가 막혔다.

잠시 후 종업원이 우유와 커피를 탁자 위에 내려놓고 갔다. 레아는 손가락으로 커피를 가리킨 다음, 우유를 가리켰다.

"검은색, 불가능한 경우. 흰색, 확실한 경우. 둘 사이에는 어찌 보면 위에 가장 안 좋은 온갖 밀크커피가 존재하지."

조나탕은 자신이 써 놓은 내용을 죽 훑어보았다. 어떻게 벌써 여기까지 왔는지 놀라웠다.

"뤼슈 할아버지가 베르누이 가문에 관해 이야기하신 적 있지? 이 가문은 거의 모든 분야에 등장해. 200년도 채 안 되는 기간 동안 무려 열 명의 베르누이가 학계에서 이름을 떨쳤거든. 하지만 베르누이 가문은 단합과는 거리가 멀었어. 장남인 야코프 베르누이와 막내인 요한 베르누이 사이에는 서로에 대한 증오심만 있었거든. '수학계의 아벨과 카인'이라 할 수 있는 이 형제는 평생을 앙숙으로 지냈어. 프랑스 한림원 학회에 둘 다 참석하는 날엔 어김없이 싸움이 벌어지곤 했지. 그럴 때마다 동료들이 달려들어 싸움을 뜯어말렸대. 야코프 베르누이는 확률론의 모태가 되는 확률 유추법에 대한 『추측술』을 썼어. 책 후반부를 마무리하던 중에 타르탈리아처럼 눈을 감고 말았지만 말이야."

"확률표도 그런 경우는 예측할 수 없었던 거네."

"그가 죽고 나서 몇 해가 지나 또 다른 베르누이가 쓴 필사본을 발견하게 된 것도 예견하지 못했어. 그 책은 발간되자마자 커다란 돌풍을 몰고 왔어."

"베르누이가 말한 추측술은 '추계학推計學'에 해당되는 거야. 추계학은 어떤 모집단에서 표본을 가려 뽑아 그 표본에서 모집단의 성질을 추정하는 수학적 방법을 연구하는 학문이래. 창을 던질 때처럼 일정 목표를 달성하기 위한 추측술을 의미하는 거야. 불확실한 일은 어떤 식으로 가늠해 볼 수 있을까? 네가 불확실한 상황에 처해 있을 때 어떻게 해?"

조나탕은 배꼽을 잡고 웃었다.

"그거야 간단하지. 모르면 가지 마라!"

"베르누이처럼 모든 것을 명백히 알고 있는 경우가 아니라면 그렇겠지. 모든 것을 알지 못한다는 건 우리 머리가 제대로 돌아가지 않아서야. 불확실성은 어디까지나 어떤 상황 속에 존재하는 것이 아니라 우리 머릿속에 존재하는 거지. 결국 무지에서 비롯된 셈이야. 베르누이는 이것을 '내일의 날씨는 실제 눈에 보이게 될 모습과 다를 수 없다'고 말했어."

"그게 바로 250년 전의 일기 예보야. 그러니까 우연이라는 것은 존재하지 않는 거잖아!"

레아는 청바지 뒷주머니에서 점술가 시마카의 명함을 꺼내 연극 대사를 읊조리듯 읽었다.

"족집게 도사 M. 시마카, 대점술가. 해답 없는 문제는 없다. 모든 문제에는 답이 있다."

"베르누이가 주장하는 게 바로 그거야. 그의 목표는 바로 '원인과 결과의 연결 고리, 인간이 운수와 운명이라고 부르는 것들을 지배하는 일반 법칙을 발견하는 것'이었거든."

레아는 흥분한 나머지 두서없이 말을 늘어놓았다.

"그럼 나의 갑작스러운 욕망은 어떻게 된 거지? 나의 갑작스러운 욕구 그리고 나의…… 자유는?"

레아는 급기야 소리를 질렀고 엉겁결에 커피를 엎질렀다. 레아의 청바지는 온통 커피 얼룩으로 더러워졌다.

"우연이란 게 존재하지 않는다고?"

"정말 이런 식의 세계관은 맘에 안 들어. 막스가 벼룩시장에서 노퓌튀르와 마주친 게 이미 예정된 일이었다니! 막스는 노퓌튀르를 만나지 않을 수 없었고, 노퓌튀르 역시 그렇다고? 그 둘은 오래전부터 바로 그 순간, 바로 거기에서 만나도록 운명 지어진 사이라고? 두 발사체의 탄도

(발사된 탄환이 공중을 날아가 목적물에 이르기까지의 길 또는 그것이 그리는 곡선)처럼 그건 인간 탄도학이나 다름없어. 네가 말한 추…….”

조나탕이 말했다.

“추계학. 별거 아니야.”

레아는 고개를 빳빳이 세우고 따졌다.

“그건 별거 아닌 게 아니라고. 별거 아니었다면 아무 일도 안 일어날 텐데 말이야. 심지어 예정된 일까지도 그래. 그리고 내 청바지의 커피 얼룩도 예정된 일로 피할 수 없었고, 또 그걸 피하려 했던 나 역시 바보 같잖아.”

조나탕은 나선을 하나 그리기 시작했다.

“이거 보면 뭐 생각나는 거 없어? 이게 바로 ‘로그 나선’이야! 야코프 베르누이가 발견한 거지. 야코프는 이 발견이 너무도 자랑스러워 사람들에게 자신의 묘비에 이런 문구를 새겨 달라고 할 정도였어. ‘나는 변하지만 똑같이 일어설 것이다’라고 말이야.”

조나탕이 그림을 완성했다.

"이 나선은 나중에 굉장히 유명해졌어. 이 나선이 어디에 있는지 아니? 바로 위뷔 영감(부조리극의 효시가 된 알프레드 자리의 기괴한 풍자극의 주인공. 어리석고 탐욕스러운 부르주아를 상징한다)의 배야."

네 방향 모두 똑같은 가치를 갖는 것은 아니다. 길을 찾는 사람은 그 사실을 잘 알고 있다. 지금까지는 북쪽 방향을 잃지 않도록 하는 것이 가장 중요한 일이었다. πR 페르마의 방위 표시도에서 북쪽은 다음을 가리키고 있었다.

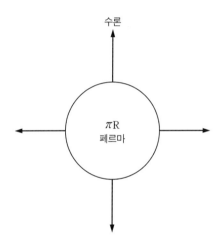

뤼슈 씨는 그로루브르가 궁극적으로 자신에게 맡기고 싶어 했던 북쪽으로 항로를 잡았다. 페르마의 전집 속에 들어 있는 도서 카드 가운데 수론에 관한 카드가 맨 뒤에 들어 있다는 것이 그 증거다.

수학에서 '좋은' 문제란 일반적으로 간단하게 표현된 것이면서도 그 해법이 유난히 어려운 것이다. 문제의 간단함과 해법의 복잡함 사이에 격차가 크면 클수록, 그 문제는 '더 좋은 것'이라고 본다. 이 점에서 수론은 좋은 문제들의 보고다.

수론에 관한 한 페르마가 최고 권위자라는 사실에 이의를 제기할 사람은 아무도 없다. 파스칼도, 데카르트도, 당대의 어떤 수학자도 그에 필적할 만한 성과를 거두진 못했다. 그것은 수 자체의 속성에 대한 연구 작업과 관계있다. 짝수와 홀수, 소수와 합성소수의 분류에서부터 시작해 하나의 수를 제곱수나 세제곱수의 합으로 나타내는 것이 관건이다. 이때 제곱수나 세제곱수의 개수는?

얼마 전부터 소수가 암호학 분야에서 상당히 중요한 존재로 취급되기 시작했다. 대부분의 현대식 암호법은 소수의 속성을 기초로 하고 있다.

뤼슈 씨는 소스라치게 놀랐다. 그것은 사실이었다. 그로루브르는 어딘가에 비밀 코드를 표시해 두었던 것이다. 기억을 더듬던 뤼슈 씨는 공책에서 예전에 메모해 두었던 글귀를 찾아냈다.

1과 자신 이외에 다른 어떤 정수로도 나누어떨어지지 않는 수가 소수다. 그리고 3, 5, 7, 11, 13, 17, 19, 23…… 등과 같이 2를 제외한 모든 소수는 홀수다.

이어 다음 두 가지 결론을 내리고 있었다.

모든 정수는 오로지 소인수만의 곱으로 분해될 수 있다.

곱 ab가 소수 p로 나누어떨어지면 a 또는 b는 p로 나누어떨어진다(곧, 소수는 두 인수 가운데 하나를 나누지 않고는 곱을 나눌 수 없다. 가분성은 또 다른 문제를 이끌어 낸다).

너무나 간단명료했다. 그로루브르가 이야기한 암호화의 특성이 여기에 담겨 있을 것이다.

바로 그때 안마당 쪽에서 무슨 소리가 들렸다. 마당으로 난 유리벽 앞에서 노퓌튀르가 퍼덕거리고 있었다. 뤼슈 씨가 문을 열자 노퓌튀르가 휙 날아 들어와 홰에 냉큼 올라앉았다. 그러고 보니 노퓌튀르가 아마존 서재에 들여보내 달라고 한 적은 한 번도 없었다.

암호화에 관한 질문에 어떻게 대답할지 막막하던 뤼슈 씨는 도서 카드의 내용을 좀 더 읽어 보기로 했다. 그로루브르는 페르마의 연구 성과 목록을 인용했는데 바로 앞에 지은이의 짤막한 설명이 있었다.

여기에 나와 있는 것은 수에 대한 나의 생각들을 간략하게 밝혀 놓은 것이다. 내가 이러한 글을 쓰게 된 이유는 단지 이 모든 증명과 방법들을 빠짐없이 동원해 사고의 범위를 넓혀갈 만한 여유가 없으리라는 것을 잘 알고 있기 때문이다. 어쨌든 이 점을 명시함으로써, 학자들로 하여금 내가 전혀 이해하지 못하는 부분을 그들 스스로 깨닫도록 하기 위함이다.

각 정수는 하나의 제곱수이거나 두 개의 제곱수, 혹은 세 개의 제곱수, 혹은 네 개의 제곱수의 합이다. 또한 거의 모든 정수가 세 개의 삼각수, 네 개의 제곱수, 다섯 개의 오각수 등의 합이다.

그리고 그로루브르는 유명한 '두 제곱 정리'를 인용했다.

페르마는 그 유명한 '두 제곱 정리'에서 (2를 제외한) 소수를 다음 두 가지로 분류하고 있다.

제1군: 5, 13, 17, 29…… 등 4로 나누었을 때 나머지가 1인 수(곧,

$4k+1$).

제2군: 3, 7, 11, 19, 23…… 등 4로 나누었을 때 나머지가 3인 수(즉 $4k+3$).

그는 계속해서 다음과 같이 규정하고 있다.

첫째, 제1군에 해당하는 수는 모두 두 제곱수의 합으로 표현할 수 있되 단 한 가지 방식으로만 가능하다.

둘째, 제2군에 해당하는 수 가운데 두 제곱수의 합으로 표현할 수 있는 것은 하나도 없다.

예를 들어, $k=3$인 경우, $4×3+1=13$(소수)이며 $13=2^2+3^2$이다.

17세기 중반 툴루즈 고등 법원의 자문역을 하던 그가 이런 생각을 했다니, 수에 관한 페르마의 연구 성과는 놀라웠다.

페르마는 'p가 소수이고, a와 p가 서로 소이면 $a^{p-1}-1$은 p로 나누어진다'라는 유명한 '작은 정리'를 증명했다. 또한 각 변의 길이가 자연수인 직각 삼각형의 넓이는 어떠한 자연수의 제곱도 아니라는 사실을 증명했다.

페르마가 이같이 놀랄 만한 성과를 거둘 수 있었던 것은 상당 부분 '무한 강하법(순환에 의한 역추론 형태. 곧, 수학적 귀납법의 역)'의 공이었다.

문제의 답이 자연수가 아니라는 사실을 증명하고자 한다면, 그 문제가 하나의 답만을 허용하더라도 더 작은 수들로 이루어진 또 다른 답을 가질 수 있다는 것을 보여 주면 된다.

'물론 동의하지만, 어째서 그것이 증거란 말인가? 틀림없이 임의의 자연수보다 작은 자연수들은 유한한 개수만이 존재하기 때문일 것이다. 다시 말해, 무한 강하가 아니라 결국엔 어느 한계에 다다르게 되어 있다는 것이다.'

1층에서 시작되는 계단이 있다고 하자. 한 단 위에 있을 때마다 바로 아래 단으로 다시 내려가야 한다면, 더 이상 아래로 내려갈 수 없는 순간 (1층에 이르는 순간)이 닥치게 된다. 하지만 가정 자체가 여전히 아래로 내려갈 것을 요구하고 있다. 이것은 모순이다. 따라서 그 가정은 잘못된 것이다. 따라서 문제의 속성을 가지고 있는 수는 하나도 없다. 뤼슈 씨는 귀류법에 의한 추론 방식과 귀납법에 의한 추론 방식의 절묘한 조화에 탄복했다.

페르마에 관한 도서 카드들은 모두 하나의 제목으로 되어 있었는데 이전에 나온 수학자들과는 전혀 달랐다. 아마도 한 가지 주제로 취급되는 연구 성과들이 총 다섯 권짜리 전집 안에 분산되어 있을 것이므로 그로루브르가 직접 그 내용들을 종합할 수밖에 없었을 것이다.

빨간 글씨로 쓰여진 카드의 제목은 이랬다.

페르마 가설의 탄생.

페르마의 가설을 파고든다는 것은 그야말로 살모사들이 득시글대는 구덩이에 손가락을 넣으려는 것만큼이나 무모한 일이었다. 뤼슈 씨는 혼자서 그 위험한 곳에 뛰어들지는 않을 것이다. 그로루브르가 증명한 두 가설 가운데 하나에 너무 가까이 접근해서는 안 될 것 같았다. 그렇지만 호기심을 막을 수가 없었다. 가족회의 소집이 불가피했다.

모든 것은 디오판토스로부터 시작된다.

페르마의 친구인 바셰 드 메지리아크는 디오판토스의 『산학』 여섯 권을 라틴어로 번역해 그 가운데 한 부를 페르마에게 주었다. 첫눈에 이 책의 진가를 알아본 페르마는 흥분된 마음으로 알렉산드리아의 수학자 디오판토스가 제시한 문제들을 낱낱이 훑어갔다.

디오판토스 방정식은 $P(x, t, z) = 0$의 형태로, 이때 P는 계수가 정수 또는 유리수인 몇 개의 항을 갖는 다항식이다. 그리고 근의 조건을 정수 또는 유리수(무리수는 인정하지 않음)로만 제한하는 것이다. 수의 세계에서는 극히 일부에 불과하다. 따라서 어려움은 모두 이런 제한 조건에서 비롯된다. 근의 범위가 제한되면 제한될수록 근을 구할 수 있는 기회역시 줄어드는 법이다.

페르마는 각 책의 쪽마다 주석을 달았다. 여기에는 자신의 견해를 적고, 저기에는 미공개된 결과를 휘갈겨 쓰기도 했지만 증명은 어디에도 없었다.

"다행이군. 그런데 책에 대고 쓸 건 뭐람. 공책 살 돈도 없나! 하긴, 400년이나 묵은 고서 여백에 온통 십자 표시를 갖다 붙이는 그로루브르 같은 친구에겐 그다지 속상한 일도 아니겠지."

뤼슈 씨는 중얼거리다가 지금 자신이 이미 세상을 떠난 친구에 대해 현재형으로 이야기하고 있음을 깨달았다. 사실 언제부턴가 엘가르 그로루브르는 어느 곳에나 존재하는 인물이 되어 버렸다. 뤼슈 씨 곁에 살아 있으면서 그날그날 할당된 시간을 어디에 써야 할지 말해 주는 인물이었다. '시인'이 죽은 '영웅'을 노래하는 동안, 영웅은 살아 있는 존재나 다름없다. 그리스인들은 시인의 송가가 그치고 나면 망각 속에서 완전한 죽음이 시작된다고 말했다. 이 점에서 볼 때 그로루브르 역시 50년 전에 이미 죽은 자였던 것이다.

페르마는 소송을 제기한 지 이틀 후에 눈을 감았는데 그가 승소했는지 패소했는지는 알려져 있지 않다. 평소 동료 수학자들과 서신 교환을 통해 자신의 연구 성과를 공개했던 페르마는 죽기 얼마 전 그들에게 자신이 보냈던 편지들을 한데 모아 달라고 부탁했다. 책으로 출간하기 위해서 말이다. 몇몇 친구가 서둘러 그 일에 착수했지만 엄청난 작업량 때문에 결국 중단하고 말았다. 다행히 그의 아들 클레망 사뮈엘이 나서서 아버지가 쓴 편지들을 모두 엮어 책으로 출판했다. 그때까지 수집된 것들은 주로 수론에 관한 연구 성과들로 높이 평가되고 있다. 사뮈엘은 바셰드 메지리아크가 번역한 디오판토스의 『산학』에 아버지가 써 놓은 주석들을 하나로 묶어야겠다는 계획을 갖고 있었다. 이 책의 제2권에 나오는 '주어진 제곱수를 두 개의 제곱수의 합으로 나타내라'는 8번 문제에 대해 페르마는 책 여백에 이렇게 써 놓았다.

임의의 세제곱수를 두 개의 세제곱수의 합으로 나타내거나 임의의 네 제곱수를 두 개의 네제곱수의 합으로 나타낼 수 없듯이, 삼차 이상의 거듭제곱수를 그와 같은 차수의 거듭제곱수의 합으로 나타내는 것은 불가능하다.

그리고 이렇게 덧붙였다. 역시 책 귀퉁이에 남아 있었다.

이에 대해 참으로 놀랄 만한 증명을 생각해 두었지만 적을 곳이 마땅
치 않아 별도의 증명은 생략한다.

뤼슈 씨는 페르마가 책 가장자리에 낙서를 해서 책을 더럽히지만 않았
더라도 결코 적은 여백이 아니었겠다는 생각을 했다. 백지 한 장만 있으
면 아무리 상세한 증명이라도 충분히 할 수 있었을 텐데 정말 더 이상 할
말이 없었다.

"더 이상 할 말이 없다니요. 그게 뭐예요?"

뤼슈 씨가 식당에서 저녁 식사 후 가족에게 이 이야기를 해 주고는, 마
지막 한마디로 자신의 소감을 대신하자 거센 비난이 쏟아졌다.

조나탕이 단호한 어조로 말했다.

"페르마가 충분한 공간을 확보했더라면 그런 이야기는 존재할 수 없
었을 테죠. 그리고 수수께끼 같은 비밀도 없었을 거예요."

레아가 말했다.

"그렇다면 할아버지 친구분은 깊은 숲속에서 할 게 뭐가 있었겠어요?"

"잘 아시겠지만, 무엇인가가 제 기능을 하지 않기 때문에 신화 같은 것
이 생겨나는 거죠. 그러니까 이유를 붙이자면 여백이 너무 적어서, 강폭
이 너무 넓어서, 손가락이 너무 가늘어서, 문이 닫혀 있어서……."

조나탕과 레아는 숨을 죽이고 엄마의 다음 말을 기다렸다. 혹시 '맨홀
뚜껑이 열려 있어서'라고 말하지 않을까. 페레트로서는 그렇게 말할 필
요가 없었지만, 결국 그렇게 말한 거나 다름없었다. 레아는 고개를 획 돌
리고는 무슨 회의에서 하는 것처럼 말했다.

"자, 이 안건을 표결에 부치겠습니다. 바셰…… 음…… 뭐라고 하셨
죠?"

"드 메지리아크."

뤼슈 씨는 젠체하며 바셰의 성을 알려 주었다.

"바셰 드 메지리아크의 책 여백이 너무 적었던 것은 다행이다. 이에 대해 표결에 들어가겠습니다."

페레트가 먼저 손을 들어 찬성의 뜻을 표했다. 레아도 마찬가지였다. 조나탕 역시 그랬다. 막스는 무조건 동의한다는 듯이 두 손을 다 들었다. 뤼슈 씨 역시 손을 들고 싶었지만 자신의 생각을 금세 뒤집을 수는 없는 노릇이었다. 그래서 그냥 기권하고 말았다. 노퓌튀르는 표결에 참여하지 않았고, 마침내 그 동의안은 채택되었다.

"앙드레 지드는 『좁은 문』을 썼고, 페르마는 좁은 여백에 썼죠."

레아의 말에 조나탕이 휘익, 휘파람을 불며 말했다.

"괜히 서점에서 태어난 게 아니구나, 레아!"

이때 페레트가 끼어들었다.

"그러니까 좁은 여백 덕분에 그로루브르는 페르마의 가설을 증명할 수 있었던 거예요."

그러자 조나탕이 페레트의 말에 반박했다.

"엄마, 뤼슈 할아버지께 보낸 편지에서 자신이 그 가설을 증명했다고 주장했지만 사실인지 아닌지는 불분명해요. 그냥 그로루브르 자신이 그렇게 믿고 있다는 것만 확실할 뿐이죠."

"도대체 뭘 원하는 거니? 그로루브르가 실제로 가설을 증명했길 바라는 거니, 아니면 실패했기를 바라는 거니?"

모두들 아무 말도 않고 조나탕을 바라보았다. 조나탕은 여전히 엄마에게 맞섰다.

"전 그로루브르가 실패했기를 바라요."

한동안 아무도 말을 하지 않았다.

"난 그 반대야. 그가 가설을 증명했길 바라."

페레트는 싸늘한 목소리로 말했다. 얼음같이 차가운 침묵이 흐르는 가운데 조나탕이 심각한 표정으로 말했다.

"그걸 원하든 원하지 않든 간에 그를 죽음으로 몰아넣은 것은 바로 그의 비밀이었잖아요."

뤼슈 씨는 깜짝 놀랐다.

"하지만 그로루브르가 자신의 증명을 비밀로 하지 않았다면, 그래요……. 이런 이야기도 없었을 테죠. 조금 전 신화에 대해 엄마가 하신 이야기와 똑같은 거죠, 아닌가요?"

막스였다. 막스는 어느새 엄마 편이 되어 있었다.

"그러니까 모든 것을 다 알려고 해서는 안 되는 거예요."

막스는 다른 사람들의 말을 하나도 놓치지 않았던 것이다. 여느 때와 마찬가지로 설전이 벌어지고 분위기가 험악해지자, 막스는 극도로 주의를 기울여 주위를 살폈다. 막스는 모든 감각을 통해 오가는 이야기를 머릿속에 오롯이 입력하고 그 강도나 말 뒤에 감춰진, 그리고 대화하는 사람들도 미처 모르고 지나치는 감정의 무게를 감지했던 것이다. 막스에게 소리라는 것은 빙산과도 같았다. 사람들이 듣는 것은 그저 겉으로 드러난 일부에 지나지 않았다. 말의 대부분은 제대로 들리지 않는 법인데, 청력으로는 해결할 수 없는 부분도 있었다. 막스에게는 몸 전체가 소리를 감지해 받아들이는 성질이 있어 귀가 놓친 소리를 포착할 수 있는 것이다.

뤼슈 씨는 막스의 놀라운 능력을 알아채고 그에게 '아이올로스 막스'라는 별명을 지어 주었다. 실제로 막스는 보통 사람과 달리 바람이나 파동을 예민하게 감지하는 것 같았다. 무엇이든 느낄 수 있는 막스는 자신이 모든 걸 알기를 거부한다고 말했다. 막스의 마지막 이 말이 날카로운 비수처럼 뤼슈 씨의 가슴에 와 꽂혔다.

"어쨌든 뭔가로 인해 죽을 수밖에 없어요. 그로루브르는 수학 때문에 죽었어요. 그에게는 더없이 행복한 일이었을 거예요."

막스의 두 눈에 알 수 없는 빛이 스쳐 지나갔다. 가족은 멍하니 막스를 쳐다보았다.

"솔직히 말해서 전 한동안 그로루브르가 정말 실존하는 인물인지, 혹시 뤼슈 할아버지가 만들어 낸 가공의 인물은 아닌지 생각해 보았어요."

뤼슈 씨는 의아해하며 고개를 갸웃했다.

'그런데 오늘따라 다들 왜 이러지?'

페레트가 물었다.

"그렇더라도 누군가 그 편지들을 썼을 텐데, 안 그래?"

막스가 말을 계속했다.

"제 생각에 첫 번째 편지는 뤼슈 할아버지 본인이 써서 보낸 것 같아요. 사실은 우리에게 보내는 편지였죠. 우리에게 할아버지 자신의 이야기를 하기 위해 찾아낸 방법이 바로 그것이었어요. 첫 번째 편지가 도착했을 때까지만 해도 저는 뤼슈 할아버지에 대해 전혀 알지 못했으니까 말예요. 게다가 그 이외의 것들에 대해서도 할아버지께 한 번도 여쭤 본 적이 없었죠. 하지만 이젠 달라요. 레지스탕스나 소르본 대학교 시절, 할아버지 친구분 이야기를 쭉 들어 보니……."

페레트가 물었다.

"아마존 서재는 어떻게 만들었겠어?"

"제 생각을 바꾸게 된 계기가 바로 그거예요. 아마존 서재가 만들어지고 이 모든 책을 제 눈으로 확인하는 순간 모든 의심이 사라졌죠. 벼룩시장에 자주 가기 때문에 이 정도의 고서들이 얼마나 비싼지 잘 알아요. 정말 값비싼 것들이죠. 뤼슈 할아버지는 그 많은 책을 모두 살 만큼 돈이 많지 않잖아요. 뭐, 조그마한 서고 절반쯤은 채울 수 있을지 몰라도."

"내가 가난뱅이다, 그거냐?"

"물론 가난뱅이는 아니죠. 하지만 할아버지 친구만큼 부자는 아니란 말이에요."

페레트가 제안했다.

"좋아요. 막스가 이젠 그로루브르를 실존 인물이라고 확신한다니까, 페르마 이야기로 다시 돌아가는 게 어떻겠어요? 참, 그건 어느 시대에 있었던 일이죠?"

약간 당황한 듯한 뤼슈 씨가 공책을 마구 뒤적였다.

"언제냐고? 음, 잠깐만. 그걸 어디에다 적어 뒀더라? 아, 1650년대였지."

"자, 300년도 훨씬 전부터, 적은 여백 때문에, 페르마의 신화가 존재해 왔고, 6개월 전부터, 깊은 숲속에서 생겨난 비밀 때문에, 그로루브르의 신화가 존재해 왔던 것이군요."

페레트의 말에 막스는 재미있어하며 큰 소리로 말했다.

"마치 그가 자유의 몸이라도 된 것처럼 말이죠. 안 그래, 노퓌튀르. 네 신화는 뭐지?"

노퓌튀르가 쉰 목소리로 연신 소리를 질러 댔다. 하지만 그것은 오직 앵무새로서 지껄이는 것뿐이었다. 아무도 앵무새의 말을 알아듣지 못하자 노퓌튀르는 한입 가득 물을 들이켰다. 마치 목을 가시기라도 하듯이 말이다. 다시 가설에 관한 이야기로 돌아온 페레트는 한 번 더 불가능성을 확언하는 결과가 문제라고 지적했다.

"제가 제대로 이해한 것이라면, 페르마를 지탱하고 있었던 것은 바로 '불가능하다'라는 생각 같아요."

"사실이오."

레아가 입을 열었다.

"비에트, 데카르트 등이 있었으니까 오늘날 가설을 글로써 쓸 자격이 있는 거겠죠."

페레트가 집요하게 물고 늘어졌다.

"무엇이 불가능하다는 거죠?"

레아는 굴러다니는 종이 끄트머리에 그 말을 적었다.

$n > 2$일 때 $x^n + y^n = z^n$을 만족하는 양의 정수 x, y, z, n은 존재하지 않는다.

"주어진 제곱수를 두 제곱수의 합으로 나타낼 수는 있으나, 세제곱수 이상의 수를 동일한 n제곱수 두 개의 합으로 나타내는 것은 불가능하다 이거예요."

"말하기는 쉽지요. 너무 간단해서 오히려 의심이 갈 정도라니까요."

조나탕은 자리에서 벌떡 일어섰다.

"나가서 신경 세포에 바람이나 좀 쏘여야겠어요."

휴식 시간을 알리는 종소리가 울리기라도 한 것처럼 모두들 일제히 자리에서 일어났다. 졸지에 작업실은 텅 비었다.

"늦지 마세요, 곧 저녁 먹어야 해요."

페레트는 뤼슈 씨에게 이렇게 말하고는 문을 닫았다.

*

한 가지 의문이 뤼슈 씨의 머리에서 떠나질 않았다.

'페르마의 방정식에서는 왜 2까지는 참이던 것이 그다음부터는 갑자기 거짓이 돼 버리는 걸까? 가설의 특성상 그럴 수밖에 없는 것일까? 이러한 불연속성의 원인은 무엇일까? 물이 정확히 섭씨 0℃에서 얼고 100℃에서 끓기 시작하는 이유는 무엇일까?'

뤼슈 씨는 한계가 존재한다는 사실이 불만스럽지는 않았다. 오히려 그 반대였다. 타고난 성질은 변하지 않는 것이며, 아무리 나약한 사람들일지라도 갑작스러운 변화에 흔들리지 않고 꾸준히 자신의 일을 해 나가는 법이다. 그런 가운데 모든 현상이 자연스레 전개되는 세상이 되는 것이다. 그런데 어째서 가능하던 것이 어느 순간에 불가능한 것으로 돌변한단 말인가? 그리고 이쪽에서 가치 있던 것이 저쪽에선 가치 없는 것이 되는 이유가 뭘까? 왜 갑자기 가능한 것과 불가능한 것 사이에 경계가 생기는 것인지 궁금했다.

페르마의 가설의 경우, 2와 3 사이에 이러한 단절이 있다. 뤼슈 씨는 누군가 그에 대한 답을 주기를 바랐다. 뤼슈 씨 자신은 수학자들이 사용한 방법을 제대로 이해하지 못하리라는 것을 잘 알고 있었기 때문이다. 아마도 그로루브르는 자신의 증명에서 그 물음에 대한 답을 얻었는지도 모른다.

뤼슈 씨는 자신이 처음으로 그로루브르의 연구 성과 자체에 대해 관심을 갖게 되었음을 깨달았다. 모든 것은 디오판토스로부터 시작되었던 것이다.

죽은 날짜 이외에는 디오판토스에 대해서 알려진 바가 전혀 없다. 뤼

164

슈 씨가 그 사실을 알게 된 것은 바로 페르마의 전집을 정리하면서였다. 전집 제1권에 꽂혀 있던 한 장의 도서 카드를 통해서 말이다. 그로루브르는 보통 책 맨 뒷장에 붙여 두던 도서 카드를 이 책만은 예외적으로 맨 앞에 붙여 두었다. 카드의 내용은 『그리스 시선집』(그리스의 경구, 노래, 비문, 웅변문 등을 모은 선집으로 문학적, 역사적으로 매우 가치가 높다)에서 인용한, 디오판토스의 비문에 관한 것이었다.

이 무덤 아래 디오판토스가 잠들어 있다.

오, 위대한 천재, 그의 나이를 헤아리는 데는 과학이 그 척도가 되리라. 보라, 그는 전 생애의 $\frac{1}{6}$을 소년으로 보냈다. 또한 $\frac{1}{12}$을 청년으로 보냈으며, 그 뒤 $\frac{1}{7}$이 지나 결혼을 했다. 그리고 결혼한 지 5년 만에 아들을 낳았다.

아, 슬프도다! 어린 아들은 가엾게도 아버지 나이의 $\frac{1}{2}$을 살다가 싸늘한 죽음을 맞이했다. 비통함을 달래며 보낸 세월이 4년, 초탈의 경지에 이르러 그 역시 생을 마감했다. 디오판토스는 과연 몇 살까지 살았는가?

카드 뒷면은 깨끗했다. 그로루브르는 답을 구하지 않았다.

"자, 수학 공부를 다시 시작한 지 반년이 지났는데, 과연 계산이 가능할는지 모르겠군."

뤼슈 씨의 말은 수수께끼 같은 계산 문제를 행여 풀지 못할까 봐 가슴 졸이는 자신의 소심함을 숨기고 싶은 평계였다.

"이 문제는 방정식에 관한 거야. 미지수가 한 개인 방정식 말이야. 알콰리즈미가 말했듯이 우선 이름을 붙여야 해. 삶에 있어 늘 그렇듯이 몇 살까지 사느냐가 미지수야. 여기서는 디오판토스의 나이겠지. 끝에 오는 라틴어 소문자를 몇 개 챙겨서 미지수의 기호로 사용하라던 데카르트의 당부대로 나이를 소문자 v라고 하자. 이 수수께끼에서 무엇을 알 수 있지? 모든 인생이 그러하듯, 몇 개의 단면으로 나뉘어져 있고, 또 그런 단면들이 서로 결합해서 하나의 완전한 삶이 된다는 사실이지. 디오판토스의 유년 시절은 전 생애의 $\frac{1}{6}$이랬어. 그러니까. 청년이 되기까지는 $\frac{1}{12}$을 더 기다려야 했지. 그러니까, 또 결혼하기까지는 $\frac{1}{7}$을 기다려야 했어. 그러니까, 그로부터 5년이 지나 자식을 얻었지. 그러니까 +5. 자신의 전 생애의 $\frac{1}{2}$이 되던 해에 자식이 죽었어. 그러니까 $\frac{v}{2}$ 그리고 4년 후 자신도 눈을 감았지. 그러니까 +4.”

뤼슈 씨는 이들을 모두 적었다.

$$v = \frac{v}{6} + \frac{v}{12} + \frac{v}{7} + 5 + \frac{v}{2} + 4$$

도대체 뭔지 알 수가 없었다. 앞으로 디오판토스에 관계된 문제들이라면 아예 쳐다보기도 싫을 것이다. 『산학』에 대한 많은 주석본이 있는데, 현존하는 그리스 원본의 최초 라틴어 번역본은 1463년에 레기오몬타누스가 만들었다. 여섯 권으로 된 레기오몬타누스 『산학』에는 총 189개의 문제가 있다. 이란에서 발견된 네 권에는 몇 문항이나 있는지 아무도 모른다.

그때 막스가 문을 열었다. 노퓌튀르도 함께였다. 뤼슈 씨는 기분이 썩 좋지 않았다. 금세 이를 알아챈 막스가 무슨 일이 있냐고 물었다.

“황당한 문제를 풀고 있단다.”

“뭘 구하시는데요? 제가 한번 봐도 돼요?”

막스는 그 방정식 문제를 보고 빙긋이 웃었다.

"v가 뭐예요?"

"나이 말이냐?"

"아, 이 방정식의 v값은 플러스겠네요."

막스는 정말 대단한 아이였다. 뤼슈 씨가 여전히 모호한 표정을 짓자 다시 설명했다.

"제 말뜻은 그것이 양수라는 거죠. 자, 이제 가 볼게요."

"막스, 잠깐만……."

"전 저녁 드시라고 말씀드리러 온 것뿐이에요."

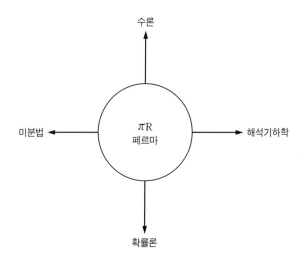

막스는 다시 계산지를 들여다보았다.

"할아버지, 공통분모로 통분하고 다 더하세요. 뻔한 계산법이죠, 뭐."

그러고는 휙 나가 버렸다.

"그래, 혼자 하마……."

잠시 후 뤼슈 씨를 부르는 페레트의 목소리가 들렸다.

"뤼슈 씨! 수프 내놨어요."

뤼슈 씨는 계산지를 웃옷 주머니에 찔러 넣은 뒤, 자신을 새로운 수학의 세계로 이끈 방위 표시도를 힐끗 쳐다보았다. 그리고 네 가지 방향으로의 항해가 무사히 끝났음을 확인하고는 작업실을 나섰다.

식사 중에 서로 한 마디도 하지 않은 것은 이번이 처음이었다. 식사가 끝나자 레아가 느닷없이 이렇게 말했다.

"제가 할아버지를 위해 무엇인가를 찾았어요."

레아가 노퓌튀르에게 신호를 보내자 단번에 차려 자세를 취했다. 퍼뜩 정신이 난 노퓌튀르가 쉬지 않고 말을 쏟아 냈다.

"진리를 연구할 때 지켜야 할 3대 기본 원칙. 첫째, 진리를 구하여 이를 찾는다. 둘째, 진리를 파악하여 이를 증명한다. 셋째, 진리를 철저히 고찰하여 거짓과 구분한다."

뤼슈 씨는 가슴이 마구 뛰었다.

"파스칼이야. 『기하학 정신과 설득술』."

"와!"

페레트와 조나탕, 레아의 입에서 탄성이 터져 나왔다. 뤼슈 씨는 겸손해했다.

"교양이란, 죄다 잊어야만 떠오르는 것이지. 아, 마음만 먹었으면 지금……."

그는 하늘을 향해 두 팔을 번쩍 들었다. 순간 아이들의 시선이 일제히 자신에게 쏠리자 슬그머니 두 팔을 무릎 위에 내려놓았다.

"지금 하고 있는 서점 일을 여전히 했을 거라고."

"다른 일을 하셨으면 제가 별로 안 좋아했을 거예요."

막스가 무뚝뚝하게 말했다.

"자, 노퓌튀르. 그 문장을 다시 말해 봐!"

레아가 지시했다. 노퓌튀르는 근엄한 표정으로 레아를 쳐다보더니 위엄이 느껴지는 낮은 목소리로 말했다.

"난 한 번 한 말은 되풀이하지 않아. 그냥 읊어 대지도 않아. 난 이야기를 한다고."

그러고는 휙 돌아서더니 홰로 날아가 모이통에 가득 담긴 대마 씨를 쪼아 먹기 시작했다.

레아가 다시 설명했다.

"진리를 구하여 이를 찾는다. 이 첫째 원칙은 우리에게 해당되는 거예요. 둘째, 진리를 파악하여 이를 증명한다. 이것은 그로루브르를 위한 것이죠. 가설을 증명하는 것, 이게 바로 그가 하고자 했던 거예요."

*

저녁 식사 후 뤼슈 씨는 서둘러 차고 방으로 돌아왔다. 웃옷을 벗고 실내복으로 갈아입은 뒤 평소 습관대로 웃옷 주머니를 뒤져 마구 휘갈겨 쓴 계산지를 찾았다. 아까 막스의 표현대로 '뻔한' 계산을 하다가 그냥 집어치우겠다는 말은 이제 하지 않을 것이다. 뤼슈 씨는 우선 통분한 다음 아래와 같이 풀어 나갔다.

그리고 종이에 적기 시작했다.

$$v = \frac{75}{84}v + 9 = \frac{25}{28}v + 9$$
$$v - \frac{25}{28}v = 9$$
$$\frac{28}{28}v - \frac{28}{28}v = 9$$

$$\frac{3}{28}v = 9$$
$$\therefore v = 28 \times \frac{9}{3}$$

'아, 아니지, 다시 계산할 필요 없겠어.'

그는 실내복을 벗어 던지고 웃옷으로 다시 갈아입은 뒤, 그 위에 망토를 걸치고 머리에 모자를 눌러쓴 채 차고 방을 나섰다. 이어 전속력으로 라비냥가의 비탈을 내려왔다. 다행히 거리에는 사람이 없었다. 뤼슈 씨는 밤늦게까지 영업을 하는 아베스가의 카페로 들어갔다. 미친 듯이 마시고 떠드는 사람들, 넋이 나갈 정도의 소음, 자욱한 담배 연기…… . 종업원이 그에게 자리를 마련해 주었다. 그는 맥주 한 잔을 들이켜고 나서, 또 한 잔을 연거푸 마셨다. 처음엔 풀리지 않아 속깨나 썩였던 문제의 계산지를 펼쳤다. 종이의 접힌 부분에 바로 그 답이 있었다.

$$v = 28 \times \frac{9}{3} = 84$$

디오판토스도 오마르 하이얌처럼 그로루브르처럼 여든네 살에 죽음을 맞이했던 것이다. 삶의 최종 시한과도 같은 나이였다. 그는 맥주를 몇 잔 더 주문했다. 그리고 옆자리의 젊은이들과 함께 노래를 불렀다. 거품이 넘치는 생맥주 두 잔을 사이에 두고 모두들 깜짝 놀랄 만큼 큰 소리로 이렇게 외쳤다.

"그들은 나의 죽음을 원하오. 내가 살아 있기를 원치 않는단 말이오!"

겉으로는 껄껄 웃고 있었지만 왠지 슬퍼 보였다. 뤼슈 씨는 그날 어떻게 해서 그 깜깜한 밤에 라비냥가의 험한 비탈길을 올라와 자신의 차고 방까지 무사히 돌아올 수 있었는지 도무지 알 수 없었다. 그는 옷을 입은 채 침대로 파고들었고 이내 두꺼운 닫집과 무거운 벨벳 커튼에 둘러싸인 채 자신이 잔뜩 취해 있는 꿈을 꾸었다.

20

·

수학을 보았던 사람, 오일러

심한 숙취!

지끈거리는 두통 때문에 잠에서 깨어난 뤼슈 씨는 자신이 죽지 않고 살아 있음을 알았다. 그렇지만 피타고라스학파의 일원과 같을 순 없었나 보다. 적어도 점잖은 피타고라스학파라면 아침에 깨어났을 때 전날 있었던 일들을 고스란히 기억하고 있어야 하는 게 아닌가. 뤼슈 씨는 아무것도 생각나지 않았다.

정오가 조금 지났을 무렵, 차고 방에서 비몽사몽 졸고 있는데 안채 쪽에서 뭔가 이상한 소리가 들려오는 듯했다. 그리 오래지 않아 그것이 노퓌튀르의 비명 소리라는 것을 알아챘다. 하지만 더 이상 아무 소리도 나지 않았다. 그러더니 이번에는 발자국 소리가 들리고는 다시 잠잠해졌다. 발자국 소리의 주인공이 페레트일 리는 없었다. 페레트는 월요일마다 오후 5시까지 가게 문을 닫아 둔 채 카르티에 라탱의 서점들을 한바퀴 돌며 최근에 발행된 신간 서적을 알아보러 다니곤 했다. 다른 서점들은 어떤 책을 앞에 내놓았나 싶어 서점 진열대를 유심히 관찰하고 다니며 사람들의 대화에 귀를 기울이거나, 서점을 찾는 손님들의 반응을 살

피기도 했다. 그래서 책을 주문할 때 참고했던 것이다.

'이런, 책!'

뤼슈 씨는 휠체어로 몸을 던졌다. 아마존 서재, 거기에서 나는 소리다. 그는 아마존 서재가 있는 작업실 문을 열쇠로 잠근 적이 한 번도 없었다. 도둑이라면 갈고리 하나로 거뜬히 문을 따고 들어올 텐데 소용없을 게 뻔했다. 그래도 무조건 도난 방지 경보기를 설치해야 했는데……. 안마당을 지나 작업실로 달려가는 동안에도 도서실 문에서 한시도 눈을 떼지 않았다. 그로루브르가 자신을 믿고 보물을 맡겼는데 도둑을 맞다니, 뤼슈 씨는 자신의 부주의함을 원망했다. 서둘러 가다가 그만 휠체어 바퀴가 수돗가의 철책에 걸려 앞으로 곤두박질할 뻔했다.

뤼슈 씨는 작업실 문을 살짝 밀어 보았다. 문은 닫혀 있었다. 도둑이 달아나면서 문을 다시 닫아 두었을 수도 있다. 문고리를 돌리는 순간에도 그의 머릿속은 오만 가지 생각으로 소용돌이쳤다. 큰일이군! 안으로 들어가 구석구석 둘러보았지만 다행히 큰일은 없었던 것 같았다. 서가의 책들도 그대로였다. 전날 밤 술 마시러 가기 전의 모습과 똑같았다. 얼핏 보기에 아무도 다녀간 것 같지는 않았다. 그렇다면 혹시 도둑이 아마존 서재의 문을 열려는 순간, 노퓌튀르의 비명에 놀라 도망가 버린 것일 수도 있다. 이때 불현듯 그 소리의 진원지가 작업실이 아닌 안채였음을 깨달았다.

뤼슈 씨는 소리쳤다.

"노퓌튀르!"

마음이 급한 나머지 뤼슈 승강기의 보호대도 내리지 않고 승강기를 작동시켰다. 너무 느렸다. 2층에 도착해 보니 안채의 문이 활짝 열려 있었다. 집 안에서는 몹시 역겨운 화학 약품 냄새가 코를 찔렀다. 순간 멈칫하고 뒤로 물러선 채, 문 앞에서 연거푸 노퓌튀르의 이름을 불렀다. 아무 응답이 없자 손수건으로 입을 막고 집 안으로 들어갔다. 바닥에는 홰가 거꾸러져 있었다. 모이통에 있던 알곡들은 사방으로 흩어지고, 물은 타일 바닥에 엎질러져 있었다. 게다가 바로 옆에는 깃털 세 개가 나뒹굴고 있었다. 노퓌튀르가 납치되었다. 놈들이 페레트가 집에 없는 날을 골라 범행을 저질렀던 것이다.

페레트가 집으로 들어왔을 때까지도 약품 냄새가 완전히 사라지지 않은 상태였다. 그것은 클로로포름 냄새였다. 노퓌튀르를 마취시킨 게 분명했다. 어쨌든 노퓌튀르는 악을 쓰며 발버둥쳤을 것이다. 타일 바닥에 흩어진 깃털로 보아 얼마나 격렬하게 저항했는지 짐작할 수 있었다.

페레트는 깃털을 정성스레 주워 모아 식탁 위에 올려놓은 다음, 홰를 다시 세우고 흩뿌려진 알곡들을 빗자루로 쓸어 낸 뒤 바닥을 대걸레로 닦았다. 주방 바닥을 완전히 치우고 나자 언제 그런 일이 있었나 싶게 감쪽같이 예전 상태로 돌아갔다. 그들은 오직 앵무새만 노렸던 것이다. 페레트가 도착한 다음부터 한 마디도 하지 않던 뤼슈 씨는 식탁 위에 있는 깃털을 얼른 치워 버리라고 했다.

페레트가 놀란 표정으로 되물었다.

"갖다 버리라고요? 분명히 깃털에 도둑들의 지문이 남아 있을 테니 경찰 수사에 도움이 될 거예요."

그들을 도둑이라고 불러야 할지 납치범이라고 불러야 할지 난감했다.

"막스가 곧 학교에서 돌아올 테니, 일단 그 깃털이 막스의 눈에 안 띄게 하는 것이 좋을 거요."

"물론이죠. 그런데 괜찮으세요?"

휠체어에 깊숙이 기대어 앉은 뤼슈 씨의 얼굴은 창백했고 기운이 하나도 없어 보였다. 물론, 노퓌튀르에 대한 그의 애정은 남달랐다. 작업실에서 여러 차례 강의를 진행하는 동안 둘은 정말 손발이 잘 맞았다. 뤼슈 씨는 팔십 평생 살아오면서 그토록 영리한 동물은 만나 보질 못했다. 노퓌튀르처럼 영리하고 매력적인 동물 말이다. 하지만 무엇보다 그의 가슴을 아프게 한 것은 그 같은 일이 일어나는 동안 전혀 손을 쓰지 못했다는 사실이었다.

'놈들이 내 집에 침입해 내 침대 바로 위에서 앵무새를 납치해 가는데도 속수무책 당하고만 있었다니. 놈들이 페레트가 오늘 집을 비운다는 사실을 잘 알고 있었던 걸로 봐서 필시 나의 상태에 대해서도 훤히 꿰고 있었던 게 틀림없어. 늙은이라서 전혀 반항할 수 없다고 생각했을 테지. 왜냐하면 나는……. 아냐, 결코 불구라고는 말하지 않겠다. 장애인, 하반신 마비자, 지체 부자유자, 이 중에서 뭐라고 불러도 좋지만 불구자만은 안 된다. 한 남자가 침입자들로부터 자기 집을 지킬 수 없다면 그는 더 이상 무가치한 존재인 것이다.'

페레트가 말했다.

"그 자리에 안 계셨다니 참 다행이에요. 안 그랬다면 당신까지 사고를 당했을 거예요. 이제부턴 제가 돌봐 드릴게요. 제가 해야 할 일이라면 뭐든지……."

바로 그때 막스가 쿵쾅거리며 계단을 뛰어 올라오는 소리가 들렸다. 뤼슈 씨는 당황했다.

"페레트, 깃털!"

페레트가 호주머니에 깃털을 막 쑤셔 넣자마자 막스가 주방으로 들어왔다.

"서점 문이 닫혀 있네요. 무슨 일 생겼나요?"

막스가 해가 있는 쪽을 얼핏 보고는 물었다.

"노퀴튀르는 어디 있죠?"

페레트가 자초지종을 이야기했다.

새까맣고 작은 막스의 두 눈이 분노로 이글거렸다.

"나쁜 놈들! 제발 그놈들이 노퀴튀르에게 나쁜 짓을 하지 않았으면……. 만약 그랬다면……."

막스의 눈초리가 어찌나 매서운지 페레트는 섬뜩함마저 느꼈다.

막스는 혼자서 중얼거렸다.

"그놈들의 소행이 틀림없어!"

"누구?"

"동물 밀매단요!"

"뭐라고?"

"벼룩시장의 그놈들 말이에요, 엄마. 노퀴튀르가 어떻게 해서 우리 집으로 오게 되었는지 기억하고 계시죠?"

"그게 언제 적 일인데. 벌써 여러 달 되었잖니, 막스. 그들이 무슨 수로 널 찾을 수 있었겠니?"

막스는 두 사람에게 메지스리 근처를 돌아다니다 있었던 일을 이야기하면서 당시 여점원의 거동에 대해서도 말해 주었다.

"그럼 그때 네 뒤를 쫓아 여기까지 왔었다고? 근데 그렇게 오랫동안 가만히 있다가 이제 와서 이러는 이유가 뭐지? 지독한 놈들!"

페레트가 소리쳤다. 그러고는 빙긋이 웃으며 말했다.

"네 앵무새가 꽤나 값나가는 새인가 보다. 그렇게까지 찾으려고 애쓰는 걸 보면……."

"그놈들이 제 뒤를 밟지 않았다는 것만은 확실해요. 제가 무척 조심했거든요."

"그럼 어떻게 여기까지 찾아올 수 있었지? 아냐, 널 미행하지 않고서는 그럴 수 없어."

막스는 전적으로 확신했다.

"절 미행한 사람은 아무도 없었다니까요. 제가 그렇다고 하면 믿으셔야죠. 그게 바로 문제예요. 그들이 제 뒤를 밟지 않았는데도 노퓌튀르가 있는 곳을 찾아냈다는 거죠. 어떻게 그게 가능한지 도무지 이해가 안 돼요."

페레트는 여전히 막스가 조류 판매점에 갔을 때 자신도 모르는 사이 그놈들에게 미행당했던 게 틀림없다고 생각했다.

"경찰에 알려야겠어."

"안 돼요, 엄마. 절대로!"

막스는 두 사람에게 매입 증명서와 검역 증명서 등 반드시 갖춰야 할 몇 가지 서류와 검역의 의무, 예방 접종 등에 관해 들은 내용을 낱낱이 알려 주었다.

"경찰에 신고하면 도리어 문제가 커질 거예요. 노퓌튀르를 다시 찾게 되더라도 우리에게서 노퓌튀르를 빼앗아 갈 거라고요. 그때 벽보에는 분명히 불법으로 반입된 조류는 압수 조치해서 검역을 거치도록 해야 한다고 돼 있었어요. 그러면 다시 잃어버리기 위해서 되찾는 거나 다름없다니까요."

"뤼슈 씨 생각은 어떠세요?"

"나도 막스와 같은 생각이오. 문제는 바로 그 조류 판매점인데……. 그 여점원을 꼭 찾아야 할 것 같소."

"제가 내일 가 볼게요."

"빠를수록 좋소."

페레트는 잠시 망설이더니 이렇게 말했다.

"오후 내내 서점 문을 닫아둘 순 없어요. 하지만 당신 말이 옳아요. 안내문이라도 써 붙이고 가야겠어요."

"지금 문에 '앵무새가 납치되어 서점 문을 닫습니다'라고 써 붙이겠단 말이오?"

"그럼 안내문 없이 그냥 가게 문만 닫아야겠네요."

"문을 왜 닫지? 당신이 조류 판매점에 가 있는 동안 내가 서점을 보면 되잖소."

"하지만…… 일을 놓으신 지 10년이나 됐는데……."

"그러니까 당신 말은 내가 아무것도 모를 것이다, 이거요? 페레트, 내가 이 서점을 운영한 지 35년이 넘었단 사실을 잊었나 보군."

*

페레트는 막스가 따라오겠다는 걸 뿌리쳤다. 그녀가 마지막으로 메지스리에 갔던 것은 쌍둥이와 함께였다. 쌍둥이의 나이가 일고여덟 살쯤 되었을 때다. 조류 판매점 안을 한 바퀴 휘 돌아봤지만 막스가 설명한 그 문제의 여점원이 누군지 도무지 알 수가 없었다.

페레트는 일단 주인을 만나야겠다고 생각했다. 주인이 나오기를 기다리는 동안, 뤼슈 씨가 지금 어떻게 하고 있는지 궁금했다. 과연 그가 금세 예전의 감각을 되찾았을까, 혹시 페레트에 의해 자신의 서점이 완전히 달라져 버렸다는 일종의 낯섦 같은 것을 느끼긴 않았을까?

"부인, 절 보자고 하셨나요? 제가 지금 몹시 바쁘거든요."

주인은 그리 호락호락해 보이는 인상이 아니었다. 페레트는 그에게 여점원의 인상착의를 설명하고는 어디 있냐고 물었다.

"아, 예, 안나. 안나 질레티 말씀하시는군요. 지난주 여길 그만뒀어요. 두 달밖에 안 있었죠. 참 성실하고 괜찮은 아가씨였어요. 떠난다고 했을 때 붙잡았어야 했는데. 친구신가요? 아니면 가족이신가요?"

주인은 안나 질레티의 집 주소는 알려 줄 수 없다고 했다. 페레트는 자신이 그 같은 부탁을 하는 이유를 자세히 설명해야만 했다. 페레트는 막스가 이 조류 판매점에 들렀을 때 점원의 거동에 대해서 이야기했다. 물론 노쾨튀르의 납치 사건에 대해서는 한 마디도 꺼내지 않았다. 끝에 가서는 그 점원이 동물 밀매에 관여하고 있지 않나 하는 생각이 든다고 덧붙였다.

주인의 얼굴이 굳어졌다.

"밀매요? 여기서요? 부인, 어떻게 감히 우리 가게에서……."

"그게 아니고요, 전……."

"정말 불쾌하군요. 이봐요, 우리 가게는 문을 연 지 100년도 넘었어요. 이 자리에서만 계속 영업해 왔다고요. 지금껏 정직 하나로 버텨 온, 이름 있는 집이란 말입니다. 게다가 우리 같은 유명 업소들은 당국으로부터 정기적인 감사를 받고 있다는 걸 똑똑히 알아 둬요. 다른 업소들은 모르겠지만 외래 질병 때문에 경찰청 측에서도 검역에 얼마나 엄격해졌는데요. 우린 동물 수입 증명서에 정기적으로 승인 도장을 받고 있단 말이에요."

그러고는 목소리를 낮추더니 이렇게 말했다.

"몇 년 전부터 파리를 중심으로 대규모 밀매가 성행하고 있어서 그것 때문에 우리가 엄청나게 손해를 보고 있죠. 아, 그게 주로 어디에서 일어나고 있는지는 잘 압니다."

페레트는 주인을 쳐다보며 자세히 이야기해 보라고 했다.

"벼룩시장이죠. 바로 벼룩시장에서 암거래가 이뤄지고 있어요."

모든 사실이 서로 일치했다. 막스가 목격한 것들은 사실이었다. 주인은 페레트에게 자신의 사무실로 함께 가자고 했다. 사무실에 들어서자 신문을 스크랩해 둔 서류철 하나를 꺼냈다.

첫 번째 기사는 오스카라는 암호명으로 알려진 경찰 작전을 다룬 것이었다. 두 번째 기사는 로메오 작전에 관한 것으로 그 결과 밀매상 다섯 명이 소환되었다는 내용이었다. 세 번째 기사는 몽트뢰이 벼룩시장의 머리글자를 딴 PM 작전으로 파리 경찰청이 진두지휘한 최대 규모의 수색 작전이었다. 기사에 의하면 당시 검은방울새와 꽁무니가 붉은 야생 앵무새, 플로리다 거북 등 총 499마리의 동물이 압수되었다고 한다.

하지만 앵무새는 없었다. 주인은 서류철을 조심스럽게 챙겨 넣었다. 그리고 직원 주소록을 꺼내더니 대충 훑어보고는 페레트에게 종이 한 장을 내밀었다.

"부인이 찾던 주소요."

페레트는 주소를 들고 곧장 그곳으로 달려갔다. 하지만 그것은 틀린 주소였다. 안나 질레티의 집이 아니었다. 이로써 페레트는 납치범들이 라비냥가의 집까지 올 수 있었던 것은 막스의 뒤를 밟았기 때문이라는 심증을 굳혔다.

*

막스는 자기 방에 틀어박혀서 나올 생각을 안 했다. 이미 한 번, 덩치 큰 녀석과 작은 녀석의 손아귀에서 노퓌퓌르를 구해 냈었다. 그놈들이 들이닥쳤을 때 자신이 집에 있었더라면 몸싸움을 벌여서라도 노퓌퓌르를 보호했을 것이다. 막스는 학교에 갔던 것을 후회했다. 노퓌퓌르를 학교에 데려갈 수는 없었다. 시각 장애인의 안내견은 허용되는데 왜 청각 장애인의 앵무새는 안 되는 건지 답답했다.

반년 넘게 진행되어 온 조사 작업을 여기서 중단할 수는 없었다. 노퓌퓌르가 이 작업에 매우 적극적이었던 것은 분명하지만 설사 그가 빠진다 하더라도 작업은 계속돼야 한다. 조사원 한 명의 실종으로 그 팀의 조사 작업이 중단돼서는 안 된다. 뤼슈 씨는 가족 모두가 자기와 같은 생각을 갖고 있기를 바랐다.

피에르 드 페르마 다음으로 그로루브르의 명단에 올라 있는 사람은 바로 오일러였다. 그는 1707년 스위스 바젤에서 태어났다. 뤼슈 씨는 유명한 철학자이자 수학자 두 사람을 잇따라 조사했었다. 바로 데카르트와 라이프니츠였다. 서양의 근대 철학자들 가운데 라이프니츠는 가장 위대한 수학자였다. 동시에 서양의 모든 수학자 가운데 가장 위대한 철학자이기도 했다.

철학 분야에서 오일러에 관한 이야기는 전혀 들어 본 적이 없었다. 오일러에 대한 조사를 시작하기에 앞서 수학 사전을 뒤져 보기로 했다. 사전에는 유클리드 바로 다음이 오일러였다. 유클리드 못지않은 상당량의 지면이 오일러에 할애되어 있었다. 무려 여덟 쪽이나 되었다.

그로루브르가 비상수단을 쓴 것이다. 17세기에는 페르마를, 18세기에는 오일러를 대표 수학자로 내세웠다. 이 두 사람은 당대를 대표하는 수학계의 거장으로서 페르마가 동서남북을 가리키는 방위 표시도라면 오일러는 모든 방향을 다 가리킨다고 할 수 있을 것이다. 당시 오일러의 손을 거치지 않은 수학 부문은 하나도 없을 정도였다. 또 한 가지 확실한 것은, 전체 수학자들 가운데 단연 최고의 '수학 용어' 고안자라는 사실이다. 공식, 정리, 방법, 기준, 관계, 방정식…… 등등 헤아릴 수 없이 많은 용어에 그의 이름이 붙어 있다.

제일 먼저 기하학 분야에는 삼각형과 관련해 오일러 점, 오일러 직선, 오일러 원, 삼각형의 외접원에 관한 오일러 관계 등이 있다. 수론의 경우, 오일러 기준, 오일러 지수, 오일러 항등식, 오일러 가설 등이 있다. 그리고 역학에는 오일러의 각이 있다. 한편 논리학에는 오일러 벤 다이어그램이라는 것이 있다. 또한 그래프 이론 분야에 오일러 관계라는 것이 새로 추가되었다. 대수학에는 사차 방정식의 해법에 관한 오일러 방법이라는 것이 있다. 미분법에는 미분방정식과 관련한 오일러 방법이 있다.

뤼슈 씨는 현기증이 날 정도였다. 그래도 끝까지 해야 했다. 여하튼 그 밖에도 법선에 관한 오일러 방정식과 변분법에 관한 오일러 방정식, 다면체, 그래프, 면적, 미분 다양체 등이 있다. 다시 그래프에서의 오일러 관계와 삼각형에서의 오일러 관계가 있다. 편도함수에 관한 오일러 변환과 수열에 관한 오일러 변환도 있다. 또한, 오일러의 장교 36인에 관한 문제가 있다. 그리고 완전수에 관한 오일러 정리, 이항 공식의 종합에 관한 오일러 정리, 연결 그래프에 관한 오일러 정리, 위상 수학의 기초가 된 다면체에 관한 오일러의 정리 등이 있다. 물론 여러 가지 공식도 잊어서는 안 된다. 오일러의 원과 오일러의 그래프. 1차 공간의 오일러 함수 혹은 '베타' 함수, 2차 공간의 오일러 함수 혹은 '감마' 함수. 만곡이 없는 그래프의 오일러 사슬 역시 기억해야 한다. 조합론에서는 오일러의 수가, 복소수의 사인과 코탄젠트에선 오일러 변화값이 있다. 그리고 이들 용어는 각각 독창적인 방법, 새로운 결과, 신개념, 새로운 연구 작업까지

내포한 것이다.

　물론, 뤼슈 씨는 그 용어들이 내포하는 뜻을 이해하지 못했다. 대부분의 용어가 그에게는 낯설었다. 다양체가 무엇인지, 사슬, 위상기하학이 무엇인지도 몰랐다. 그럼에도 최근에 와서 복소수니 외접원, 대수 방정식, 이항식, 다면체, 미분방정식 등 또 다른 수학 개념들을 접하는 즐거움이 남달랐다. 분명한 건 수학의 세계를 여행하는 동안 뤼슈 씨의 어휘가 풍부해졌다는 점이다. 한편 오일러가 '친화수의 왕'이라는 대목에서 뤼슈 씨의 귀가 번쩍 뜨였다. 오일러의 선배 수학자들은 기껏해야 두세 개의 친화수 쌍을 찾아내는 것으로 만족해야 했으나, 그는 60개도 넘는 쌍을 발견했다고 한다.

　수학 사전 여덟 쪽의 충격에서 아직 헤어나지 못한 뤼슈 씨는 휠체어를 몰고 서가 쪽으로 갔다. '섹션 3'. 거기를 보니 오일러는 유클리드 옆이 아니라 데카르트 옆에 있었다. 믿을 수가 없었다. 서가를 따라 휠체어를 굴리고, 굴리고 또 굴렸다. 75권, 단 한 사람의 머리에서 나온 수학 관련 저작이 4만 5000여 쪽이나 되다니, 실제로 오일러의 책은 서가 하나를 거의 다 차지하고 있었다. 거기에 오일러가 쓴 편지들도 더해야 한다. 4000통이나 되는 걸 말이다! 난 지금 사라진 한 친구로부터 받은 단 두 통의 편지 때문에 이 고생을 하고 있는데 말이다.

　1983년, 오일러의 전집이 그의 사망 200주기를 기념해 발간된 바 있다. 그렇다면 이 최근 간행물에 대해 그로루브르가 알고 있었다는 이야기가 된다. 왠지 모를 압박감에 뤼슈 씨는 숨이 막혔다. 전날 밤 자신의 집에 무단 침입해 사랑하는 앵무새를 훔쳐 가는 것도 막을 수 없었던 그가 이제 위대한 기념비적 작품을 감당해야 하는 순간이 된 것이다. 갑자기 만사가 귀찮아졌다.

'그래 봤자 무슨 소용이 있겠나? 도대체 무슨 의미가 있단 말인가? 내가 왜 그로루브르의 '계획'대로 움직여야 하는 거지?'

회의가 생기며 모든 것이 부조리하다는 생각이 들었다.

"그만! 이제 그따위 유치한 장난은 집어치워. 그 짓을 할 나이는 이미 지났잖아."

마지막 말이 입에서 튀어나오는 순간 뤼슈 씨 자신도 깜짝 놀랐다. 실은 정반대였던 것이다. 이젠 그 짓밖에는 할 수 없는 나이가 아니던가. 각설하고, 다시 시작해야 한다. 무엇부터 시작할 것인가? 이 생각과 함께 책장을 넘기던 중 어떤 간결한 수식 하나가 그의 시선을 끌었다.

$$\frac{\pi^2}{6} = 1 + \frac{1}{4} + \frac{1}{9} + \frac{1}{16} + \cdots + \frac{1}{n^2} + \cdots$$

뤼슈 씨는 그 식을 소리 내어 읽어 보았다.

$\dfrac{\pi^2}{6}$ 은 정수들의 제곱의 역수의 합이다.

'단 한 번의 시도로, 그저 활자화된 공식을 말로써 표현하는 데 성공했다는 건 자랑스러워할 만해.'

그 공식을 판독해서 숨은 의미를 밝히는 데 성공했다는 것에 대해 말이다. 그는 어디로 가야 할지를 깨달았다. 그곳에 가면 막스가 노퓌튀르를 잃은 충격에서 어느 정도 벗어날 수 있을 것이다.

*

위쪽에서 설까? 아래쪽에서 설까? 위쪽은 에투알 광장(열두 개의 인상적
인 가로들이 방사형으로 뻗어 나가 별 모양을 이루고 있어 에투알 광장으로 불렸으
나, 1970년 샤를드골 광장으로 개칭되었다)의 개선문이고, 아래쪽은 콩코르드
광장(루이 16세와 마리 앙투아네트가 단두대에 처형되었던 장소)이다. 그 사이로
샹젤리제 거리(개선로)가 펼쳐져 있다. 막스와 뤼슈 씨는 더 가깝다는 이
유로 아래쪽을 선택했다. 콩코르드 광장에 도착한 이들은 '세상에서 가
장 아름다운 거리'를 거슬러 올라갔다. 거대한 범선이 침몰하는 것처럼
보이는 대궁전 가까이에 이르렀을 때, 뤼슈 씨는 막스에게 언젠가 신문
에서 읽은 적 있는 대궁전에 관한 이야기를 해 주었다.

대궁전은 1900년 파리 만국 박람회를 기념하기 위해 건설되었다. 그
런데 샹젤리제에서 센강 쪽으로 완만하게 경사져 있는 땅이 부지로 결
정됨에 따라 우선 흙으로 바닥을 돋워야 했다. 사람들은 흙 대신 참나무
를 사용하기로 했다. 그리하여 땅속에 통나무 수천 개를 깔았다.

그로부터 80년이 흘렀다. 언제부턴가 대궁전은 자꾸만 센강 쪽으로 기
울어졌다. 그 원인을 알아봤더니 수분을 공급해야 할 센강의 물이 통나
무까지 이르지 못해 나무의 수분이 차츰 빠져나가면서 완전히 말라 버
린 것이었다. 그 주범은 센강 우안에 새로 건설된 강변도로였는데 이 콘
크리트 건조물이 방수벽 구실을 해서 강물이 통나무까지 흘러들지 못했
던 것이다.

막스는 뤼슈 씨와 나란히 걸었다. 목적지에 도착하자 뤼슈 씨가 이야
기를 시작했다.

"1937년에 있었던 일이란다. 파리 시내는 인민 전선의 대규모 시위

로 소란스러운 상태였지. 들로, 산으로, 바다로, 어디로든 떠난다고 하면
모두들 무척 부러워했단다. 단지 떠난다는 사실만으로도 말이야. 흔히
들 '바캉스'라는 표현이 부자들한테나 어울리는 말이라고 생각하며 그
말 대신 '유급 휴가'라는 표현을 썼지. 이 용어의 의미는 많이 바뀌었단
다. 전에는 고용주가 피고용인을 불러 '당신에게 휴가를 주겠다'고 통보
하는 것이 '당신을 해고한다'는 것을 의미했는데, 지금은 고용주가 피고
용인에게 휴가를 주어 휴식을 갖도록 한다는 뜻 이외에 쉬는 동안에도
급료를 지급해야 할 의무도 지닌다는 뜻을 내포하지. 매년 겨울마다 내
가 믿었던 사람들이 거리에서, 지하철에서 또는 버스에서 묘한 표정을
짓고 있던 기억이 나는구나. 그들은 재충전을 위해 8월 한 달을 기다렸
지. 1937년 여름이 시작될 무렵, 센강을 따라 만국 박람회가 개막되었단
다. 에펠 탑, 샹드마르스 광장, 샹젤리제 거리, 트로카데로 궁, 대궁전 등
지에서 말이다. 그때 파리 시내 몇몇 곳에 박물관이 건립되었지. 자그마
치 한 번에 다섯 개나 말이야. 민속 박물관, 해양 박물관, 프랑스 기념물
박물관, 인류학 박물관, 현대 예술 박물관 등이 그때 세워진 것들이란다.
종강을 하고 난 어느 날 아침 식사 중에 그로루브르가 내게 어딜 가자고
제안했어. 평소에도 그는 자신이 가는 곳이면 어디든 날 끌고 다녔지. 어
쨌든 그곳에 도착하자 그는 홀이 원형이 아니라는 점을 먼저 지적하더
구나."

   뤼슈 씨의 휠체어가 1937년 파리 만국 박람회에서 인기를 끈 것들 가
운데 하나인 과학 발견 박물관의 거대한 타원형 홀 바닥에 그려진 모자
이크 장식 위를 지나고 있었는데 그곳이 바로 뤼슈 씨와 막스의 목적지
였다.

   막스는 고개를 한껏 뒤로 젖혀 둥근 천장을 올려다보았다. 한낮의 강

렬한 햇빛이 파고드는 커다란 스테인드글라스를 보더니 입이 벌어졌다. 뤼슈 씨 기억으로는 어딘가 유리 타일이 있었던 것 같았다. 그래서 열심히 찾아봤지만 헛일이었다. 대부분은 폐쇄되었고 덩그러니 그 자리만 남아 있었다. 타원형 바닥의 한가운데에 이르자 뤼슈 씨는 오른쪽으로 비스듬히 돌아 옆 계단 쪽으로 갔다.

"우리는 계단을 네 개씩 밟고 뛰어 올라갔단다. 그로루브르는 내게 빨리 뭔가를 보여 주려고 안달이 났었지……."

뤼슈 씨의 휠체어는 높은 계단 맨 아래에서 멈췄다. 그곳엔 승강기 시설이 전혀 없었다. 하반신이 마비된 장애인들은 1층까지만 구경하는 것으로 만족해야 했다. 다행히도 더러운 세탁물 더미처럼 남들 모르게 지하로 가면 부속 건물로 이동시켜 주는 화물용 승강기가 한 대 있긴 했다. 하지만 뤼슈 씨는 그렇게까지 들어갈 생각은 없었고 막스도 이에 전적으로 동의했다. 그런데 입장권을 가지러 간 선생님을 기다리는 동안 줄곧 두 사람을 지켜보던 한 무리의 남학생들이 계단 앞까지 걸어와선 뤼슈 씨의 휠체어를 번쩍 들어 올렸다. 뜻밖의 상황에 감격한 뤼슈 씨는 언제인가처럼 휠체어의 심한 요동에도 불구하고 껄껄껄 웃었다. 관람객들은 눈살을 찌푸리며 그 광경을 지켜보았다. 막스는 뒤따라 계단을 뛰어 올라갔다. 이 친구들은 뤼슈 승강기가 최고 속도를 냈을 때보다도 훨씬 빨리 층계참에 다다랐다. 그런데 조금도 숨차지 않는 게 역시 젊은이들다웠다. 알고 보니 수학 선생님의 인솔 아래 참관 수업을 나온 운동반 학생들이었다. 그들은 휠체어와 한 몸이 되어 움직였다. 휠체어가 보통 속도를 유지하자 뤼슈 씨가 시를 읊조렸다. 오래전 그로루브르와 이곳을 방문하던 날, 그로루브르는 뤼슈 씨에게 그 시구들을 끊임없이 반복해 읊도록 했다. 여러 일이 있었던 이곳을 다시 찾아오자 정말 그때의 기억이 고스란히 되살아났다.

"추상화의 색깔 없는 바다에서 불쑥 솟아오른 최고의 학문은, 포말에서 태어난 아프로디테의 관능적인 옷으로 둘러싸여 있다. 영화의 배경으로 나올 법한 둥근 천장 아래에서, π의 값인 700개의 소수가 숫자 화환처럼 길게 펼쳐져 있다."

마침내 그들은 목적지인 π에 다다랐다. 세상에서 단 하나뿐인 이 방에서 과거의 젊은이들이 얼마나 숱한 꿈을 꾸었던가? 그곳으로 밀려드는 어른들로 미루어 보건대 여전히 젊은이들로 하여금 상상의 나래를 펴게 만드는 곳임엔 틀림없었다. 방은 물론 둥근 형태였다. 유명한 수학자들의 이름이 표시된, 고리 모양의 띠가 방 전체를 빙 둘러치고 있었다. 그리고 둥근 궁륭 위로 솟은, 여러 개의 꼬임이 들어간 나선형의 작은 벽에는 π의 소수점 아래 숫자 707개의 숫자를 열 개씩 끊어 빨간색과 검정색으로 번갈아 가며 쓴 것이 있었다. 막스는 이런 숫자 낙서에 탄복해서, π값의 시작인 3을 응시하더니 소수점을 건너뛰고 그다음부터 훑어가기 시작했다. 빨간 마디 1415926535, 검정 마디 8979323846, 빨간 마디 2643383279, 여기서부터 속도를 빨리해서, 검정 마디 502……. 이렇게 첫 바퀴를 다 돌고 나자 어느덧 출발점이었던 3 아래에 와 있었다. 소수를 좇는 사람이라 막스는 계속해서 빨간 마디, 검정 마디를 룰렛판 모양으로 빠른 속도로 읽어 내려갔다. 막스의 까만 두 눈은 빨간 공처럼 이 숫자들에서 저 숫자들로 건너뛰었다.

갑자기 막스의 눈에 눈물이 맺혔다. 노퓌튀르는 지금 어디에 있는 걸까? 검은색, 빨간색…… 노퓌튀르의 깃털 끝도 이처럼 빨간색이었다. 막스의 눈이 점점 더 빨리 숫자들을 좇았고, 머리도 빙글빙글 돌았다. 네 바퀴째, 노퓌튀르가 사라진 지 나흘이 다 되었다. 노퓌튀르는 야위어 가고 있을 것이다. 의식도 흐릿해져 버렸을 것이다. 멈출 새도 없이 어느 덧 마지막 숫자에 이르렀다. 왜 707번째 숫자에서 멈췄을까? 끝없는 원 무가 계속되기를 바랐다. 마침내 끝까지 다 읽은 막스는 π값의 소수들이 춤추는 작은 벽에서 눈을 떼자마자 뢰슈 씨의 휠체어로 달려들었다. 방 안은 심하게 흔들렸고 땅바닥도 요동쳤다. 잠시 정적이 흘렀다. 이윽고 설명을 맡게 될 강사가 들어왔다. 진지해 보이면서도 장난기가 묻어나 는 얼굴이었다.

"평면 위의 두 점 사이에서 가장 짧은 거리는 직선입니다. 여러분이 반 원을 따라 한 지점에서 다른 한 지점까지 달리고자 하면, 그 거리는 훨씬 더 멀겠죠. 과연 그 차이가 얼마나 될까요? 딱 $\frac{\pi}{2}$배만큼 더 멉니다."

"바빌로니아, 이집트의 아메스, 시라쿠사의 아르키메데스, 인도의 아 리아바타, 중국의 조충지 등, π의 무궁한 역사만큼이나 그에 대한 연구 도 오랜 세월 수많은 학자에 의해 이뤄져 왔습니다."

막스는 주의를 집중할 수가 없었다.

$\frac{\pi}{2}$배만큼 더 길다

"이후 사마르칸트의 알카시가 π값을 소수점 아래 열네 자리까지 계산 했고, 서른다섯 자리까지 계산해 낸 독일의 루돌프 판 코일렌은 자신의 묘석에 π값을 새기도록 했답니다."

이미 여러 장의 종이가 사용되었다. 강사의 손에 쥐어져 있던 매직펜 이 바닥에 떨어졌다. 이 소리에 막스는 얼른 정신을 차렸다. 뢰슈 씨도 겨우 마음의 긴장을 풀 수 있었다.

"이제 공식의 시대로 들어가 보죠."

강사는 매직펜을 다시 주워 들었다.

"프랑수아 비에트는 매우 놀라운 공식을 만들어 냈습니다. 그 공식에서는 2라는 단 하나의 수만 사용됐지요. 그 원리는 제곱근의 병렬 구조에 기초를 두고 있는데 이것이 바로 첫 번째 무한 공식입니다."

$$\pi = 2 \times \frac{2}{\sqrt{2}} \times \frac{2}{\sqrt{2+\sqrt{2}}} \times \cdots$$

"보시다시피 모든 분모는 반드시 점차 커지게 되어 있는데, 만약 그렇지 않으면 그 곱의 값은 무한히 커질 테죠. 마침내 영불 해협을 건너 π의 계산법이 영국에 전해지게 되었습니다. 17세기에는 이 분야를 영국 수학자들이 장악하고 있었죠. 학자들이 제시한 여러 가지 다양한 공식들은 무한 수식, 합, 곱, 몫 등을 이용하는 것이었지만 근호는 허용하지 않는다는 이점이 있었습니다. 이런 유의 공식을 최초로 도입한 이가 바로 존 월리스입니다."

'암호 해독에 능한 그 의사로군!'

뤼슈 씨는 혼잣말을 했다.

청중이 공식을 받아 적는 동안 강사는 공식을 하나하나 풀어 설명해 주었다.

"분자엔 짝수를 두 번 중복해서 씁니다. $2 \times 2 \times 4 \times 4 \times 6 \times 6 \cdots$ 이런 식으로요. 한편 분모에는 홀수를 중복합니다. $3 \times 3 \times 5 \times 5 \times 7 \times 7 \cdots$ 이렇게요."

"꼭 말을 더듬는 것처럼 공식이 엉성해 보여요."

막스가 뤼슈 씨에게 귀엣말을 했다. 윌리스가 최초의 농아 학교를 창립했다는 사실을 모르는 것이 나을 것 같았다.

$$\frac{\pi}{2} = \frac{2 \times 2 \times 4 \times 4 \times 6 \times 6 \times \cdots}{3 \times 3 \times 5 \times 5 \times 7 \times 7 \times \cdots}$$

"한편, 프랑스 과학 아카데미(1662년경부터 시작된 데카르트, 파스칼, 가상디 등의 비공식 모임을 콜베르가 1666년 공식 모임으로 바꾼 과학 학회)에 비견될 만한 영국의 왕립 학회(1660년에 설립된 영국의 가장 오래된 과학 학회) 초대 회장이었던 윌리엄 브롱커라는 사람이 있었습니다. 그는 우리가 보통 사용하는 것과는 전혀 다른 새로운 분수, 곧 '연분수'라는 것을 만들어 냈죠. 연분수의 분자는 분수와 결합된 정수와 앞엣것과 같은 식의 형태를 갖는 분수 등으로 이뤄져 있습니다. 이러한 정의는 오일러가 내린 것이죠. 여기에서 그 공식은 홀수의 제곱수를 사용하고 있습니다."

그는 칠판에 공식을 적기 시작했고 공식을 써 내려감에 따라 그의 몸도 점차 아래로 기울어질 수밖에 없었다.

$$\frac{4}{\pi} = 1 + \cfrac{1}{2 + \cfrac{3^2}{2 + \cfrac{5^2}{2 + \cfrac{7^2}{\cdots}}}}$$

"공식이 침몰하는군요! '타이타닉호'처럼."

누군가가 소리쳤다. 아까 뤼슈 씨를 들어 올렸던 운동반원 가운데 한 학생이었다.

"저 공식을 다 쓰려면 잠수라도 해야겠는걸."

강사는 다시 π 이야기로 돌아갔다.

"다음으로 제임스 그레고리와 아이작 뉴턴, 존 마친 등의 수학자들이 있었습니다. 뉴턴은 한 친구에게 이런 내용의 편지를 썼죠. '지금 딱히 할 일이 없어 π의 소수점 아래 열여섯 자리까지 계산을 했다네.' 존 마친은 수학사상 최초로 소수점 아래 100자리까지 구한 사람입니다. 자, 그럼 유럽 대륙으로 넘어가죠. 17세기 말이었습니다. 라이프니츠 역시 연속된 홀수를 사용해서 무한 합을 정립했습니다."

"이런 공식들은 무척 '아름다워' 보이지만, 소수의 생성에는 그다지 효과적이지 않다는 점에서 썩 '좋은' 공식이라고는 할 수 없어요. 그 가운데 몇 가지는 아주 서서히 하나로 수렴되어 거북이처럼 느린 변화를 보인 반면, 다른 것들은 아주 빠른 속도로 발전했죠. 이 분야에서 수학자들은 '토끼'를 더 선호합니다. 그렇게 오일러에까지 이른 거죠."

뤼슈 씨의 입 안에서는 '정수들의 역수의 제곱의 합'이라는 말이 맴돌았다.

$$\frac{\pi}{8} = \frac{1}{1 \times 3} + \frac{1}{5 \times 7} + \frac{1}{9 \times 11} + \cdots$$

판지 위에 쓰여진 공식은 뤼슈 씨가 아마존 서재에서 자신의 수첩에 메모했던 것과는 달랐다.

$$\frac{\pi^2}{6} = \sum_{n=1}^{\infty} \frac{1}{n^2}$$

"어떤 분들은 고개를 갸우뚱하시는 것 같은데요."

믿을 수 없다는 듯한 뤼슈 씨의 표정을 읽은 강사가 한마디 던졌다.

"분명 등호 다음에 나온 영어의 'S'에 해당하는 그리스어 소문자 '시그마' 때문이겠죠? 이 기호는 합, 특히 무한개 항의 합을 나타내는 데 아주 경제적인 기호라고 할 수 있습니다."

$$\sum_{n=1}^{\infty}$$

"읽을 때는 'n이 1일 때부터 무한대까지의 합'이라고 하죠. 그래요, 시그마(Σ) 위에 조그맣게 표시된 누운 8 자는 정수 n이 지향하는 무한대를 나타냅니다. 이를 발명한 사람은 존 월리스로, 그에 대해선 좀 전에 이야기했었죠."

막스와 뤼슈 씨는 서로 눈길을 주고받았다.

"이렇게 해서 소수점 아래의 숫자를 좇는 경쟁이 시작됐답니다. 수학자들은 너도나도 이 경쟁에 뛰어들었죠. 127번째 소수점 아래 숫자까지, 그다음엔 140번째 숫자까지 구했습니다. 전문 계산가들이 먼저 경기를 시작했는데 흔히들 '소수점 사냥꾼'이라고 불렀죠. 200번째 숫자는 1844년에 구한 것입니다. 그러다 한 번에 440번째 자리의 숫자까지 구했어요. 이 분야 최고 기록 보유자인 윌리엄 러더퍼드는 한동안은 아무도 자신의 기록을 깨지 못할 거라는 확신과 함께 안심하고 잠을 푹 잤죠. 그러나 정확히 2년 후, 그러니까 1874년에 윌리엄 생스라는 수학자가 러더퍼드의 기록을 깨고 무려 소수점 아래 707번째 소수를 구한 겁니다. 그는 진정 영웅 대접을 받을 만했어요. 소수점 아래 707개의 숫자를 하나하나 계산하는 데 20년이란 세월을 바쳤다는 것 아닙니까."

뤼슈 씨는 아주 잠깐 그의 삶을 상상해 보았다. 20년 동안 하루도 거르지 않고 아침마다 책상에 꼼짝 않고 앉아 '자, 어디까지 구했더라?'라고 말하는 모습을 말이다. 구역질이 났다.

윌리엄 섕스의 소수는 둥근 천장의 작은 벽에 여봐란듯이 붙어 있었다. 1937년 7월의 아침, 그로루브르가 과학 발견 박물관으로 뤼슈 씨를 끌고 와 보여 주고 싶어 했던 것이 바로 그 소수들이었다.

"윌리엄 섕크스의 기록은 71년 동안 깨지지 않았습니다. 이러한 경쟁은 좀처럼 끝이 나지 않다가 1947년 퍼거슨이라는 수학자가 계산을 다시 해서……."

갑자기 그는 멈칫하더니 마치 펜싱을 하듯 한 다리를 앞으로 내밀고 바로 앞에 있는 네 번째 열의 '9' 자를 손가락으로 가리켰다. 그러더니 청중을 향해 고개를 돌리고는 말을 계속했다.

"528번째 소수점 아래 숫자가 틀렸다는 것을 발견하고서야 비로소 과열됐던 경쟁의 열기가 진정 국면에 접어들었습니다."

모두들 '아' 하고 내지른 탄성이 방 안에 메아리치면서 무시무시한 소리로 변하고 말았다. 뤼슈 씨는 몹시 통쾌했다. 그로루브르가 오전 내내 넋을 잃고 바라보던 것은 틀린 숫자들이었다. 가짜 렘브란트 그림을 진품인 줄 알고 황홀해하던 그로루브르에게 누군가가 그 가짜 그림을 팔아넘기기라도 한 것 같은 기분이었다. 여태껏 들어 본 소식 가운데 가장 반가운 소식이었다. 뤼슈 씨는 복수라도 한 듯 속이 후련했다.

그로루브르는 그 사실을 전혀 몰랐다. 오류가 있다는 사실이 알려졌을 때 도대체 그 친구는 어디에 있었을까? 아마조니아 밀림에서 모기들이 이미 다 빨아 버린 수액을 뒤늦게 채취하려고 하루 종일 애써 고무나무에 칼자국을 내고 있었겠지. 그러다가 누군가 그에게 π값의 소수점 아래 528번째 숫자가 틀렸다고 알려 주었을 테고, 분명히 그는 엄청난 충격을 받았을 것이다. 그때 어디선가 들려온 자지러지는 듯한 웃음소리로 정신이 번쩍 났다.

강의 시작 때부터 아무 말도 하지 않고 있던 운동반 아이들의 인솔 교사가 목청을 높여 이렇게 외쳤다.

"하지만 528번째 숫자가 틀렸다면, 그다음 숫자들도 마찬가지 아닙니까?"

강사는 차분한 음성으로 인정했다.

"물론입니다."

"그렇다면 저기에 붙어 있는 나머지 180개도 틀린 거네요."

강사는 딸꾹질을 했다. 모든 시선이 강사에게로 쏠렸다.

"나머지 숫자들도 그랬죠. 그런데 1949년 이후부터는 달라졌어요. 과학 발견 박물관 측의 직권으로 이 528번째 숫자인 9부터 틀린 숫자들을 모조리 삭제했습니다. 지금 여러분이 보고 계신 나머지 숫자들은 절대적으로 옳은 것들이죠."

모두들 과연 고친 흔적이 있는지 찾아내려는 듯, 한 발자국 앞으로 다가가 그 숫자들을 요리조리 뜯어보았다. 글자 색깔이나 형태, 간격 등으로 보아 그 사실이 틀림없음을 쉬이 확인할 수 있었다. 이 하찮은 벽이 그러한 비극적 사건을 경험했다는 사실은 전혀 알려진 적이 없었다. 이 분야에 정통한 전문가답게 강사는 때맞춰 청중에게 이렇게 말했다.

"이제 기록 경쟁은 기계의 몫이 되었죠. 정확히 프로그램 된 컴퓨터들이 π값의 소수들을 발굴해 내게 된 것입니다. 1958년에 소수점 아래의 숫자가 1만 개에 이르고, 1961년에는 10만 개, 1973년에는 100만 개, 1983년에는 1000만 개, 1987년에는 1억 그리고 1989년에는 10억 개까지 찾아냈죠."

숨죽인 채 이야기를 듣던 운동반 학생들은 강의에 흠뻑 취해 기록 경쟁을 계속했다. 어느새 강의는 끝이 났다.

"헤어지기 전에 두세 가지 짚고 넘어갈 내용이 있습니다. π가 순수한 도형의 세계에서만 존재한다고 생각할 필요는 없다는 겁니다. π는 물리학적, 우주론적 현상 어디에서든 발견할 수 있습니다."

그는 환하게 조명을 받고 있는 둥근 궁륭을 가리켰다. 그가 스위치를 누르자 궁륭의 모습이 어둠 속으로 사라졌다.

"몇몇 천문학자는 π가 하늘에 존재한다고 주장했죠. 하늘의 별 하나하나가 정수로 표시된 고도와 방위각, 이 두 가지 좌표로써 그 위치가 탐지된다고 한다면 이 두 수가 서로소일 가능성, 다시 말해 1 이외의 공약수를 갖지 않을 확률은 $\frac{6}{\pi^2}$ 입니다."

궁륭이 다시 밝아졌다.

"지상에선 완만하게 흐르는 큰 강에서 π값을 찾을 수 있습니다. 강은 구불구불한 뱀 모양이나 고리 모양으로 굽이쳐 흐르죠. 공중에서 강이 시작되는 수원부터 하구까지의 거리와 뱀 모양으로 흐르는 큰 강의 실제 길이를 비교해 보면, 그 비가 3.14에 가깝다는 사실을 확인할 수 있습니다. 돌출한 부분이 완만하면 할수록 이 비가 π값에 가까워지는 거죠. 아마존강이 가장 대표적인 경우랍니다."

뤼슈 씨는 막스가 이렇게 중얼거리는 소리를 들었다.

"공기 중에도, 물속에도 π값이 존재한다."

"나가실 때 문에 적힌 공식을 보신다면 틀림없이 감탄하실 겁니다. 그게 바로 오일러의 공식이죠. 아마도 수학의 세계에서 가장 아름다운 공식이 아닐까 싶습니다."

모두들 방을 나가면서 공식을 한 번씩 소리 내어 읽었다.

$$e^{i\pi} = -1$$

위를 올려다보느라 목이 뻐근할 지경인데도 뤼슈 씨는 공식을 찬찬히 살펴봤다. 짧아도 너무 짧았다. 하지만 왜 아름답다고 하는 것일까. 그냥 아름다운 것도 아니라 가장 아름답다고 했다. 뤼슈 씨는 공식을 자세히 들여다보았다. 모두 다섯 개의 기호로 이뤄져 있었다. 거의 다 그가 이미 알고 있는 것들이었다. 딱 하나만 제외하고 말이다.

이 공식에도 π가 있었지만, 어쩐지 이 π는 마음을 끄는 묘한 매력 같은 것이 있었다. 게다가 레코드가 만든 '=' 기호와 음수를 나타내는 '−1', 공인된 오일러의 명칭 목록에서 오일러 자신도 잊고 있었던 허수 'i' 등이 그 공식에 포함되었다. 그리고 e가 있었다. 한 번도 본 적이 없는 기호였다. 오일러의 공식이 아름답다는 것은 이 기호 때문일까?

"이게 그리도 아름답소?"

"알다시피, 아름다움이란……. 그러면 말이죠, 작고 까만 눈을 가진 빨간 머리 소년은 아름답습니까, 아닙니까? 굳이 대답 안 하셔도 괜찮습니다."

마치 바티칸 궁에 있는 교황의 예배당인 시스티나 예배당의 천장을 올려다보듯이 목이 부러질 정도로 고개를 한참 쳐들고 공식을 뚫어져라 쳐다보았다.

"탈레스 같으시군요. 하늘을 다 보시고!"

조나탕의 목소리였다.

페레트가 말했다.

"여기 온 지 5분쯤 되었어요. 어쩜! 우리가 왔는지도 모르실 만큼 넋을 잃고 공식만 들여다보시다니."

그들의 갑작스러운 출현에 그다지 놀란 내색을 하고 싶지 않았던 뤼슈 씨는 이 말만 던졌다.

"e가 뭔지 아니?"

조나탕과 레아가 입을 모아 말했다.

"그럼요, 알죠."

운동반 학생들은 강의가 끝나자마자 잽싸게 그곳을 빠져나갔기 때문에 이젠 뤼슈 씨의 휠체어를 다시 들고 내려가 줄 사람이 아무도 없었다. 하지만 문제없었다. 뤼슈 씨 앞에는 자신의 가족이 전부 모여 있었다. 한쪽엔 건장한 조나탕과 제일 어린 막스가, 그리고 다른 한쪽엔 가냘파 보이지만 힘이 센 페레트와 레아가 있다. 네 명이 양쪽에서 휠체어를 붙잡았고 뤼슈 씨의 몸이 공중으로 붕 떴다. 내려가는 길에 네 사람은 전혀 몸을 움직이지 못하는 노인의 발에 멋진 파란색 부츠가 신겨 있는 것을 보고 탄성을 질렀다. 그러고 보니 마치 왕의 행차처럼 느껴졌다.

서점의 책장이 넘어져 두 다리가 으스러지는 사건을 겪은 이후, 지금과 같은 즐거움을 맛본 적은 없었다. 호위병들로 둘러싸인 채 높이 떠받들린 기분이란! 뤼슈 씨는 마음속에 일렁이는 감동을 감추기 위해 애써 무덤덤한 표정을 지어 보였다. 그러다 문득 페레트가 한창 영업할 시간에 여기 와 있다는 사실을 깨달았다.

"페레트, 가게 문을 닫아 버렸군!"

"네, 조언해 주신 대로 커튼을 치고 문에 안내문을 내걸었죠."

그들은 거대한 타원형 홀에 있는 역사적 기념물, 모자이크 바닥 장식 한가운데에 휠체어를 내려놓았다. 그러곤 자기 자랑하기에 바빴다. 조나탕과 레아, 사실 이 둘은 모두 e가 '지수exponential'의 첫 글자라는 사실을 제외하고는 그것에 대해 아무것도 아는 바가 없었다.

'e' 이야기.

한 가지 의문이 제기되었다. 'e란 무엇일까?' 그에 대한 답은 너무도 간단해서 그들을 황당하게 했다. 'e'는 수다. 단지 수일 뿐이다. 예컨대 1이나 2, π처럼 말이다. 마지막의 π와는 비슷하나 앞에 나온 1이나 2와는 좀 다른데 십진법으로는 그 값을 정확히 나타낼 수 없다. 레아의 표현으로는 '무한하며 이후에는 어찌 되었건 조금씩 변동하는 수'다. 솔직히 레아는 e값의 소수점 아래 숫자의 개수가 무한대라는 것뿐만 아니라 어떠한 규칙성도 보이지 않는다는 점, 다시 말해 실제로 계산하기 전에는 그 값을 예측할 도리가 전혀 없다는 점을 말하고 있었다.

$$e = 2.718281828\cdots$$

이쯤에서 그만둬야 할 것 같다. 그런다고 문제 될 것은 없다. 그리고 뤼슈 씨 앞에서 "e는 말이죠, 그러니까, 음……" 하고 당황하는 모습을 보여 줄 수는 없었다. 자존심 때문에 더 그랬다. 창피를 당하지 않으려면 열심히 공부해야 한다. 그래서 조나탕과 레아는 작업을 함께했다. 정확히 말하면, 처음엔 레아가 전부 도맡아 하고 조나탕은 아무 일도 하지 않았다. 레아가 입을 열었다.

"e의 이점을 굳이 말하자면, 물론 이건 그냥 하는 얘기야. 마나우스 여행 경비를 충당하기 위해 1년 동안 적금을 부었다고 해 봐. 이 저축액을 P라고 하자. 넌 은행에 저축을 한 상태에서 기다린 거야. 근데 운 좋게도 거래하던 은행에서 100퍼센트라는 엄청난 이자율을 제시한 거야. 한번 상상해 봐. 1년이 지나 만기 때는 P+P=2P만큼 찾을 수 있게 되니까. 결국 저축액의 두 배가 되는 셈이지. 그런데 1년 만기 때 이자를 한 번에 받지 않고 6개월로 나눠 받고 그 이자를 재투자했다면, 만기에 가서 찾을 수 있는 총액은 $P(1+\frac{1}{2})^2$이 될 거야. 네 저축액의 두 배 이상을 챙기게 되는 거라고. 2.25P를 갖게 되는 거지. 한편 6개월마다 이자를 받는 대신 3개월마다 네 번에 걸쳐 이자를 받아 그 이자를 재투자했다면, 1년 만기 때에 가선 $P(1+\frac{1}{4})^4$에 해당하는 금액을 받게 될 거야. 그러면 더 많이 챙길 수 있지. 2.441P나 되네. 마찬가지로 매달 이자를 받아 재투자했다면, $P(1+\frac{1}{12})^{12}$에 해당하는 금액을 찾을 수 있는 거야. 생각해 봐! 2.5996P라고. 좀 더 벌 수 있는 거지! 그리고 매일 이자를 받는다면 $P(1+\frac{1}{365})^{365}$를 받게 될 거야. 매초마다 이자가 붙는 경우엔 금액이 더 커지는 거고. 결국 이자를 '연속적으로' 받을 수 있게 되는 셈이지. 저축액이 배가 되고 4배, 10배, 100배, 100만 배, 10억 배가 될 거라고 생각해. 물론 이미 넌 벌어들인 금액의 절반을 여동생에게 줘야겠다는 생각을 하고 있겠지만. 꿈 깨라, 복리는 아무리 나눠 줘도 소용없어. 마지막에 가선 저축액의 세 배는커녕 2.9배, 2.8배, 2.75배, 2.72배도 못 건지게 될걸. 그저 2.718281828배밖에는 찾지 못할 거라고. 안됐지만 결국 원금보다 조금 더 많은 'e'배 정도만 돌아가겠지. 자!"

레아가 조나탕에게 동전 한 닢을 던지자 환상이 깨진 데 실망한 조나탕은 땅바닥에 떨어지는 동전을 본체만체했다.

"에잇! 그것 때문이라도 마나우스에 안 갈 수가 없군. 네가 한 'e' 이야기는 말이야, 은행들이 망하지 않으려고 꾸며 낸 치사한 이야기 같아. 그건 'e'가 아니라…… 쳇!"

"골치 아픈 문제라고 팽개치진 마! 비록 사소해 보여도 지수함수는 놀라운 발명품임에는 틀림없어. 천체의 운행에서 발견했다는 아폴로니오스의 원뿔곡선론 기억나지? 그것과 비슷한 경우야. 지수함수는 거의 어디에서나 찾을 수 있거든. 자연에서도 사회에서도. 이를테면 식물의 생장이나 전염병의 확산, 인구의 변화, 방사능의 발달 등에서 말이야. 거기에 딱 맞는 표현이 하나 있지. '변화 정도가 변화 상태에 비례할 때, 지수함수일 가능성이 있다'는 말이야."

"돈이 많을수록 돈을 더 많이 벌 수 있고, 병든 상태라면 병에 더욱 걸리기 쉽고……."

"맞아. 돈이 많을수록 돈을 더 많이 벌게 되는 건 물론이고, 그만큼 더 빨리 벌어들이겠지. 어떻게 하면 네가 이 말을 확실히 이해할 수 있을까? 지금 급속도로 전개되는, 너만큼이나 희한한 어떤 사건에 직면해 있다면 그 사건의 전개 방식에 관심을 가질 수 있겠지. 예를 들면…… 거기에서 벗어나지 못한다는 것, 이것은 수학을 통해서만 제대로 표현될 수 있을 거야. 네게 일어난 놀라운 사건이 직선처럼 곧게 전개되는 경우, 직선을 '$2x$'라고 했을 때, 그 사건의 발전은 '선형적'이라고 하는 거야. 사건의 미분계수(특정한 한 점 x_0에서 함수의 변화율 또는 접선의 기울기)는 페르마와 다른……."

"그 미분계수는 2야."

"그러니까 그 사건은 지속적으로 변화하는 셈이지! 반면, 너는 사건이 포물선을 그리며 변화하는 경우 '그 변화값 x^2는……."

"$2x$지."

"그 역시 변하고 있는 거야. 하지만 사건의 변화값, 곧 미분계수의 증가는 항상 일정하며 그 값이 2가 되지."

조나탕은 레아의 면전에 대고 거센 반응을 보였다.

"조나탕, 감소한다는 것은 생각할 수도 없는 일이라고. 난 나고, 넌 너야!"

"아냐. 넌 히파티아고, 난 그녀의 남동생 에피판이지. 에피판은 자신의 누이에 비해 재능이 부족했어."

"아, 불에 타 죽은 그 여류 수학자?"

"맞아."

"차라리 수학을 못했으면 못했지 장작더미 위에서 생을 마감하고 싶진 않아."

"언제나 넌 부풀려서 생각한다니깐! 'e' 이야기, 속편과 결말. 지금 너라는 사건이 'e^x'처럼 변화한다면, 그 변화값은 계속 증가하고 있을 뿐만 아니라, 그 변화값의 증가값도 계속 증가하고 있는 거야. 하지만 그 변화값의 증가값의 증가값이 증가하는 것이기도 하지! 그리고 이것은 계속되겠지. 왜겠어?"

조나탕은 이유를 물은 것이 아니었다. 레아는 개의치 않았다. 레아는 의문을 제기했고, 그 답을 내릴 것이다.

"e^x의 미분계수가 e^x이기 때문이야. 매우 드문 경우지. 지수함수의 경우에만 그래. 유일하게도 지수함수만이 자신의 미분계수와 같아."

레아는 무표정한 얼굴을 하더니 스피커 흉내를 냈다.

"자, 주목! 지수함수는 예외적이다. 유일하게도 지수함수만이 자신의 미분계수와 같다!"

"참, 스피커는 어떻게 됐지? 안 보인 지 한참 됐잖아."

"그러니까 네 말은 스피커 소릴 안 들은 지 한참 됐다, 이거지? 최근에 진동막이 망가졌다고 들은 것 같은데."

"진동막 없는 스피커라…… 그건 성대 없는 목이요, 고막 없는 귀요, 동공 없는 눈이요, 음, 또…… 그림 없는 설명이나 다름없어."

조나탕은 큰 소리로 외쳤다. 메시지는 분명했다. 레아는 큰맘 먹고 그림을 준비해야만 했다. 레아는 서둘러서 대충 한 장을 그렸다. 조나탕이 개론서에 나온 다음 대목을 소리 내어 읽었다.

a, b, c 세 수가 있고 $a^b = c$ 라고 할 때, b는 a를 '밑'으로 하는 c의 '로그'다.

$$a^b = c \iff b = \log_a c$$

$10^2 = 100$이므로, 10을 밑으로 하는 100의 로그는 2, 곧 $\log_{10} 100 = 2$이다.
$10^3 = 1000$이므로, 10을 밑으로 하는 1000의 로그는 3, 곧 $\log_{10} 1000 = 3$이다.

기타 등등. 예를 들어, 2를 밑으로 하는 8의 로그는 3, 곧 $\log_2 8 = 3$이다. 이는 $2^3 = 8$이기 때문이다. 그러므로 실재하는 수만큼 밑이 존재한다. 하지만 보통 1과 음수는 로그의 밑으로 취급하지 않는다.

레아가 물었다.
"왜 모든 수를 밑으로 할 수 없는 거지?"
"불과 10초 전만 해도 네 머릿속에 로그가 존재하지도 않았는데, 이젠 모든 수에 대한 로그가 필요하다는 거야!"
"단 한 개라도 로그가 더 존재했으면 싶은데, 모든 로그가 사라진 것 같아."
"이상하게 생각할 거 없어. 중요한 건 음수나 1을 밑으로 하는 로그가 없다는 사실!"
"그래도 상당히 많은 로그가 남는데? 그리고 보니 모든 로그는 한 가지 공통점을 가지고 있네."

$$\log_a 1 = 0$$

"그럼 'e'는?"

"'e'는 1보다 크고, 이미 말했듯이 그 값이……."

"2.718281828……."

"e를 밑으로 하는 로그를 '자연 로그' 또는 로그를 발명한 네이피어의 이름을 따서 '네이피어 로그'라고 해. 기호로는 이렇게 표시하지."

$$ln$$

그 정도로 알았으면 충분했다. 이쯤에서 공부를 중단해도 됐을 것이다. 하지만 일단 마음먹으면 끝장을 보고야 마는 그들인지라, 로그에 관한 한 끝장을 볼 태세였다. 아마존 서재로 달려간 레아와 조나탕은 '섹션 3'에서 알파벳 N이 표시된 부분을 뒤지기 시작했다. 클로드 미도르주와 아이작 뉴턴 사이에 끼여 있던 네이피어 편에서 그가 저술한 『신비로운 로그의 세계』를 꺼냈다. 한데 시작이 좋지 않다. 책의 부제를 보는 순간 힘이 쭉 빠졌다.

'「신비로운 로그 체계와, 삼각법을 비롯한 모든 수학 계산법에서의 그 용법에 관한 기술」. 개략적이고 이해하기 쉽게 설명되어 있음. 1614년 에딘버러, 서적상 헨리 하트 작업실에서 발행.'

56쪽에 달하는 내용 소개와 용어 정의, 설명, 그다음엔 끝도 없이 쏟아지는 표들. 무슨 수치 자료집 같았다. 레아는 생각했다.

'더 이상 간결할 수는 없겠지. 가장 가까운 친구에게 할 만한 선물이군.'

그 유명한 '로그표'. 지난 수 세기 동안 이 로그표 없이는 계산을 한다
는 게 불가능할 정도였는데 이젠 골동품 가게에서나 구경할 수 있는 신
세가 되었다. 심지어 수학에서조차 더 이상 사용되지 않고 구닥다리 취
급을 받고 있었다. 도대체 네이피어가 이야기한 이 '신비로운 로그 체계'
란 무엇일까? 로그가 갖는 일체의 아름다움과 효율성은 이 한마디로 집
약된다.

곱의 로그는 로그들의 합이다.

$$\log xy = \log x + \log y$$

"너라면 곱셈을 하겠지? 자, 내가 덧셈을 하게 해 줄게. 아무래도 덧셈
은 곱셈보다 쉬우니까 연산을 하는 데 훨씬 이점이 있잖아. 로그는 그런
면에서 감속장치를 단 거나 마찬가지야."

조나탕이 말했다. 나눗셈을 하기 위해서는 뺄셈을 하면 된다.

$$\log \frac{x}{y} = \log x - \log y$$

한편 거듭제곱을 하기 위해서는 곱셈을 하면 된다.

$$\log x^n = n \log x$$

하지만 뭐니 뭐니 해도 로그 계산법의 가장 큰 묘미는 근을 구하는 방
식에 있다. 근을 구하기 위해서는 나눗셈을 하면 된다. 예를 들어, 제곱
근인 경우 2로 나누기만 하면 되는 것이다!

$$\log \sqrt{x} = \frac{1}{2} \log x$$

"1789의 17제곱근을 구해 봐. $^{17}\sqrt{1789}$가 되겠지? log1789를 17로 나눈 다음 로그표에서 그 로그에 해당하는 수를 찾는 거야. 이 수가 바로 1789의 17제곱근이야. 정말 굉장한 방법이지."

1614년 네이피어가 선보인 로그 광고는 결코 허위 광고가 아니었던 것이다.

"로그의 발명은 틀림없이 일대 혁명과도 같은 사건이었을 거야. 17제곱근이라니, 세상에! 하루 종일 걸렸을 테지. 그런데 로그표만 있으면 단 1분도 안 걸리잖아. 정말 어땠을지 상상조차 할 수 없어. 물론 지금이야 계산기가 그 일을 하고 있지만."

"탈레스의 농부."

"무슨 말이야?"

"이야기를 하는 게 아니라 그저 같은 말을 따라 하는 거야."

조나탕의 입에서 무심코 튀어나온 말이었다. 순간 둘의 눈길이 텅 빈 홰 쪽으로 향했다. 레아는 자리에서 일어나 홰가 있는 곳으로 다가갔다. 물통 속에는 누군가 새 물을 담아 놓았고 모이통은 새로 꺼낸 듯한 깨끗한 씨앗들로 채워져 있었다. 마치 노퓌튀르가 곧 돌아오기라도 할 것처럼 말이다. 조나탕과 레아는 자신들의 눈을 의심했다. 솔직히 이제 다시는 노퓌튀르를 볼 수 없을 거라고 생각했던 것이다. 진짜 전문가가 아니고서는 대낮에 이 집에 침입해서 노퓌튀르를 마취시킨 다음 아무런 흔적도 남기지 않고 유유히 집을 빠져나갈 수는 없었을 것이다. 조나탕과 레아는 나름대로 벼룩시장의 그 작자들이 반년 동안이나 노퓌튀르를 끈질기게 추적해서 다시 손에 넣은 것으로 보아 노퓌튀르의 몸값이 상당하리라는 추측을 하고 있었다. 사실 노퓌튀르가 보통 앵무새가 아닌 것만은 확실했다. 물론 그 방면에 관해 별로 아는 바가 없었지만 조나탕과 레아는 노퓌튀르가 범상치 않은 일을 했을 거라고 확신했다.

조나탕이 결론을 내렸다.

"아마 서커스단이 데리고 있던 앵무새일 거야. 그냥 생각해 본 건데 사람들에게 노퓌튀르에 대해 얘기해서 찾을 방법을 알아봐야겠어. 해마다 호랑이나 보아뱀, 하이에나 같은 맹수들이 서커스단 우리에서 탈출하는 사건이 일어나곤 하잖아. 앵무새라고 그러지 말란 법 없다고. 그 두 녀석은 분명 자기들이 데리고 있던 영리한 앵무새를 찾아 나선 서커스 단원이었을 거야. 동물 밀매단 같은 건 절대 아닐 거라고. 그러니까 다른 경우는 생각할 필요가 없어."

자신들이 알게 된 사실에 대해 어느 정도 확신한 조나탕과 레아는 뤼슈 씨 앞에서 당당히 생각을 밝혔다. 차고 방에는 바닥에서 피어 오른 폐유 냄새가 진동했다. 뤼슈 씨는 닫집 침대에 길게 누운 채 그들이 하는 말을 가만히 듣고만 있었다. 조나탕이 먼저 입을 열었다.

"'e'에 관해서 악착같이 매달려야 해요, 할아버지. 이리저리 왔다 갔다 하면 침몰해 버릴 것 같아요."

"내 닫집 침대에선 두려울 게 하나도 없다. 장담하건대, 절대 가라앉지 않을 거야."

"πR 페르마의 방위 표시도에 있는 방향을 맡으셨죠?"

"오냐."

"그게 미분법이던가요?"

"그렇지."

"그렇다면 도함수(변수에 대한 함수의 변화율 또는 순간 속도)와 부정적분

(미분하여 주어진 함수가 되는 함수로 미분 연산의 역과정으로 구한다)에 관해서는 전혀 낯설지 않으시겠네요."

"그건 모르겠구나."

그들은 한참 동안 이야기했다. 뤼슈 씨는 'e'와 로그에 관해 많은 것을 알게 되었다. 그러나 모든 의문이 풀린 것은 아니었다.

"너희가 말하는 'e'가, 과학 발견 박물관에 있던 그 공식이 어째서 수학 공식들 가운데 가장 아름다운지 그 이유를 설명해 주지는 않는구나."

조나탕이 항의했다.

"꼭 설명해야 하는 건 아니었잖아요."

"사실, 난 막스에게 그 질문을 했었단다."

"막스는 막스고, e는 우리예요. 그런데 막스는 어디 있죠?"

"벼룩시장에. 하루 종일 거기에서 시간을 보낸단다. 주변 사람들을 상대로 조사를 벌이고 있대. 노퓌튀르를 납치해 간 두 남자를 찾고 있는데 창고에서 본 남자들이 납치범들일 거라고 믿고 있더구나."

조나탕이 말했다.

"위험하지 않을까요?"

"일단 막스가 결정을 내리고 나면 아무도 그 애를 말릴 수 없어. 너도 잘 알잖아."

레아는 침대 발치에 편한 자세로 앉아 벨벳 닫집 안에 푹 싸여 있었다.

"'e' 이야기, 2탄! 존 네이피어가 로그표를 작성하는 데 무려 20년이나 걸렸대요."

'나라면 어떤 일에 20년을 바칠 수 있었을까?'

뤼슈 씨가 두툼한 쿠션으로 머리를 받치며 생각했다. 누군가 문을 가볍게 두드렸다. 막스였다. 그는 방 안에 조나탕과 레아가 있는 것을 보고

흠칫하더니 도로 나가려고 했다. 그러자 레아가 막스를 잡아끌었다.

"아냐, 가지 마! 이리 와서 앉아 봐."

막스는 우울해 보였다. 레아가 느닷없이 이런 말을 꺼냈다.

"닭은 앵무새가 아냐."

순간 모두들 황당해했다. 그러자 그녀는 장난기 가득한 미소를 띠고 말을 이었다.

"그렇지만 닭이나 앵무새나 모두 깃털이 있지. 존 네이피어의 닭은 눈부실 정도로 윤기가 흐르는 검은 빛깔의 깃털을 가지고 있었어. 비밀을 알아내는 영묘한 재주가 있었지. 그의 닭이 이웃집의 비밀을 그에게 모두 고자질하곤 했던 거야. 어느 날, 그의 집에 도둑이 들었어. 여러 가지 정황으로 보아 하인들 가운데 한 명이 유력한 용의자였지. 네이피어는 아무도 모르게 굴뚝에 쌓인 그을음을 긁어내 닭 몸 전체에 칠한 다음 어두컴컴한 방 안에 넣어 두었지. 그러고는 하인들을 전부 모아 놓고 각자 차례로 저 방 안으로 들어가 닭을 한 번씩 쓰다듬어야 한다고 말했어. 도둑이 닭에게 손을 대는 즉시 닭이 울기 시작할 거라고 했지. 하인들이 차례로 방으로 들어갔어. 잠시 후 다시 한 명씩 방을 나왔지. 그런데 닭의 울음소리가 한 번도 나지 않았던 거야!"

막스가 물었다.

"하인들 중에 도둑이 없었던 거야?"

뤼슈 씨가 물었다.

"누군가 닭의 주둥아리를 틀어막은 거 아니냐?"

"틀렸어요! 네이피어는 하인들에게 두 손을 내밀어 보라고 했죠. 모두들 손이 새까맣게 변해 있었는데, 유독 한 명만 손이 깨끗한 거예요."

막스가 소리쳤다.

"그 사람이 도둑이군. 손이 깨끗한 그 사람이 실은 더러운 손을 갖고 있었던 거야!"

잠시 침묵이 흘렀다.

"내게도 그런 닭이 있었으면 좋겠어요. 그러면 노퓌튀르를 납치해 간 악당을 반드시 찾을 수 있을 텐데."

이 말만 남기고 막스는 나가 버렸다.

"기다려, 막스."

조나탕이 소리치면서 막스를 붙잡으러 문으로 달려갔다. 그러고는 뤼슈 씨 쪽을 돌아보며 말했다.

"약속은 약속이에요! 할아버지가 초점을 맞추려는 이 공식에 관해서 말예요."

뤼슈 씨가 휠체어에서 몸을 쳐들며 말했다.

"뭐, 초점을 맞춘다고? 다들 그게 세상에서 가장 아름다운 공식이라고 장담하지만, 난 그 말을 곧이곧대로 믿지 않는단다. 얘들아, 난 말이다, 아름다움은 중요하다고 생각해."

레아가 말했다.

"여기에 있는 막스 리아르가 할아버지께 즉시 답을 주기로 약속했죠. 하지만 막스는 다른 일 때문에 수학에 관해 더 이상 조사를 할 수 없다며 우리에게 바통을 넘겼어요."

그들은 반으로 접은 종이 한 장을 막스에게 건넸고, 이를 펼쳐 본 막스는 흠칫 놀란 표정이었다. 이윽고 뤼슈 씨에게 조심스레 그 답을 읽어 주었다.

$$e^{i\pi} = -1$$

이 식은 이렇게도 표기할 수 있다.

$$e^{i\pi}+1=0$$

이 간단한 공식 하나엔 다음과 같은 수학의 기본 숫자들이 있다.

$$1,\ 0,\ \pi,\ e,\ i$$

뭔가 매캐한 냄새와 함께 1771년 5월 어느 날 오후, 상트페테르부르크 도심에 화재가 발생했다. 불길은 급속도로 번져 갔고 500채 이상의 건물이 화염 속으로 사라질 판이었다. 그때 오일러는 자신의 서재에 틀어박혀 한창 연구 중이었다. 상트페테르부르크에 있는 그의 저택 안에 남아 있던 사람은 오직 그뿐이었다. 서재가 화염에 휩싸이고 주위는 이미 짙은 연기로 가득 차 숨조차 쉴 수 없는 상황이었다. 오일러는 도저히 빠져나갈 수 없었을 것이다. 사실 그는 앞을 거의 못 보는 장님이었다. 그래서 방문이 어디 있는지도 찾지 못했다.

그때 한 남자가 숨을 헐떡이며 뛰어 들어왔는데 평소 오일러를 도와주던 바젤 출신의 페테르 그림이라는 사람이었다. 그는 오일러를 등에 들쳐 업더니 자신의 어깨를 단단히 붙잡으라는 당부를 한 뒤 불길을 뚫고 달려 나갔다. 집 밖에서는 이웃 사람들이 걱정스러운 얼굴로 웅성대고 있었다. 드디어 연기 속에서 페테르 그림이 모습을 보였다. 그는 마당에 오일러를 내려놓았다. 두 사람 다 무사할 수 있었다는 건 정말 기적 같은 일이었다. 그런데 오일러는 자신의 원고들이 보관되어 있는 곳을 가리키며 발을 동동 굴렀다. 원고는 물론이고 논문집이며 계산지 등으로 가득 찬 종이 상자 수십여 개가 산더미처럼 쌓여 있었던 것이다. 다행히 원고는 대부분 무사히 되찾을 수 있었다. 하지만 불길이 번져 갈 때 오일러가 연구 중에 있던 자료들은 모두 불에 타 흔적도 없이 사라지고 말았다. 바로 그 방에 서가도 있었다. 하지만 그의 서가는 완전히 소실됐다. 후에 베르누이의 글에는 당시 오일러가 '실내복 하나만 달랑 건질 수 있었다'고 쓰여 있다.

이야기를 듣는 동안 뤼슈 씨의 가슴이 쓰라렸다. 지난 역사를 더듬어 보건대 얼마나 많은 책이 잿더미로 변했던가. 그는 애정 어린 눈길로 아마존 서재를 바라보았다. 멋진 책들. 아마존 서재는 행운 그 자체였다.

불현듯, 지난번 도둑이 아마존 서재에 침입했다고 착각했을 때 느꼈던 두려움이 다시 떠올랐다. 도둑은 들지 않았다. 하지만 화재에 대해 생각해 본 적이 있던가? 여태껏 단 한 번도 작업실에 불이 나서 서고가 잿더미로 변하리라는 상상은 해 본 적이 없었다. 그럴 순 없다. 그로루브르는 자신의 책들을 지키겠다는 일념으로 마나우스에서 대서양 너머 먼 이곳으로 책을 실어 보냄으로써 책들이 잿더미가 될 위기를 간신히 모면했는데 결국 몽마르트르 언덕의 한 작업실에서 최후를 맞이한다는 것은 안 될 말이다. 작업실에는 화재경보기도, 소방 장치도, 연기 탐지기도 없다. 정말 어처구니없는 일이다. 물론 사랑하는 걸로 말하자면 뤼슈 씨는 이 책들을 정말 사랑한다. 그럼에도 책들을 보호하기 위한 어떤 대책도 마련해 놓지 않았던 것이다. 노퓌튀르의 납치조차 막지 못했다. 이제 자신의 마비된 두 다리만을 탓할 문제는 아니다. 실제로 다리에는 아무 책임도 없다. 사랑하는 것은 보호해야 한다. 무책임한 늙은이로 살 수는 없었다.

뤼슈 씨는 아마존 서재를 나와 서점으로 향했다. 서둘러 가야 했다. 손님이 두 사람 있었지만, 뤼슈 씨는 페레트에게 두렵고 불안한 심정을 토로했다. 뤼슈 씨 자신은 책을 파는 것으로 생활을 꾸려 왔다. 어쨌든 책이란 게 상품으로서의 가치를 지니고 있기에 서점을 계속 운영할 수 있는 것이다. 페레트는 아마존 서재가 어느 정도의 가치를 갖는지 물었다.

"수백억쯤."

그러면서 덧붙였다.

"최소한 그 정도는 될 거요. 라비냥가의 조그마한 집에 이 엄청난 보물이 있다는 사실이 세상에 알려지는 날엔 강도가 들끓겠지. 아, 나쁜 자식!"

나쁜 자식이란, 물론 그로루브르를 일컫는 말이었다. 뤼슈 씨는 옛 친구 엘가르 그로루브르가 자신에게 어떠한 덫을 놓았는지 낱낱이 따져보았다. 그로루브르는 마치 자신이 그랬던 것처럼 뤼슈 씨에게도 증명에 대한 비밀을 지키도록 강요하고 있었다. 뤼슈 씨는 그 덫에 걸려 꼼짝없이 아마존 서재의 존재를 비밀로 할 수밖에 없는 것이다. 아마조니아의 오지에서 그로루브르는 자신이 선택한 비밀을 밖으로 유출시켰고, 뤼슈 씨는 그것을 억지로 지켜야만 했던 것이다. 뤼슈 씨 자신뿐만 아니라 페레트와 막스, 조나탕과 레아까지도 그랬다. 노퓌튀르 역시 마찬가지였다. 알베르와 하비비는 제외시키더라도 말이다. 그것은 참으로 불쾌하기 짝이 없는 일이었다.

페레트는 뤼슈 씨의 분노가 사그라질 때를 기다렸다가 보안 회사에 도움을 청하자고 제의했다. 서점에 화재경보기를 설치하면서 아마존 서재에도 재고 서적 창고라고 속이고 경보기를 하나 달기로 했다. 그리고 외부인에게 들키지 않도록 경보기 설치 작업을 할 때 먼지가 날 것에 대비해 책들을 보호한다는 구실로 모든 서가에 보호 덮개를 씌우기로 했다.

하지만 그러자면 비용이 만만치 않을 것이다. 조나탕은 아마존 서재에 있는 책 한 권을 팔아서 경보기 설치 비용을 마련하는 게 어떻겠냐고 제안했다. 그 말에 뤼슈 씨의 표정이 완전히 굳어졌다.

"모든 책을 구하기 위해 하나만 팔자는 거예요!"

"가장 재미없는 책이나 최근 서적을 파는 거예요…….''

"최근 서적? 그러니까 장비를 구하기 위해 어린 견습 선원을 희생양으로 삼는 것처럼 말이지. 절대 안 돼!"

뤼슈 씨는 은행 계좌에 들어 있는 돈을 찾을 것이다. 그 후에는 페레트가 모든 일을 떠맡게 될 것이다.

뜻밖의 금전적인 문제들로부터 해방되고 나서야 뤼슈 씨는 오일러의 생애에 관한 몇 줄의 글을 읽은 다음 지금까지 일어난 일들에 대해 곰곰이 생각해 볼 수 있었다. 한 번 더 그로루브르가 무턱대고 한 일이 아니었음을 확인한 셈이었다.

그로루브르가 편지에서 오일러에 대해 언급했다면 그것은 화재를 암시하기 위함일 것이다. 그 사실만은 자명한 듯했다. 물론 일이 잘되어 가지 않는다는 것을 제외하고는 말이다.

첫째, 오일러의 집에 불이 나지 않았다.

둘째, 그의 원고들은 불타지 않았다.

셋째, 그의 서가가 불타 버렸다.

바로 그로루브르에게 일어난 사건과 정반대의 경우지만 훨씬 심각했다. 뤼슈 씨는 자신의 추리 과정에서 사건의 연대기적 순서 자체를 무시하고 있었다. 먼저 편지는 마나우스에서 화재가 일어나기 한 달 전에 쓰여진 것이므로, 그로루브르가 화재를 암시하기 위해 오일러의 이름을 언급했다고는 볼 수 없었다. 사건들에 대한 잘못된 해석, 다시 말해 경험에 의거한 귀납적 해석이 문제였던 것이다. 상트페테르부르크와 마나우스를 서로 연관시켜 비교한 것은 우연의 일치이며, 그로루브르 자신도 전혀 생각지 못한 부분일 것이다. 따라서 명단에 오일러의 이름이 들어간 이유는 딴 데 있었다. 뤼슈 씨는 오일러의 생애에 관해 좀 더 알아보기로 마음먹었다.

막스는 벼룩시장에 가지 않고 아마존 서재로 와서는 아무 말 없이 뤼슈 씨 곁에 앉았다. 그때 뤼슈 씨는 오일러의 전집을 다시 읽고 있었다. 뤼슈 씨는 막스에게 들리도록 큰 소리로 책을 읽었다.

"1760년, 7년전쟁 당시 러시아 군대가 독일 영토의 일부를 점령했다. 샤를로텐부르크 근처를 지나던 러시아 군대는 오일러의 대저택을 노략했다. 이 사실을 알게 된 러시아 장군 토트레벤은 당장 그 자리에서 '우리 군대는 학문과의 전쟁을 위해 이곳에 온 것이 아닙니다'라는 내용의 편지를 오일러에게 전달했다."

"당연히 전쟁을 위해 그곳에 갔겠죠. 수학 정리에 피해를 입히려던 게 아니라 그저 사람들을 죽이기 위해서였을 거예요! 그런데 '토트레벤'이 무슨 뜻이죠?"

"'토트'는 '죽음', '레벤'은 '삶'을 의미한단다."

막스가 손뼉을 치며 소리쳤다.

"제가 그 얘길 한 적 있죠, 네? 죽음, 삶!"

깜짝 놀란 뤼슈 씨는 어리둥절한 표정으로 막스를 쳐다보았다.

"그래서 토트레벤은 어떻게 했죠?"

"오일러에게 그의 물건들을 즉시 돌려주었지."

"수학 원고들을 돌려주다니. 그런데 수학 정리 하나의 가치는 얼마나 될까요?"

뤼슈 씨는 막스가 자신을 놀리는 것이 아닌지 의심스러웠다. 어찌 되었든 간에 그로루브르의 명단에 오일러의 이름이 올라가 있는 이유를 밝혀내지 못한 이상 여기에서 그만두지는 않겠노라 굳게 마음먹었다.

"러시아의 예카테리나 2세는 오일러가 자국의 과학 아카데미를 맡아주길 바랐단다. 오일러는 당시 프러시아의 프리드리히 2세와 그리 사이가 좋지 않았던 터라, 그와의 관계를 가뿐히 청산하고 베를린을 떠나 상트페테르부르크로 갔지. 프리드리히 2세가 달랑베르에게 보낸 편지를 읽어 주마. '오일러가 여제와 작은곰자리(북극성에 속한 별자리)를 너무도 열렬히 사랑한 나머지, 더욱 손쉽게 그것을 지켜보기 위해 북쪽으로 떠났구려. xz와 kk를 실은 배가 난파했소. 처음부터 끝까지 숫자들로 채워진 여섯 권짜리 논문집을 어떻게든 완성해야 할 터인데 이젠 전혀 가망이 없으니 안타까울 따름이오. 이리하여 유럽은 그 책이 안겨 주었을지도 모를 독서의 즐거움마저 잃어버리게 되는구려.'"

"그가 탄 배가 침몰했나요? 그렇다면 오일러는 어떻게 됐죠?"

"마침 그는 배에 타고 있지 않았어."

뤼슈 씨는 몹시 당혹스러웠다. 그는 갑자기 물이 끓고 있는 주전자 쪽으로 갔다. 잠시 차 마시는 시간을 가졌다. 중국 차는 맛이 약간 떫었다.

식물학자인 월리스는 대서양 한가운데서 물과 불을 동시에 경험했다. 수학자인 오일러 역시 두 가지 모두 겪었지만 물은 발트해에서, 불은 상트페테르부르크에서 따로따로 경험했던 것이다. 토트레벤의 군대가 오일러의 원고를 약탈한 데 이어 또다시 발트해에 떠내려가는 수난까지 당했다. 여섯 권짜리 논문집을 몽땅 잃어버리고 말았다. 어쩌면 잠수부들이 어느 날 발트해 깊은 곳에서 오일러의 'xz'와 'kk'들을 찾아내 미국의 어느 영화감독이 이를 영화화해서 흥행에 성공하는 사이, 전 세계 과학사가들은 수년에 걸쳐 머리를 싸매고 연구에 연구를 거듭해야 할지도 모를 일이다. 발트해가 대서양이 아니듯, 18세기 러시아 범선이 20세기 브라질 화물선이 될 순 없지 않은가.

"'매번 이러한 피해를 입을 때마다 오일러는 잃어버린 원고를 열심히 다시 써 나갔다.' 여기서 오일러가 비상한 기억력의 소유자였다는 걸 얘기해야겠구나. 잘 들어 보렴. 어느 날 밤, 오일러는 100개의 소수를 제곱부터 여섯 제곱까지 계산해서 모조리 외워 보기로 마음먹었단다. 가령, 51의 다섯 제곱이나……."

막스는 읽을 틈도 주지 않고 계속해서 계산기를 두드리더니 큰 소리로 외쳤다.

"345,025,251."

"뭐 얼마인지 모르겠다만, 77의 여섯 제곱……."

그러자 막스가 또 답을 말했다.

"208,422,380,089요."

"600개를 다 외우다니, 정말 대단해! 그 많은 숫자가 머릿속에 들어 있는데 과연 잠이나 제대로 잘 수 있었을까! 오일러의 머릿속에 각인된 이 모든 숫자는 이후 수론에 관한 연구를 하는 데 요긴하게 쓰이게 된단다. 오일러는 페르마의 이론을 계승한 수학자였어. 한편 삼각법과 해석기하학에 관한 공식들을 몽땅 암기했지. 게다가 수학과는 무관하지만, 로마시인 베르길리우스의 서사시 『아이네이스』(불에 타 폐허가 된 트로이를 빠져나온 아이네이스가 초자연적인 안내를 받아 라비니움이라는 도시를 건설했다는 전설적인 이야기)를 전부 암송할 수 있었고, 어렸을 적에 읽었던 책의 각 쪽

맨 첫줄과 마지막 줄을 척척 댈 정도였단다."

"굉장한 기억력이군요. 아, 그거예요, 뤼슈 할아버지! 그로루브르가 할아버지께 말하고자 했던 거 말예요. 믿을 만한 자신의 친구가 증명에 관한 원고 전체를 암송할 수 있다는 거요."

"대단하구나, 막스. 네가 맞혔어. 오일러를 통해 암시하려던 것은 화재가 아니라 기억력이었던 거야."

막스는 뤼슈 씨의 손에 있던 오일러의 생애에 관한 책을 받아 들고는 읽어 내려갔다.

"스물여덟 살 때 오일러는 천문학에 관한 매우 까다로운 문제와 맞닥뜨리게 되었다. 곧 연구에 착수했고 밤낮으로 쉬지 않고 매달린 지 사흘 만에 문제를 푸는 데 성공했다. 하지만 과로한 탓에 그만 뇌출혈이 일어나고 말았단다. 다행히 뇌에는 아무런 후유증도 없었으나 한쪽 눈이 멀었다. 그 때문에 볼테르는 그를 '애꾸눈 기하학자'라고 불렀다. 오일러는 자신이 왼쪽 눈마저 잃게 되리라는 걸 깨달았다. 그래서 그때를 준비하기로 결심했다. 제일 먼저, 눈이 안 보이는 상태에서도 글을 쓸 수 있는 방법을 터득했다. 일단 보이는 쪽 눈을 감고 분필 하나를 집어 커다란 석판에 모든 수학 공식을 적었다. 처음에는 도저히 알아볼 수 없을 정도로 글씨가 엉망이었으나 연습을 통해 차츰 눈을 감고도 해석기하학을 비롯한 기타 여러 수학 분야에 사용되는 길고 복잡한 공식들을 똑바로 쓸 수 있게 되었다. 수학 책에 나옴 직한 가장 큰 수를 기억할 수 있도록 하기 위해 매일 훈련을 거듭했다. 그렇게 하다 더 이상 볼 수 없게 되자 마치 서고처럼 자신의 기억 속에서 각종 수식을 끄집어냈다. 그는 살아 있는 서고가 되었다."

살아 있는 서고, 그로루브르가 그 믿을 만한 친구에게 부여한 역할이 바로 그것이었다. 오일러는 자신이 더 이상 원고를 읽을 수 없게 되었을 때 써먹을 수 있도록 원고 내용을 모조리 암기했다. 그로루브르는 어떻게 했을까? 그도 자신의 믿을 만한 친구로 하여금 증명에 관한 원고를 빠짐없이 외우도록 시켰던 것이다. 그 이유는 자신이 장님이 되어 갔기 때문이 아니라 원고가 고스란히 사라질까 봐서였다. 불에 타서 말이다.

뤼슈 씨는 몹시 흥분했다.

'이것이 바로 그로루브르가 오일러를 거명함으로써 내게 전달하려고 했던 내용이구나.'

"오일러에 대해서는 이제 그만해도 되겠다."

그는 잔에 다시 차를 따르고 홀짝홀짝 마시면서 그로루브르가 말한 그 믿을 만한 친구의 정체를 밝히려면 마나우스에 꼭 가야만 하는 것인지 생각해 보았다. 아마조니아로의 여행은 점점 불가피해졌다. 레아는 벌써 오래전부터 마나우스로 가야 한다고 주장하고 있었다.

'그런데 누가 가지? 누가 뭐래도 난 안 돼. 난 이곳에서 꼼짝도 하고 싶지 않아. 그럼 쌍둥이가 마나우스에 가야 하나? 그건 그들의 생각일 뿐이야.'

"좋아. 나도 아마존 서재에 있는 장서들을 몽땅 외울 테다. 화재에 대비해서 그보다 더 든든한 보험은 없을 테지."

"너무 큰소리치시는 거 아녜요, 뤼슈 할아버지! 오일러는 눈이 보이지 않았기 때문에 기억력이 비상했던 거죠. 무엇인가 결함이 있다 보면 그 대신 다른 것이 발달하게 되는 법이니까요."

막스의 지적은 예리했다. 자신의 고장 난 두 귀를 대신해서, 온몸으로 소리를 '감지'하는 훌륭한 능력을 개발해 낸 막스의 말을 뤼슈 씨는 완벽하게 이해했다.

'하지만 난, 다리를 못 쓰게 된 뒤로 무엇을 개발했던가? 아무것도 없다. 시작이 늦으면 끝은 더욱 늦어지는 법인데……'

이러한 생각이 그를 더욱 화나게 했다. 막스는 뤼슈 씨의 혼란스러운 심리 상태에도 아랑곳하지 않고 '오일러가 장님이 되지 않았더라도 그 책들은 화재로 사라져 어떻게든 그의 손을 떠났을 것이므로', 그가 수학 원고를 모조리 암기한 것은 선견지명이 있는 일이었다는 사실을 지적하며 말을 이었다.

"그로루브르가 할아버지에게 아마존 서재를 그대로 보내오지 않았더라면 그 같은 일이 또 일어났을 거예요."

한 가지 끔찍한 생각이 뤼슈 씨의 뇌리를 스쳤다. 지금껏 그가 기적이라고 믿었던 것이 전혀 그렇지 않을 수도 있다는 것이다. 그로루브르가 자신의 집에 불이 나기 직전 장서들을 몽땅 뤼슈 씨에게 보내온 것은 '기적적인 우연'에 의한 것이 아니었다. 그로루브르가 장서들을 보냈던 이유는 스스로도 머지않아 자신의 집에 불이 날 것이라는 사실을 알고 있었기 때문이다. 이러한 추측이 정확히 맞아떨어진다면, 그 화재는 우연히 일어난 사고가 아니라 의도적으로 자행된 일이다. 뤼슈 씨는 위험을 무릅쓰고 결단을 내리고 싶지 않았기 때문에 정작 그로루브르 자신이 불을 지른 범인일 수 있다는 점을 인정하지 않았다. 막스의 관심사는 여전히 오일러였다.

"그의 왼쪽 눈이 차츰 안 보이기 시작했다. 그가 상트페테르부르크에 도착한 지 얼마 되지 않아 그는 완전히 시력을 잃었다. 그러던 중에 백내장 수술을 받기로 결심했다. 수술은 성공적이었다. 몇 년 동안 사라져 버렸던 모든 것, 그에게 가장 소중한 모든 것으로부터 시작해 일체의 존재들이 다시 보이기 시작했던 것이다. 그의 삶에서 가장 커다란 환희의 순간이었다. 다시금 벅찬 가슴을 안고 일찍이 편지를 주고받던 모든 지인에게 직접 편지를 쓰기 시작했다. 베르누이, 라그랑주, 골드바흐……."

"방금 누구라고 했지?"

"골드바흐요."

"골드바흐라, 골드바흐……. 그래, 그로루브르가 증명했던 바로 두 번째 가설의 주인공이구나. 당장 확인해 봐야겠다. 내 방에 가서 그 편지 좀 가져오겠니?"

"한꺼번에 해선 안 돼요, 할아버지! 오일러에 관한 조사를 끝낸 다음 골드바흐로 넘어가야죠."

하지만 뤼슈 씨는 온통 골드바흐에 대한 생각에 사로잡혀 책 내용이 전혀 귀에 들어오지 않았다. 오일러를 공부하던 중 골드바흐의 출현으로 상황이 급변했고 '그로루브르가 오일러의 이름을 언급함으로써 뤼슈 씨에게 말하고자 했던 것은 그 믿을 만한 친구의 기억력이 아니라 제2의 가설에 관한 이야기'라는 최종 결론에 이르게 되었다. 둘을 함께 다루면 안 된다는 규칙은 없었다.

"전염병이 돌기 시작했고, 끔찍한 고통을 겪은 후 오일러는 나머지 눈마저 실명했다. 그래서 이젠 완전 장님이 돼 버렸다. 그는 분명히 이런 상황에도 대비하고 있었다. 그때 나이 59세, 화재가 있기 전이었다. 그는 18년간을 앞 못 보는 장님으로 살았다. 그 고통이 치유되자마자 곧 연구에 다시 착수했고, 위대한 대수학 관련서의 집필에 돌입했다. 당시 그는 필체가 좋은 어느 재단사 청년을 고용해서 자신이 구술한 것을 받아쓰도록 했다. 오일러는 책을 쓸 때, 이 청년이 자신의 말을 받아쓰면서 동시에 그 내용을 이해하도록 했다. 그러기 위해서는 청년이 원고를 받아쓰는 동안 내용을 금방 알아듣도록 기초 자료를 미리 준비해 두어야 했다. 그렇게 책 쓰는 일이 다 끝나자, 재단사 청년은 실로 어려운 대수학 문제들도 척척 풀 수 있는 수준이 되었다."

이 이야기를 읽는 사이 막스의 머릿속에는 누군가가 떠올랐다. 그러나 뤼슈 씨가 한발 더 빨랐다.

"페라리, 그래 페라리! 카르다노 밑에서 급사로 일하다 결국 훌륭한 수학자가 되었지!"

"그렇지만 페라리는 장난꾸러기였죠. 재단사 청년이 그랬단 얘기는 여기 안 나와 있어요. '오일러는 계속 연구에 몰두했고 그 재단사 청년은 받아쓰기를 했다. 오일러가 예순아홉 살 때 그의 아내가 죽었다.' 그가 어떻게 했는지 아세요? 이듬해 재혼했대요. 보세요, 뤼슈 할아버지도 늦지 않았다고요. 게다가 그는 전처의 배다른 여동생과 재혼을 했어요. 배다른 여동생과 말이에요."

"그런 일은 내게 일어날 수가 없어. 난 전처가 없으니까."

"서고가 불타 버린 지 2년 후인 1783년 9월 초순 오일러에게 또다시 현기증이 재발했으나 그는 고통을 참아 내며 달 운동에 관한 2차 상호 관계 법칙을 계산하는 데 성공했다. 9월 7일, 그는 점심시간에 한 친구와 담소를 나눴고, 스물여섯 명의 자식들 가운데 한 명과 즐거운 시간을 보내며 차를 마시던 중 그만 뇌졸중으로 쓰러졌다."

"그는 '죽을 것 같아!' 하고 소리치곤 의식을 잃었다. 그리고 결국 그날 저녁 숨을 거두었다. 당시 그의 나이, 일흔여섯 하고도 5개월 3일째 되던 날이었다."

"그래도 여든네 살에 죽진 않았군."

뤼슈 씨의 입에서 이 말이 튀어나왔다. 막스는 책을 덮었다. 그의 표정은 자못 심각해 보였다. 작고 까만 두 눈으로 뤼슈 씨를 뚫어지게 쳐다보았다. 그리고 진지하게 말했다.

"뤼슈 할아버지, 앞으로는 제발 차 마시지 마세요."

21

•

가설

……그 가설이 절대 단순성의 주장이라는, 무엇보다 흥미를 끄는 대상으로서 보통의 고등학생도 쉽게 이해할 수 있다는 사실일세. 모든 사람이 사실이라고 생각하면서도 어느 누구도 그 진실성을 입증해 보일 수 없었던 주장인 셈이지. 내가 필요로 하는 것이 그것일세. 얼마나 사소한 것인가!

*

뤼슈 씨의 눈앞에는 그로루브르의 편지가 펼쳐져 있었다. 뤼슈 씨는 '섹션 3'이 있는 서가로 향했다. 그로루브르의 도서 카드에는 이렇게 쓰여 있었다.

골드바흐의 가설.

1742년 수학자 골드바흐는 동료인 오일러에게 편지 한 통을 보냈다.

그 편지에는 '(2를 제외한) 모든 짝수는 두 소수의 합이다'라는 짤막한 글귀가 적혀 있었다. 그 예로 16＝13＋3과 30＝23＋7의 경우를 들 수 있다.

가우스 이래로, 독특한 방식을 통해 모든 정수를 소수들의 '유한곱'으로 나타낼 수 있다는 사실이 알려지게 되었다. 골드바흐는 정수를 소수들의 '유한합'으로 나타낼 수 있다고 주장했다. 대단한 발견이 아닐 수 없다. 그렇게 250여 년이 흘렀다. 하지만 '골드바흐의 가설'로 알려진 이 주장이 맞는 것인지는 아직 확인되지 않았다. 내가 이를 증명해 보이겠다.

그리고 뒤에 설명이 붙어 있었다. 다른 잉크로 쓰여진 글씨체로 보아 최근에 쓴 것이 분명했다.

러시아 수학자인 비노그라도프는 $3^{14348907}$ 이상의 모든 홀수가 세 소수의 합이라는 것을 입증했다. 마지막으로 중국의 수학자 첸징런이 이 문제에 관해 상당한 성과를 거뒀다. 그러나 골드바흐의 가설은 아직도 증명되지 않은 상태다. 나는 현재 그 증명 방법을 모색 중이다.

그다음에 나오는 이야기의 요지는 대략 '오일러가 수론에 관한 페르마의 연구 업적에 주목하게 된 것은 다름 아닌 골드바흐 때문이었다'는 것이다. 오일러는 이내 페르마의 수론 문제에 몰두했고, 페르마의 몇 가지 명제를 완벽하게 증명함으로써 페르마가 수론 부문에 뛰어난 통찰력을 지니고 있음을 다시 한번 확인시켜 주었다.

페르마의 업적에 매료된 오일러는 자신의 논문들을 정리해서 다시 한번 세세히 검토했다. 각 변의 길이가 자연수인 어떠한 직각삼각형도 제곱수를 넓이로 하지 않는다는 것을 증명하던 중에, 디오판토스의 『산학』

의 여백에서 '$n=4$일 때 $x^4+y^4=z^4$에서 각 미지수의 근은 정수가 아니다'라는 가설에 대한 증명을 발견했다.

페르마는 여기에서 딱 한 번 '무한 강하법'의 개념을 명시했다. 이 유명한 방법을 도입해 즉시 연구 작업에 착수한 오일러는 실수가 아닌 복소수를 사용함으로써 $n=3$일 때의 가설을 증명하는 데 몰두했다. 1753년 8월 4일 그의 증명 내용은 이러했다.

정수로 된 임의의 세제곱수는 두 개의 세제곱수의 합이 될 수 없다.

오일러의 증명에 오류만 없었더라면! 하지만 그의 증명 방법은 타당한 것이었다. 이후 그 방법은 학계에서 대단한 호평을 받았다.

그리하여 가설의 무용담이 시작된 것이다.

뤼슈 씨는 '가설에 관한 야간 회의'를 공고하기 전에 먼저 그로루브르의 나머지 도서 카드들을 꼼꼼히 읽어 보았다. 이번 회의는 중요하다. 반년이 넘어서야 '가설 문제를 해결했다는 그로루브르의 주장이 사실인가?'라는 네 번째 문제에 진지하게 접근할 수 있게 되었기 때문이다. 이 야간 회의의 중요성을 모르는 사람은 아무도 없었다. 노퓌튀르를 제외한 모두가 그 자리에 참석했다. 어느 누구도 내색하지는 않았지만 그의 존재는 모두의 마음속에 있었다. 뤼슈 씨는 그로루브르의 도서 카드 제목을 소리 내어 읽었다.

페르마의 가설 문제 해결에 대한 진척 상황.

그로루브르는 '해결'이라는 단어를 지우고 대신 '해체'라고 적었다.

1차 결론, 소수인 지수 n에 대한 페르마의 가설을 증명하기만 하면 된다. 그럼으로써 소수가 아닌 수들을 모두 쓸어 낼 수 있다.

*

시대마다 가설의 증명에 몰두해 온 수학자들은 단계적으로 이를 시도해 왔으며 '야금야금 갉아먹듯' 가설 문제를 조금씩 해결해 가고 있다. 그들은 처음부터 가설을 총체적으로 증명하는 것이 아니라, 어떻게든 대답할 수 있는 몇 가지 특수한 경우를 먼저 파악한다.

처음에는 아주 더디게 진행됐다. 그렇게 1세기가 지났다. 계속 조금씩 연구가 진행됐다. 르장드르가 $n=5$일 때의 가설을, 라메가 $n=7$일 때의 가설을 각기 증명하는 동안, 디리클레가 $n=14$일 때의 가설을 증명했다. 1820년, 일찍이 '르블랑 씨'라는 필명으로 몇 권의 책을 출간한 바 있는 젊은 여류 수학자 소피 제르맹이 사상 최초로 모든 소수가 아니라 특정한 형태를 가진 소수 전체를 대상으로 하는 일반적인 결과를 제시했다.

레아의 두 눈이 동그래졌다. 레아는 아직도 그리스의 여류 수학자 히파티아의 처참한 죽음이 마음에 걸렸던 것이다. 소피 제르맹의 활약은 히파티아를 살해한 잔악무도한 광신도들에 대한 멋진 복수였다. 그렇지만 소피 제르맹은 남자 이름을 사용해 스스로 여성이라는 사실을 숨겼다. 대부분의 여성이 소소한 개인사 이외의 문제에는 대체로 무관심하다는 사회적 비난이 끊이질 않음에도 정작 일반적인 경우에 가장 먼저 접근한 것은 바로 여성이었던 것이다. 뤼슈 씨는 카드에 적힌 내용을 계속 읽어 내려갔다.

1847년 3월 1일에 열린 과학 아카데미의 학회에서는 희한한 장면이 연출됐다. 가브리엘 라메와 19세기의 위대한 수학자로 손꼽히던 오귀스탱 코시가 연달아 자리에서 일어났다. 그 두 사람은 각자 '페르마의 마지막 정리에 대한 증명'을 제출했다. 여기저기에서 웅성거리는 소리가 들렸다. 둘 가운데 어느 쪽이 금메달을 거머쥐게 될 것인가?

그로부터 한 달이 지났다. 다음 학회에서 모두들 긴장된 얼굴로 기다리고 있는데 에른스트 쿠머라는 독일의 수학자가 편지로 두 사람 모두 복소수에다 실수의 속성을 부여했다는 사실을 지적했다. 따라서 코시와 라메의 증명은 잘못된 것으로 판명됐다. 두 사람은 100년 전 오일러가 범한 것과 똑같은 오류를 범했던 것이다.

거의 같은 시기에 쿠머는 자신이 '아이디얼 수'라고 이름 붙인 수들의 속성을 토대로 100 미만의 거의 모든 소수에 대해 페르마의 가설을 증명했다. 그 후, 20세기 후반기에 와서는 이 부문이 급속도로 발전했다. 다름 아닌 컴퓨터의 이용으로 수천, 수만까지의 소수에 대해 가설의 증명이 가능했던 것이다. 하지만 이는 유한 소수만을 대상으로 한 것이었다. 그리고 마침내 1980년대에 이르러 여러 가지 중요한 결과들을 얻었다.

지난 300년 동안 1부터 시작해서 2, 3, 4, 100, 많은 수, 무수히 많은 수, 거의 모든 수를 증명했다. 그러나 페르마의 가설은 '모든 수'에 이르게 될 때에만 비로소 완벽한 증명이 가능할 것이다. 내가 이를 증명해 보이겠다.

조나탕은 뤼슈 씨가 한없이 긴 그 카드를 그만 읽었으면 하고 바랐다. "전 사실, 정작 페르마의 가설을 증명했다고 스스로 믿었던 19세기의 위대한 수학자가 오류를 범했다는 사실에만 주목하고 있어요."
잠시 후 뤼슈 씨는 다음 카드를 꺼내 들었다.

바로 전의 도서 카드에, 나는 오일러가 페르마의 여러 명제를 완벽하게 증명함으로써 페르마가 수론 분야에서 명제의 진실 여부에 대한 뛰어난 통찰력을 가지고 있음을 확인시켰다고 썼다. 이는 사실이다. 한 가지 경우를 제외하고는 말이다.

1640년, 페르마는 친구 프레니클에게 보내는 편지에, '$2^{2^n}+1$은 항상 소수라고 확신하네. 그에 대해 정확한 증명은 하지 못해도, 오류가 없는 확실한 증명을 통해 엄청나게 많은 약수를 배제했으며, 나의 견해를 뒷받침할 만한 근거가 충분하므로 내 주장을 철회하지는 못하겠네'라고 썼다. 그리고 얼마 후 파스칼에게 '이것이 바로 당신께 답을 드리는 참명제입니다'라는 내용의 편지를 보냈다.

1732년, 오일러는 페르마의 다섯 번째 수: $2^{2^5}-1$, 다시 말해 $2^{32}-1$은 4,294,967,297로, 이 다섯 번째 수는 641로 나누어떨어졌다. 따라서 소수는 아니다. 페르마의 두 번째 가설은 잘못된 것이다. 페르마는 딱 한 번 실수를 범했다. 2는 왜 안 되는 거지? 페르마의 첫 번째 가설이 어째서 정확하다는 걸까?

나보다 앞서 이 가설의 진실성을 확신하고 증명하려 시도했던 수십여 명의 수학자가 발표한 수없이 많은 주장은 무시하고, 그 가설이 거짓임을 증명하려고 시도했다. 오랫동안 연구에 연구를 거듭했지만 성공을 거두진 못했다. 그러나 이번 연구 성과를 통해 나 스스로 가설이 참이라는 개인적인 확신을 얻었으며, 가설이 거짓이 아닌 경우에 대한 몇 가지 정확한 상황을 몸소 경험한 바 있다. 그때부터 가설의 증명에 매달렸던 것이다.

페르마가 첫 포문을 연 이후 숱한 가설이 쏟아져 나왔지만, 당시에는 완벽하게 증명되지 못했던 모든 문제가 19세기 초에 하나둘씩 풀렸다. 1637년에 나온 승수의 합에 관한 가설만은 증명되지 않은 채 남아 있었다. 학계에서는 이를 '페르마의 마지막 정리'라고 명명했다. 이 이름에는 상당한 아이러니가 숨어 있는데, 그것은 바로 이 마지막 정리가 진짜 '정리'가 아니라는 것이다. 이것이 문제시되었다. 정리라는 것은 이미 증명된 경우에만 붙일 수 있는 이름이다. 어떤 문제가 계속되면 계속될수록 그만큼 더 유명해지는 법이다. 1816년, 과학 아카데미에서는 페르마의 마지막 정리를 증명한 사람에게 줄 상을 하나 제정하기로 결정했다. 그로부터 40년이 지나도록 그 상의 수상자는 탄생하지 않았다. 과학 아카데미 측에서는 금메달과 3000프랑의 상금이 걸린 새로운 상을 제정했다. 결국 그 상은 에른스트 쿠머에게 돌아갔다. 뤼슈 씨는 그 수상자에 관한 이야기를 빼놓을 수 없었다.

"갈루아나 아벨, 가우스와 달리, 쿠머는 자신의 청춘을 수학에 바친 사람은 아니었단다. 그가 어렸을 적 유럽은 나폴레옹과의 전쟁으로 완전히 피폐해진 상태였지. 프랑스 군대는 쿠머가 살던 도시를 점령했고, 페스트나 장티푸스 같은 전염병을 유행시켰단다. 의사인 쿠머의 아버지는 수십 명의 환자를 구했으면서도 정작 자신은 그 병에 걸려 죽고 말았어. 어린 에른스트 쿠머는 외세의 침략으로부터 자신의 마을을 지키기 위해 군인이 되어야겠다고 마음먹었지. 쿠머는 타르탈리아와 갈릴레오, 뉴턴의 뒤를 이어 포탄의 탄도 연구에 전념해서 마침내 유럽 최고의 탄도학 전문가가 되었단다."

페레트가 말했다.

"결국 프랑스 군대가 지나간 곳에는 어김없이 탄도학자가 탄생하는군요."

"그렇게 해서 쿠머가 과학 아카데미로부터 상을 받게 되었던 거란다. 제1차 세계대전 직전 독일의 거부, 파울 볼프스켈이 제정한 상과 비교되는 것이긴 했지만 말이다. 어쨌든 쿠머에게는 많은 상금이 주어졌단다. 하지만 한 가지 조건이 따라붙었지. 바로 2007년 9월 13일까지 페르마의 마지막 정리를 증명해야 한다는 것이었어."

페레트가 물었다.

"왜 하필 그날이죠?"

조나탕이 끼어들었다.

"2007년 9월 13일? 13은 소수이고 9는 소수가 아니잖아요. 그리고 2007이라면…… 그것도 역시 소수 아닌가요?"

그는 아주 고차원적인 생각을 하고 있었다.

페레트가 조나탕의 말을 잘랐다.

"아냐. 내가 어렸을 때, 각 자리의 숫자들의 합이 3으로 나누어떨어지는 경우 그 수는 3의 배수라고 배웠어. 7 더하기 2 더하기 0 더하기 0은 9인데, 9는 3으로 나누어떨어지잖아. 그러니까……."

모두들 두 눈이 휘둥그레졌다. 페레트가 수식을 말하는 것을 들어 본 것은 처음이었다. 그것도 어렸을 때라고 했다.

"왜들 그러니?"

페레트는 자신의 계산 능력이 좋기 때문이라고 큰소리쳤다. 그때 맨 뒤에 있던 막스가 이렇게 말했다.

"8,092,772,751의 세제곱근에 해당하는 근이기 때문이에요. 소수점 아래는 그렇고요."

계산기를 손에 쥔 채 바닥에 앉아 있던 막스는 아무 말 없이 가족을 쳐다봤다. 한쪽 옆에는 수첩이 펼쳐져 있었다.

레아가 다그치듯 물었다.

"그걸 어떻게 알았니?"

"9월 13일이 몇 번째 날인지 수첩에서 찾아봤어. 그랬더니 256번째 날이더라. 그래서 256일을 365로 나누었더니 0.701369가 나왔어. 2007에 그걸 더하면 2007.701369이고, 다시 그것을 두 번 곱해 세제곱을 만들었지. 금방 나온 아주 따끈따끈한 답이라고."

순간 페레트는 생각했다.

'네가 아벨처럼 스물일곱의 나이에 결핵에 걸리는 일이 없으면 좋으련만.'

"그러니까 너희는 맞히지 못한 거야."

뤼슈 씨는 막스 스스로 자신이 한 일이 그 또래 아이들로선 그다지 평범한 일이 아니라고 생각하지 않았으면 하는 마음에 재빨리 다른 말을 꺼냈다. 뤼슈 씨는 금으로 장식된 어느 상의 유래에 관해 이야기했다. 젊은 파울 볼프스켈은 굉장한 부자였지만 아주 불행한 사람이기도 했다. 그는 한 여인을 사랑했지만 그녀는 그를 사랑하지 않았다.

조나탕은 예전에 들은 이야기를 떠올리며 말했다.

"갈루아도 그랬죠. 그 역시 자신을 좋아하지 않는 여인을 사랑했죠."

"하지만 그 둘은 어째서 자신들을 사랑하지도 않는 여인에게 사랑을 구걸한 걸까요? 거의 다 그런 식이죠? 안 그래요, 뤼슈 할아버지?"

레아가 물었지만 뤼슈 씨는 대답하지 않았다.

조나탕은 당연하다는 듯 말했다.

"나라면 날 좋아하지 않는 여자는 거들떠보지도 않을 텐데. 난 사랑받지 못하는 게 싫거든."

페레트가 말했다.

"그다지 간단한 문제가 아닌걸."

레아가 조나탕을 약 올렸다.

"그럼, 넌 어떤 여자도 사랑할 수 없겠네. 킥킥!"

"넌 널 좋아하지 않는 누군가를 사랑할 수 있다는 거야?"

"난 문제없어. 모든 남자가 내게 홀딱 빠지니까!"

뤼슈 씨가 둘의 대화를 중단시켰다.

"자, 다시 돌아가서…… 그래, 얼마라고?"

막스가 다시 대답했다.

"8,092,772,751의 세제곱근요. 소수점 아래는 지우고요."

"갈루아는 그 불행한 사랑 때문에 결투를 했고 결국 죽음을 맞이하게 됐지. 한편 파울 볼프스켈의 불행한 사랑은 끔찍한 결심을 하도록 만들었어. 그는 자살을 결심한 뒤 날짜를 잡고 시간을 정했지. 볼프스켈은 하루가 끝나는 순간에 자살을 하기로 했어. 시곗바늘이 자정을 가리키는 순간, 머리에 방아쇠를 당기기로 한 거야. 최후의 그날 밤이 됐어. 볼프스켈은 평소 정리 정돈을 잘하는 깔끔한 사람이었기 때문에 그날도 자신의 주변 문제들을 깨끗이 정리하고 해결해야 할 것들은 모두 해결했단다. 그러고는 유언장을 작성했어. 그 일이 끝나자 자정까지 두 시간 정도 남아 있다는 것을 확인했지. 그는 자신의 책상 위에 있는 권총을 한참 바라보다가 서가로 갔어. 참으로 훌륭한 수학자였던 볼프스켈은 최후의 순간에도 자신의 마음을 진정시킬 수 있는 것은 독서뿐이라고 생각했지. 여러 권의 책을 죽 훑어보다가 페르마의 마지막 정리에 관한 에른스트 쿠머의 책에 시선이 갔는데 그 책에서 쿠머는 코시와 라메의 오류를 지적했거든. 그 내용을 한참 들여다보던 볼프스켈의 심장이 갑자기 두근거리기 시작했어. 거기에서 한 가지 오류를 발견했던 거야. 추시계를 보니 자정까지는 약간의 시간이 있었지. 쿠머의 오류를 입증하기에는 시간이 충분하다고 생각했어. 삶의 마지막 순간까지 이 위대한 수학자의 저서에 오류가 있음을 입증할 수 있다면, 정말 멋진 죽음이 될 텐데 하고 생각했던 거지. 그는 책상 앞에 붙어 앉아 쿠머의 원고를 한줄 한줄 다시 읽기 시작했어. 마지막 줄에 이르러 결국 쿠머의 완벽함에 굴복해야만 했지. 쿠머의 연구 결과는 절대적으로 옳았거든. 틀린 데라곤 한 군데도 없었지. 실망하고 지쳐 버린 볼프스켈은 관자놀이를 천천히 문지르며 오류를 찾기 위해 자신이 깨알 같은 글씨로 끼적거려 놓은 종이 뭉치에서 시선을 거뒀어. 그렇게 새날이 시작됐단다. 이미 자정이 넘었던 거야. 그는 여전히 살아 있었고! 쿠머의 책을 다시 덮은 볼프스켈은 계산지 뭉치를 접어 둔 채 권총을 제자리에 넣은 다음 유언장을 찢어 버리고 사랑했던 여인을 기억 속에서 말끔히 지워 버렸지. 이 사건을 계기로 그는 '증명으로 인한 소생'이라는 답을 찾게 되었던 거란다. 볼프스켈은 페르마와 그의 마지막 정리에 빚을 진 셈이었지. 그래서 자신의 목숨을 구한 그 문제를 푼 사람에게 보답하는 의미에서 상을 하나 제정하기로 했어. 참고로, 볼프스켈이 자살하기로 한 날이 바로 1907년 9월 13일이었단다."

아직 카드 한 장이 더 남아 있었다. 최근에 쓰여진 것이었다. 카드는 특이하게도 이렇게 시작되었다.

*

마지막 순간.

오일러의 가설.

두 n제곱수의 합은 n제곱수가 될 수 없다. 곧 $x^n+y^n=z^n$이라는 페르마의 가설을 확대 적용함으로써 오일러는 세 개가 아닌 네 개의 수를 이용하고, 단 한 가지 네 제곱수로 제한한, 좀 더 평이한 가설을 제시했다. '세 네제곱수의 합은 어떤 네제곱수가 될 수 없다.' 오늘날 표현으로 하자면 이렇다.

$x^4+y^4+z^4=w^4$에서 미지수의 근은 정수가 아니다.

이 가설은 1세기 동안 유효했고, 이후 2세기를 더 존속한다. 그러던 중 1988년 놈 엘키스가 오일러의 주장을 뒤엎을 만한 네 개의 수를 찾아냈다. 내가 확인해 본 결과 사실이었다.

$2{,}682{,}440^4+15{,}365{,}639^4+18{,}796{,}760^4=20{,}615{,}673^4$

결국 오일러의 가설은 잘못된 것이었다.

그 엄청난 사실에 모두들 할 말을 잊은 채 반쯤 정신 나간 것처럼 멍하니 있었다.

조나탕이 먼저 입을 열었다.

"전 다만 18세기의 한 위대한 수학자……."

"주목, 주목!"

바젤 출신의 위대한 계산가, 수학 사전에서 장장 여덟 쪽을 차지하는 위인, 75권의 책, 4000통의 편지를 남긴 수학자, 비상한 기억력의 소유자가 잘못된 가설을 내놓은 것이다. 이 저명한 수학자들의 실수를 낱낱이 폭로해 그로루브르가 얻는 것은 무엇이었을까? 코시와 라메의 실수는 그들의 증명이 잘못됐다는 것이다. 그렇다면 페르마와 오일러의 실수는 단지 잘못된 가설을 내놓았다는 것일까?

22

·

수학, 완벽하게 해결할 수 없는 것에 대한 증명

"1775년 파리 과학 아카데미. 그해 과학 아카데미에서는 정육면체의 배적과 각의 삼등분, 원적 등 세 가지 작도 문제의 해결책은 물론, 해결 불가능한 것으로 공표된 문제들의 해법에 대한 심사를 중단하기로 결정했다."

조나탕과 레아는 뒤늦게야 바칼로레아(대학 입학 자격시험) 준비를 한다고 학과 공부에 푹 파묻혀 있다가 문득 고개를 들어 주위를 둘러보았다. 페레트가 한쪽에서 신문을 읽고 있었다. 막스는 주인 잃은 홰를 뚫어져라 쳐다보며 노퓌튀르를 생각하고 있었다. 그때 뤼슈 씨가 국립도서관에서 복사해 온 종이 한 장을 높이 흔들며 주방으로 들어왔다.

"70년 이상의 경험에 비추어 과학 아카데미 측은 이들 3대 작도 문제에 대한 해법을 보낸 사람들 가운데 어느 누구도 그것의 속성이나 문제를 알고 있지 못할 뿐 아니라 그들이 사용한 방법 가운데 어떤 것도 문제 해결에 결정적인 역할을 하지는 못했을 테지만 어쨌든 그 해결이 가능하리라는 것은 확신했다. 이러한 오랜 경험은 과학 아카데미 측으로 하여금 해법 심사로 인해 발생되는 효용성 저하 문제를 납득시키기에 충분했다. 물론 과학 아카데미 측이 심사 중단 결정을 내리게 된 데는 다른 이유들도 있었다. 사람들 사이에서 정부 당국이 원적 문제를 해결한 사람에게 상당액의 포상금 지급을 약속했다는 소문이 돌았다. 본래 이 원적 문제는 저명한 기하학자들의 연구 대상이었다. 그런데 이러한 소문을 믿고 생각보다 훨씬 많은 수학자가 대개 원하지도 않으면서, 그리고 문제 해결에 필요한 지식을 갖추지 않은 상태에서 이 문제의 연구에 매진하기 위해 유익한 일거리를 내팽개쳤다. 불행히도 많은 수학자가 스스로 문제 해결에 성공했다고 믿었다. 수학자들은 자신들이 제시한 해법에 대해 기하학자들이 이의를 제기하는 근거를 전혀 인정하려 들지 않았을 뿐 아니라 그 근거들을 아예 이해하지 못하는 경우가 다반사였으며, 급기야 그 근거들을 시기와 악의에 찬 것이라고 비난하기 일쑤였다. 그들의 고집이 심각한 광기로까지 발전하는 경우도 가끔 있었다. 잘못 증명된 견해에 대한 끈질긴 집착, 반론에 대한 극단적인 반응, 이것이야말로 분명한 광기였다. 따라서 휴머니티는 과학 아카데미의 원적 문제 해법에 대한 심사가 불필요하다고 공개 선언함으로써, 여러 집단에게 치명적인 여론을 잠재우도록 요구하고 있다."

"여러 집단에게 치명적인!"

이 글을 통해 뤼슈 씨가 전달하려던 것은 무엇이었을까? 고대 그리스의 세 가지 작도 문제와 마찬가지로 라비냐가의 세 가지 문제를 조사하는 일이 치명적일 만큼 큰 불행을 가져올 수도 있다는 것을 미리 경고하고자 했던 것일까? 그들은 어떤 위험을 감수해야 할 것인가? 광기에 사로잡히는 것? 조사가 시작된 이래, 이성을 잃은 사람은 아무도 없었다. 생계를 내팽개치는 것? 페레트는 늘 그렇듯 서점을 운영하고 있고, 막스는 별 탈 없이 학교에 다니고 있으며, 조나탕과 레아도 마찬가지였다. 그리고 뤼슈 씨야말로 라비냥가의 세 가지 문제 해결을 위해 나서기 전에는 훨씬 더 무의미한 일을 해 오지 않았던가? 세 가지 문제에 대한 조사가 과연 불행을 초래하게 될 것인가? 모험이 시작된 이래, 노퓌튀르가 납치된 일 이외에는 별다른 사건이 없었다. 하지만 그 납치 사건은 그로루브르의 이야기와는 무관한 것이었다. 우울한 사건임에는 틀림없지만 그래도 비극이라고까지 할 수는 없었다. 물론 막스에게는 그가 처음 겪은 비극일 수도 있지만 말이다. 과학 아카데미 선언문을 읽는 순간에도 이러한 생각이 마음을 뒤흔들었다. 제일 먼저 침묵을 깬 사람은 페레트였다.

"'70년 이상의 경험'으로 시작하는 문장을 다시 읽어 주시겠어요?"

뤼슈 씨는 '문제 해결에는 결정적인 역할을 하지 못했을 테지만, 어쨌든 그 해결은 가능하리라는 것'이라는 대목에 이르렀을 때, 페레트가 소리쳤다.

"그래요, 바로 거기! 제가 듣긴 제대로 들었군요. 그러니까 어쩌면 이 작도 문제의 해결이 불가능한 것일지도 몰라요."

조나탕과 레아가 외쳤다.

"뭐라고요? 해결이 불가능한 것이라뇨? 세 가지……!"

뤼슈 씨가 주의를 주었다.

"쉿! 잠깐! 그 말뜻은 곧 고대 그리스의 모든 수학자……."

레아가 휘파람을 불더니 말했다.

"와, 후대의 모든 수학자…… 해결이 불가능한 문제를 풀려고 애썼다는 거죠!"

조나탕이 덧붙였다.

"성급한 결론이군. 원고에서는 '어쨌든 그 해결은 가능할 것'이라고 했지, '불가능할 것'이라고는 하지 않았어."

조나탕과 레아가 뒤늦게 바칼로레아 준비를 열심히 하려는 시점에서 매우 중대한 결과에 대한 의문이 생긴 것이다. 그들은 공부하던 책을 덮었다. 과학 아카데미의 선언에 동감하면서 말이다. '유익한 일거리를 내팽개친다.' 그것이 바로 그들이 하고 있는 일이 아닌가? 벼락치기 공부도 유익한 일거리라면 말이다. 그 주제에 관한 라비냥가 사람들의 지식 수준에서 볼 때, 더 이상 깊이 들어갈 수 없다는 것만은 분명했다.

뤼슈 씨는 이를 인정했다. 레아는 과학 아카데미 회원들의 선언문에 대한 뤼슈 씨의 해석에서 정확히 그 점을 파악할 수 있었다. 그들은 솔직히 해결 불가능하다는 쪽으로 기울었다. 모든 그리스 수학자와 그 뒤를 이은 모든 아라비아 수학자 그리고 후대의 수많은 수학자가 해결할 수 있는 것이라고 확신했던 그 문제들 말이다. 그 문제들을 해결하려는 쪽에서 그 해결이 불가능함을 증명하려는 쪽으로 방향이 바뀌게 된 시점은 언제인가? 이에 앞장선 '사람들'은 과연 누구인가? 참으로 어려운 질문이다. 다수의 수학자들인가? 아니면 한 명의 수학자인가? 정의가 존재하는가? 혹은 지침이나 총망라된 목록이 존재하는가? 솔직히 말하자. '수학계'에 대해서 말이다. 수학계에서 배적과 원적 문제의 해결이 불가능하다고 확신한 것은 도대체 언제부터였는가?

'이런 게 바로 철학과는 무관한 문제 유형이지. 철학계라는 것은 없다. 하물며 그러한 문제에 입장을 같이하고 무엇을 확신하는 공동체는 더더욱 존재하지 않는다. 정말 무서운 일이다. 철학에서의 중론도 모든 철학자 공통의 보편적인 진리도 없다.'

뤼슈 씨는 철학자라는 사실이 자랑스러웠다.

"원적 문제부터 시작하자."

어쩐지 이번 강의가 전략상 매우 중요하게 되리라는 예감에 페레트는 강의 시작 때부터 참석할 요량으로 평소보다 일찍 서점 문을 닫았다.

"16세기 중반, 독일의 수학자 미하엘 슈티펠이 원적 문제는 해결 불가능할 것이라고 시사했지! 하지만 아무도 거기에 귀를 기울이지 않았단다. 원적 문제에 매달리는 지원병의 수가 해마다 증가한 것을 보면 알 수 있지. 추기경인 드 쿠사, 왕실 교수로 있던 오롱스 화인, 수도참사회원 샤를 드 보벨, 예수회의 뢰르에숑 신부, 덴마크인 롱고몬타누스, 네덜란드인 판데르 에이크, 지리학자 레미 보드몽, 스위스 장교 니콜라스 부르스텐 등등 여러 사람이 참여했어. 매번 새로운 시도가 있을 때마다 숱한 오류가 쏟아졌고, 번번이 실패할 때마다 '두드려라, 그러면 열릴 것이다'는 식으로 이들의 새로운 시도를 고무하는 분위기였지. 중세의 토너먼트 시합에서처럼, 시체 더미가 쌓이면 쌓일수록 그 전투는 가치를 더해 갔어."

레아가 말했다.

"원적 문제를 증명했다고 믿은 수많은 사람이 잘못 생각했다는 얘기인데, 뤼슈 할아버지의 친구 역시 착각한 것이 아니라고 어떻게 장담할수 있지요?"

페레트가 단호하게 말했다.

"다른 사람들이 잘못 생각했다고 해서 그로루브르 역시 착각했다고는할 수 없지."

"그들 모두 착각한 거잖아요. 그저 자만심으로……."

계속되는 레아의 반발에 뤼슈 씨는 서둘러 막스에게 신호를 보냈다. 그러자 막스가 힘차게 외쳤다.

"수의 세계로의 여행!"

어쩐지 슬픔이 배어 있는 목소리였다. 다른 때 같았으면 노퓌튀르가 맡았을 역할이다.

"타르탈리아, 카르다노, 페라리, 봄벨리, 아벨, 갈루아 등이 있었기에 우리가 오래도록 대수 방정식을 접할 수 있었던 거지."

뤼슈 씨가 그 이름들을 하나씩 열거하는 동안 막스는 노퓌튀르와 함께 했던 시간을 생각했다. 겨우 열두 살밖에 되지 않은 아이가 지나간 날들을 그리워하고 있었다.

"대수 방정식을 통해 실수의 또 다른 속성을 규정할 수 있어. 스피커가 이 자리에 아직 있었다면, '주목, 주목, 이것이 그에 대한 정의다. 임의의 '대수적 수'는 대수 방정식의 근이 되는 수이다'라고 공표하는 것을 들었을 게다."

하지만 스피커는 이제 여기에 없다. 성대라고 할 수 있는 진동막이 완전히 망가졌기 때문이다. 이건 비밀이지만 막스는 오히려 그 사실이 기뻤다. 스피커를 통해 들리던 말들은 전혀 알아들을 수 없었다. 스피커 나팔에서 흘러나오는 소리를 읽을 수 없기 때문이다. 막스가 외쳤다.

정수는 양수건 음수건 모두 대수적 수이다.

"예를 들면 -1은 방정식 '$x+1=0$'의 해답이지."
막스가 외쳤다.

유리수는 대수적 수이다.

"$\frac{2}{3}$는 '$3x-2=0$'의 해답이지."

막스가 덧붙였다.

"하지만 그들만은 아니에요. $\sqrt{2}$ 역시 대수적이죠."

"$\sqrt{2}$는 '$x^2-2=0$'의 답이란다. 그럼 한 가지 의문이 제기되는데……"

윙윙거리는 소리와 함께 영사기가 돌기 시작했다. 벽면에는 이런 문구가 나타났다.

대수학에서는 모든 실수를 이용하는가?

"한마디로, 대수적이지 않은 수가 과연 존재할까?"

레아가 물었다.

"결국 어쩌자는 건가요?"

뤼슈 씨는 침착하게 설명했다.

"$\sqrt{2}$의 경우처럼 무리수 가운데 일부는 대수적 수에 포함되기 때문에, 모든 수가 다 대수적이냐 하는 의문이 생기는 건 당연해. 결국 이런 의문이 제기되지. 대수적이지 않은 무리수가 과연 존재할까? 그런 수가 있는지 없는지도 모르는 상태에서 사람들은 그 수를 '초월수'라고 이름 붙였단다. 수학자들이 수에 갖다 붙이는 '부조리한, 불가능한, 무성의, 부러진, 허의, 복합의, 관념의, 초월의' 등등 각종 수식어가 적합한지 유의한다면, 초월수의 존재 여부에 따라 실수를 이렇게 이분할 수 있단다.

유리수/무리수 (초월수의 존재를 가정하지 않았을 때)

대수적 수/초월수 (초월수의 존재를 가정했을 때)

'이러한 분류가 어떻게 이뤄졌을까?'에 대한 의문이 18세기와 19세기에 걸쳐 모든 수학자의 골칫거리였단다."

보통 수와 그것의 거듭제곱근을 제외하고 그 외 모든 수가 다 사용됐던 것일까? 당시에도 π, e, 로그, 사인, 코사인 등이 있었다. π의 경우, 유리수일까 무리수일까, 혹은 대수적 수일까 초월수일까? 뤼슈 씨는 정사각형과 원의 중요한 차이점을 들어 설명했다. 정사각형의 둘레와 대각선의 비가 $2\sqrt{2}$라는 무리수라는 사실의 증명이 쉬운 반면, 원의 둘레와 지름의 비가 π라는 무리수임을 증명하는 것은 어려운 일이었다.

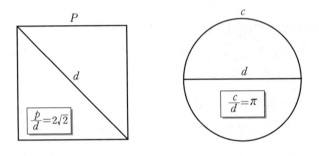

"거기에서 우리는 오일러를 다시 만나게 된단다. 수학사상 최초로 π는 무리수이자 초월수라는 가설을 제시한 사람이 바로 오일러였어. 물론 증명은 못했기 때문에 가설이라는 이름이 붙었지. 그로부터 몇 년이 지난 1761년에 람베르트가 그에 대한 답을 내놓았지. 요한 하인리히 람베르트는 참으로 특이한 인물이었어. 그는 수학자이자 철학자, 천문학자였지. 그가 포츠담 궁에서 열리는 연회에 초대받아 갔던 날, 평소 오일러를 무척이나 싫어하던 프러시아의 프리드리히 대왕이 그에게 이렇게 물어보았단다. '람베르트, 당신이 아는 것은 뭐요?' '모든 것을 압니다, 폐하.' '누구에게서 그런 얘기를 들었소?' '제 자신입니다.' 람베르트는 그렇게 제힘으로 π가 무리수라는 사실을 증명했단다."

페레트가 어린아이처럼 순진한 얼굴로 질문을 했다.

"그럼 π가 3.14와 같다고 하면 틀린 표현인가요?"

"절대 안 되지."

"그렇지만 제가 어렸을 때는……."

페레트가 어렸을 적 이야기를 꺼낸 것이 요 며칠 새 벌써 두 번째였다.

"π의 값이 3.14와 같았다면 π라고 별도의 이름을 붙일 필요가 없지 않겠소. 다들 부르는 대로 그냥 3.14라고 했겠지. 그리고 원적 문제는 해결이 불가능했을 거요."

영사기 뒤에서 막스의 목소리가 들려왔다.

"그리고 수학은 더욱 우울한 학문이 됐을 거예요."

영사기에서 뻗어 나오는 빛이 그의 얼굴을 환히 비췄고, 머리카락을 더욱 붉게 물들였다.

뤼슈 씨는 머리를 연신 끄덕이고는 비통한 표정을 지어 보이며 말했다.

"그럼, 그럼. 과학 발견 박물관의 그 방도 존재할 수 없었겠지."

조나탕이 이어서 말했다.

"그 수많은 소수점 이하의 숫자들을 몽땅 쓰레기통에 갖다 버렸으면 좋겠어요. 엄마도 아시죠, 그 때문에 우리가 얼마나 고생했는지요."

조나탕과 레아는 π가 무리수이든 아니든 전혀 관심이 없었다. 그들이 알고 싶어 안달하는 것은 다름 아니라 π의 초월성이었다. 뤼슈 씨는 '모든 것을 안다'는 람베르트가 π의 초월성을 입증하지 못했다는 이야기부터 꺼냈다. 마찬가지로 이를 시도했다가 실패한 르장드르는 우연히 그 과정에서 π^2이 무리수라는 것을 증명하기도 했다.

"거기에서 문제의 고찰 방식에 대한 일대 전환이 일어난단다. 최초의 전환은 원적 문제가 해결할 수 있는 문제라는 것에서 해결할 수 없다는 것으로의 전환이고, 두 번째는 기하학에서 대수학으로의 전환이지. 2000년 동안 기하학적인 방법을 동원해서 원적 문제의 해결 또는 해결 불가능성을 증명하기 위한 온갖 노력이 수포로 돌아갔기 때문에, 이번에는 대수학적 관점에서 고찰하는 '대수학적인 접근'을 꾀하기로 한 거란다. 그것은 바로 국립공과대학에 재직 중인 어느 젊은 교수가 이룩해 낸 위업이었지. 1837년, 반첼이라는 수학자가 아주 사소해 보이지만 엄청나게 중요한 정리를 증명했을 때 그의 나이 겨우 스물셋이었단다. 이 정리는 바로 자와 컴퍼스로는 풀 수 없는 문제들에 대한 방정식 형태를 보여 주는 것이었단다."

뤼슈 씨는 잠시 말을 멈췄다가 엄숙하게 말했다.

"정육면체의 배적에 대한 방정식은 바로 이것이다!"

자와 컴퍼스로는 정육면체의 배적 문제를 해결할 수 없다.

이 글귀가 스크린에 뜨는 것과 동시에 뤼슈 씨의 말이 끝나기 무섭게 막스가 외쳤다.

"고대 그리스의 세 가지 난제 가운데 하나는 해결이 불가능하다."

조나탕과 레아, 페레트가 강의 시간에 이토록 진지한 태도를 보인 적은 거의 없었다. 이들이 서로 눈길을 주고받는 동안 뤼슈 씨가 또다시 말했다.

"각의 삼등분에 대한 방정식은 바로 이것이다!"

자와 컴퍼스로는 각의 삼등분 문제를 해결할 수 없다.

이 글귀는 바로 앞 문장 밑에 나타났다. 막스가 외쳤다.

"고대 그리스의 세 가지 난제 가운데 두 개는 해결이 불가능하다."

성질 급한 조나탕이 가만있지 못하고 물었다.

"그렇다면 원적은요?"

"1882년에 독일의 수학자 린데만이 π는 초월수임을 증명했단다. 다시 말해 π는 어떠한 대수 방정식에서도 해답이 될 수 없다는 얘기지. 이로 써 원적 문제도 끝장난 셈이야!"

자와 컴퍼스로는 원적 문제를 해결할 수 없다.

이 글귀가 앞의 두 문장에 이어 스크린에 나타났다. 세 문장이 한곳에 모여 있다는 것은 참으로 인상적이었다. 페레트는 이 강의가 핵심이 아 닐까 하는 생각을 했다. 이윽고 막스가 다음과 같은 결론을 내렸다.

고대 그리스의 세 가지 문제는 해결이 불가능하다.

이를 증명하는 데 무려 2400년이나 걸렸다. 일순 깊은 정적이 감돌았 다. 모두의 머릿속에는 이러한 뜻밖의 사실이 가져다줄 파장과 그 사실 이 자신들의 조사와 관련하여 갖게 될 의미에 대한 생각으로 가득 찼다. 라비냥가의 세 가지 문제 역시 그들이 사용하는 방법으로는 해결이 불 가능한 것일까? 삶 자체는 수학이 아닐뿐더러 훨씬 어려운 것이다. 완벽 하게 해결될 수 없는 난제를 안고 있는 것이 수학이다. 그러나 거기에서 알 수 없는 해방감을 느끼게 된다. 불가능성에 대한 증명은 미래를 구속 하는 것이 아니라 실로 자유롭게 해방시키는 것이다.

길가에 소형 트럭 한 대가 뒷문을 활짝 연 채 주차해 있었다. 5시였다. 여느 때와 다름없이 수업 종료를 알리는 종소리가 울렸다. 중학생들이 길거리로 우르르 쏟아져 나왔다. 교문을 나선 뒤 친구들과 헤어진 막스는 혼자 집으로 향했다. 하비비의 가게 앞을 지나오면서 가볍게 인사하고는 계속 길을 걸었다. 그러다 갑자기 몸이 붕 뜨는 것을 느꼈다. 막스는 소리 지르려고 했지만 때는 이미 늦었다. 트럭의 문은 닫혔고, 막스는 그 안에 갇히고 말았다. 트럭이 움직이기 시작했다. 그러기까지 10초도 채 걸리지 않았다. 목격자는 아무도 없었다.

7시가 되자 페레트는 차츰 걱정이 되었다. 학교에 전화를 걸었지만 받지 않았다. 그래서 일단 학교에 가 봐야겠다고 마음먹었다. 수위가 교장을 불러 주었다. 막스는 수업이 끝나고 친구들과 함께 학교를 나섰다고 했다. 집으로 돌아오는 길에 페레트는 하비비의 식료품 가게에 들렀다.

"네, 막스를 봤죠. 아까 지나가면서 저한테 인사했는걸요. 그러고는 보지 못했어요."

지금쯤 집에 돌아와 있을 것 같아서 페레트는 집으로 한달음에 달려왔다. 서점 앞에서 뤼슈 씨는 페레트가 오기만을 기다리고 있었다. 그의 머릿속에는 온통 불안한 생각뿐이었다. 그가 낮은 목소리로 말했다.

"막스가 그들에게 유괴당한 것 같소!"

"어떻게 아시죠?"

"그들이 전화를 했었소."

"누가 전화를 했다고요?"

"안 그랬다면 내가 어떻게 알겠소?"

"경찰에 연락해야겠어요."

"페레트, 그들은 분명 아이에게 나쁜 짓을 할 이유도 없고, 하지도 않을 거라고 말했소. 밤에 다시 전화가 올 거요."

"노뒤튀르가 납치당했을 때 진작 그래야 했어요."

페레트는 경찰을 부르러 서점 안으로 들어갔다. 전화벨이 울리자마자 그녀가 얼른 수화기를 들었다.

"여보세요, 여보세요! 우리 애는 지금 어디 있죠?"

전화를 한 사람은 조나탕이었다. 레아와 함께 밥 먹고 들어간다는 이야기를 하기 위해 전화한 것이었다. 페레트가 울부짖었다.

"아, 안 돼. 너희마저 그렇게 되면 안 돼."

페레트는 엉엉 울기 시작했다. 뤼슈 씨는 페레트의 손에서 수화기를 빼내 조나탕에게 자초지종을 설명했다.

"애들이 곧 올 거요, 페레트."

다시 전화벨이 울렸다. 뤼슈 씨가 받으려는 순간, 페레트가 얼른 수화기를 낚아챘다. 그녀의 얼굴이 파랗게 질렸다.

"여보세요? 누구시죠?"

페레트가 수화기를 뤼슈 씨에게 건네주었다.

"당신을 바꿔 달래요."

뤼슈 씨는 수화기에 귀를 갖다 댔다.

"아니오, 약속하오. 경찰은 절대 부르지 않았소."

뤼슈 씨의 목소리는 굳어 있었다. 페레트는 옆에서 다른 전화기로 엿듣고 있었다. 뤼슈 씨가 수화기를 내려놓았다. 둘은 서로 멍하니 쳐다보았다.

"가지 마세요!"

"아무래도 가야 할 것 같소."

"그 연세에 시칠리아섬엘 가신다고요. 제정신이세요? 가야 할 사람은 저예요."

"자, 페레트, 당신은 현재 어떤 상황인지 제대로 이해하지 못하는 것 같소."

"당신은 이해한단 말씀인가요? 우리 집에서, 그것도 바로 당신 코앞에서 앵무새를 납치한 데다, 파리 시내 한복판에서 내 아들을 유괴하더니 이젠 당신더러 당장 오라며 위협하고 있어요. 그것도 시칠리아까지……."

"나 역시 당신과 마찬가지로 이해할 수 없소. 한 가지 사실만 빼고 말이오. 이놈들의 말은 농담이 아니라는 것이오. 내가 보기에 놈들은 막스에게 해코지할 생각은 없는 것 같소. 자신들의 요구만 들어준다면 말이오. 그들 말로는 막스를 이미 시칠리아섬으로 보냈다는군."

"왜 하필, 시칠리아죠? 마피아인가 봐요. 마피아가 우리 막스에게 관심을 갖는 이유가 뭐죠? 게다가 유독 당신을 부르는 이유가 뭔지 도저히 이해할 수 없어요."

갑자기 그녀가 잔뜩 겁에 질린 얼굴로 그를 쳐다보았다

"뤼슈 씨, 혹시 마피아와……?"

페레트가 무슨 말을 하려는지 알아챈 뤼슈 씨는 당황하지 않을 수 없었다.

"아, 아니오. 한 번도 그런 적 없소. 맹세하오. 굳이 이해하려고 애쓸 필요도 없는 경우가 있는 법이오. 내일 당장 떠나야겠소."

페레트는 뤼슈 씨의 여행 가방을 챙겼다.

이튿날 아침 뉴스에서 이탈리아의 총파업 소식을 보도했다. 아나운서는 노조 측에서 강경한 입장을 고수하고 있으며, 특히 운송 교통 부문을 시작으로 며칠 동안 파업이 계속될 전망이라고 전했다. 파업 소식이 전해지자 분위기는 더욱 절망적이었다.

알베르가 찾아온 것은 바로 이때였다. 쉬는 날이라고 했다. 그동안 일어난 일을 그에게 털어놓자 알베르는 모자를 만지작거리며 어쩔 줄 몰라 했고, 담배꽁초에 불을 붙였다 꺼뜨리길 여러 차례 되풀이했다. 그러다 느닷없이 이렇게 말했다.

"모셔다 드릴게요."

"이런, 자네 돌았군. 시칠리아가 어딘지 알고 있나?"

"그러니까 먼 여행을 하기엔 제 차가 너무 낡았다는 말씀인가요?"

"자네 일은 어쩌고?"

"자유인인데요, 뭘. 떠나고 싶을 때 떠나는 거죠. 시라쿠사가 시칠리아섬에 있는 도시 아닌가요?"

알베르의 차가 움직이기 시작하자 서점 앞에 서 있던 페레트와 쌍둥이가 조심스레 손을 흔들었다.

'모두 무사히 돌아와야 할 텐데.'

조나탕과 레아는 노뛰튀르의 납치며 막스의 유괴, 시라쿠사로의 갑작스러운 출발까지, 일련의 사건들로 인해 자신들의 마나우스 여행도 포기해야 한다고 생각했다. 막스가 무사히 돌아온다면, 아니 막스는 무사히 돌아올 것이라고 확신했다. 막스라면 최악의 상황에서도 무사하리라는 절대적인 믿음이 있었기 때문이다. 결코 아무 일도 일어나지 않을 것이다. 막스가 돌아오면, 쌍둥이는 마나우스로 떠날 수 있을 것이다. 반드시 그렇게 될 것이다. 모든 일의 시발점인 마나우스에 가야만 자신들에게 닥친 세 가지 문제에 대한 해답을 찾을 수 있을 거라는 확신이 생기기 시작했다.

*

알베르의 차가 국경을 넘던 바로 그 시각, 서점으로 전화가 한 통 걸려 왔다. "여보세요, 엄마!"로 시작되는 막스의 전화였다. 막스는 페레트에게 자신이 노퓌튀르를 찾았으며, 노퓌튀르와 자기는 아주 잘 지내고 있고, 엄마를 너무도 사랑하며, 걱정하지 말라고, 마지막으로 형, 누나와 뤼슈 할아버지에게도 안부 전해 달라는 등의 이야기를 숨도 쉬지 않고 했다. 페레트는 쉴 새 없이 쏟아지는 막스의 말이 끝나자마자 뤼슈 할아버지가 너를 데리러 알베르와 함께 그곳으로 떠났으며, 사나흘 후면 만나게 될 거라고 일러주었다. 이야기를 하다 그녀는 문득 막스가 자신이 하는 말을 전혀 듣지 못할뿐더러 막스와의 전화 통화도 이번이 처음이라는 사실을 깨달았다. 기나긴 침묵이 흘렀다. 잠시 후 어떤 여자의 목소리가 들려왔다.

"막스에게 당신이 하신 말씀을 모두 전했습니다. 아주 좋아하는 것 같네요. 정말 귀여운 아드님을 두셨어요, 부인."

그러고는 딸각, 전화가 끊어졌다.

23
•

시라쿠사에 가다

알렉산드리아와 마찬가지로 시라쿠사도 두 개의 항구를 등지고 있다. 대항구 포르토 그란데와 소항구 포르토 피콜로. 알베르의 차는 소항구에 있는 자그마한 술집 앞에 멈춰 섰다. 알베르가 술집 안으로 들어갔다. 술집 주인이 그에게 쪽지 하나를 내밀었다. 쪽지에는 '디오니시오스의 귀'라는 곳으로 오라고 쓰여 있었다.

차는 시내 한복판을 가로질러, 알베르의 설명으로는 고대 유적 가운데 가장 규모가 크다는 그리스 극장 앞을 지나서 네아폴리스(나폴리) 고고학 공원으로 향했다. 언덕을 그대로 파서 만든 극장은 50여 개의 단으로 이뤄진 계단식 구조로 총 1만 5000명의 관중을 수용할 수 있는 대형 건축물이었다. 로마군은 이 도시를 점령한 후에 여자들이 수상 쇼를 펼치는 극장으로 개조했다고 한다. 뤼슈 씨라면 헤엄치는 여자들이 아닌 건축물을 선택했을 것이다. 로마 시대의 원형 극장, 방벽용 건축 재료와 1526년 약탈당한 히에론 2세의 제단이 있는 건축물은 놀랍도록 보존이 잘되어 있었다. 그들은 길을 계속해서 달렸다.

노천 채석장을 이용한 거대한 감옥이 시라쿠사를 빙 두르고 있었는데,

이 고대 도시는 그 채석장의 돌로 건설되었다. '디오니시오스의 귀'는 델 파라디시오 감옥이 위치한 곳에 있었다. 차는 석류나무와 오렌지나무, 레몬나무 들이 빽빽하게 가득 찬 과수원 한복판에 멈춰 섰다. 20여 미터 높이의 거대한 단층이 드러나 있는 석회암 절벽이 그들 앞에 우뚝 솟아 있었다. 두말할 필요도 없이, 이 단층은 거대한 귀의 형태를 하고 있었다. '디오니시오스의 귀', 알베르는 시라쿠사의 모든 여행안내 책자에서 이미 본 적이 있었기 때문에 금세 알아볼 수 있었다. 하지만 안심이 되지 않은 그는 차에서 내려 주위를 샅샅이 살피고는 멀리 가지 않고 차 주위를 맴돌았다. 주변엔 아무도 없었다. 다시 자동차에 올라탔다. 뤼슈 씨는 시라쿠사에 도착한 뒤로는 한 마디도 하지 않았다. 온통 푸르른 초목들로 둘러싸여 있음에도 날씨가 무척 더웠다. 알베르는 '디오니시오스의 귀' 절벽에 관한 글을 꽤 많이 읽었다.

"여기에서 디오니시오스란 기원전 4세기경 시라쿠사를 통치하던 디오니시오스 왕의 이름을 딴 것이죠. 나이가 들어가면서 경계심이 도를 넘어 자신의 방을 완전히 요새화했다는군요. 우선 침대 주위를 외호로 둘렀는데 외호가 어찌나 넓고 깊은지 도개교 없이는 건널 수가 없었대요. 매일 밤 잠자리에 들기 전에 다른 이들의 접근을 막기 위해 직접 도개교를 올려놓고 나서야 비로소 편안하게 잠을 잘 수 있었어요. 뤼슈 씨의 닫집 침대보다 더하죠. 그것이 수면제보다야 건강에는 덜 해롭겠지만 비용이 훨씬 많이 들지 않겠어요?"

알베르가 뤼슈 씨의 우울한 기분을 풀어 주려고 던진 말이었다. 그러나 뤼슈 씨는 너무나 불안해 도무지 웃음이 나오질 않았다. 먼저 만나자고 했던 사람들은 나타나지 않고 있었다. 직접 막스를 보지 않는 한 안심이 되지 않을 것이다.

"이 디오니시오스 왕의 신하 가운데 아첨꾼이 한 사람 있었는데, 왕의 뒤를 졸졸 따라다니며 자신이 왕이 되면 너무 행복할 거라고 노래를 불렀대요. 디오니시오스 왕은 그에게 하루만 왕을 시켜 주기로 했어요. 신하는 눈물겹도록 행복해했죠. 왕관을 쓴 채 그가 주재한 연회를 마지막으로 약속된 하루가 끝나게 됐죠. 식사 중에 디오니시오스 왕이 그에게 위를 쳐다보라고 했어요. 신하가 눈을 들어 머리 위를 올려다봤더니 거기엔 칼집을 벗긴 육중한 칼 한 자루가 있는 게 아니겠어요. 말총에 대롱대롱 매달려서요. 신하는 그 자리에서 바로 왕좌를 버리고 도망갔대요. 바로 그의 이름이 다모클레스랍니다."

알베르는 계속해서 말을 늘어놓았다.

"그리고 디오니시오스 왕은 죄수들을 동굴 속에 감금시켰대요. 동굴 앞 절벽은 울림이 아주 좋아서 소곤대는 소리마저도 일단 벽에 닿으면 마치 폭풍이 휘몰아치는 소리처럼 엄청나게 큰 소리로 증폭되어 들리잖아요. 밤이 깊어 죄수들이 하나둘 이야기를 시작할 때면 디오니시오스 왕은 절벽 꼭대기에 자신의 귀를 바짝 갖다 대고 죄수들이 하는 말을 몰래 엿들었다는 전설도 내려오고 있어요."

알베르가 말을 막 마치려는 순간, 어디선가 낯선 목소리가 들려왔다. 그것은 '디오니시오스의 귀' 절벽 쪽에서 나는 소리였다. 알베르는 손에 쥐고 있던 담배를 놓쳤다. 목소리는 알베르에게, 뤼슈 씨를 차에서 내려 휠체어에 앉힌 다음 즉시 그곳을 떠나라고 명령했다. 알베르는 싫다고 대답했다. 그러자 곧 이어 "너희는 포위되었다!"라는 소리가 들려왔다.

"알베르, 됐네. 그들이 나 같은 노인에게 뭘 어쩌겠나?"

목소리의 주인공은 모습을 나타내지 않은 채 계속 명령만 했다. 알베르에게는 소항구의 술집으로 돌아가 있으라고 하면서, 거기에 가면 누군가가 알베르가 머물 호텔을 알려 줄 거라고 했다.

"누구에게든 입만 벙긋하면……."

알베르는 휠체어를 꺼내 뤼슈 씨를 앉힌 다음 뤼슈 씨 양 옆에 여행 가방 두 개를 내려놓았다. 그중 하나는 뤼슈 씨의 가방이었고 다른 하나는 페레트가 막스를 위해 준비한 것이었다. 어쨌든 알베르는 어쩔 수 없이 자동차에 다시 올라탔다. 뤼슈 씨는 걱정 말라는 손짓을 했다. 알베르의 차가 움직이기 시작했다. 알베르는 그 주위를 몇 차례 돌더니 과수원 뒤편으로 사라졌다. 석류나무와 레몬나무들 사이에서 뤼슈 씨는 절벽 쪽을 응시하고 있었다. 갑자기 뒤에서 무슨 소리가 나자 반사적으로 뒤를 돌아보았다. 어디에서 나타났는지 모를 소형 트럭 한 대가 보였다. 거기에서 한 남자가 내렸다. 알베르가 있었다면 그 남자가 루아시 공항에서 승차를 거부했던, 도쿄에서 온 사람이라는 것을 알아챌 수도 있었을 것이다. 그 남자는 바로 벼룩시장 창고에서 막스와 마주쳤던 덩치 큰 남자이기도 했다. 트럭 뒷문이 열리자 경사면이 스르르 자동으로 펼쳐졌다. 순간 누군가 휠체어를 미는 듯한 느낌이 들었다.

비탈을 한참 올라가던 트럭은 어느 성 입구에 멈춰 섰다. 무인 카메라가 운전사의 얼굴을 확인하는 순간 철문이 열렸고 트럭이 문을 통과하자 다시 소리 없이 스르르 닫혔다. 트럭은 어디선가 뛰어나온 몰로스 개 두 마리의 호위를 받으며 넓은 공원을 가로질러 주목나무가 울창하게 늘어선 꾸불꾸불한 오솔길을 따라 올라갔다. 18세기풍의 성 발코니에서는 한 남자가 난간에 기대서서 트럭이 들어오는 모습을 지켜보고 있었다. 더불어 여러 마리의 개들이 컹컹 짖으며 트럭에 달려들었다. 그 남자가 뭐라고 손짓을 하자 개가 제자리에 멈춰 서더니 자갈길 위에 그대로 납작 엎드렸다. 태양은 아직도 높은 곳에서 빛나고 있었다. 휠체어는 커다란 오렌지나무 아래에 내려졌다.

뤼슈 씨는 저 앞에서 약간 마른 체격이지만 풍채가 당당한 노인이 자신에게로 다가오는 것을 보았다. 머리가 새하얗고 얼굴엔 보일 듯 말 듯 가느다란 주름이 잡혀 있는 노인은 다소 엄격해 보이는 인상이었다. 또한 정교한 조각이 들어간 지팡이의 상아 손잡이를 꽉 움켜쥐고 있었는데, 지팡이는 고장 난 다리를 지탱해 주기보다는 오히려 권위의 표상쯤 되는 것 같았다. 매우 기품 있는 옷차림을 한 그는 속이 훤히 비치는 마셔츠를 입고 있었는데 움직이는 모양이 공기처럼 가벼워 보였다. 부드러운 가죽 샌들은 자갈길을 걷는데도 전혀 소리가 나지 않았다. 고령임에도 그의 몸에서 느껴지는 에너지와 민첩성으로 말미암아 어쩐지 두려운 상대라는 생각이 들었다. 그는 몇 발자국 앞에서 멈춰 서더니 작은 안경을 꺼내, 뤼슈 씨의 얼굴을 찬찬히 살폈다.

"세상에!"

뤼슈 씨는 노인이 계속 자신을 훑어가도록 내버려 두지 않았다. 휠체어에서 몸을 곧추세우고는 버럭 소리를 질렀다

"아이를 당장 내 앞에 데려오시오! 행여 머리털 하나라도 건드렸단 봐라……!"

뤼슈 씨는 분에 못 이겨 부들부들 떨며 그를 몰아세웠다. 노인은 덩치 큰 남자에게 손짓을 했다.

"곧 돌아오겠습니다, 오타비오 님."

젊은 남자는 아주 공손하게 말한 뒤 사라졌다.

"날 모르겠나?"

"아쉽게도 모르겠군. 그러고 싶지도 않고."

"수십 년이 지났는데도 난 자넬 금세 알아보겠는걸, 피에르!"

깜짝 놀란 뤼슈 씨는 자신의 이름을 알고 있는 노인의 얼굴을 자세히 들여다보았다. 노인이 지팡이를 흔들었다.

"피에르 뤼슈, 철학자! 자네 얼굴은 여전하군. 전혀 살이 찌지 않았구면."

이탈리아식 억양으로 자신을 알아본다고 말하는 이 노인이 누구인지 알 수 있었다.

"타비오! 아니지, 그럴 리가 없어. 날 여기까지 오라고 한 사람이 바로 자네였나? 왜 날 보자고 했지? 이 추잡한 사건을 저지른 자가 바로 자네란 말인가?"

소르본 대학교 구내 카페의 삼총사 가운데 세 번째 사람, 어린 종업원이었던 것이다. 그가 여기에, 바로 자신의 눈앞에 서 있었다. 그로루브르, 뤼슈 그리고 타비오. 그들은 삼총사로 지냈었다. 뤼슈 씨는 비록 휠체어에 앉은 상태였지만 몸을 똑바로 세웠다.

"자네가 우리 막스를 유괴한 거야? 미쳤군! 걘 이제 열두 살이야, 어린 애라고! 당장 아이를 데려오게."

바로 그때 자갈길 위로 발자국 소리가 났고, 곧 막스가 숨이 차도록 달려와 그의 품으로 뛰어들었다. 뤼슈 씨는 막스를 꼭 껴안았다.

"아이고, 이 녀석. 저들이 너한테 나쁜 짓 하지 않더냐? 대답해 봐!"

그는 울고 있었다. 실로 20년, 아니 30년 만에 흘리는 눈물이었다. 손등을 타고 눈물방울이 흘러내리는 것을 느낀 막스는 뤼슈 씨에게 살짝 귀엣말을 했다.

"저들이 우릴 보고 있어요, 뤼슈 할아버지."

뤼슈 씨는 막스를 부둥켜안았던 팔을 풀었다.

"저들이 너한테 나쁜 짓 하지 않더냐?"

"아뇨. 노퓌튀르도 함께 있어요."

"그것 보게. 우린 야만인이 아니라네."

오타비오가 끼어들었다. 하지만 뤼슈 씨는 머릿속으로 오만 생각을 다 했다. 대체 뭐가 뭔지 통 알 수가 없었다. 앵무새의 납치, 막스의 유괴, 자신의 과거 깊숙이에서 불쑥 튀어나온 '타비오'란 친구, 이 친구가 몇 달 전부터 노퓌튀르를 악착같이 추적해서 납치해 간 동물 밀매단의 보스란 말인가? 돌연 오마르 하이얌과 나시르 앗딘 알투시, 두 수학자에 관해 조사하는 과정에서 페레트가 소르본 구내 카페의 삼총사가 누군지 기억 해 보라고 했던 것이 생각났다. 타비오가 여기에 떡하니 나타나기 전에 이미 페레트는 이 친구의 존재를 간파했던 것이다! 마나우스에서 일어 난 사건에도 이 친구가 연루되어 있을까? 뤼슈 씨는 타비오와 눈이 마주 쳤고 그의 눈에서 어떤 굳은 결의 같은 것을 읽었다. 이것은 시작이었다. 타비오가 그 증명을 가로채려던 조직의 보스임에 틀림없다. 그로루브르 가 여러 가지 암시를 통해 뤼슈 씨 자신에게 알리려 했던 사람이 바로 타 비오였던 것이다. 페레트가 그의 정체를 밝혀낸 것이다. 분명해. 그는 그 로루브르가 죽기 전에 증명을 적은 문서를 뤼슈 씨에게 보냈다고 생각 하고는 그 증명을 어떻게든 넘겨받을 요량으로 막스를 유괴했던 것이 다. 비열한 놈! 그런데 노퓌튀르는 왜 납치한 거지?

모든 것이 혼란스러웠다. 갑자기 피로가 몰려왔다. 이 뜻하지 않은 여 행이 그를 지치게 만들었던 것이다. 아름드리 오렌지나무 그늘 아래인 데도 몹시 덥게 느껴졌다. 아프리카에서 고작 300킬로미터밖에 떨어져 있지 않은 곳이니 당연히 더울 수밖에 없다. 막스는 건강해 보였다. 이 사실만이 중요했다. 가설의 증명이나 마나우스, 그로루브르, 이 모든 이 야기에는 이제 더 이상 관심이 없었다. 어느 순간 뤼슈 씨의 긴장이 풀어졌다. 타비오가 황급히 자신에게 달려오는 것이 보였고 이내 그가 털썩 주저앉는 모습을 본 듯도 했다. 막스가 외마디 비명을 질렀다. 타비오는 쥐고 있던 지팡이를 던지고는 휠체어에서 뤼슈 씨가 쓰러지지 않도록 그를 간신히 부축했다. 뤼슈 씨는 그대로 정신을 잃었다.

뤼슈 씨가 눈을 떴을 때, 그는 아무것도 기억할 수 없었다. 그런데 너무도 아름다웠다. 그가 유일하게 본 것이라곤 파란 벽뿐이었다. 그의 두 손 아래에는 솜털같이 부드러운 천 한 장이 깔려 있었다. 닫집도 없고 도개교가 놓인 외호로 둘러싸이지도 않았지만 앞쪽에 솟아 있는 뾰족한 뱃머리가 눈에 들어왔고 곧이어 이오니아의 바다색과 같은 푸른 술 장식이 인상적인, 창 쪽으로 항해해 가는 듯한 배 모양을 본뜬 침대 위에 누워 있는 자신을 발견했다. 방은 꽤 넓었지만 딱 보기 좋을 정도였다. 방 안에는 책장으로 개조한 붙박이장이 하나 있었는데 격자무늬 창살이 있는 책장 문틈으로 진귀한 책들이 언뜻언뜻 보였다. 뤼슈 씨는 자신이 기절했었다는 사실을 깨달았다. 다행히 이젠 좀 나아진 듯했다.

밖이 어둑해지기 시작했다. 어디선가 조용히 주고받는 말소리가 들려왔다. 발코니에서 오타비오가 짙은 색 양복을 입은 한 남자와 무엇인가를 논의하고 있었다. 그렇게 어렸던 타비오가 조직의 우두머리가 되었다. 여긴 시칠리아섬, 마피아의 섬이다. 오타비오가 마피아의 보스라는 것은 정말 믿기 어려운 일이었다. 오타비오가 돌아서서 침대 쪽을 힐끗 쳐다봤다. 순간 뤼슈 씨는 얼른 눈을 감았다. 조금이라노 생각할 시간을 벌어야 했다. 노퓌튀르의 납치 이유는 이해할 수 없었지만 동물 밀매단의 도주로가 정해져 있을 거라고 확신했다. 문제는 그로루브르와 마나우스였다. 그는 결단을 내렸다. 아주 간단하다. 모든 사실을 타비, 아니 이제 그의 이름을 함부로 부를 수는 없다. 오타비오에게 가서 편지, 서재 이야기뿐 아니라 그간 일어났던 사건 전말을 털어놓을 작정이었다. 더 이상 숨길 것은 없었다. 그로루브르가 자신에게 증명을 보내지 않았다는 이야기를 해야겠다. 뤼슈 씨는 잠시 망설였다. 과연 그럴 자신이 있을까? 아마도 그로루브르의 증명은 아마존 서재 어느 책 속에 있을지도 모른다. 그리고 그런 연유로 그로루브르가 자신에게 장서들을 보냈는지도 모르는 일이다. 물론 화재를 당하지 않게 하려는 목적도 있었을 것이다. 마찬가지로 증명을 숨겼기 때문이기도 할 것이다. 그는 어떻게든 증명에 대한 방비책을 마련해 두었을 것이다. 자신도, 페레트도, 쌍둥이도, 막스도 그런 생각을 한 적이 전혀 없었다는 게 참으로 이상했다. 어쩌면 도서 카드 어딘가에 증명이 적혀 있을지도 모른다. 하지만 그렇더라도 이 비밀을 오타비오에게 발설해서 그로루브르를 배신할 권리가 자신에게 있는 것인지 알 수 없었다. 그럼에도 불구하고 뤼슈 씨는 이 모든 사실을 그 노인에게 말할 생각이었다. 그렇게 되면 막스와 노퓌튀르, 그리고 지금 호텔에서 아무 소식도 모른 채 몹시 초조해하고 있을 알베르와 함께 집으로 돌아갈 수 있을 것이다. 오타비오를 부르기 위해 막 입을 떼려는 순간, 뤼슈 씨의 머릿속에는 과거 레지스탕스에 들어갔을 때 교육받은 원칙들 가운데 하나가 떠올랐다.

'간수는 아무것도 모른다. 간수에게 모든 사실을 알리는 것은 죄수다. 절대 입을 열지 말고, 절대 먼저 행동하지 마라!'

그는 입을 다물었고 오타비오에게 그로루브르의 편지 이야기며 아마존 서재 이야기를 하지 않기로 굳게 마음먹었다.

발코니에 있던 양복 입은 신사는 그 집 주치의였다. 그가 다가와 진찰하려 하자 뤼슈 씨는 완강히 거부했다. 그렇지만 막스가 워낙 고집을 피우는 바람에 어쩔 수 없이 진찰을 받아야 했다. 혈압이며 맥박, 호흡기 등 모든 기능이 정상이었다.

의사가 오타비오에게 말했다.

"친구분은 완전히 회복된 상태입니다. 젊은이 못지않게 심장이 튼튼하십니다."

"그렇군. 내 심장은 점점 약해지고 있다네. 늘 강아지처럼 깽깽대면서 말이야. 좋아, 아이를 보니까 긴장이 풀린 모양이로군. 보게, 아이는 그새 잠들었다네."

오타비오가 말했다. 막스는 방 한구석 작은 침대에서 자고 있었다.

"원한다면 내일이라도 당장 아이의 침대를 여기로 옮겨다 주지. 그럼 푹 쉬게나. 얘기는 나중에 나눔세."

이튿날, 동이 틀 무렵 뤼슈 씨는 잠에서 깨어났다. 평소에는 그런 적이 없었다. 활짝 열려 있는 발코니 창문을 통해 바라본 이오니아해의 일출은 그야말로 장관이었다. 가정부가 조심스레 방으로 들어와 그를 씻겨주었다. 막스는 전날과 같은 자세로 자고 있었다.

"오타비오 님께서 아침 식사를 하시잡니다."

그를 응접실로 안내했다. 오타비오는 신문을 읽고 있었다. 인기척이 나자 쓰고 있던 안경을 황급히 벗었다. 정중하게 뤼슈 씨를 맞이하며 그의 건강한 모습에 무척 기뻐했다.

"아, 좋아졌구먼! 걱정 많이 했다네."

그러고는 창 쪽을 돌아보며 말했다.

"날씨가 더워졌어. 하지만 자네도 곧 알게 되겠지만 여긴 그다지 더운 편은 아니라네. 앉게나."

뤼슈 씨는 거부감이 차츰 수그러드는 것을 느꼈다.

"어째서 아이를 유괴했지? 그리고 앵무새는? 날 이곳에 오라고 한 이유가 뭔가? 도대체 원하는 게 뭐야."

오타비오는 그에게 진정하라고 했다.

"자네의 모든 질문에 대답해 줌세. 우선 엘가르가 약 1년 전에 아마조니아의 마나우스에 있는 자신의 집에서 화재로 숨졌다는 사실을 자네에게 말해야겠네."

오타비오는 뤼슈 씨를 뚫어져라 쳐다보았다. 뤼슈 씨는 전혀 동요하지 않았다. 그리고 과거의 기억을 더듬어가듯이 이렇게 말했다.

"난 그가 이미 오래전에 죽었다고 생각했네. 그런데 그 친구가 거기서 무얼 했는지 그게 내 질문과 무슨 상관이 있다는 거지?"

"더 오래전으로 거슬러 올라가야겠군. 제2차 세계대전이 일어나기 약 1년 전쯤 우리가 처음 알게 되었다는 사실, 자네도 기억하지? 그때 내 나이가 열일곱 살이었지. 그보다 몇 년 전에 부모님과 함께 프랑스로 건너왔어. 난 산골 마을에서 태어났는데 바로 저기 에트나산 아래라네."

오타비오는 뤼슈 씨 뒤쪽에 있는 산을 손가락으로 가리켰다.

"대대로 양을 치는 집안이었어. 아버지는 석공이셨지. 큰 위기가 있고 나서 이곳에선 더 이상 일거리를 찾을 수가 없었다네. 그래서 이민을 결심한 거야. 삼촌들은 모두 미국 브롱크스에 있는 뉴욕에 살고 계셨지. 삼촌들은 늘 뉴욕으로 와서 함께 살자고 했지. 그곳에 아버지의 일자리를 만들어 주겠다고 약속하면서."

오타비오는 제복 차림의 건장한 집사에게 손짓을 했다. 그러자 집사가 뤼슈 씨에게 과일 주스를 권했다.

"이곳은 과일이 많이 난다네."

그렇게 말했지만 정작 본인은 커피만 마셨다. 그는 커피를 몇 모금 홀짝거리더니 말을 이었다.

"그런데도 우리 아버지는 거절하셨어. 왜인지 아나? 바다라면 질색하셨거든. 아메리카 대륙까지 건너가는 사이에 죽을 거라고 말씀하셨어. 이미 유럽 대륙으로 건너오면서 고생을 많이 하셨거든. 해협에 면한 바다는 물살이 세기 때문에 겁이 나기도 하겠지. 뭐 카리브디스와 스킬라에 얽힌 전설을 자네한테 상기시키려는 것은 아닐세. 난 우리 집에 그대로 머물러 있길 원했지. 하지만 이곳 사람들은 가장의 말이라면 군말 없이 복종하는 것이 관례라네. 난 가족을 따라나섰어. 그때 내가 몇 살이었더라? 아마 자네 아이만 했을 거야. 열한 살, 열두 살쯤 됐나?"

뤼슈 씨가 고개를 끄덕였다.

"그렇게 해서 프랑스에 도착한 거라네. 아버진 북부에 있는 탄광에서 일자리를 구하셨지. 난 여기저기 돌아다니며 자질구레한 일들을 많이 했어. 그러고는 파리로 상경해서 여러 카페를 돌며 임시 종업원으로 일하다가 마침내 소르본 대학교의 구내 카페에 가게 되었던 거지. 엘가르와 자넬 알게 된 것도 바로 거기에서였어. 자네들은 한마디로 스타였지. '존재와 무'라고, 자네도 기억하지? 어찌나 부럽던지. 우리가 친구가 된 뒤 어느 날 밤인가, 카르티에 라탱에서 벌어진 술판에 날 데리고 간 적 있었네. 처음 여자들을 알게 된 것도 거기에서였어. 정말 예쁜 여학생들이었는데……. 오후가 되어 카페가 한산한 시간이면 엘가르는 혼자 와서 공부를 하거나 깊은 사색에 잠기곤 했지. 홀에는 손님이 거의 없었어. 손님이 한두 명 있을 때면 그의 옆에 앉아 수학 이야기를 듣곤 했다네. 나야 이해하지도 못할 이야기들이었지만 가만히 그의 말을 들어주곤 했지. 그는 정말 수학에 도사였어. 그러다 전쟁이 터졌지. 자네들은 곧 입대를 했어. 한번은 엘가르가 내게 짤막한 편지 한 통을 보냈더군. 다리에 부상을 입었고, 자네와 소식이 끊겨졌다는 내용이었어. 난 자네가 자살

한 줄 알았네. 얼마 후에 우리 아버지는 탄광에서 진폐증이라는 몹쓸 병을 얻으셨는데 병은 순식간에 악화됐다네. 아버진 돌아오고 싶어 하셨어. 그렇지만 시칠리아로 모셔 올 겨를도 없었지. 애초에 해협을 건너가지 말았어야 했어."

그는 울음이 나오려는 걸 꾹 참고 있는 듯이 보였다.

"어머니와 형제들과 함께 난 다시 돌아왔다네. 파리 곳곳에 독일군이 들끓는다는 게 끔찍했거든. 여기로 돌아오자마자 레지스탕스를 조직했지. 당시 미국군이 이곳에 상륙해 있었는데, 그때쯤 브롱크스에 계시던 삼촌들이 내게 '상품'을 보내오기 시작했다네. 담배를 밀수입했던 거지. 그렇게 떼돈을 벌었어. 그래서 돈 오타비오가 된 거라네. 그때 이 성에 정착했지. 난 무엇이든 살 수 있었고, 또 그렇게 했어. 아름다운 대저택에, 멋진 말들과 멋진 자동차들. 지금 갖고 있는 차종이 몽땅 페라리라네! 그리고 아름다운 여자들…… 난 뭐든지 살 수 있었지."

오타비오는 이어서 언제 그로루브르를 다시 만나게 되었는지 이야기해 주었다. 세계 각지를 돌며 '장사'를 하던 그가 '거래처 사람들'을 만나러 마나우스에 간 적이 있었다. 그때 시내 중심가에 있는 한 카페에서 그로루브르와 우연히 마주쳤던 것이다.

"그 친구도 장사를 하고 있었다네. 나와는 차원이 달랐지만 어쨌든 한창 많은 돈을 벌어들일 때였어. 우린 한때 동업을 하기도 했어. 무역이란 게 좀 특별한 구석이 있거든. 자네 같은 사람은 그걸 암거래라고 부를 테지."

그러다 느닷없이 이렇게 물었다.

"골드바흐, 이게 무슨 뜻인지 아나?"

뤼슈 씨는 너무나 당황했다. 갑작스러운 질문에 어찌할 바를 몰라 머뭇거리다가, 정신을 가다듬고 되물었다.

"독일인인가? 그런데 왜 그런 질문을 하는 거지?"

뤼슈 씨는 끝까지 경계를 늦추지 않았다. 오타비오가 자신에게 덫을 놓으려는 것인지 알 수 없었기 때문이다.

"그래, 그런데 그게 무슨 뜻인가?"

오타비오는 집요하게 대답을 요구했다.

"골드바흐? 골드바흐라! 글쎄…… '황금의 강'이겠지."

"황금의 강이라! 아마조니아에는 황금의 강 천지라네. 엘가르는 그 강들에 대해 잘 알고 있었어. 이 시대 최고의 밀매업자 중 하나였으니까."

오타비오는 마나우스에 종종 갔었다고 했다. 그의 표현대로 '비즈니스' 때문이기도 했지만 대부분은 그로루브르를 만나기 위해서였다.

"그 친구는 다시 수학을 시작했다네. 언젠가 내게 이러더군. '내겐 수학이 필요해, 나의 몸이 그걸 원해'라고 말이야. 마약을 하는 사람들이 있지만, 그에겐 수학이 마약과도 같은 것이었어. 그것 때문에 별로 성공하진 못했지."

"성공하지 못했다고?"

"그래, 여든네 살에 눈을 감았으니. 어쨌든 말이야……"

뤼슈 씨는 짜증스러운 듯 한마디를 내뱉었다.

"우리도 그 나이 아닌가."

"난 그 친구에게 여기, 이 성에 와서 사는 게 어떻겠냐고 제의했지. 그랬다면 좀 더 편한 삶을 살았을 텐데……. 그의 소지품이며, 특히 책들을 여기 옮겨 놓았으면 좋았을 텐데 말이야. 거기 기후는 한마디로 끔찍했지. 얼마나 후텁지근하던지. 그런데도 그 친구는 내 제의를 거절하더군. 그 뒤로 그는 변했어. 미친 듯이 연구에만 몰두했지. 저녁 식사를 마치고 책상에 앉으면 날이 밝을 때까지 꼼짝도 하지 않았어. 자기는 밤에만 공부가 잘된다나.

그 친구 얼마나 건장했나. 황소처럼 우람한 체격이었던 거, 자네도 기억하지? 그런 그가 차츰 말라 가기 시작했어. 뭔가 심각한 문제가 있는 것 같기에 물어봤지. 그런데 아무 말도 하고 싶어 하지 않았네. 연구에만 몰두하니 증세가 점점 더 심해졌지. 그의 침묵과 미심쩍은 행동은 나의 호기심을 자극하기에 충분했어."

오타비오는 어느 날 밤 자신이 그로루브르를 붙들고 앉아 한참 동안 술을 먹였더니, 수 세기 동안 아무도 풀지 못했던 아주 유명한 문제 두 가지를 자신이 해결했다고 털어놓았다는 이야기를 했다.

"가설이었어. 그 친구가 두 번째 가설은 '골드바흐'라는 사람이 내놓은 거라고 말했을 때, 그 자리에서 난 웃음을 터뜨렸지. 난 일부러 그 사람을 선택했는지 물어봤어. 그는 눈을 동그랗게 뜨고 날 쳐다보더니, 내가 그 말을 하기 전까진 그런 생각조차 해 보지 않았다는 거야. 황금의 강이라니!"

그렇게 그로루브르는 자신의 증명을 비밀에 부치기로 결심했던 것이다.

"아, 그 이유에 관해서는 내게 그렇게까지 길게 말해 줄 필요가 없었는데 말이야. 난 그의 심정을 충분히 이해할 수 있었거든."

그러고는 두 눈을 반짝이며 말했다.

"어떻게 그 친구를 그토록 잘 이해하는지 궁금하지 않나?"

오타비오는 자리에서 일어나 집사에게 그만 나가 보라며 손짓했다. 뭔가를 골똘히 생각하던 그는 응접실 벽 쪽으로 뚜벅뚜벅 걸어갔는데 거기에는 불안하리만큼 깨끗한 타원형의 거울 하나가 걸려 있었다. 그는 거울의 위치를 바로잡으려는 것처럼 테두리 양쪽을 붙잡았다. 집주인으로서 으레 하는 행동이려니 생각하면서, 뤼슈 씨는 그로루브르가 편지에 설명을 늘어놓았음에도 불구하고 자신은 여전히 그의 태도를 이해하지 못하고 있는 반면, 오타비오는 그로루브르가 증명 사실을 비밀에 부치고 싶어 하는 심정을 어찌 그리 잘 이해하는지 그 이유를 알고 싶었다.

순간 벽이 움직이는 것 같았다. 그때까지만 해도 움직이지 않던 칸막이가 영화에서처럼 스르르 열리는 것이었다. 비밀의 문이라니! 그 문은 어떤 공간으로 통해 있었는데 뤼슈 씨의 자리에서는 도무지 알 수가 없었다. 그때 오타비오가 돌아섰다. 그러고는 위엄 있는 태도로 뤼슈 씨에게 들어오라고 했다. 입구가 좁았지만 휠체어가 들어가는 데는 아무런 문제가 없었다. 안으로 들어서자마자 오타비오는 응접실에 걸려 있던 것과 똑같이 생긴 거울을 움직였다. 그러자 문이 닫혔다. 안은 매우 어두웠다. 유일하게 빛이 들어오는 곳은 천장 한가운데 뚫린 구멍뿐이었는데 그 구멍은 어떤 통로로 향해 있었다. 잠시 후 오타비오가 스위치를 켰다. 그 방은 기도실인 듯했다. 벽 여기저기에 숨어 있던 등이 켜지면서 빛의 둥지들이 생겨났다. 뤼슈 씨의 입에서 절로 탄성이 흘러나왔다. 방 한가운데 있던 그는 자신의 눈에 들어온 것들을 재빨리 파악하기 위해 신경질적으로 휠체어를 돌렸다. 벽에는 위대한 화가들의 작품 10여 점이 걸려 있었던 것이다.

"모두 도둑맞은 그림들이지."

그 말에 뤼슈 씨는 뒤를 휙 돌아보았다. 오타비오는 아주 뿌듯해하며 친구를 응시했다. 그는 지팡이를 짚고서 나무처럼 꼼짝 않고 서 있었다. 흔들리지 않고 꼿꼿이 말이다.

"저 그림들은 전 세계 경찰들이 눈에 불을 켜고 찾고 있는 것들이지.

모두 찾아가려면 엄청난 돈을 준비해야 할 거야. 나도 저것들을 손에 넣는 데 돈이 많이 들었거든."

그러더니 하나하나 그림을 가리키며 제목을 말해 주었다.

"이쪽부터 베르메르의 〈델프트의 풍경〉 〈연애편지〉, 렘브란트의 〈야경〉, 고야의 〈웰링턴 공작의 초상〉, 다음은 로댕의 〈아버지의 초상화〉, 브라크의 〈레스타크 혹은 선착장〉. 여기 두 개는 피카소의 작품으로 이것은 〈정물〉, 옆에 있는 것은 〈아이와 인형〉이지. 그리고 이것은 내가 특히 좋아하는 그림인데 마네의 〈피리 부는 소년〉이야. 누가 도쿄에서 갖다준 걸세."

그는 안경을 쓰고 마지막 작품을 자세히 들여다보았다. 박물관이나 다름없었다. 평범한 벽 뒤에 이토록 진귀한 그림들이 숨어 있을 줄 누가 상상이나 했겠는가.

"마네의 작품은 구하기가 쉽지 않았어. 최선의 방법은 다른 이에게 위임하는 거지. 자네도 아주 좋아하는 그림이 있거들랑 전문가에게 부탁하게나. 시간이 걸리긴 하지만 결국 자네 앞에 원하는 물건을 가져다줄걸세. 자네 마음대로 수집할 수 있다고."

"자넨 그렇게 부자면서 그림들은 왜 돈을 주고 사지 않나?"

오타비오는 불쾌하리만치 요란하게 웃어 댔다. 그러고는 〈연애편지〉 앞으로 다가가더니 애정 어린 눈길로 바라보았다.

"그림들을 사라고? 페라리 자동차나 식기 세척기처럼 사라고?"

그리고 곧 어이없다는 듯한 표정을 지어 보였다.

"구멍가게 주인 같은 말이군! 무엇보다 이들 작품 대부분은 팔아선 안되는 것들이야. 흔히들 전 인류의 재산이라고 하지 않나? 하지만 그건 말이 안 돼."

그는 이내 하던 말을 멈추고는 안경을 벗었다.

"자네 안경 안 끼나?"

"전혀."

오타비오는 아예 대놓고 뤼슈 씨의 말을 비웃었다.

"왜 그 걸작들을 돈으로 사지 않았냐고? 그래, 사실 그게 더 간단할지도 모르지. 세상에서 아무도 갖지 않은 단 하나뿐인 작품, 모두가 부러워할 만한 단 하나뿐인 작품을 소장한다는 것은 분명 만족스러운 일임에는 틀림없지만 너무 쉽게 얻은 만족일 수 있네. 부르주아적인 즐거움, 기분 전환을 위한 거짓 욕구인 셈이지. 마치 다른 사람이 가지지 못한 구슬 주머니를 갖는 것처럼 말이야. 내겐 색다른 즐거움, 굳이 말하자면 두 배의 즐거움이 필요했다네. 나만이 세상에 유일무이한 작품을 소유하고, 또 그 사실을 나만이 알고 있기를 바랐어. 그건 지금도 마찬가질세. 박물관에서 도난당한 걸작을 사들였을 때 바로 그것을 처음 실감했었네. 그 유명한 작품들이 어째서 얼핏 보기엔 팔 수 없는 것처럼 보이는데도 박물관에서 도난당했는지 생각해 봤나? 도둑들이 훔친 그림들을 가지고 무엇을 할 수 있겠나? 그것들을 파는 걸까? 그렇다면 누구에게 팔지? 바로 수집가들에게 파는 거야. 그럼 수집가들은 그 그림들을 어떻게 하냐고? 내가 대답해 주지. 이처럼 비밀의 방에 걸어 두고 혼자서만 은밀하게 감상하는 걸세. 이런 기쁨은 철학자인 자네도 알겠지만 만인이 보는 앞에서 공매로 그림 한 점을 사서 마치 빨랫감을 끼고 있는 아낙네처럼 한쪽 팔에 들고 집으로 돌아가는 촌구석의 졸부들이 느끼는 기쁨과는 전혀 다른 거라네. 졸부들은 집이나 성안 잘 보이는 곳에 그림을 걸어 두고는 마치 상류층을 위한 무료 개인 미술관인 양 사람들을 초대해 그들이 그림에 탄복하는 데서 즐거움을 찾겠지? 작은 애완견처럼 초대한 사람들 뒤를 졸졸 쫓아다니며 미술책에 나와 있는 설명 쪼가리나 달달 외워 그들의 귀에 슬쩍 흘리고, 한때 걸작품이었지만 이젠 잊힌 그림을 방문객이 돌아보고는 예전보다 훨씬 더 감탄 어린 시선으로 자신을 쳐다볼 때, 시칠리아 여인처럼 쑥스러운 듯 눈을 내리깔겠지? 쳇! 내가 말하는 내밀한 소유라는 것은, 마치…… 이튿날 큰길에서 미사를 마치고 나오던 군중 틈에서 눈이 마주쳐도 낯선 사람인 양 가볍게 눈인사를 하고 지나쳐야 하는, 마을에서 가장 아름다운 여인과 나누는 은밀한 사랑과도 같은 거라네.”

오타비오 이야기에 얼떨떨해진 뤼슈 씨는 다시 정신을 차리고 말했다.

“계속 딴 얘기만 하는군. 난 자네에게 질문을 했고 자네는 아직 답변하지 않았네. 다시 묻겠네. 그래서 어떻게 하자는 건가.”

“딴 얘기가 아닐세.”

오타비오는 증명의 존재와 그것을 비밀로 간직하려던 그로루브르의 결심을 알고서는, 앞에 걸려 있는 그림들을 손에 넣게 된 것과 같은 이유로, 바로 그 자리에서 그로루브르의 증명을 소유하고 싶었다는 이야기를 했다.

“렘브란트의 작품을 소유하듯 수학 증명을 소유할 수 있다고 생각한다고? 자네가 몰래 갖고 있는 이 그림들이 진품인지, 아니면 싸구려 가짜 그림을 자네가 사들인 것인지 어떻게 장담하나?”

오타비오는 차가운 목소리로 말했다.

“날 속인 사람이라면 더 이상 제 자랑을 하기 위해 여기 있었을 리가 없지.”

“〈피리 부는 소년〉이 마네의 작품이 맞는지 확신을 갖기 전에 먼저 그림을 분석하겠지. 자네가 아무리 그림에 정통한 사람이라 하더라도 직접 진위 여부를 확인할 수는 없었을 거 아닌가. 자넨 전문가에게 달려갔을 테고 그 전문가는 그림을 분석한 뒤 그것이 '가짜'가 아니라는 확인을 해 줬겠지. 이 그림의 가치를 보장해 준 전문가는 자네 그림을 감정한 결과 진품이라고 인정했다는 단순한 사실만으로 자네를 그림에 집착하게 만들었던 거야."

뤼슈 씨의 말에 점점 더 흥미를 느낀 오타비오는 그 말에 귀를 기울였다.

"다 맞는 말일세."

이제 질문하는 쪽은 오타비오였다.

"그래서 결국 어쩌자는 건가?"

"간단히 말해 이거야. 엘가르의 증명. 어느 날 자네 손에 들어온다손 치더라도 그 증명이 맞는 것인지, 그리고 오류로 가득 찬 헛소리인지 자네가 어떻게 단언할 수 있겠나?"

"그럴 리가 없어. 엘가르의 증명은 오류투성이의 헛소리가 아냐!"

"헛소리란 말은 취소하지. 그래도 달라질 건 없지만. 그로루브르 이전에 활동하던 수백 명의 수학자, 자네도 얘기했지만, 위대한 수학자들조차도 그 증명에 매달렸지만 결국 다들 실패하고 말았지 않나. 많은 사람이 이 가설을 증명했다고 생각했지만 그건 착각이었어. 엘가르라고 왜 못 하겠나? 그 천재적인 수학도가 혼자서 이들 가설이 맞는 것이라고 자네에게 단언할 수도 있겠지. 그렇지만…… 그렇지만 말이야. 그가 징말 그것을 증명했다면 자네처럼 그 즉시 그에 대한 증명을 독차지하려 했을 테지. 실제론 자네보다 더하겠지. 왜냐면 그 친구는 그 내용들을 이미 이해하고 있으니까 말이야. 그리고 자신이 원할 때 그 증명을 공개할 수도 있겠지. 하지만 증명이 정확한 것인지 감정할 줄 아는 사람이 어디 있겠나! 이곳 시칠리아에서 자주 사용되는 말이 있지. '죽은 자는 말이 없다'고."

흥분한 오타비오를 본 뤼슈 씨는 순간 소스라치게 놀랐다.

"자네 무슨 뜻인가?"

"농담한 걸세. 항상 문제마다 해답이 있다는 걸 자네가 알아 줬으면 해서."

뤼슈 씨는 고대 그리스의 세 가지 작도 문제에 대해 다시 생각해 봤다. 머릿속이 혼란스러웠다. 학교에서 푸는 연습 문제나 논쟁, 설전의 문제가 아닌, 훨씬 더 심각한 무엇인가와 관련이 있다. 아마도 인간의 목숨이 달린 문제가 아니었을까. 어떻게 해서든 우위를 되찾아야 했다. 오타비오로 하여금 증명을 좇는 일은 어떤 경우를 보더라도 실패로 돌아갈 확률이 높다는 것을 납득시켜야만 했다.

"농담한 거로군. 차라리 그랬으면 좋겠네. 자네가 지금까지 손에 넣은 것들은 모두 뭐랄까…… 그래, 물질적인 것들. 저택, 자동차, 말, 그림, 여자까지도, 실체를 가진 물건들이었어."

"그러니까 다행인 거지. 자넨 여전히 괴짜 같은 구석이 있군."

"하지만 수학의 경우는 달라. 자넨 예상하지 못한 장애에 부닥친 거야. 바로 관념의 힘 말이야. 그러한 관념들은 구체적인 표현 매체가 없다고. 한 친구가 생각의 엄청난 가벼움에 대해 이야기한 적이 있었지. 자넨 아마 결코 이 증명들을 소유할 수 없을 걸세. 그만 포기하게나, 타비오."

"자넨 상당히 비관적으로 말하는군. 나의 사기를 꺾을 심산으로 이곳에 온 건가?"

"내가 흔쾌히 이곳으로 온 게 아니라는 사실을 잊은 모양이로군. 그래, 자넨 자가당착에 빠져 있네. 자네 손에 돌멩이 하나를 쥐고서도, 그게 유리인지 다이아몬드인지 모르는 거라고. 그걸 알려고 자넨 점쟁이를 부르겠지. 점쟁이가 자네에게 '그건 돌입니다' 하고 말하는 순간 설사 다이아몬드라 하더라도, 자네 앞에선 어느새 다이아몬드가 돌로 둔갑해 있을 걸세."

"한 가지 사실을 빠뜨렸구먼, 철학자 양반. 난 엘가르의 증명이 맞는 것이라고 확신하네. 그 사실 하나만으로도 충분해. 자넨 만족의 한숨을 내쉴 테지만, 증명이 맞는지 확인하기 위해 내가 천재 수학자를 죽일 필요는 없지 않겠나. 말은 이렇게 하지만, 사실 그 빌어먹을 증명을 아직 손에 넣지 못했다네."

공방이 계속되는 동안 오타비오는 내내 지팡이에 의지한 채 서 있었다. 얼굴에는 피곤한 기색이 역력했다. 이른 아침이었다. 갑작스레 대화를 중단한 그는 거울 쪽으로 가더니, 테두리 부분에 손을 갖다 댔다. 칸막이가 사라지면서 비밀의 문이 다시 열렸다. 뤼슈 씨가 먼저 그곳을 나왔다. 오타비오는 불을 끈 다음 역시 그곳에서 나와 거울을 움직였다. 엄청난 보물이 들어 있는 석관 뚜껑처럼 벽은 다시 굳게 닫혔다. 아침 식사를 끝낸 식탁은 말끔히 치워져 있었다. 창의 커튼도 모두 드리워져 있었다. 오타비오는 뤼슈 씨에게 날씨가 더 더워지기 전에 공원을 한 바퀴 돌아보는 게 어떻겠냐고 제의했다. 뤼슈 씨는 아직 자신이 목격한 것에 대한 흥분이 가시지 않은 상태였다.

"내가 경찰에 알릴까 두렵지 않은가?"

"경찰이 들이닥쳐 기도실을 덮치기 전에 이미 그 그림들은 다른 곳으로 옮겨져 있을 걸세. 자네도 알겠지만, 이런 일에는 대개 내부에 밀고자가 있게 마련이지. 특히 그게 친구라면 말할 필요도 없는 거고."

나무가 빽빽이 늘어선 곳은 그나마 시원했다. 뤼슈 씨는 고개를 들었다. 파릇한 나뭇잎이 워낙 무성해 햇빛이 비집고 들어올 틈이 없었다. 뤼슈 씨를 지켜보던 오타비오가 느닷없이 이렇게 말했다.

"내 생각엔 말이야, 엘가르가 그 증명의 흔적을 남기지 않았다는 것은 불가능해. 도저히 그러리라곤 상상조차 하지 못했거든. 그 친구, 누구 못지않게 열심히 연구했는데 그 연구 결과를 그냥 잃어버릴 사람이 아니지. 무엇이 흔적이 될 수 있을까 곰곰이 생각해 보았네. 더 정확히 말해, 그 흔적이 어떤 형태일까 하는 거지. 직접 쓴 원고 뭉치나 디스켓, 녹음 테이프, 비디오테이프, 마이크로필름? 심지어 증명 내용을 돌에 새겼을 수도 있다는 생각까지 했다네. 그 흔적을 어디에 숨겼는지 궁금했어."

갑자기 걸음을 멈췄다.

"보게나. 저 아이 식욕을 잃은 것 같진 않군."

오솔길을 따라 걷던 뤼슈 씨는 초목들 사이로 정자 하나를 보았다. 막스가 아침 식사를 하고 있었다.

"참 밝은 아이더군. 좀 고집불통이긴 해도 말이야. 참, 자네 아내 이름은 뭐지?"

"난 아내가 없어."

"아내와 사별했나?"

"결혼을 안 했지."

"나도 그래. 정말 희한하군. 우리 셋 중 아무도 결혼하지 않았다니. 엘가르도, 자네도, 나도 말이야. 이곳 시칠리아에선 결혼하는 것이 관례야. 가문의 이름을 위해 후손을 남겨야 하거든. 자네한텐 좀 우습게 들리겠지만……. 그러니까 저 아이가 자네 아들이 아니라면 도대체 누구란 말인가?"

"그저 내 자식 같은 아일세."

"귀머거리 같던데? 손 좀 써 봤나?"

"저 애 엄마가 애를 썼지만 이미 손을 쓸 수 없는 상태였어."

"내게 쌍둥이 얘기를 하던데…… 걔들도 역시 입양한 애들인가? 그 아이들은 지금 어디 있나?"

"지금 날 심문하는 거라면 내 변호사 앞에서만 말하겠네."

뤼슈 씨는 자신이 한 말에 괜스레 웃음이 나왔다. 막스가 벼룩시장에서 노퓌튀르를 데리고 왔을 때 노퓌튀르가 제일 처음 내뱉은 말이었던 것이다.

오타비오를 남겨둔 채 뤼슈 씨는 정자로 다가갔다. 막스는 그가 오는 소리를 듣지 못했다. 가까이 가서야 획 돌아보았다. 뤼슈 씨는 아마존 서재며 그로루브르의 편지에 관한 이야기를 벌써 누군가에게 한 것은 아닌지 막스에게 황급히 물어보았다. 막스는 그에 대해서는 한 마디도 하지 않았다고 했다. 뤼슈 씨는 막스에게 아무 말도 하지 말라고 했다.

"약속할게요. 전 벌써 너무 많은 얘길 한걸요. 여기 오신 것도 저 때문이잖아요. 저 사람은 리아르라는 이름밖에는 모르더라고요. 엄마처럼 할아버지 성도 '리아르'라고 알고 있었어요. 제가 이곳에 도착해서 오타비오와 마주치는 순간, 너무도 화가 난 나머지 '날 유괴했다는 걸 뤼슈 할아버지가 아시면, 어떻게 되나 두고 보세요!' 하고 말했던 거예요. 그 사람은 할아버지 이름을 듣고는 깜짝 놀라는 기색이었어요. 그러곤 '그 뤼슈란 사람, 몇 살쯤 됐지?' 하고 묻기에 '할아버지와 비슷해요'라고 대답했죠. 뭔가에 한 대 얻어맞은 듯한 표정이 되더라고요. 그러더니 '혹시 피에르 뤼슈 씨니?'라고 묻기에, 제가 그랬어요. '맞아요, 피에르.' 그 사람은 잠시 뭔가를 곰곰이 생각하는 듯하더니 '그럼, 그 피에르 뤼슈 씨를 오라고 해야겠다!' 하잖아요. 그 순간 아차, 실수했구나 싶었어요."

"아냐, 막스, 오히려 그 반대란다. 너도 곧 알게 되겠지만, 의외로 일이 잘 풀릴 것 같다."

"자기가 뤼슈 할아버지를 알고 있다는 얘긴 절대 하지 않더라고요. 정말 음흉한 사람이에요. 한동안 멍하니 있더니 '혹시 뤼슈 씨가 그로루브르라는 사람에 대해 이야기한 적 있니?'라고 물었어요. 그래서 '그로…… 누구요? 정말 우스운 이름이네요' 하고 마니까 그냥 가 버리던걸요."

"잘했다, 막스!"

뤼슈 씨는 막스의 머리를 쓰다듬었다.

"마나우스에서 온 편지나 도서실 이야기는 절대 하지 마라. 저들이 강제로 널 어떻게 하려 들면 모를까."

"전 절대로 말 안 해요."

"안 돼!"

뤼슈 씨는 버럭 소릴 질렀지만, 이내 목소리를 낮추고 조용히 말했다.

"저들이 네게 손대려고 하면 즉시 말해 버려. 알겠니, 막스? 즉시!"

뤼슈 씨의 고함 소리에 오타비오가 고개를 갸웃했다. 정자가 있는 쪽으로 발길을 돌리며 말했다.

"그래, 비밀 이야긴 다 끝났나? 여기엔 도처에 마이크가 숨겨져 있어, 두 사람 다 알고 있지?"

뤼슈 씨의 심장이 마구 방망이질했다.

"자넨 이 아이의 아침 식사를 방해하고 있군. 이 나이에는 아침을 든든히 먹어야 해. 영국인처럼 말이야. 피에르 뤼슈, 산책이나 계속하지."

그들은 막스와 헤어졌다.

"내 말은 엘가르가 자신의 증명을 맡겼을 만한 물질적인 매체가 무엇이건, 그것은 발견되기 쉬워서 증명을 손에 넣을 만한 누군가에게 비밀이 넘어가게 될 위험이 많다는 거야. 이런 위험을 미연에 방지하기 위해 증명 내용을 누군가에게 구두로 남긴 것이 아니라면 말이지."

그가 '구두로'라고 말하는 순간, 뤼슈 씨는 깜짝 놀랐다. 하지만 오타비오는 이야기하는 데만 정신이 팔려서 전혀 눈치채지 못했다. 그는 계속해서 그 문제를 해결하기 위해 자신이 했던 방법들을 소상히 말해 주었다.

"그런데 그가 증명을 맡겼을 만한 사람이 곧바로 증명을 공개할 수도 있겠지. 바로 그 때문에 자네도 전문가 이야기를 했던 것이잖아. 그렇다면? 물질적인 매체도, 사람도 아닐 거야. 물론 녹음테이프도 아닐 테고. 참, 기억력은 물질적인 매체가 필요 없지 않은가."

뤼슈 씨는 그의 말 한마디 한마디를 귀담아들었다. 자랑스럽게 자신의 추리 내용을 장황하게 늘어놓던 오타비오가 마지막 말을 되풀이했다.

"기억력은 물질적인 매체가 필요 없지 않은가? 그렇다면 앵무새가 틀림없네!"

그는 의기양양해했다.

"자네 말은 그러니까…… 빌어먹을, 그로루브르에게 그……."

"그 뭐?"

하마터면 뤼슈 씨의 입에서 '그 믿을 만한 친구'라는 말이 튀어나올 뻔했다.

"그래, 피에르 뤼슈, 그 앵무새 말이야. 바로 그걸세!"

그럴 리가 없다. 뤼슈 씨는 자신의 귀를 의심했다. 하지만 오타비오가 농담하는 것 같진 않았다. 뤼슈 씨의 머릿속에 아이들과 페레트의 얼굴이 섬광처럼 떠올랐다. 지난 몇 개월 동안 가족 모두 해답이 바로 눈앞에 있는데도 몰랐던 것이다. 적어도 라비냥가의 세 가지 문제 가운데 하나는 풀린 셈이다. 하지만 노퓌튀르가 정말 그로루브르의 '그 믿을 만한 친구'란 말인가?

……여기에서 나는 수십 마리의 동물을 키웠네. 우리가 오랜 시간 함께 토론했었다는 것만으로는 충분치 않아.

오랜 토론이라! 그로루브르의 편지에는 분명 그렇게 쓰여 있었다. 그로루브르는 자신의 편지에서 모든 이야기를 했던 것이다.

'그는 내게 모든 걸 말해 주었어. 그런데 내가 전혀 못 알아들었던 거야. '수수께끼와 상징'이라…… 나야말로 귀머거리였어. 오히려 막스는 그 말을 즉시 알아들었는데 말이야.'

뤼슈 씨는 몰래 오타비오를 찬찬히 뜯어보았다. 그의 얼굴에 묻어나는 진지함만으로도 그가 하는 말을 믿지 않을 수 없었다. 오타비오는 자신을 빤히 쳐다보는 뤼슈 씨의 시선을 깨닫고는 놀라서 친구의 얼굴을 살폈다.

"자네 괜찮은가? 당황한 것 같군."

"내가 당황했다고? 당연하지. 자넨 내게 세상에서 가장 진지한 어조로 우리 친구 엘가르가 가장 소중한 자신의 비밀, 바로 수학 증명을, 전 세계 수학자들도 탐내는 그 수학 증명을 한낱 앵무새에게 전했다는 이야길 하고 있어. 내가 당황하는 게 당연하지 않나?"

뤼슈 씨는 휠체어 바퀴를 쥔 두 손을 신경질적으로 휘둘렀다.

"이제 자네가 그 앵무새를 악착같이 되찾으려 했던 이유를 알겠군."

이렇게 큰소리치면서도 뤼슈 씨는 이로써 오타비오의 주장을 믿지 않을 수 없겠다고 생각했다. 자기와 마찬가지로 노쇠한 사람이 앵무새 한

마리를 찾기 위해 그토록 엄청난 노력을 기울이는 데는 뭔가 중대한 이유가 있는 법이다.

"나이가 들면 들수록 참을성이 없어지지. 그래서 내가 가져야겠다고 마음먹은 것을 오랫동안 내버려 두지 못한다네. 상대가 거부한다 하더라도 말이야."

뤼슈 씨는 소스라치듯 놀랐다. 그로루브르가 사용했던 표현을 오타비오의 입을 통해 똑같이 듣게 된 것이다.

다시금 의혹이 일었다.

"그렇지만 그런 일이 정말 가능하다고 믿나?"

뤼슈 씨가 너무도 놀란 표정으로 쳐다보자 오타비오는 재미있다는 듯 껄껄 웃으며 말했다.

"가능하냐고? 자네가 엘가르가 마마구에나와 함께 있는 걸 못 봐서 그래."

"누구라고?"

"마마구에나! 자네 가족이…… 그래, 노퓌튀르라고 부르는 그 앵무새의 원래 이름이지."

"암컷인가?"

"그래. 엘가르는 수컷 앵무새가 못 미더웠는지, 암컷에게 자신의 증명을 맡겼네."

'대단한 사실이로군.'

오타비오는 뤼슈 씨에게 그로루브르와 앵무새의 관계에 대해 이야기해 주었다.

"그 친구는 마나우스에 처음 도착한 지 얼마 되지 않아 그 앵무새를 손에 넣었지. 생후 몇 주밖에 안 된 새끼였네. 둘은 그날 이후로 떨어져 지낸 적이 한 번도 없었어. 반 세기 동안이나 말이야. 금혼식이라도 치러 줄 만하지 않은가. 그는 가는 곳마다 앵무새를 데리고 다녔어. 깊숙한 숲 이나 강으로 금과 다이아몬드를 찾으러 다닐 때도 말이야. 그 후 밀매업 에도 손을 댔지. 정말 앵무새에겐 아주 오랜 친구에게 하듯 말하곤 했다 네. 자네도 그 둘을 봤어야 하는데 말이야. 그 앵무새는 아마존앵무새로 말을 아주 잘해. 아침이 밝아올 때까지 서고에서 그가 연구를 하는 동안 앵무새는 얌전히 홰에 앉아 있곤 했지. 내 생각에 그 앵무새는 그로루브 르가 가장 애착을 가진 대상이지 싶어."

오타비오는 단언했다.

"물론 그의 증명 역시 마찬가지였겠지. 그의 서고도 말이야."

"우린 앵무새를 납치해 간 것이 동물 밀매단이라고 생각했네."

"이 오타비오가 동물 밀매업자라. 내가 친구들에게 그 이야길 하면 얼 마나 비웃을까. 그런 말로 날 깎아내릴 생각은 말게. 하긴 자네 가족도 크게 다를 바 없지. 사실 앵무새에게 군침을 흘리는 밀매업자들은 아주 가까이에 있다고."

그때 누군가 문을 두드렸다. 덩치 큰 남자가 들어와 오타비오의 귀에 몇 마디 하는 것 같았다.

"실례 좀 해야겠군. 곧 돌아오지."

이쯤에서 이야기가 중단된 것은 잘된 일이었다. 뤼슈 씨는 오타비오가 자신에게 털어놓은 여러 사실에 정신을 수습하기가 어려웠다. 가장 먼 저 떠오른 얼굴은 다름 아닌 레아였다. 최초의 앵무새 수학자가 암컷이 었다는 사실을 알게 되면 레아는 아주 기뻐할 것이다. 마마구에나는 히 파티아의 원수를 갚은 셈이다. 곧 오타비오가 돌아왔다.

뤼슈 씨는 집요하게 그의 이름을 불러 대며 말했다.

"그러니까 자넨 이제 대만족이겠구먼, 오타비오! 자네가 앵무새를 손에 넣었으니 말이야. 앵무새는 자네 집 새장 속에 갇혀 있겠지. 더 이상바랄 게 뭐 있겠나? 자네가 우리에게 뭘 원하는지 모르겠군. 증명의 비밀을 지키게. 자네 금고에 넣어 두고 이제 우릴 그만 귀찮게 하라고. 아이를 풀어 주고 집으로 보내 주게."

오타비오가 냉정하게 말했다.

"자넨 한동안 여기에 남아 있어야 할 걸세!"

"그런 식으로 말하지 말게. 난 자네 종이 아니란 말이야."

뤼슈 씨의 격렬한 반항에 일순 당황한 오타비오는 이를 악물었다. 그의 두 눈이 번뜩였다. 하지만 금세 평정을 되찾았다. 자신이 뤼슈 씨를협박해 억지로 잡아 둘 수도 있었지만, 그렇게 대할 수는 없었다. 한층나긋나긋한 목소리로 그는 뤼슈 씨에게 사실을 털어놓았다.

"앵무새가 말을 하지 않아."

"노퓌튀르가 말을 안 한다고?"

"한 마디도!"

"내가 알기론 수다스러운 앵무새인데. 그런 앵무새는 본 적이 없을 정도야. 말을 안 하고 싶은 게 아닐까?"

오타비오는 버럭 화를 냈다.

"말을 못 한다니까!"

"그 새는 기억상실증에 걸렸어. 내 말 듣고 있나, 기억상실증이라고.우습지 않은가?"

뤼슈 씨는 하마터면 휠체어에서 떨어질 뻔했다. 사나운 표정을 하고있지만 오타비오에게는 아주 재미있는 구석이 있다는 생각이 들었다.그가 이런 말을 했을 땐 더욱 그러했다.

"나, 오타비오가 멍청이가 된 기분이야. 돈으로 가득 찬 금고 앞에서 자신이 열쇠도, 비밀번호도, 금고를 깨부술 도구도 갖고 있지 않은 것을 뒤늦게 깨달은 좀도둑 같단 말이네. 그로루브르의 증명은 지금 이 빌어먹을 앵무새의 머리통 안에 고스란히 남아 있겠지. 내가 그 아이를 오게 한 것은 그 아이가 날 도와 증명을 끄집어낼 수 있다고 믿었기 때문이라네."

돌연 그의 두 눈이 반짝였다.

"자연 속에서, 앵무새들은 자기가 들은 소리나 다른 조류의 울음소리를 흉내 내지 않는다는 사실, 자네도 알고 있나? 다른 앵무새들과 함께 새장에 갇혀 사는 경우 말을 안 하게 된다는 사실도 아나? 마치 같은 앵무새 무리가 자기를 귀찮아하지 않는 것만으로도 감지덕지하듯이 말이야."

잠시 말을 멈추고는 뭔가를 곰곰이 생각하는 듯했다.

"그럼, 앵무새들이 새장에 갇혀 사람과 접촉하며 살 때에만 말을 하는 이유는 아는가?"

뤼슈 씨는 분명한 어조로 단언했다.

"수학적 증명들을 떠맡기 위해서라는 것만큼은 내 확신하네."

*

막스는 새장 밖에서 위를 올려다보고 있었고, 노퓌튀르는 새장 안에서 제일 높은 곳에 있었다. 막스가 말을 건넸다. 그러나 노퓌튀르는 아무 대답도 하지 않았다. 그는 잔뜩 화가 나 있었다! 명예로운 고립 상태로 접어든 그는 자신의 죄수 같은 처지를 인정하지 않았던 것이다.

'분노할 만도 하지. 저 아래에서 막스가 내게 거듭 참으라는 말과 함께 단식을 제발 그만두라고 부탁하는군. 물론 그렇게 말하긴 쉬울 테지. 그는 자유로우니까. 옳거니, 저기 뤼슈 씨가 있네!'

숨이 차 헐떡거리며 나타난 뤼슈 씨가 막스를 만나서 자신이 들은 이야기를 들려주었다. 막스는 단 한 마디도 놓치지 않으려는 마음에 극도의 주의를 기울여 뤼슈 씨의 입술을 읽었다. 뤼슈 씨의 말이 끝나자, 막스는 새장 쪽을 돌아보며 노퓌튀르의 이름을 불렀다. 새장에 갇힌 이후로 아무 이야기도 들으려 하지 않았던 노퓌튀르가 아래쪽으로 내려오더니 막스 앞까지 파닥이며 날아왔다. 막스는 쇠창살 틈으로 손을 집어넣어 노퓌튀르의 이마에 나 있는 상처를 부드럽게 어루만졌다. 몹시 지쳐 보이는 노퓌튀르는 그가 하는 대로 가만히 있었다.

몇 분 전부터 이 광경을 지켜보던 정원사인 듯한 사람이 한쪽 손에 가지치기용 가위를 든 채 이들에게로 다가왔다. 뤼슈 씨는 그 남자가 과연 그처럼 크고 억센 손으로 가녀린 꽃의 줄기를 제대로 만질 수나 있을지 의문스러웠다.

바로 그때, 노퓌튀르가 세차게 날개를 퍼덕이며 울기 시작했다. 막스도 그 이유를 알 수 없었지만 어느 순간 노퓌튀르가 풀썩 내려앉았다. 노퓌튀르는 쇠창살에 걸터앉아 위협하듯 바깥을 향해 부리를 날카롭게 세웠다. 새장에서 불과 몇 미터 떨어진 곳에 덩치 작은 남자가 지나가고 있었던 것이다. 그 역시 두려움과 증오가 뒤섞인 시선으로 노퓌튀르 쪽을 쳐나보았다. 남자의 작은 손가락에 감겨 있는 붕대가 작열하는 태양 아래에서 하얗게 빛났다. 뤼슈 씨는 파리를 떠나던 날부터 시작된 단식에도 불구하고 노퓌튀르가 아직도 살아 있어 다행이다 싶었다. 이윽고 노퓌튀르가 평정을 되찾았다. 노퓌튀르는 완전히 녹초가 되어 있었다. 막스는 뤼슈 씨에게 슬그머니 이렇게 말했다.

"노퓌튀르가 파리를 떠난 다음부터 아무것도 먹지 않은 것 같죠? 우리가 손을 쓰지 않으면 곧 죽을 것 같다는 생각이 들어요, 뤼슈 할아버지. 전 지금까지 일어난 사건들엔 아무 관심 없어요. 제게 중요한 건 오직 하나, 노퓌튀르뿐이에요. 전 책임이 있어요. 그러니까 미리 말씀드리겠는데, 저…… 저 사람들을 도울래요. 노퓌튀르가 이 증명을 오타비오, 그 나쁜 사람에게 줄 수만 있다면, 아니 줬으면 해요. 저도 돕겠어요."

뤼슈 씨는 마마구에나에 관한 이야기를 하지 않는 편이 나을 것 같았다. 한 번에 하나씩만 말하는 것이 최선이었다.

24

아르키메데스, 뺄셈을 할 수 있는 자는 덧셈도 할 수 있다

5시경, 대형 리무진이 성을 출발했다. 오타비오가 운전을 하는 동안 옆자리에선 뤼슈 씨가 부드러운 가죽 시트 위에 근엄하게 앉아 창밖으로 지나가는 풍경을 감상하고 있었다. 그는 이내 지금 달리는 길이 시라쿠사에 도착하던 날 '디오니시오스의 귀' 절벽으로 알베르와 자신을 인도한 길이었음을 알아챘다. 불과 이틀 전 일이었다. 리무진은 델 파라디시오 감옥을 지나 코르디에 동굴을 따라 달렸다. 열대 식물들과 깎아지른 듯한 석회암 절벽, 거대한 극장들이 변함없이 그 자리를 지키고 있었다. 오타비오는 내내 한 마디도 하지 않았다. 차가 좌회전을 하는가 싶더니 해안가로 접어들었다. 어느덧 바깥 풍경은 다시 바뀌어 그로티첼리 공동묘지를 가로지르며 달리고 있었다. 갑자기 관광객들이 쏟아져 나와 도로를 빽빽이 메웠다. 머리 위를 손수건으로 덮고 동 넓은 반바지 사이로 덜북숭이 다리를 있는 대로 드러낸 채 진군하는 군인들처럼 씩씩하게 걷고 있었다. 오타비오는 속도를 줄였다. 몇 차례 경적을 울리자 관광객들은 밀밭에서 쫓겨나는 메추라기들처럼 일시에 사방으로 흩어졌다. 왁자하게 떠드는 무리 사이를 지나는 동안 오타비오가 입을 열었다.

"내가 좀…… 철저하지 못했어. 어제 자네에게 엘가르의 증명을 손에 넣기로 했다는 내 결심을 말했을 때 말이야. 자네에게 말한 것은 다 맞는 얘기지만, 정작 중요한 사실은 빼먹고 얘길 안 했지 뭔가. 이 모든 이야기가 수학과 절대적으로 연관이 있다는 사실 말일세. 엘가르가 다른 분야를 공부했다면 얘기가 완전히 달라졌을 거야."

그러더니 다짜고짜 이렇게 말했다.

"자네 시칠리아의 지도는 이미 봤겠지?"

막스가 피타고라스에 관한 강의 시간에 했던 것처럼 손가락으로 앞 유리창에 줄 세 개를 그었다.

"고대 그리스 시대에는 이 섬을 뭐라고 불렀는지 아나? 바로 '트리나크리아'였어. '세 점으로 이뤄진 땅'이란 뜻이지. 트리나크리아에는 삼각형을 이루는 세 개의 곶이 있는데 각 변은 티레니아해, 아프리카해, 이오니아해 등과 맞닿아 있다네."

마치 시칠리아섬이 눈앞에 펼쳐져 있는 것처럼 허공에 그린 가상의 삼각형 안에 가상의 점 하나를 찍었다.

"삼각형의 중심에는 엔나라는 도시가 있다네. 거기에서부터 세 산맥이 시작되어 각각 바다 쪽으로 뻗어 나가지. 그 산맥들에 의해 섬이 세 지역으로 나뉜다네. 난, 수학으로 말하자면 기하학적인 구조로 이뤄진 섬에서 태어난 셈이지. 때문에 수학과 난 어떤 불가분의 관계가 있다고 할 수 있는 거라네."

부드러운 시트에 몸을 푹 파묻은 채 졸음이 쏟아지는 와중에도 뤼슈 씨는 오타비오의 이야기에 귀를 기울였다. 출발할 때부터 줄곧 어떤 자동차 한 대가 일정 거리를 유지하며 그들을 뒤따라오고 있다는 사실을 뤼슈 씨는 전혀 눈치채지 못했다.

"초등학교 졸업반이었을 때, 어느 날인가 담임선생님이 이 도로를 달려 집에 데려다주시던 게 생각나는구먼."

이 말을 던지며 오타비오는 갓길에 차를 세우고 차창을 활짝 열어젖히고는 저 멀리 어떤 커다란 바위를 가리켰다. 가시 철망 아래로 폐허가 된 공터가 언뜻 눈에 들어왔다.

"우리가 이 절벽에 이르자 선생님이 무릎을 꿇으시더니 작은 돌기둥 하나를 보라고 하셨지. 오랜 세월이 지나서인지 거기에 새겨져 있던 그림들은 거의 다 지워졌더군. 선생님은 땅바닥에 원래 있던 그림을 그려주셨어. 원기둥에 내접하는 구球의 그림이었지. 그곳이 바로 아르키메데스의 무덤 앞이었던 거야."

오타비오가 창문을 닫자 리무진이 천천히 움직이기 시작했다. 차의 엔진 소리는 거의 나지 않았다. 오타비오는 물었다.

"왜 하필 원기둥과 구였을까? 그 이유는 아르키메데스가 구의 부피는 외접하는 원기둥 부피의 $\frac{2}{3}$이고, 평면에 의해 한 구를 두 부분으로 나눌 때 각각의 부피의 비가 같으며, 원뿔의 부피는 원기둥 부피의 $\frac{1}{3}$이고, 구의 겉넓이는 구를 평면으로 잘랐을 때 생기는 가장 큰 원의 넓이의 네 배라는 것을 증명했기 때문이야."

오타비오는 말을 마치며 겨우 숨을 가다듬었다. 뤼슈 씨는 눈을 동그랗게 뜨고 그를 쳐다보았다.

"아니, 왜 그리 놀라나? 자네 둘처럼 비록 소르본 대학교를 다니진 않았지만 바로 앞에 있는 카페에 있었지 않나. 서당 개 3년이면 풍월도 읊는다는데. 자, 보게!"

그는 껄껄 웃었다. 그러고는 운전하면서 자신의 열쇠고리를 풀었다.

뤼슈 씨가 소리쳤다.

"조심해!"

순간 리무진은 고원의 좁은 길을 올라가던 사이클 선수와 아슬아슬하게 비껴 지나갔다. 오타비오가 열쇠고리를 내밀었다. 금으로 만든 것이었는데 군데군데 다이아몬드가 박혀 있었다. 그 앞면에 이런 그림이 있었다.

뒷면에는 시칠리아의 문장이 새겨져 있었다. 끌로 정교하게 새긴 삼각형 안에는 힘껏 질주하는 남자들의 다리 셋이 제각기 다른 방향으로 달리고 있는데 다리 윗부분은 뱀들이 서로 얽혀 있는 메두사의 머리에 연결되어 있었다. 금은 세공이 너무도 정교해 숨이 멎을 정도였다.

"아르키메데스, 트리나크리아, 시칠리아. 이제 좀 이해가 되는가? 이봐, 방금 생각난 건데 이 세 다리는 꼭 우리 같군. 가끔 기호라는 게 있지……. 세 다리는 각기 다른 방향으로 달리고 있지만 서로 이어져 있잖아."

뤼슈 씨가 툴툴거리며 말했다.

"그 다리들은 그저 달리는 것이 목적이야."

"아, 미안하네. 그런데 말이야, 피에르 뤼슈, 난 좀 놀랐네. 자네가⋯⋯."

"⋯⋯불구라 이거로군."

"사실 모르고 있었다네. 미처 생각을 못 했어. 그런 일이 종종 일어난다지만, 설마 자네에게 생길 줄이야."

뤼슈 씨는 대답하지 않고 머리를 설레설레 흔들더니 혼자 상념에 빠져들었다.

"달리고 있는 세 사람의 다리라니. 하나는 마나우스의 무덤에 들어 있고, 또 하나는 벌써 10년 동안이나 이렇게 꿈쩍도 하지 않는데. 그리고 자넨⋯⋯ 아, 자넨 세 개나 되는(지팡이까지) 다리로 달리고 있는 셈이로군. 그런데 너무 달리다 보면 숨이 가쁠 텐데 말이야."

"이미 끝난 얘길세, 그만하게!"

"그건 그렇고, 어째서 앵무새와 막스 그리고 나를 여기로 데려왔지? 자네가 파리로 오는 게 훨씬 더 수월했을 텐데 말이야."

"자네가 내 성을 방문하도록 하려고 그런 거라네."

"그런데 막스와 노퓌튀르는 이 사건에 내가 관련이 있다는 사실을 알기도 전에 일찌감치 이곳으로 데려왔지 않나."

"정말로 그 이유를 알고 싶은가? 내 심장이 신통치 않다는 걸 자네한테 말했었지. 자넬 진찰했던 그 의사는 알아주는 심장병 전문의로 몇 년 전부터 내 주치의로 있는데 언젠가 내게 경고하더군. 앞으론 이 섬을 떠나지 않을 작정이네. 아버지처럼 객지에서 죽고 싶지는 않아. 그래서 내가 파리로 가지 않았던 거라네."

"그렇다면 우리 셋 다 이젠 더 이상 달릴 수 없겠군."

두 사람은 입을 다물었다. 관광객들은 이미 빠져나간 상태였다. 오타비오는 가속기를 밟았고 리무진은 바위로 된 고원을 가로질러 달렸다.

무성하던 초목은 온데간데없이 사라지고 고원의 황량한 풍경만이 눈앞에 펼쳐졌다. 리무진은 전속력으로 질주했다. 뤼슈 씨가 차창을 열자 훈훈한 바람이 얼굴을 어루만지고 지나갔다. 그의 고압적인 태도는 어느새 사라지고 없었다. 그는 바람에 날려 헝클어진 머리카락을 반사적으로 쓸어넘겼다.

리무진은 고원의 정상에 있는 폐허가 된 성채 앞에 멈춰 섰다. 오타비오는 차에서 내려 한 작은 건물의 문을 두드렸다. 관리인은 문을 열어 보지도 않은 채 이 박물관은 해 지기 한 시간 전에 문을 닫는다고 안에서 소리쳤다. 늘 관람객으로 붐비던 그곳은 텅 비어 있었다. 오타비오가 다시 문을 두드리자 문이 열렸다. 오타비오를 알아본 관리인은 몸을 굽혀 인사하면서 비굴하게 변명을 했다. 그는 아무 말 않고 서둘러 안으로 뛰어 들어가더니 잠시 후 열쇠 꾸러미를 들고 나왔다. 오타비오가 평소에도 자주 들르곤 했다는 것을 알 수 있었다. 바위에 움푹 파인 삼중 외호로 둘러싸인 요새는 매우 인상적이었다. 맨 안쪽 외호 속에서 뤼슈 씨는 도개교 받침을 발견했다. 다섯 개의 탑루와 함께 우뚝 솟은 소탑에는 석양이 붉게 물들기 시작했다.

오타비오가 자랑하듯 말했다.

"요새일세. 고대 그리스의 참주 디오니시오스 왕의 요새라네."

"그 유명한 침실이 여기에 있는가?"

"아, 그래. 침대 주위에 외호를 만들어 도개교까지 설치했다는 전설을 알고 있나 보군. 그건 아주 훌륭한 방어 시설이었지. 시칠리아 사람들이 그리 신중한 편은 못 되는데 말이야."

그는 요새 아래쪽으로 시선을 돌렸다. 거기에는 성에서 출발할 때부터 두 사람을 따라온 자동차가 있었고 그 옆에 경호원들이 보였다. 한 남자가 차에서 내렸다. 그러고는 관광객인 양 쌍안경으로 주변의 풍경을 유심히 살펴보는 척했다. 그 쌍안경은 볼거리가 많은 멋진 바다 쪽보다는 오타비오가 있는 요새 쪽으로 더 자주 향했다. 산들바람에 머리카락을 완전히 내맡긴 채 지팡이에 몸을 의지한 오타비오는 뤼슈 씨에게 디오니시오스 왕의 방어 체제와 난공불락의 요새로 만든 방어 장치들에 관해 설명했다. 이와 비슷한 이야기를 어디선가 들은 적이 있다는 것을 깨달은 뤼슈 씨는 조용히 되뇌었다.

"난공불락의 요새라."

이오니아해의 푸른 하늘과 작열하는 태양 아래 서니 엘부르즈산맥과 하산 사바흐, 알라무트 요새가 참으로 멀게 느껴졌다. 오타비오는 황량한 고원 한복판을 죽 가로지르는 무너진 성벽 일부를 가리키더니, 디오니시오스 왕이 축조한 성곽은 길게 반원을 그리며 바다까지 이어져 있어 고원을 완전히 에워싸는 형태라고 설명했다. 바로 이 요새의 발치 부분인 이곳에서 북부와 남부의 성벽이 만난다고 했다.

"시라쿠사는 완벽하게 방호가 되어 있었지. 산이며 바다에서 공격해 온다 하더라도 말이야. 성벽의 길이가 장장 22킬로미터라니 대단하지 않은가! 당시 최대 규모를 자랑했다네. 파리에 있는 외곽 순환도로의 길이가 얼마나 되지?"

"시계 방향으로 도는 안쪽 순환도로 말인가? 아니면 반대 방향으로 도는 바깥쪽 순환도로?"

"음……."

"안쪽은 3만 5063킬로미터고, 바깥쪽은 3만 5014킬로미터지."

오타비오는 깜짝 놀랐다.

뤼슈 씨가 으쓱대며 덧붙였다.

"대략 그렇다는 거지."

"그래, 거의 정확하군. 자, 보여 줄 게 있네. 저기 가면 모두 이해될 걸 세. 해 지기 전에 가려면 서둘러야겠네."

오타비오는 뤼슈 씨의 휠체어를 밀고 울퉁불퉁한 길을 가로질렀는데, 덜컹거리는 휠체어 위에서 뤼슈 씨의 몸이 요동치리라는 것은 미처 생각하지 못한 듯하다.

"좀 천천히 가게."

"해 지기 전에 도착해야 전투를 참관할 수 있네."

휠체어는 요새의 돌출부 끝에서 멈춰 섰다. 멀리 동쪽으로 보이는 바다는, 시라쿠사보다 먼저 희미한 빛으로 뒤덮여 있었다.

"아르키메데스가 우리처럼 여기 서서 바다를 바라보며 어떤 액체든지 그 표면은 곡면이라고 단언했을 거라 확신하네. 지구와 같은 곡면 말이야. 바다를 채우고 있는 짠물이나 찻잔에 담겨 있는 에스프레소 같은 거지."

말장난이 재미있다고 생각하는지 그는 소리 내어 웃었다. 뤼슈 씨는 그의 말을 듣고 있지 않았다. 아름다운 바다 풍경에 흠뻑 취해 있었던 것이다. 발아래에는 석양에 물든 시라쿠사 시내가 펼쳐졌다. 퇴근하는 사람들의 모습도 보였다. 한마디로 장관이었다.

"저기 또렷이 보이는 끄트머리 작은 땅덩이가 최초의 그리스인들이 상륙한 곳일세. 코린트에서 건너온 사람들이었지. 메추라기들로 가득했다고 해서 이 섬을 오르튀기아, 곧 메추라기 섬이라고 부르기도 했다는 군. 7세기 당시에는 그저 섬에 지나지 않았지만, 지금은 오른쪽에는 포르토 그란데 항구가, 왼쪽에는 포르토 피콜로 항구가 있지. 아까 얘기한 전투는, 로마에서 가장 위대한 장군 마르켈루스와 그리스에서 가장 위대한 학자 아르키메데스 간의 전투를 말하네. 시라쿠사는 풍요롭고 강대한 도시며, 시칠리아는 지중해에서 가장 비옥한 토양을 가진 섬이지. 이곳의 내륙 평야에서 자라나는 곡물이 없었다면 로마는 기아로 허덕이다 망해 버렸을지도 몰라. 기원전 215년에 그 전투가 시작됐지. 마르켈루스는 바다와 육지를 동시에 공략해 시라쿠사로 진격해 들어왔어."

오타비오는 지팡이로 포르토 피콜로 항구를 가리켰다.

"60척의 로마 갤리선이 전투 대형으로 시라쿠사 앞바다에 출몰해 아르키메데스가 살고 있던 성을 공격했다네. 전열을 정비한 궁수들이 성벽 꼭대기를 온통 벌집으로 만들었지. 그다음으로는 투석병들이 뒤를 이어 이 도시에 수도 없이 돌을 쏘아 댔어. 그때 갑자기 여덟 척의 갤리선이 함대 대열에서 떨어져 나가 두 척씩 짝을 지어 밧줄로 서로 연결하여 길쭉한 판 모양을 만들더니 그 위에 가공할 만한 무기, 곧 거대한 성곽 공격용 이동 사다리를 설치했지. 그리고 동시에, 지금 우리 뒤로……."

오타비오는 뤼슈 씨의 휠체어를 한 바퀴 돌리더니 고원을 가로지르는 성곽을 손가락으로 가리켰다.

"로마 보병들은 성곽을 공략해 깃발을 꽂은 다음 성벽에 구멍을 내고 그 틈으로 시라쿠사로 진격, 배후를 공격해 승리의 깃발을 꽂는다는 전략을 세웠지. 아르키메데스 측 군사들은 적이 오기만을 기다렸어. 서로 사기를 북돋우기 위해 공격의 함성을 내지르며 엄폐물도 없이 앞으로 달려드는 군사가 수천 명이나 됐어. 누군가가 휘파람을 불자 힘성 소리는 금세 잦아들었지. 곧이어 성곽 뒤에서 던져진 바위들이 마치 작은 돌멩이처럼 가볍게 공중으로 날아갔다네. 비처럼 우수수 떨어지는 그 발사체들보다 더 무서운 것을 한 번도 본 적이 없었던 로마 보병들은 본격적인 싸움이 시작되기도 전에 격퇴당하고 전투는 싱겁게 끝나고 말았지. 바다에서는 상황이 더욱 심각했어."

오타비오가 휠체어를 또 한 번 획 돌리자 다시 바다와 마주하게 되었다. 오타비오는 휠체어 팔걸이에 손을 올려놓은 채 슬쩍 기댔다. 셔츠 속으로 바람이 파고들어 옷이 부풀어 오르면서 그의 배가 풍선만 해졌다. 오타비오는 마치 직접 전투에 참가하고 2000년 뒤에 다시 돌아온 시라쿠사의 수호자인 것처럼 당시를 회상했다. 이따금 지팡이로 정확한 전투 지점을 가리켰다. 뤼슈 씨는 전투 이야기에 빠져들었다. 막스의 납치며, 자신이 시라쿠사에 와야만 했던 이유 등은 완전히 망각한 듯했다. 그는 그저 오타비오의 이야기를 정신없이 듣고 있었다.

"로마 군사들은 거대한 이동 사다리를 세우는 중이었어. 정말 가공할 만한 병기였지. 여러 개의 판으로 보호된 미끄럼 사다리 장치로 된 일종의 누대 같은 것이었어. 끝과 끝을 맞대면 그 사다리의 길이는 성벽 높이보다 훨씬 길었어. 이동 사다리가 성벽까지 닿으면 시라쿠사의 운명은 당장 끝장날 판이었다네. 전투 준비를 마친 병사들은 사다리 아래에서 기다렸지. 수십 명이 달려들어 사다리를 세우기 위해 그 양 끝에 묶어둔 밧줄을 있는 힘껏 당겼어. 다른 병사들은 버팀줄로 사다리를 안전하게 고정시켰고. 공격이 곧 시작될 판이었지. 군인들은 벌써 사다리를 기어오르고 있었어. 그때 엄청나게 큰 바윗덩이가 굉음을 내며 성벽 위로 획 날아오는 거야. 그것이 목표물에 이르기도 전에, 역시 거대한 두 번째 바위와 세 번째 바위가 연달아 발사돼 날아왔지. 세 개 다 이동 사다리에 명중했어. 공중에 매달린 사다리는 용케 지탱했지. 모두의 시선이 일제히 그 이동 사다리에 쏠렸다네. 잠시 정적이 흘렀지. 사다리는 미미한 정도로 흔들릴 뿐이었어. 갑자기 사다리를 타고 올라가던 병사들이 비명을 질러 댔다네. 아래에 있던 사람들이 그들의 머리 위로 사다리가 출렁이는 모습을 보는 순간 사다리에 매달려 있던 병사들이 비명을 지르며 우수수 떨어져 죽어 버렸지. 많은 병사가 바다로 떨어져서 죽었어. 이동 사다리는 무너지면서 갤리선 다리를 덮쳤지. 엄청난 충격 때문에 사다리를 단단히 고정하고 있던 밧줄마저 끊어졌던 거야. 아르키메데스의 특수 장치로 인해 로마군의 주 병기는 삽시간에 무용지물이 돼 버렸다네. 결국 시라쿠사 앞바다에 떨어지면서 거대한 파도를 일으켜 아군의 소형 선박만 몽땅 뒤집어 버렸지. 다른 전함에서는 아연실색한 로마군들이 이동 사다리를 제거하려고 동분서주했어. 그들의 사기는 완전히 땅바닥으로 곤두박질쳤고. 하지만 마르켈루스는 가장 위대한 로마 장군이 아닌가? 그는 적막이 흐르는 늦은 밤이면 배를 끌고 성벽 가까이까지 다가가곤 했는데, 그러고 보니 성벽 바로 밑이 오히려 안전하겠다는 생각이 들었지. 아르키메데스의 장치는 사정거리가 길어서 오히려 성벽에 바짝 붙어 싸우면 그 장치에서 날아오는 바위를 피할 수 있을 거라 판단한 거야. 만약 사정거리가 짧다면 더 안전하리라는 게 바로 로마 전략가들의 판단이었네.

한편 아르키메데스는 만반의 준비를 했지. 무게와 거리의 비에 관한한 능수능란하게 다룰 수 있었던 거야. 동틀 무렵 로마군이 공격 준비를 하는 사이에 거대한 들보 여러 개가 성벽 꼭대기에서 떨어지면서 마르켈루스 장군의 함대는 절단 나고 말았지. 그보다 더 최악인 것은 마치 거대한 부메랑처럼 그 들보들이 처음 출발한 지점으로 되돌아가는 거야. 굵고 튼튼한 밧줄로 고정시켜 놓은 들보들이 성곽의 꼭대기까지 끌려 올라가 안전하다고 믿고 있던 군함 위로 다시 떨어졌던 거지. 게다가 아르키메데스는 다른 발명품도 사용했다네."

오타비오는 외우기라도 한 것처럼 입에서 쉴 새 없이 말을 쏟아냈다.

"성벽 위에 지렛대를 설치해 적 군함의 뱃머리로 튼튼한 쇠사슬에 묶인 갈고리를 날렸지. 납으로 된 거대한 평형추에 의해 갈고리가 뒤로 쏠리면서 적의 뱃머리가 들리고, 우측에 있던 배가 좌측의 뱃고물 위에 매달렸어. 곧이어 급작스러운 반동을 이용해 적함을 다시 내던져 성벽에서 떨어지는 것처럼 보이게 했지. 배가 오른쪽으로 다시 떨어질 때도 파도를 때리는 거야."

참으로 청산유수였다.

"마르켈루스는 다들 흩어져 있으라고 갤리선 함대에 명령을 내렸지. 성곽으로부터 거리를 각기 달리해 아르키메데스가 병기의 조준선을 조정하지 못하도록 하려는 생각이었지. 그런데 아르키메데스는 이미 상대가 그 같은 전략을 쓰리라는 예상을 했었어. 아르키메데스는 오르간의 음관처럼 조절된 노포와 투석기 전담 포병들을 각기 사정거리를 달리해 배치시키고, 적함을 향해 발사체를 쏘되 그들이 위치한 성곽으로부터 얼마간 거리를 두도록 명령했다네. 마르켈루스는 아군 함대에게 절대 가만히 있지 말고 계속 움직이라고 명령했지. 발사체가 그들을 계속 추적할 테니까 말이야. 마르켈루스가 이끌던 훈련된 병사들과 선원들은 당황스러웠어. 그토록 심하게 들볶인 경우는 처음이었거든. 로마 최고의 장군은 결국 시라쿠사 앞바다에서 완패하고 말았지. 마르켈루스는 패전의 원인을 도무지 알 수가 없었어. 지난 수년 동안 아르키메데스가 무엇을 연구했는지 알았다면 모든 게 분명해졌을 텐데 말이야. 지렛대의 길이나 발사체의 질량, 평형추의 종류, 아르키메데스는 그러한 것들을 연구했지. 그는 지렛대와 저울의 대가였다네. 기하학을 이용해 역학의 원리를 규명했어. 시라쿠사 사람들은 그리 놀라지 않았지. 이미 아르키메데스에 대해 잘 알고 있었으니까."

오타비오는 또다시 읊어 대기 시작했다.

"아르키메데스는 거리를 두고 앉아 큰 힘을 들이지 않고 도르래가 여러 개 달린 장치를 손으로 천천히 끄집어 내리면서 가볍게 파도를 헤치고 갤리호로 건너갔다네. 이러한 성공을 거둔 아르키메데스는 아리스토텔레스가 1세기 동안이나 반복해서 가르쳤던 대원칙 가운데 하나인 불능의 원칙을 땅바닥에 내동댕이친 셈이었다네."

"'불능의 원칙'이라고?"

'오타비오가 시라쿠사 사람에게 열광하는 건 나와 상관없는 일이지만, 아리스토텔레스라면 나도 상관이 있군.'

"그래, 난 그를 그렇게 부르지. 힘이 약하고 저항이 클 때, 속도는 제로다. 그게 불능의 원칙이 아니라면 뭔지 알고 싶네. 아르키메데스가 배를 끌어내는 데 쓴 힘은 아주 약했어, 동의하는가? 물에서 배의 저항은 컸어, 동의하나? 하지만 배는 기슭으로 미끄러졌단 말이네. 곧, 움직였다는 얘긴데 따라서 그 속도는 0이 아니었지, 맞는가? 그래서 '불능'이라고 선언한 아리스토텔레스의 원칙은 완전히 틀렸다는 말일세."

뤼슈 씨는 좀 더 숙고해 봐야겠다고 생각했다.

"시라쿠사인들은 아르키메데스의 또 다른 공적, 곧 왕관 사건에 대해서도 찬사를 아끼지 않았어. 아르키메데스가 왕관을 만들 때 금 대신 은을 섞어 넣은 왕실 금은 세공사의 사기 행각을 밝힌 사건 말이네."

뤼슈 씨도 그 이야기를 알고 있었다. 오타비오의 설명을 들으면서 속으론 비웃었지만 어느 순간 자신도 모르게 엉뚱한 말이 튀어나왔다.

"아르키메데스가 자네에게 시킨 일은 정말 미친 짓이야! 30분 동안이나 저울을 예찬하느라 정신이 없군. 사실 자네의 그 영웅께서 하신 일이 뭔가, 쉴 새 없이 천칭 얘기를 하라고 시키던가."

오타비오는 짐짓 놀라면서도 몹시 감탄스러운 눈길로 뤼슈 씨를 쳐다봤다.

"자넨 하나도 변하지 않았어. 항상 이전에 들어보지도 못한 일을 끄집어낼 방법만 찾고 있지. 철학이 자네에게 가르쳐 준 것이 고작 그런 것인가?"

뤼슈 씨는 아무런 대답도 하지 않고 그저 하던 말을 계속했다.

"내 말이 아직 끝나지 않았네. 천하의 밀매업자 오타비오가 자신의 영웅 아르키메데스가 사기 행각을 적발했다는데 희희낙락하고 있다니 놀랄 사람은 바로 날세."

"그래, 좋아."

오타비오는 인정했지만 몹시 거북해했다.

"내가 자네에게 한 이야기는 여기에서 처음 우리 선생님의 입을 통해 들었던 걸세. 선생님의 설명은 내가 하는 것보다 훨씬 더 오래 걸렸어. 한 시라쿠사의 학자가 로마 장군의 코를 납작하게 만들었다는 사실이 내게 얼마나 큰 영향을 미쳤는지 자넨 상상도 못 할 걸세. 난 무척 기뻤어. 아르키메데스는 모든 로마인들, 우리 시칠리아섬을 정복해 우릴 쓰레기처럼 취급했던 북부 이탈리아의 속물 모두를 상대로 나의 원수를 갚은 셈이었다고. 그러니까…… 휴, 연도 계산이 안 되는군. 오래전 지금 내가 서 있는 이곳에서 그들을 한 방에 날려 보낸 거야. 아르키메데스 때문에 내가 시칠리아 출신이라는 걸 얼마나 자랑스러워하는지 자넨 모를 걸세. 아르키메데스의 무덤에 갔다 온 후 며칠이 지났을 때야. 어느 날 오후 수업 시간에 선생님이 아르키메데스의 공리에 관해 말씀하셨네. 자네, 아르키메데스의 공리가 뭔지 아나?"

"아니."

뢰슈 씨는 이렇게 대답했지만 속으론 화가 났다.

'설마 내게 수학을 가르치려 들진 않겠지. 난 말이야, 지난 8개월 동안 수학에 관해 완전히 통달했으니까. 놀라운 일이지. 하지만 지난 8개월 동안 아르키메데스의 책들은 전혀 들여다보지 못했으니, 이 늙은 마피아가 더 유리하겠군.'

오타비오가 말했다.

"그래서 내가 자네에게 그 사실을 알리려는 걸세. 선생님이 하신 말씀은 대략 '최대수보다 큰 최소수의 배수는 항상 존재한다'는 내용이었어. 사실 아무도 그 말을 이해하지 못했어. 선생님은 설명을 다시 해 주셨지. '짧은 것과 긴 것, 두 개의 선분이 있다고 했을 때, 대개는 짧은 것을 늘여야만 긴 것보다 더 길어질 수 있겠지.' 그 말은 내게 엄청난 충격을 줬어. 이윽고 수업이 끝나는 종이 울리고 선생님과 이야기를 하고 싶었지만 선생님은 바쁘셨어. 집에 돌아와서 자네도 봤던 그 폐허가 된 무덤 위에 앉았지. 반성했어. 난생처음으로 말이야. 물론 그 전에도 반성할 일은 있었을 테지만 사실 내가 원하지 않았거든. 어쨌든 난 반성하지 않을 수 없었다네. 속으로 말했지. '오타비오, 넌 짧은 선분이야.' 그러자 모든 것이 명료해지더군. 선생님은 '너처럼 짧은 선분도 길어질 수 있고, 아무리 긴 선분이라도 그보다 더 길어질 수 있단다. 아르키메데스, 그 사람처럼 말이야'라고 말씀하셨던 거라네. 일요일 아침이면 모두들 그렇듯이 나 역시 그다음 일요일에 백작과 마주쳤는데, 마을 광장을 지나며 우리 어머니가 백작에게 허리 굽혀 인사하는 걸 보면서 마음속으로 그 백작에게 이렇게 말했어. '당신 같은 백작보다 더 큰 사람이 될 거야.' 마치 술 마신 것처럼 가슴이 뜨거워지더군. 어떻게 해야 커질까? 그날 이후 늘 알고자 했던 것이 이거야. 큰 사람 가운데 가장 큰 사람을 능가하기 위해 나를 키우는 방법 말이야. 보다시피 그 방법을 배웠지."

뤼슈 씨는 잠자코 있었다. 사실 오타비오가 한 이야기에 꽤 감동을 받았으면서도 이렇게 말했다.

"늘 새로운 작은 것이 있지. 그리고 그 작은 것들 가운데 일부는 큰 것을 능가하고 싶어 하고. 자네도 '큰 것'이 되었군."

"그것이 어째서 맞는 얘긴지 자넨 몰라. 하지만 난, 아르키메데스도 한때는 작았다는 사실을 기억하는 큰 사람이 되었고, 계속해서 나를 키워 나가고 있지."

"나도 알아, '내게 서 있을 자리만 지정해 주시오. 그러면 지구를 들어 올리겠소'라는 말. 아르키메데스가 한 말이지. 작은 몸집이라도 지렛대를 이용하면 그보다 훨씬 무거운 물체를 들어 올릴 수 있다는 뜻이지. 물론 그 사람의 위치가 중요하지만."

"날 믿게. 자네가 아르키메데스 얘길 했으니 그 전투는 끝난 걸로 해야겠네. 성곽 앞에서 로마 최고의 장군은 시라쿠사에서 태어난 그리스 최고의 기하학자에게 무릎을 꿇었어. 그는 로마로 돌아가지 않고 비겁자들이 잘 쓰는 무기를 사용했지. 포위 공격이었어. 그는 군대로 얻을 수 없었던 것을 굶주림으로 얻으리라 생각했다네. 그러나 2년이 지나도 시라쿠사는 여전히 건재했다네. 디오니시오스의 성곽이 시라쿠사의 방어벽이긴 했지만, 그 길이 때문에 결국 시라쿠사는 패배하고 말았지. 그토록 오랜 기간 동안 그렇게 긴 성곽을 어떻게 방비할 수 있었겠나? 축제가 있던 날 밤, 한 무리의 시라쿠사의 배신자들이 자기 배를 채우겠다는 생각만으로 경계가 허술한 틈을 타서 성문을 로마군에게 열어 주었던 거야. 로마군이 이 도시로 밀려 들어왔지. 결국 시라쿠사는 점령당하고 말았다네. 마르켈루스는 도시 안으로 뛰어 들어갔어. 자신들에게 패

배의 쓴맛을 보게 한 병기들을 보고 싶었던 거야. 막상 그 장치들을 보자 무척 놀랐지. 그제야 왜 자신이 전투에서 승리할 수 없었는지 그 이유를 알게 되었고, 내부인에 의한 배신이 없었다면 군대로는 결코 이 도시를 점령하지 못했을 거라는 생각을 했지. 아르키메데스는 정말 보기 드문 천재였기에, 마르켈루스는 그에 대한 연구를 시작했어."

눈앞에서는 스러져 가는 햇빛을 받아 성이 빛나고 있었다. 오타비오는 시라쿠사가 최후를 맞은 212년 그날 밤의 일을 이야기했다. 뤼슈 씨는 어렵잖게 그 장면을 떠올릴 수 있었다.

"약탈의 밤은 끝났어. 도시 여기저기에서 불길이 치솟았다네. 술 취한 병사들이 떼를 지어 노래를 부르며 시라쿠사의 부호들 집에서 황금 항아리와 은 식기를 한 아름 품에 안고 나왔지. 그들의 모습이 성 밖으로 멀어지면서 소음과 햇빛도 희미해졌어. 폐허가 된 시라쿠사에도 아침이 왔다네. 바다에서 얼마 떨어지지 않은 성곽 아래에는 아르키메데스가 누워 있었어. 축축한 모래 위에 그가 손가락으로 그려 놓은 도형들이 아직도 바닷물에 지워지지 않은 채 남아 있었지. 그의 새하얀 옷자락은 모래투성이였고 핏자국이 선명하게 남아 있었다고 하더군. 바로 몇 분 전, 그를 발견하고 놀라 자빠진 로마 병사는 도시로 되돌아갔지. 기하학 연구에 푹 빠져 있던 아르키메데스는 자신에게 다가오는 발자국 소리를 듣지 못했어. 아니, 어쩌면 듣고 싶지 않았는지도 모르지. 그는 돌아보지 않았어. 마구 짓밟힌 도형 그림이 발견된 것으로 보아 그를 죽인 암살자는 그 노인의 몸에서 챙길 게 하나도 없다는 사실을 깨닫고는 격분했던 것 같아."

오타비오는 입을 다물었다. 그리고 잠시 후 말을 이었다.

"선생님은 아르키메데스의 이야기를 통해 내게 이곳에서 태어난 데 대한 자긍심과 나의 처지를 극복하는 방법, 패배의 슬픔, 복수심 등을 동시에 주셨지. 몇 시간 만에 나를 조숙한 아이로 만들어 주셨던 거야. 아르키메데스는 일흔다섯 살로 생을 마감했네."

오타비오는 깊이 감동받은 듯했다. 이 권위적인 남자, 자손도 없는 노인은 경호원들과 변호사, 은행가들에게만 둘러싸인 채 아마도 자신의 속내를 시원하게 털어놓은 적이 없었을 것이다. 물론 그로루브르에게만은 빼고 말이다. 하지만 분명 이렇듯 감동스럽고 솔직하게 대하진 않았으리라. 오타비오는 그 사건이 일어났던 바로 그곳, 자신의 고향에서 즐겁게 지내고 있었다. 그는 추억에 관한 이야기는 하지 않고 그저 지나간 과거를 회상했다.

"늦었군. 그만 돌아가세."

오타비오는 조금 피곤한 듯했다.

"이런! 페레트에게 전화하는 걸 깜빡 잊었네. 매일 저녁 8시 전에 꼭 전화하기로 약속했는데. 걱정 많이 하겠는걸."

오타비오는 아까보다는 훨씬 더 천천히 휠체어를 밀면서 어둠이 내린 돌길을 건넜다. 뤼슈 씨의 귀에 조금은 힘겨워 보이는 그의 휘파람 소리가 들려왔다. 리무진이 있는 곳에 도착했다. 오타비오의 도움을 받아 차에 오른 뤼슈 씨는 가죽 시트의 부드러운 감촉에 또 한 번 행복감을 느꼈다. 자동차는 소리 없이 스르르 움직이기 시작하더니 고원을 가로질러 좁은 도로를 타고 달렸다. 경호원들이 탄 자동차가 그들을 뒤따라오고 있었다. 리무진은 오타비오가 수년 전에 구입했던 백작의 성으로 천천히 다가갔다.

해가 금방 떨어졌다. 오타비오는 등불을 밝혔다. 밤의 정적 속에서 뤼슈 씨는 엘리스 출신의 수학자 히피아스를 떠올렸다. 히피아스처럼 오타비오도 매우 불우한 가정에서 태어나 끝내는 큰 부자가 되었다. 히피아스는 시칠리아의 작은 도시 이니코스로 건너가면서 재산이 점차 불어나기 시작해 엄청난 돈을 만지게 되었다. 어떤 방법으로 돈을 벌었는지는 모른다. 그에게 있는 문제란 그저 방법상의 문제였다. 그는 이론에 관한 한 아무런 불편도 없었으며, 목표 달성을 위해서는 수단과 방법을 가리지 않고 자신의 계획대로 밀고 나갔다. 영락없는 오타비오의 초상이었다.

"44조 9635억 4……."

숫자 세는 소리에 퍼뜩 정신이 든 뤼슈 씨는 오타비오를 쳐다보았다.

'저 친구 자기 은행 예탁금을 말해서 어쩌자는 거야, 날 약 올리는 건가?'

"……1000만 년. 이것은, 아르키메데스가 말이 달리는 속도로 튕겨 나갔을 때, 지렛대를 이용해 엄지손가락 하나로 지구를 움직이는 데 걸리는 시간일세. 누군지 이거 계산하느라 머리깨나 아팠겠군."

오타비오는 갑자기 웃음을 터뜨렸다.

"그래, 좋아. 그렇다고 뭐 달라질 게 있는가? 아르키메데스가 지구를 움직일 수 있다면 그만이지."

'아르키메데스에 대한 존경에서 우러 나온 그의 헌신이 이상한 쪽으로 흐른 것 같군. 그런 헌신 때문에 아르키메데스가 진정한 수학자라는 판단을 하게 되었지만 말이야. 수학에서는 수십억 년이건 아니건 시간은 의미가 없는 거지. 아르키메데스는 지렛대로 지구를 움직일 테고, 그 사실만이 중요할 뿐이야.'

뤼슈 씨는 생각했다.

"아까 자네에게 보여 준 무덤 말일세, 우리 선생님이 내게 보여 준 그 무덤은 사실 아르키메데스의 것이 아니라네. 로마의 납골당 같은 거지.

그렇다고 뭐 달라질 게 있나? 날 쉽게 속는 순진한 사람으론 보진 말게. 난 전설을 무척 좋아할 뿐이거든. 그렇다고 현실을 무시하는 건 전혀 아니라네."

*

한 가지 의문이 페레트를 괴롭혔다. 그들을 어떻게 돕지? 뤼슈 씨가 시라쿠사로 떠난 뒤, 그녀는 첫 편지가 도착한 다음부터 일어난 일들에 대해 다시금 기억을 더듬어 보려고 애를 썼다. 한 가지는 분명했다. 그로루브르가 뤼슈 씨에게 아주 하잘것없는 것이라도 두 가지 증명에 대한 신호를 안 보냈을 리 없다는 것이다. 확실히 그 증명을 보내진 않았다. 그러나 어떤 표지 같은 게 있을 것이다.

그녀는 아마존 서재 안을 샅샅이 뒤져 보기로 마음먹었다. 지금으로선 다른 일이 전혀 손에 잡히지 않았다. 그녀는 안마당을 가로질렀다. 뤼슈 씨가 시칠리아로 떠나기 전 고정시켜 놓은 대로 뤼슈 승강기는 발코니에 그대로 서 있었다. 그녀는 작업실로 들어갔다. 뤼슈 씨가 갑작스럽게 시칠리아로 떠나기 직전 상태 그대로였다. 막스도 뤼슈 씨도 노퓌튀르도 없는 지금, 아마존 서재는 텅 비어 있었다. 순간, 커튼 뒤에 가려진 작은 숫자판으로 시선이 향했다. 경보기가 작동을 하지 않았다. 보안 시스템이 제대로 작동하는 경우엔 누군가 작업실로 들어가면 정확히 40초 후에 경보음이 울리도록 되어 있는데 말이다. 페레트는 비밀번호를 누르기 시작했다. 다음에 올 사태를 그녀는 까맣게 잊고 있었던 것이다. 아니나 다를까, 느닷없이 경보음이 울렸다. 페레트는 뤼슈 씨가 암호 재설정을 위해 자신에게 알려 주었던 문장을 생각해 내는 데 성공했다.

Que j'aime a faire apprendre un nombre

utile aux sages!

Immortel Archimède, artiste, ingénieur.

(예술가이자 기술자인 불멸의 나, 아르키메데스는 원컨대 지혜로운 자들에게 유
용한 숫자 하나를 가르쳐 주고 싶다.)

이 문장에서 각 단어의 알파벳 수가 Que: 3 ; j′: 1 ; aime: 4 ; a:
1 ; faire: 5……. 페레트는 마침 비밀번호가 생각난 듯 입력을 취소
하고, 다시 서둘러 소수점 열네 자리까지의 π값에 해당하는 숫자,
314159265358979를 눌렀다. 딱 35초다. 간신히 경보기가 해제되었다.

 페레트는 의자를 찾아 앉았지만 무엇을 어찌해야 할지 몰랐다. 당황스
러웠다. 지난 12년 동안 막스와 떨어져 있기는 이번이 처음이었다. 막스
는 학교에서 가는 여행도 가 본 적이 없는 아이였다. 그녀가 과잉보호했
기 때문이었다. 막스는 그녀에게도 어느 누구에게도 의존하는 법이 없
었다. 이런저런 생각에 골몰하던 페레트의 시선이 서가를 훑었다. 우연
히 마나우스에서 처음 책이 배달되어 온 뒤, 줄곧 구석에 처박혀 있던
책 상자가 눈에 띄었고, 내용물을 확인해서 서가에 꽂아야겠다고 생각
했다. 페레트는 상자를 열어 보았다. 그 안에는 끈으로 단단히 매어 놓
은 수학 잡지 두 묶음이 있었다. 끈을 풀어 아직 비어 있는 서가 맨 아래
칸에 섞이지 않게 조심해서 올려놓았다. 최신호들이었기 때문에 지난번
뤼슈 씨도 무신경하게 넘어갔었다. 대부분은 미국 잡지였고 일부는 프
랑스, 독일, 러시아 등지에서 출간되는 것들이었다. 페레트는 두 개의 묶
음으로 나뉘어 있던 그 잡지들이 어떻게 다른가 싶어 제목들을 하나하
나 살펴보았다. 특이한 점은 발견하지 못했다. 맨 앞에 있던 잡지를 뒤적

이다가 차례 부분에서 한 기사 제목에 밑줄이 그어져 있는 것을 발견했다.

"엄마!"

바로 그때 레아가 발코니에서 그녀를 찾았다.

"빨리 와 보세요. 전화 왔어요! 시라쿠사예요!"

막스였다. 조나탕과 통화를 했는데 조나탕이 말을 하면 뤼슈 씨가 막스에게 그대로 옮겨 주는 식이었다. 모두들 전화를 돌아가며 받았다. 레아가 받았을 때, 페레트가 울음을 터뜨렸다. 레아와 조나탕은 너무도 당황스러워 어찌할 바를 몰랐다. 여태껏 엄마가 우는 모습을 본 적이 없었기 때문이다.

노퓌튀르가 단식을 하고 있는 것만 빼고는 모두들 시라쿠사에서 잘 지내고 있다는 소식을 들었다. 페레트는 뒤늦게야 도서실 문을 열어 두고 그냥 왔다는 것이 생각났다. 얼른 작업실로 돌아간 그녀는 잡지책들을 다시 읽기 시작했다. 잡지마다 차례에 기사 하나씩은 밑줄이 그어져 있었다. 잡지 한 권을 집어 들고 책장을 넘기던 페레트는 먼저 시무라 고로의 논문을 펼쳐 앞의 몇 줄을 읽어 보았다.

서론

$x(-1)=(-1)^x$같이 양의 정수 n을 법으로 하는 양의 정수 k와 디리클레 기호 x의 경우, $Gk(N, x)$가 아래 수식을 만족시키는 모든 정칙함수 표준형 $f(x)$의 벡터 공간을 나타내도록 하라.

$$f(r(z))=x(d)(cz+d)^k f(z) \qquad r=\begin{pmatrix} a & b \\ c & d \end{pmatrix} \in r_0(N)$$

위에서 z는 상부의 반₩평면상의 변수다.

$$r(z) = \frac{(az+d)}{(cz+d)} \qquad r_0(N) - \left\{ \begin{pmatrix} a & b \\ c & d \end{pmatrix} \in SL_2(z) 1c \equiv O(\text{mod } N) \right\}$$

갑자기 엄청난 피로가 밀려왔다.

＊

오타비오의 지시에 따라 줄리에타가 멋진 쿠페(뒤가 깎인 듯한 모양을 한 2인승 자동차)를 몰았다. 막스는 조수석에 앉았다. 줄리에타가 자동차 덮개를 걸고 있을 때, 마침 덩치 작은 남자가 두 사람을 발견하고는 음흉한 눈빛으로 쏘아보았다.

뤼슈 씨의 파란 침실에는 작고 귀여운 침대 하나가 반듯이 놓여 있었다. 막스는 도착하자마자 이내 잠이 들었고 양 볼과 이마는 발그레했다. 아까 오후에 줄리에타 마리와 산책을 나갔다가 햇볕을 너무 많이 쬐어 가벼운 화상을 입었나 보다. 뤼슈 씨는 잠이 오지 않았다. 비밀 기도실에 숨겨진 유명 작품들에 대한 이야기는 뺀다 하더라도 극히 짧은 시간에 오타비오의 존재, 그와 그로루브르의 관계, 그로루브르의 기이한 행적들, 노퓌튀르의 역할, 믿기 어려운 노퓌튀르의 기억상실증 등 새로 알게된 사실들을 모두 소화해야만 했던 것이다. 그는 완전히 탈진한 상태였다. 멀리 있지만 평온한 라비낭가의 서점도 있었다. 그것에 대해 생각해 보려고 했다. 라비낭가의 세 가지 문제 가운데 믿을 만한 친구의 정체와 증명을 손에 넣으려는 악당의 정체, 이 둘은 이미 풀렸다. 해답을 발견하는 데 그들이 아무런 역할도 하지 못했지만 그 해답은 그들이 원하는 것을 즉시 제공해 주었다. 페레트는 알라무트 요새 이야기가 나왔을 때 타비오의 존재를 간파했다. 오직 뤼슈 씨의 무분별함 때문에 이 부분을 간과했던 것이다. 그리고 '믿을 만한 친구'의 경우, 그냥 피식하고 웃음밖에 나오지 않았다. 지난 7개월 동안 그들은 해답을 눈앞에 두고도 모르고 지나쳤던 것이다. 게다가 최근 일주일 동안 뤼슈 씨는 독단적으로 일을 처리하면서 일단 마나우스에 가 봐야겠다고 생각은 했지만 여기서 답을 구할 수 있으리라고는 꿈에도 생각지 못했다. 욕조에 몸을 담갔을 때, 아르키메데스와는 달리 물이 넘치는 것을 보고 그 원인이 뭘까 궁금해하지 않았다. 그들은 그저 '유레카'를 외치며 거드름이나 피울 줄 알았던 것이다. 스스로 변호하자면 그 해답이 너무도 엉뚱한 곳에 있어서 누구라도 그것을 찾지 못했을 것이라는 걸 말하고 싶었다. 오타비오만 빼고 말이다. 어떠한 가정도 배제하지 않는 것, 그것이 그 친구의 능력이었다.

엘리스의 히피아스가 그랬다. 히피아스라면 우리보다 훨씬 더 과학적인 사고를 했을 것이다. 우리는 사실, 그 믿을 만한 친구가 사람이라고만 생각했다. 인간중심주의에서 비롯된 판단 착오였다. 게다가 성 프랑수아 다시즈도 조류에 관해 말하지 않았던가. 그가 참새와 이야기를 했다면 그로루브르 또한 앵무새와 이야기할 수도 있는 것 아닌가? 그 성인이 이탈리아 북부의 작은 도시에 서식하는 새들에게 고백한 내용은 철저히 비밀로 남아 있다. 그렇다면 마나우스에서 밀매업을 하는 수학자가 자신의 앵무새 마마구에나에게 털어놓았던 이야기 역시 같은 경우가 아니겠는가? 아마도 내일쯤이면 뤼슈 씨가 그 비밀을 알게 되겠지? 어쨌든 시칠리아의 악당 두목이 고대 그리스의 기하학자에 미쳐 있다니, 아르키메데스는 사람들의 호기심과 감탄을 자아내는 인물이었다. 그렇지만 오타비오의 경우, 유년 시절부터 몸에 밴 놀라운 열정이 문제였다.

문득 강의할 때는 전혀 중요하게 여기지 않았던 부분이 생각났다. 숱한 수학 강의를 진행하면서도 아르키메데스에 대해서는 제대로 다뤄 본 적이 없었다는 것이다. 기껏해야 한두 번 정도 가볍게 스친 적은 있었다. 아르키메데스의 업적이 얼마나 중요한지 고려한다면 자신도 어느 정도 궁금증을 갖고 있어야 마땅하다. 하지만 그는 수학자가 아니었다. 아마존 서재에는 아르키메데스의 저서가 한 권도 없었다. 그리스 수학자들에게 할애된 서가에 그의 책이 한 권도 없다? 그럴 수밖에 없었다. 아르키메데스의 저작들은 바로 여기, 뤼슈 씨의 눈앞에, 파란 침실의 책장으로 개조한 작은 붙박이장에 정리되어 있었다. 작은 서가는 전적으로 이 시라쿠사 출신의 수학자, 아르키메데스를 위해 마련된 것이었다.

뤼슈 씨가 제일 처음 꺼낸 책은 보물처럼 귀중한 책이라는 이유에서 꺼내 본 것이었다. 제목은 『마르켈루스의 생애』로 플루타르코스가 썼고, 크레모나의 지롤라모가 매우 세밀한 채색 삽화를 그려 넣은 작품이다. 보다 정확히 말하자면, '위인전'으로 플루타르코스는 유명한 전투에 대해 자세하게 다루고 있다. 뤼슈 씨는 출판 일자를 찾아보았다. 1678년, 경탄하지 않을 수 없었다. 인쇄술 발명 초기에 출간된 책들 가운데 하나가 바로 눈앞에 있었다. 루카 파치올리의 작품보다 무려 16년이나 먼저 나온 책이었다. 책장에는 아르키메데스에 얽힌 일화들, 아테네 신전, 키케로 등을 이야기했던 고대 그리스의 철학자들과 역사가들의 저서가 있었다. 오타비오가 그 많은 책을 읽었다면, 자신의 영웅 아르키메데스의 생애에 관해 세부적인 사정을 잘 알고 있다는 것이 어쩌면 당연한 일인지도 모른다. 다른 쪽에는 아르키메데스의 책들이 꽂혀 있었다. 여타 그리스 수학자들과는 달리 거의 모든 저서가 망라되어 있었다. 뤼슈 씨는 그 책들을 한참 들여다보았다.

한 권의 책 제목이 그에겐 다소 의아했는데 문득 어떤 생각이 떠오르는 바람에 피식 웃음이 났다. 이 시라쿠사의 수학자는 적의 갤리선을 침몰시키고, 배에 불을 지르고, 돌무더기로 적함을 박살 내고, 갈고리로 적함을 가장 높은 곳까지 끌어 올렸다가 바로 떨어뜨려 부수는 데 시간을 쏟았다. 간단히 말해 평생을 적함을 침몰시키는 데 보낸 그는 도대체 무엇에 몰두하고 있었던 걸까?

『부유체에 관하여』. 이 책에서 아르키메데스는 고체의 부력의 조건에 대해 논하고 있다. 오타비오가 오늘 오후, 물의 형태에 관해 그에게 이야기했던 내용이 다시 떠올랐다.

"정지 상태의 모든 액체의 표면은 지구와 같은 중심을 갖는 구형이다."

바로 그때 오타비오가 방문을 빠끔히 열고 안으로 머리를 들이밀었다.

"자나? 불이 켜 있기에……."

뤼슈 씨가 큰 소리로 말했다.

"……물론 그래서 자네가 온 것이겠지. 1940년대 영화에서처럼 말이야. 들어오게."

"쉿!"

오타비오는 막스가 깨겠다며 조심하라는 시늉을 했다.

'참 뻔뻔하군! 자기는 막스를 유괴해 비행기에 밀어 넣고는 집에서 2000킬로미터나 떨어진 이 먼 곳까지 끌고 왔으면서, 내가 큰 소리로 말했기로서니 아이가 깬다고 날 나무라다니.'

"막스는 못 들어, 크게 말해도 괜찮아."

"자네, 책을 읽고 있었군. 정말 대단하지 않나?"

그러고는 젊은 시절처럼 책 제목을 줄줄이 열거했다.

"『포물선의 구적』『구와 원기둥에 관하여』『나선에 관하여』『원뿔곡선

체와 회전 타원체에 관하여』『원의 측정』『부유체에 관하여』『방법』『모 래알 계산자』."

뤼슈 씨의 입이 벌어질 만도 했다. 그는 안경을 쓰더니 서가에서 책을 한 권 꺼냈다.

"「모래알 계산자」라는 논문이야."

그는 그것을 낭독하기 시작했다.

"'혹자는 모래알의 수가 무한하다고 생각하며, 시라쿠사 인근의 모래 뿐 아니라 사람이 살건 살 수 없건 간에 모든 마을에 있는 모래가 그렇다 고 생각한다.'"

뤼슈 씨가 뭐라고 하자 오타비오는 그를 쳐다보았다.

"난 안경을 사용하지만 기억력은 좋아."

"다시 말해 보겠나?"

오타비오는 얼굴을 붉히더니 서둘러 책을 가리켰다.

"저기서, 아르키메데스가 노발대발하겠네. 그는 세상에서 가장 작은 것, 다시 말해 모래알이 존재한다는 사실과 함께, 가장 큰 것, 다시 말해 우주가 존재한다는 생각도 하게 된 거야. 늘 그런 식이지. 세상에 모두 몇 개의 모래알이 있는지 아나? 자그마치 예순네 자릿수라네. 마나우스 에서 어느 날 저녁에 있었던 일이야. 정말 끔찍하게 더운 날이었지. 우린 테라스에 앉아 대화를 나누고 있었는데, 모래알의 개수를 아르키메데스 가 어떻게 알아냈는지 엘가르가 이야기해 주더군. 몇 시간 동안이나 계 속되었는데, 그는 자기 말마따나 수학 이야기를 재미있게 하는 재주가 있었어. 수가 커질수록 우리는 더 많이 마셔 댔어. 결국 둘 다 곤드레만 드레가 되었지. 그 친구가 내게 말하길, 아르키메데스가 그러니까……."

그는 안경을 고쳐 쓰고는 책장을 뒤적였다.

"……8×10^{17}자리까지 나타낼 수 있는 새로운 수 체계를 만들어 냈다고 말했어. 놀랍지 않은가. 그 친구는 열에 들떠 소리쳤다네. '정말 우스꽝스러운 숫자를 쓰는 한심한 로마인들이야.' 엘가르 자신은 로마인들을 전혀 좋아하지 않았어. 우린 그 부분에서 공통점을 발견했던 거야. 그는 로마인들이 1000년 가까운 세월 동안 위대한 수학자를 단 한 사람도 배출하지 못했다고 했지. 그 말에 화를 내더군. 로마인들이 수학에는 먹통이란 사실을 알았을 때 내가 얼마나 기뻐했는지 상상도 못 할 걸세. 우리 선생님 생각이 또 나더군. 자네들이 대학생이었을 때 자네는 탈레스를, 엘가르는 피타고라스를 숭배했다는 얘기를 내게 해 준 것도 그날 밤이었어. 자네들은 모든 문제에서 항상 대립했던 기억이 나네. 참 이상한 일이지, 항상 붙어 다니면서도 의견 일치를 본 적이 한 번도 없었다는 게 말이야. 꼭 노부부 같아. 자네들이 당통과 로베스피에르 그리고 베를렌과 랭보를 놓고도 서로 대립했던 기억이 나는군. 난 솔직히 아르키메데스 편이었어. 방금 여기 오기 전에, 우리 셋이 탈레스와 피타고라스, 아르키메데스 역을 하면 떼돈을 벌었을 텐데 하는 생각을 했다네."

갑자기 그는 가슴이 벅찬 듯, 하던 말을 멈추고는 책들을 가리켰다.

"엘가르가 내게 남긴 것은 저게 다야. 그는 내게 저 책들을 몇 년 전에 주었다네. 여기 있는 책들은 모두 그의 서고에서 온 거야. 자네한텐 그 얘길 안 한 것 같더군."

뤼슈 씨는 속으로 다짐했다.

'지금이 바로 위기의 순간이야, 조심해야지.'

"수학서들만 해도 세상에서 아주 드문 훌륭한 서고였다네."

그러고는 플루타르코스의 저서를 가리키며 말했다.

"여기 이것처럼 그 친구는 책을 한 권 한 권 구해서 직접 서고를 꾸몄지.

장서를 모으는 데만 몇 년이 걸렸다네. 그걸 마련하느라 한 재산 날렸지. 그가 벌어들인 돈이 전부 서고를 꾸미는 데 들어갔거든. 난 능력이 되는 대로 그를 도왔어. 모자라는 돈은 보태 주기도 하고, 머뭇거리는 그 친구에게 하기 싫은 일도 해 보라고 다정하게 타이르기도 하면서 말이야. 난 늘 예의를 차려 정중하게 말했지, 속이거나 한 일은 절대 없었다네. 나야 책에 관해선 문외한이지만, 자넨 서점을 운영하니까 다를 테지. 아, 그래. 그 서고는 자네가 꿈꾸던 것일 수도 있겠군. 제일 이상한 건 말이야, 역시 대단하기도 하지만 서고가 숲속 깊은 곳에 있었다는 걸세. 뭐랄까, 참 아이러니하다는 생각이 들었어. 온통 계산과 수학 정리로 가득 찬 책들이 파라고무나무 숲 한가운데 있었으니 말이야. 참으로 엘가르다운 발상 아닌가? 게다가 얼마나 조심하던지. 책을 아무 데나 두지 않고 항상 통풍이 잘되고 적당히 건조한 방에 보관하더군. 그곳은 습도가 너무 높은 지역이라 책을 보관할 땐 특히 주의해야 하지. 엘가르는 습도 조절기 비슷한 장치와, 자네도 알지 왜, 병원에서 쓰는 뇌파 검사기 같은 걸 주문했다네. 어느 날 그 장치가 고장 났는데 나도 그 자리에 있었지. 그때 난 그토록 상심하는 엘가르의 모습을 처음 보았다네. 그는 종일 자신의 서고에 처박혀 있었어. 결국에 가선 그 책들도 잿더미가 돼 버렸지만 말이야."

뤼슈 씨는 얼굴이 벌게졌다. 그리고 곧 시침을 떼고는 되물었다.

"잿더미가 되었다고?"

"엘가르의 집에 불이 났다네. 모든 것이 불타 버렸지. 그 친구마저도."

뤼슈 씨는 속에서 화가 치밀어 오르는 것을 느꼈다. 어쨌든 친구를 배신하지 않도록 무척 조심해야 했다. 자신이 하고 싶은 말을 조금이라도 한다면 이 일에 대해 상세히 알고 있으리라는 의혹에서 벗어날 수 없을 것이다. 그의 머릿속에는 여전히 편지에 써 있던 내용이 떠올랐다. 하지만 에둘러 말해야 했다.

"여기에서 멀지 않은 크로토네라는 곳에서 아르키메데스가 살았던 시대보다 2, 3세기 전에 있었던 일이 문득 생각나는군. 그로루브르가 자네에게 이야기했을지도 모르겠는데, 피타고라스학파에 관한 얘기라네. 크로토네에는 킬론이라는 돈 많은 권세가 한 사람이 살고 있었지. 그는 피타고라스학파를 동경해서 어떻게 해서든 그 회원이 되고 싶어 했어. 그러나 피타고라스학파 내부에서는 그를 수상쩍게 생각했지. 그래서 그에게 퇴짜를 놓았다네. 킬론은 격분했어. 자신이 바라던 것을 남에게 거부당하기는 처음이었거든. 어느 날 밤, 피타고라스학파의 회원들이 모여회의를 하고 있을 때, 킬론 일당은 그곳에 접근해 불을 질렀지. 모두 불에 타 숨지고 단 한 사람만 용케 탈출했는데……."

오타비오는 새파랗게 질렸다. 한 마디도 않고서 몸을 부들부들 떨며손에 들고 있던 지팡이 손잡이를 꽉 움켜쥐었다.

"그 돈 많은 권세가가 누구지? 피에르 뤼슈, 자네 말은 그러니까, 엘가르의 집에 불을 지른 것이 나란 말이군. 내가 그를 죽였다는 건가?"

오타비오의 분노는 소름이 끼칠 정도였다.

"자네 정말 심하군. 지금 날, 친구를 살해한……."

"……자네가 원하는 것을 거부한 친구지. 아마도 그렇게 했던 사람은 그가 처음이겠지."

"엘가르가 나의 요구를 거절한 것은 사실이야. 그렇게 한 사람은 아무도 없었지. 맞아, 난 격분했어. 실은 그날 밤 그에게 최종 답변을 듣기로 했네. 해 질 무렵 그 친구의 집에서 만나기로 약속을 했어. 난 그에게 거금을 제의했었네. 그가 어떻게 대답할지는 아무도 몰랐어."

뤼슈 씨는 입술을 지그시 깨물었다.

좀 있다 밤에 그들이 날 찾아올 거야. 내 말을 믿어 주겠지, 피에르. 그
들이 나의 증명을 갖지는 못할 거야. 이 편지를 다 쓰고 나면 바로 그 증
명을 태워 버릴 셈이야.

"내 부하들이 먼저 도착했는데 집은 이미 불타고 있었어. 내가 그 집에
도착했을 때는 정말 끔찍했었네. 나무로 된 그 큰 집이 화염에 휩싸여 있
었어. 도저히 진화가 불가능한 상태인 데다 엘가르를 구해 낼 수도 없었
어. 난 이러지도 저러지도 못하는 상황이었어. 우리 일행은 서둘러 그곳
을 빠져나왔네. 곧 경찰이 들이닥칠 테고, 우리로선 그들 눈에 띄지 않는
것이 상책일 테니까 말이야."

오타비오는 몸을 기울여 뤼슈 씨를 바라보았다.

"자네가 날 어떻게 생각하든 상관없네, 피에르 뤼슈. 하지만 내가 이런
말을 할 수 있고 또 그것을 이해해 줬으면 하는 유일한 사람이 자네일세.
내 말 듣고 있나? 또한 그 때문에 자네가 살아 있단 소식을 접하자마자
자넬 이곳으로 불렀던 거야."

"아이를 유괴할 필요는 없었잖아. 자넨 그저 날 초대하려 했을 뿐이니
까. 엘가르의 답변이 무엇이었을지 자네가 정말 몰랐을까?"

오타비오는 고개를 숙였다.

"한 가지 말하지 않은 것이……."

플루타르코스가 쓴 책이 오타비오가 올려놓은 그대로 작은 원탁 위에
펼쳐져 있었다. 그 장을 장식한 세밀화가 묘한 색채의 몽환적인 분위기
속에서 춤추듯 둥둥 떠다니고 있었다. 오타비오는 그림들을 쳐다보면서

중얼거렸다.

"아르키메데스와 그의 비밀스러운 정리들 가운데 하나를 공유했던 경우와도 약간 비슷해."

순간 그의 은발 머리가 불빛을 받아 반짝였다.

"자네가 내 말을 들어주길 바라네, 피에르 뤼슈. 엘가르와 친하게 지낸 것은 사실이지만, 엘가르와의 관계를 떠나서 난 그가 왜 죽었는지에 관해서는 관심 없네. 그의 죽음이 내겐 끔찍한 사건이란 것밖에. 그 친구의 증명은 그의 죽음과 함께 사라져 버렸으니 말이야."

오타비오의 입에서 나온 새로운 사실들에 충격을 받고만 있을 수 없었던 뤼슈 씨는 말문을 열었다.

"그에게서 증명을 강제로 빼앗았다고 생각해 보게. 자네는 그를 죽여야 했을지도 몰라. 오늘 아침 우리가 얘기했던 전문가처럼 끊임없이 그 증명을 떠들어 댈 수도 있을 테니까 말이야."

"그것만은 맹세할 수 있네. 그는 결코 그러진 않았네. 그 증명을 남들에게 공개하는 것보다는 오히려 우리가 공유하기를 바랐을 걸세. 내가 원하는 것도 바로 그거야. 증명을 빼앗는 것이 아니라 그와 함께 공유하는 거야. 둘이서만 말이지."

오타비오는 잃어버린 욕망을 이야기하면서 다시 냉혈한으로 돌아가 있었다.

"어쨌든 엘가르는 죽었고, 내가 그 증명을 가지고 있지 않다는 것은 변함없는 사실이야. 그것이 바로 증거라고. 단순한 추측이 아니란 말이네."

뤼슈 씨는 마지막 말에 마음이 흔들렸다. 사실 그로루브르는 결코 자신의 증명을 공개하지 않았을 것이다. 오타비오를 벌하기 위해서라도 말이다.

"자네 입으로도 말했지만, 그 화재가 자네와의 약속 직전에, 그것도 자네의 요구에 대한 최종 답변이 있기 직전에 일어난 거라고 하세. 그럼 그 화재가 엘가르의 죽음을 부른 것이군. 그 사실만은 부정할 수 없겠지. 자네를 피하기 위해 자살을 했을 수도, 단지 우연한 사고일 수도 있겠지. 증명이 자네 손에 들어가는 것을 막기 위해 증명에 관한 문서들을 불태우려 했을 수도 있으니까. 어쨌든 자넨 그의 죽음에 책임이 있어. 그의 뜻을 무시했으니까……. 다른 사람의 뜻보다 항상 자네의 뜻이 우선이기 때문이겠지. 자넨 그의 소원을 무시했어. 그를 진정으로 좋아한 게 아니었다고."

오타비오는 그 자리에 풀썩 주저앉았다. 피에르 뤼슈의 마지막 말이 그의 가슴을 사정없이 할퀴었다. 뤼슈 씨는 한 가지 더 말할 게 있었다. 그가 이렇게까지 말한 것은 자신의 정직함과 젊은 시절에 대한 변함없는 사랑 때문이라는 것을. 그는 이미 지쳐 있었다. 시간도 너무 늦었고, 지긋지긋했다. 하지만 오타비오의 이야기는 그의 삶에 간접적인 영향을 준 것이 아니라 너무도 엄청난 기세로 영향을 미치고 있었다. 막스는 아직도 시라쿠사의 멋진 성에 붙잡혀 있었다.

"할 말이 더 있네. 자네가 자네 선생님과 아르키메데스에 관해 오후에 했던 이야기에 관한 것이네. 뭐 우리가 얘기했던 것과도 관련이 있지. 사실 선생님과 아르키메데스 이야기를 듣고 많은 부분 이해를 했네. 때론 감동을 받기도 했고 말이야. 난 자네가 아무에게도 그런 이야길 하지 않았을 거라 생각하네. 자네의 반항적인 태도며, 선생님과 또…… 아르키메데스를 통해 갖게 된 자긍심, 모두 이해해. 하지만 자네가 복수를 위해 선택한 방법들로는 세상을 결코 변화시키지 못하네, 오타비오."

"행동이라는 것에 대해 잘 알지? 사람들에 대해서도 말이야. 또한 누가 세상을 변화시켰는지도?"

"내가 말하고 싶은 건, 자네의 복수심이 세상을 더 좋은 방향으로 개선시키지는 못했다는 사실이야. 복수심은 자넬 점점 더 타락시킬 뿐이라고. 시라쿠사의 거리 거리며 그 시칠리아섬의 평원에는 여전히 작은 타비오가 많네. 자네가 어렸을 때 만난 그 로마 귀족들이 조금 고개를 숙이자, 이젠 마피아의 보스들이 팔레르모 등의 신흥 압제자가 되었지. 자네의 그 돈은 독약처럼 몸속에 흐르고 있어. 자넨 돈 오타비오가 되었지만 모두들 자네 앞에서 벌벌 떨지. 아이들은, 그 어린 나이에도 바늘방석에 앉은 듯 가슴을 졸이고 있어. 그리고 혈청처럼 마약이 혈관 속을 돌면서 조금씩 그들을 죽여 가고 있지."

"그만해. 난 마약은 손도 대지 않았다고. 단 한 번도! 피에르 뤼슈, 내게도 한계가 있네. 자네보다는 조금 더 멀리 있지만 말이야."

"자네의 행동은 오히려 인생의 적자 상태를 심화시켰을 뿐이야. 스스로 그 상태에서 헤어 나왔다 하더라도 말이야. 보게, 자네의 탐욕을 채우기 위해 어린 내 아이까지 유괴했지 않았나."

오타비오가 위세당당하게 말했다.

"앵무새는 잊었구먼!"

"그래, 아이에다 앵무새까지. 한 가지 더! 자네에게 이 같은 무모함을 가져다준 아르키메데스의 공리가 문제였어. 자네가 들어오기 바로 전에 여기 있는 책들 가운데 한 권을 읽어 보았는데 말이야. 가만, 종이 귀퉁이에 적어 뒀었는데, 어디 갔지? 아, 여기 있군. '아무리 긴 선분이라 하더라도 연속하여 이등분하는 경우 최단 길이의 선분들보다 더 짧아진다.'"

오타비오의 얼굴에는 내용을 이해하려고 노력하는 기색이 역력했다.

그의 두 눈은 빛나고 있었다. 아르키메데스에 관한 이야기가 나올 때마다 항상 그러했다.

뤼슈 씨는 냉정한 목소리로 말했다.

"다시 말해 자네가 그 어떤 것보다도 하잘것없는 존재로 비하될 수도 있다는 거야. 그게 바로 아르키메데스에 대한 맹신이 갖는 어두운 이면인 셈이지."

오타비오가 방을 나간 후, 뤼슈 씨는 막스의 침대로 다가갔다. 막스는 깊이 잠들어 있었다. 페레트가 막스를 좀 더 일찍 입양했더라면 장애를 완전히 치유하거나, 그나마 지금보다 좀 나은 상태로 돌려놓을 수 있었을지도 모른다. 막스와 같은 침대에서 자는 것은 이번이 처음이었다. 뤼슈 씨가 자신의 침대에 누구와 같이 누워 본 지가 도대체 몇 년이나 되었던가? 그는 독신이다. 누군가가 자고 있다고 해서 신경 써서 말소리를 낮춘다거나 하지 않는다. 느리고 규칙적인 막스의 숨소리를 들으며 그는 혼란스러웠다. 진심으로 이 아이를 사랑하고 있었던 것이다. 오늘 그는 값을 따질 수 없을 만큼 가치 있는 고귀한 것을 얻었다. 아침에 공원에서 '꼭 내 자식 같다'고 했었는데 좀 전에도 '내 아이'라고 말했다.

뤼슈 씨는 발코니로 나왔다. 정말 남유럽에서나 경험할 수 있는 멋진 야경이었다. 알맞은 기온에 아름다운 향기가 공원에서 피어올랐다. 밤하늘의 달은 전날보다 더욱 차올라 오타비오가 이야기해 준 무시무시한 전투가 벌어졌던 바다를 환하게 비췄다. 넓은 공원에서 춤추고 있는 불빛이 그의 시선을 끌었다. 관리인들의 회중전등에서 나온 빛줄기가 원무를 추고, 도착하던 날 그가 탄 소형 트럭을 맞이했던 몰로스 개들이 계속 그 불빛을 쫓아다녔다. 이 불빛은 갑작스레 그를 꿈에서 깨어나게 했다. 그는 2000년이나 끌어오고 있는 오랜 전투에 대해 생각했다. 그러고 보니 너무도 경비가 삼엄한 이 호화로운 성안에 죄수처럼 갇혀 있다는 사실을 잊고 있었다. 죄수가 아님에도 이곳을 나갈 수 없다는 것은 참으로 미묘한 상황이 아닐 수 없었다.

그는 아르키메데스보다 100년 앞서 바로 이 도시에서 플라톤이 겪은 일이 생각났다. 철학에 흠뻑 빠져 있던 젊은 디오니시오스 왕이 플라톤에게 철학에 대한 강론을 부탁하자 플라톤은 시라쿠사로 길을 떠났다. 그러나 정치적인 이유로 디오니시오스 왕은 시라쿠사에 그를 억류하고는 아테네로 돌아가지 못하게 했다. 이때 인근에 있던 강력한 도시국가, 타렌툼의 통치자이자 플라톤의 친구인 아르키타스가 플라톤을 데려오기 위해 시라쿠사로 특사를 태운 군함을 보냈다. 타렌툼과의 전쟁을 두려워한 디오니시오스 왕은 이들의 요구를 받아들여 플라톤을 아테네로 돌려보냈다. 자신을 플라톤과 비교할 생각이 없었음에도 불구하고 이상하게도 비슷했다. 2400년이란 시간적 간극을 초월해서 두 철학자는 본인의 의사와는 무관하게 시라쿠사에 억류되어 있는 것이었다. 논리적으로 본다면 막스, 노퓌튀르 그리고 자신을 구해 줄 아르키타스 같은 존재가 누구일까 곰곰이 생각해 보았다.

뤼슈 씨는 자신의 수학여행이 여기에서 끝나리란 것을 알고 있었다. 에게해의 한 그리스 수학자로부터 시작된 이 여행은 이오니아의 그리스 수학자로 끝났다. 탈레스에게는 피라미드가 에라토스테네스에게는 우물, 아르키메데스에게는 욕조와 화경, 무쇠 갈고리가 필요했다. 탈레스의 피라미드는 에라토스테네스의 우물처럼 또는 아르키메데스의 발명품들처럼 과학적 진리를 규명한다거나 증명의 정확성을 높이는 데는 전혀 필요가 없다. 그들은 그저 상상계를 구체적으로 표현한다든가 '이 진리가 우리와 어떤 관계가 있는가?'라는 질문에 대한 답을 구하기 위해 존재할 뿐이다. 과학적 진리의 세계에는 인간의 관심을 부여잡는 아름다운 이야기가 있어야 한다. 여기에서 신화는 반드시 현실과 맞물려야 하는 것은 아니지만, 인간에 관계된 그리고 인간의 꿈과 현실을 연결해주는 기능을 해야 한다.

뤼슈 씨는 오한이 났다. 날씨가 꽤 쌀쌀했다. 발코니에서 막 방 안으로 들어설 때 공원 쪽에서 심금을 울리는 아름다운 노랫소리가 들려왔다. 덩치 큰 남자가 자신의 일본인 여자 친구를 그리며 노래를 하고 있었던 것이다.

해는 벌써 중천에 떠 있었다. 정원사가 새장의 문을 따자 막스는 안으로 들어갔다. 짚단으로 엮은 지붕 바로 아래 반쯤 가려진 그늘 속에 웅크리고 있는 노퓌튀르가 보였다. 막스는 조용히 이름을 불렀다. 그 소리에 정신이 번쩍 난 노퓌튀르는 도리질을 하며 뽐내듯 다른 새들 앞을 지나 막스의 어깨 위에 내려앉았다. 멀리서 이를 지켜보던 뤼슈 씨는 플라톤이 '화려한 색깔의 새들을 새장 속에 잡아넣던 한 조류 판매상이, 그렇게 하여 수학자에 대한 정의를 내렸다'고 말한 것이 생각났다. 막스와 노퓌튀르는 새장에서 나왔다. 노퓌튀르는 햇빛 때문에 눈이 부셨다. 새장 밖으로 나오는 순간, 노퓌튀르의 단식 투쟁은 이미 끝난 듯 막스의 손에 한 가득 쥐어져 있는 알곡을 보고 달려들었다.

대망의 날이 밝았다. 오타비오는 이제 모든 것을 운에 맡기기로 했다. 막스에게 말을 건네 보고 나서 이 아이가 자신에게 협조할 의사가 있음을 확인했다. 막스에게 중요한 것은 오로지 제 앵무새가 풀려나는 것이었다.

그들은 성안의 한 건물로 향했다. 커다란 홀을 가로질러 가다 어떤 문앞에서 일제히 발길을 멈췄다. 오타비오가 문을 열었다. 뤼슈 씨가 노퓌튀르와 막스, 오타비오의 뒤를 따라 들어가려 하자 오타비오는 그를 못 들어오게 했다.

"소수의 사람만 증명의 내용을 듣는 것이 모두를 위해 좋은 일이라네."

뤼슈 씨는 그 말을 인정하지 않을 수 없었다.

녹음실은 수많은 레버와 소형 램프가 달린 거대한 음향 조종 장치, 줄줄이 늘어선 녹음기들, 영사기 등 최신형 기재들로 가득했다. 특히 방음을 위해선지 천을 덧씌운 녹음실 벽과 모켓이 깔린 바닥이 인상적이었다. 방 한가운데에 마이크 한 대가 매달려 있었다. 마이크 앞에는 멋진 모이통이 달린 홰가 있었다. 오타비오는 생각보다 꼼꼼했다. 마이크 바로 앞에 의자가 하나 놓여 있었다. 막스는 먼저 노퓌튀르를 홰에 앉힌 다음 의자에 가서 앉았다. 오타비오는 조종실에 자리를 잡았다. 녹음 담당 기술자는 한 사람도 보이지 않았다. 오타비오는 앵무새에게 직접 말을 시키지 않기로 마음먹었다. 그저 모든 일을 막스에게 맡기기로 했다. 대신 앵무새에게 질문할 것을 적어 둔 수첩을 막스에게 건넸다. 거기에는 간단한 단어들만 있었다. 그 단어들은 이들의 심리적 부담을 특별히 고려해 선택한 것이었다. 노퓌튀르를 진찰한 전문의의 조언에 따라 준비된 이 단어들은 충격으로 닫혀 버린 기억의 문을 여는 열쇠 같은 것이었다. 노퓌튀르가 정신적 충격을 받기 전의 말, 다시 말해 잊힌 세계의 말인 셈이다. 마치 낚싯바늘처럼 노퓌튀르가 하나를 덥석 물면 그 줄을 잡아당겨 기억을 하나하나 끄집어낼 수 있을 것이다.

오타비오가 단추 하나를 누르자 녹음실 문 위쪽에 빨간 불이 들어왔다. 뤼슈 씨는 작업이 시작되었음을 알았다. 마음속으로 노퓌튀르가 기억을 되찾기를 기도했다. 그렇게만 된다면 어쨌든 모든 사건이 마무리될 것이다. 분명 저 비열한 녀석들은 득의에 차서 쾌재를 부르겠지. 그렇지만 어쩌겠는가, 라비냥가 사람들은 이들에게 대항할 힘이 없었다. 그는 이런 마음을 숨길 수가 없었고, 동시에 노퀴튀르가 말을 하더라도 오타비오는 결코 앵무새를 놓아주지 않으리라는 것 역시 잘 알고 있었다. 그렇다면 자신이 노퀴튀르의 탈출을 돕는 길밖에 없었다. 이런 생각을 하다 보니 울컥 화가 치밀어 올랐다. 그러고 보니 조금 전의 기도와는 상반되는 기도를 하고 있는 것이다. 노퀴튀르가 기억을 회복하지 않는 이상, 그의 기억상실증은 외부에 대한 방어 기제로써 나타난 현상일 테고 그로 인해 목숨을 구할 수 있을 것이다. 설령 그의 자유가 빼앗긴다 할지라도 말이다. 정말 해결하기 힘든 문제였다.

막스는 오타비오의 서명이 있는 단어 목록을 읽어 내려갔다. 첫 번째 나온 단어를 읽고 노퀴튀르의 반응을 기다렸다가 애정 어린 표현을 섞어 가며 다양한 목소리로 같은 단어를 반복했다. 하지만 노퀴튀르는 전혀 반응을 보이지 않았다. 막스는 다음 단어로 넘어가서 반응을 살폈다. 역시 무반응이었다. 반면, 막스가 그에게 직접 말을 할 때는 늘 그러했듯 꼬박꼬박 응대를 했다. 새로운 단어로 넘어갈 때마다 막스는 노퀴튀르에게 기억해 보라며 반응을 유도했다.

오타비오는 헤드폰을 낀 채 진행 상황을 지켜보았다. 단어 하나가 '실패로 돌아갈' 때마다 실망을 감추지 못했다. 기억상실증 전문의들은 하나같이 노퀴튀르가 환자임에는 틀림없으나 기억을 되살리는 방법은 정확히 모르겠다는 소견을 밝힌 바 있다. 그는 이러지도 저러지도 못하는 지지부진한 상황에 화가 났다. 지금은 두 손으로 거울을 잡고 살짝 돌리기만 하면 벽이 열리는 그런 간단한 경우가 아니었다. 증명이 숨어 있는 장소는 훔친 그림들이 있는 곳보다 훨씬 접근하기가 힘들었다. '엘가르' '마나우스'……. 이러한 단어들에 이어 어느덧 목록의 맨 마지막 단어로 넘어갔다. 노뛰튀르에게 그 단어를 읽어 주었다. 오타비오가 가장 기대를 걸고 있는 단어였다. 그는 큰 소리로 그 단어를 말했다. 막스가 어리둥절한 표정으로 자신을 쳐다보자 오타비오는 막스에게 한 번 더 읽어 주라며 고갯짓을 했고, 막스는 천천히 발음했다. '마마구에나' 막스는 이해하려고 애쓰지 않았다. 오타비오는 숨을 죽이고 다음 상황을 지켜보았다. 노뛰튀르가 막스를 바라보았다. 그 단어는 노뛰튀르에게 아무런 자극도 되지 않았다. 막스는 수차례에 걸쳐 그 이름을 반복해 들려주었다. 노뛰튀르는 자신의 이름이 마마구에나라는 것을 전혀 기억하지 못했다. 마치 7개월 전에 클리냥쿠르 벼룩시장의 어떤 창고에서 처음 태어난 것처럼 말이다. 마나우스에서 살았던 지난 50년간의 기억은 완전히 지워져 버린 것이다. 노뛰튀르의 병은 중증이었다. 회복하긴 글렀다. 오타비오는 단단히 화가 나 있었다.

잠시 후 녹음실의 불이 꺼졌다. 스크린 위에는 숲속의 커다란 통나무집이 나타났다. 집 앞에 있는 한 남자가 카메라에 대고 뭐라고 말을 했다. 칠십대로 보이는 키 크고 머리가 검은 남자는 멕시코인이 즐겨 입는 모양의 흰색 웃옷과 통 넓은 바지를 입고 있었다. 그리고 활짝 열어젖힌 셔츠 사이로 탄탄해 보이는 몸통이 드러났다. 바로 그로루브르였다. 그건 무성영화인 듯 아무 소리도 들리지 않았다. 역시 노뛰튀르는 전혀 반응을 보이지 않았다. 다시 불이 들어왔다. 오타비오는 침울한 표정을 지으며 헤드폰을 벗었다. 노뛰튀르는 물 한 잔을 다 비웠고 알곡을 두 입 가득 먹어 치웠다. 막스는 웃어야 할지 울어야 할지 몰랐다. 붉은 복도에 불이 꺼졌다.

*

"바다를 보고 가게나!"

오타비오는 뤼슈 씨를 리무진에 태웠다.

"이젠 파리로 돌아가는 건가?"

"자넨 여기 있을 필요 없네. 오늘 아침 일을 보고 생각을 굳혔네. 여기에선 저 앵무새의 기억이 되살아나지 않을 것 같아."

뤼슈 씨는 안도의 한숨을 내쉬며 이제 익숙해지기 시작한 부드러운 가죽 시트에 몸을 기댔다. 리무진은 레몬나무와 유카리나무가 일렬로 늘어선 작은 강을 따라 달렸다. 강가라 그런지 다른 곳에 비해 훨씬 시원했다.

"저 갈대들을 잘 보게. 보통 갈대 같은가? 흠…… 모르는구먼. 저게 바로 파피루스야."

"차 좀 세워! 하나만 가져와야겠어."

"그건 엄격히 금지되어 있네."

"유괴까지 하는 사람이 나더러는 법으로 금지되어 있다고 파피루스 줄기 하나 꺾으면 안 된다니 말도 안 돼. 법이란 상황에 따라 변할 수도 있는 거라고."

오타비오가 웃음을 터뜨리고는 이유를 설명해 주었다.

"전 유럽에서 야생 파피루스가 자라는 곳은 여기 한 군데밖에 없어서 그래. 이집트에는 파피루스가 하나도 남아 있질 않지. 파피루스는 피라미드에 비해 저항력이 약했어. 여기서도 역시, 오래가진 못할 거야. 강물에 염분이 너무 많은 데다 뿌리가 거의 드러나 있잖아. 저 식물은 물에 충분히 잠길 정도는 되어야 잘 자란다네. 그게 기본이야. 아르키메데스의 저서들은 모두 파피루스에 쓴 것들이라는군. 하지만 지금 남아 있는 문헌들은 전부 종이나 양피지에 쓴 사본뿐이라네."

리무진은 시라쿠사의 북쪽 해안으로 향하고 있었다. 바다를 끼고 해안 도로로 몇 킬로미터쯤 달렸을까. 넓고 완만한 해수욕장은 없었지만 바닷속으로 곧장 내리꽂히는 암벽들로 이뤄진 수십여 개의 작은 만이 펼쳐져 있었다. 뤼슈 씨가 좋아하는 곳이었다. 그가 그토록 가까이에서 바다를 본 지가 20년은 족히 된 듯하다. 마지막으로 봤을 때 그는 해수욕도 하고 잠수도 했었다. 지금은 그대로 가라앉고 말겠지만.

"내가 제안 하나 하지. 우리 마나우스에 가 보는 게 어때? 자네하고 아이하고, 앵무새 그리고 나, 이렇게 넷이서 말이야."

"자네 미쳤나? 난, 좀 조용히 있고 싶네. 다 늙어서 웬 여행이야. 난 그럴 나이가 지났다고, 알겠나? 게다가 페레트는 어쩌고? 아마 불안해 죽으려고 할 거야. 경찰에 신고하고 난리가 나겠지, 틀림없어. 지금까지는 잘 참아 왔지만……."

오타비오의 얼굴이 굳어지더니 냉랭한 목소리로 이렇게 말했다.

"그녀는 절대로 그러지 않을 걸세. 지금까지도 별일 없었잖나……."

"아, 자네도 아는군."

"어리석은 짓 하지 말라고 하게. 곧 끝날 텐데, 뭘 그래."

"그 먼 데는 왜 가자는 건가?"

뤼슈 씨는 반강제적으로 이끌려가는 것보다는 차라리 기꺼이 수락하는 편이 낫겠다는 생각과 함께 오타비오가 정말로 마나우스에 갈 결심을 했고 자기에게 선택의 기회를 주는 것으로 이해하고는 다시금 대답을 요구했다.

"자네도 잘 알 걸세. 이 앵무새는 외부 세계와 통하는 문이 완전히 닫혀 있어. 자넨 그 문제에 대해 아무 대책도 세우고 있지 않지? 하지만 전문가들이 그렇게 진단을 내렸지 않나. 앵무새가 기억을 잃어버리기 전에 살던 그의 세계로 다시 끌어들여야만 한다고."

"하지만 집이 완전히 타 버려서 남은 게 하나도 없을 텐데……."

"이 앵무새는 마나우스 근방에 있는 숲과 강 가까이에서 50년을 살았어. 집은 불타 버렸지만 시라쿠사의 내 성이나 파리의 자네 서점보다야 수십 년을 살아온 그곳이 훨씬 친숙하겠지, 안 그래? 내 약속하겠는데, 거기에 가서도 앵무새가 말을 안 하면 셋 모두 풀어 주겠네. 분명히 셋 모두라고 말했네. 앞으론 자네 앞에서 완전히 사라져 주지."

"만약 자네의 제안을 내가 거절한다면?"

"앵무새는 내가 데리고 있겠네. 그렇게 되면 막스도 남아 있으려 하겠지."

할 말을 잃은 뤼슈 씨는 마지막으로 한마디 내뱉었다.

"정말 비열하군. 자넨 앵무새를 잡아 둘 권리가 없어."

"아, 그래? 자네 거라 그 말인가? 그렇다는 증거라도 있나? 돈을 주고 샀냐 그 말이야? 안됐지만 피에르 뤼슈, 이 앵무새에 관한 한 자넨 어떠한 권리도 없어."

철저히 궁지에 몰린 뤼슈 씨는 가슴이 터질 것 같았다. 오타비오는 만반의 준비를 했던 것이다.

"하지만 난 말이야, 법적으로 아무런 문제가 없어. 필요한 증명서는 전부 갖고 있거든."

그는 리무진을 갓길에 정차시켰다. 그러고는 가죽으로 된 파일을 꺼내속에 들어 있던 소인이 찍힌 각종 서류를 보여 주었다. 그가 그것들을 도로 파일 안에 넣으려는 순간, 뤼슈 씨가 그를 제지했다. 그 서류들을 한장 한장 들춰 보았다. 분명 팔레르모 세관국에서 발행한 문서들이었다.

뤼슈 씨는 더 이상 할 말이 없었다.

"우리 같은 사람은 전혀 문제 될 게 없다고."

뤼슈 씨는 더 이상 선택의 여지가 없다는 것을 깨달았다. 마나우스로 가자는 그의 제안을 수락하는 수밖에 없었다.

"저기 좀 보게."

오타비오가 해안에서 몇 미터 떨어진 곳에 있는 바위 하나를 손으로 가리켰는데 현수교의 철탑처럼 가운데가 텅 비어 있는 이상하게 생긴 바위였다.

"저게 바로 형제바위라네."

잠시 후 그가 말을 이었다.

"아까 그 애와 얘길 했었어. 자네를 무척 좋아하더군. 그냥 봐도 알겠더라고. 정말 자네에 대한 애정과 존경심이 대단하던데. 자넨 행운아야."

"그런 것은 돈으로 살 수 있는 게 아닐세. 수학의 증명이나 그림같이 말이야. 그냥 얻어지는 거지."

오타비오는 다소 충격을 받은 듯했다.

"난 그 아이의 미래를 책임지기로 결심했네. 유산을 남겨 주기로 말일세."

"결심했다고? 자네가 우릴 위해 뭔가를 결심했단 말인가?"

"'우리'가 아니고 그 아이를 위해서야."

"우린 돈 같은 거 필요 없어."

"내가 그 아이에게 유산을 남기겠다는데 자네가 무슨 상관인가."

"자네도 우리에게 자네 돈을 받으라고 강요할 순 없어."

오타비오는 하마터면 '누가 뭐래도, 자넨 할 말이 없는 사람이야, 그 집 식구가 아니잖나'라고 말할 뻔했다. 하지만 잠자코 있었다. 그리고 다시 입을 열었다.

"성년이 되기 전에 결정을 내릴 수 있는 사람은 아무도 없네. 때가 되면 저 아이가 결정하겠지. 또 모르지. 그때쯤 되면 의술이 발달하겠지. 여하튼 비용이 많이 들 거야. 도대체 무슨 권리로 자네가 그 아이에게서 치료 가능성을 뺏으려 한단 말인가!"

＊

술집에 딱 하나 있는 탁자를 차지하고 앉은 알베르 앞에는 마르살라 화이트와인 한 잔이 놓여 있었다. 이것이 첫 잔은 아니었다. 덩치 큰 남자가 다가와 자리에 앉았다. 알베르는 반사적으로 고개를 들었다. 그 남자는 시칠리아 억양이 들어간 프랑스어로 물었다.

"지금 피우고 계신 담배 상표가 뭡니까?"

"알아서 뭐 해요."

알베르는 금단 현상을 보이는 사람처럼 뭔가 불안하고 초조해 보였다. 그러다 상대의 덩치에 기가 죽었는지 더 이상 거칠게 반응하진 않았다.

"그건 당신이 관여할 바가 아니오."

"알도, 이 신사분에게 마르살라 한 잔 더 갖다 드리게……."

알베르는 의아한 표정을 지으며 상대를 쳐다보았다.

"신사분?"

알베르는 적의에 찬 시선으로 상대를 쏘아보았다.

"밖에 있는 차, 당신 것 맞죠? 저 차가 무척 마음에 드는군요. 이젠 두 번 다시 못 보나 했는데. 이탈리아에도 분명 좋은 차가 있지만 저기 저 차만큼 멋들어진 차는 처음 봤소."

알베르는 긴장하기 시작했다.

"당신, 택시 운전사죠. 그럼 전체 주행 거리만 해도 상당하겠는걸요."

"그렇소. 그래도 말을 잘 듣는 차요."

재떨이에 담배꽁초를 비벼 끈 알베르가 담뱃갑을 꺼내 한 개비를 상대에게 권했으나 그는 거절했다.

"전, 담배 안 합니다."

"담배를 안 한다고요. 그렇담 왜 아까 담배 상표를 물어봤소?"

"그냥, 입에 담배를 물고 있는 당신 사진이 제게 한 장 있기에 그저 그담배 상표가 뭔지 궁금해서요."

그러고는 자리에서 일어났다. 알베르는 그의 팔을 붙잡았다. 상대는 마치 소매에 붙은 벌레라도 보듯 그를 힐끗 쳐다보았다. 그러더니 슬쩍 팔을 뺐다.

"그냥 가지 마시오. 도대체 어떤 사진이오?"

"이거요."

남자는 일본 신문에 실렸던 루브르 박물관의 유리 피라미드 사진을 호주머니에서 꺼냈다. 알베르는 사진을 들여다보았다.

"당신 이거 어떻게 구했소? 난 이 사진 한 번도 못 봤는데. 하지만……
언제쯤이었는지는 기억나는군요."

남자는 알베르의 귀에 대고 이렇게 속삭였다.

"당신의 담배꽁초 덕에 앵무새와 아이가 있는 곳을 알아낼 수 있었죠."

알베르는 자리에서 벌떡 일어났다.

"뭐, 뭐라고, 내 담배꽁초?"

"어느 날 아침이던가요, 루아시 공항에서 도쿄에서 막 도착한 승객한테 승차 거부한 적 있었죠? 그 승객이 바로 나였소. 차에 앉아 담배꽁초를 물고 있던 택시 기사는 바로 당신이고. 역시 사진에서 보던 바로 그 담배로군."

알베르는 의자에 털썩 주저앉았다.

"빌어먹을, 빌어먹을!"

"알도, 이 신사분께 마르살라 한 잔 더 갖다 드려."

알베르는 어쩔 줄 몰라 하며 술잔을 단숨에 비워 버렸다. 자신이 이번 납치와 유괴 사건에 책임이 있었던 것이다. 그 빌어먹을 담배꽁초 때문에 말이다. 순간 그는 담배를 끊기로 결심했다.

"저기, 당신 친구가 왔군요."

리무진 한 대가 술집 입구에 멈춰 섰다. 알베르는 자리에서 일어나 차창 너머로 뤼슈 씨를 발견하고는 서둘러 그에게로 달려갔다.

한마디 말을 건넬 새도 없이, 뤼슈 씨는 이렇게 말했다.

"모든 일이 잘되었네, 알베르. 우린 마나우스에서 며칠간 휴가를 보낼 거라네. 자넨 파리로 돌아가게. 가서 페레트에게 조금도 걱정하지 말라고 전하게. 아마 나보다는 자네 말을 더 믿을 걸세. 내가 조만간 전화하겠다고 하게나."

"막스는요?"

"그 아이도 잘 있어. 그리고 자네, 운전 조심하게. 여기 사람들은 난폭하게 운전하니까 특별히 조심해야 돼. 그건 그렇고, 시라쿠사에 그리도 와 보고 싶어 하더니 그동안 좋은 시간 보냈겠지."

알베르는 뤼슈 씨에게 이곳에 도착한 이후로 이 구질구질한 술집을 떠나 본 적이 없노라고 말하지 못했다. 사실 이 자리에 늘 죽치고 앉아 마르살라나 들이켜며 그들에게 소식이 오지 않을까 초조한 마음으로 지냈었다. 그렇지만 차마 영화 〈히로시마 내 사랑〉의 남자 주인공처럼 '난 시라쿠사에서 아무것도 보지 못했다'라곤 말할 수 없었다. 차에 올라타면서 알베르는 자신이 사흘 밤낮을 보낸 이곳이 '아르키메데스 광장'임을 알게 되었다.

뒤늦게 뤼슈 씨와 막스, 노퓌튀르가 아마조니아로 떠났다는 소식을 들은 쌍둥이는 자신들의 마나우스 여행이 물거품이 돼 버린 것을 알았다. 강이고 숲이고 이젠 다 끝이었다.

25
·
마마구에나

막스에게 이륙은 무척이나 힘들었다. 이륙 시의 압력으로 고막이 찢어지는 것 같았다. 막스의 곁에 앉은 줄리에타는 그가 얼마나 고통스러워하는지를 보곤 매우 가슴 아파했다. 엄마가 가르쳐 준 대로 숨을 깊이 들이켜 배를 불룩하게 만들었다. 오타비오가 빌린 자가용 제트 비행기가 서서히 상승했다. 노퓌튀르 역시 이륙을 달가워하지 않는 듯했다. 노퓌튀르의 깃털이 바짝 곤두섰다. 홰는 난간에 단단히 고정돼 있었다. 사실 노퓌튀르가 주인공이었지만 오직 그를 위해 여행하는 것만은 아니었다. 새의 비위를 맞춰 주는 경우는 별로 없었다. 머리가 텅 빈 사람을 흔히들 '새대가리'라고 하지만 노퓌튀르의 머릿속에는 수학사상 가장 중요한 증명 두 가지가 들어 있었다. 막스 바로 뒤에는 덩치 큰 남자가 두 좌석이나 차지하고는 긴 다리를 쭉 뻗은 채 노퓌튀르를 감시하고 있었다.

그 옆에 자리한 오타비오와 뤼슈 씨는 여행 내내 수다를 떨었다. 일어날 가능성이 없는 일과 불가능한 일 사이의 차이와 확률에 관해 대화를 주고받으며 서로의 이야기에 귀 기울였다. 각자 서로에 대해 알게 되면서 새삼 놀라기도 했다. 오타비오는 그로루브르의 앵무새를 손에 넣은 아이가 뤼슈와 함께 살고 있다는 사실을 알았고 뤼슈 씨는 막스가 집에 가지고 온 앵무새가 그로루브르의 앵무새라는 것을 알았다. 뤼슈 씨는 그 둘이 서로 '믿을 만한 친구'라고 불렀다는 것을 알았을 때, 몇 달 전부 터 그들이 찾던 새가 같은 앵무새였다는 사실을 알아차렸을 때도 전혀 놀라거나 따져 묻거나 하지는 않았었다.

처음 사건이 일어나게 된 것은 막스와 노퓌튀르의 우연한 만남 때문이 었다. 이러한 기이한 인연에 감동받은 오타비오와 뤼슈 씨는 두 주인공 을 쳐다보기 위해 고개를 돌렸다. 복도를 사이에 두고 노퓌튀르는 의자 팔걸이에, 막스는 자기 자리에 앉아 있었다. 아무도 계획하지도 않았는 데 어떻게 마나우스에서 황금 찾는 데 열중하고 있던 나이 든 수학도의 앵무새가 50년 이상 만난 적 없는 친구의 서점에서 발견되었단 말인가.

8월의 그날 아침 막스가 어떻게 벼룩시장의 그 창고에 가게 되었을까? 거기에서부터 사건의 실마리를 되짚어 봐야 했다. 왜 하필 8월의 그날 아침 노퓌튀르가 그 창고 안에서 발견되었단 말인가? 왜 어린 소년과 앵 무새가 같은 장소, 같은 시간에 만나게 되었을까? 그러나 그것은 아무도 해명할 수 없는 문제였다. 아주 낮은 가능성으로 일어난 사건이었기 때 문이다. 전혀 가능성이 없었던 것은 아니다. 일어날 법하지 않은 일이지 만 아주 불가능한 일은 아니었다.

소르본의 구내 카페에서 갈라지는 두 길은 거기서 만난다. 첫 번째 길 은 출발점까지 돌아오는 데 몇 킬로미터가 걸릴 만큼 아주 길다. 두 번째 길은 파리 남쪽에서 몽마르트르를 지나 파리 북부를 돌아 같은 장소로 돌아오는 것으로 아주 짧다. 마치 하나의 원에서 큰 호와 작은 호 같다. 뤼슈 씨는 냅킨 위에 무의식적으로 이런 그림을 그렸다.

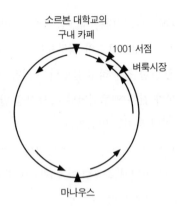

소르본 대학교의
구내 카페

1001 서점

벼룩시장

마나우스

왜 일련의 두 사건이 클리냥쿠르 벼룩시장의 창고 안에서 동시에 일어
나게 되었을까? 그 이유를 조사하려 했으나 어떤 방법으로도 해답을 얻
지 못했다. 물론 벼룩시장은 전혀 예상하지 못하는 만남이 일어나는 곳
이다. 두 사건의 잇따른 전개를 통해서는 이 사건의 연결고리를 설명할
수 없을 것이다. 또한 우연히 일어날 가능성을 배제하거나 전적으로 용
인하기도 어렵다. 이를테면, 왜 생명이 태어났느냐가 아니라 생명이 지
구상에 태어나는 것이 어떻게 가능한가를 설명하려는 것과 다름없다.
두 가지 사실의 연결 고리를 푸는 것은 그것을 교차시킬 수도 없거니와
사건의 우발 가능성을 완전히 배제하거나 전적으로 용인할 수도 없다.
왜 생명이 태어났느냐가 아니라 생명이 지구상에 태어나는 것이 가능했
던 일인가를 설명하기 위해 여러 이유를 제시하는 것과 다름없다.

뤼슈 씨는 신이나 운명을 믿지 않는다. 벼룩시장에서의 우연한 만남은
어떤 경전에도 쓰여 있지 않고, 어떠한 계획에도 속해 있지 않으며, 역시
전혀 일어나지 않을 수도 있었다. 그 만남은 세상에서 가장 우연한 방식
으로 일어났다. 뤼슈 씨가 다시 막스와 노퓌튀르 쪽을 돌아보았을 때 그

둘은 이미 잠들어 있었다.

뤼슈 씨는 각각의 사물이 제자리에 있다는 세상의 해석을 거부했다. 문득, 맛있는 오소부코 요리를 준비하면서 그리스 수학의 탄생에 관해 레아와 이야기를 나눴던 일이 생각났다. 그때 뤼슈 씨는 이렇게 말했다. "어떤 일이 일어나면 거기에는 반드시 원인이 있게 마련이란다."

그는 그러한 원인들이 항상 근거를 제공하지는 않는다는 사실을 덧붙여야만 했다.

＊

제트 비행기가 대서양 상공을 날고 있을 때, 페레트는 매일 오후면 늘 그랬듯이 『르 몽드』를 펼쳐 들었다. 큰 제목을 죽 훑어보던 그녀는 눈에 띄는 기사 하나를 보고는 곧바로 1면을 읽어 내려갔다. 어느 순간 페레트의 입에서 "어머, 말도 안 돼"라는 말이 튀어나왔다.

바로 같은 시각, 승무원은 승객들에게 맛있는 식사를 제공했다. 뤼슈 씨가 샴페인 한 모금을 홀짝 마시더니 눈을 찡그리는 것으로 보아 그 샴페인은 최상품인 것 같았다.

비행기 창밖으로 두꺼운 융단처럼 펼쳐진 수풀 사이로 꾸불꾸불한 아마존강이 눈에 들어왔다. 과학 발견 박물관의 강사가 π 값과 강의 너비와 길이의 관계에 대해 이야기해 준 것이 생각났다. 뤼슈 씨는 실제로 화재가 일어났을 당시 그로루브르는 마나우스의 집에 있었는데 노퓌튀르가 어떻게 벼룩시장에 있었는지 궁금했다. 하지만 오타비오는 그것을 알고 있었다.

"내가 전에도 말했듯이 동물 밀매업자가 있었다네. 집에 화재가 발생한 다음에야 난 그로루브르가 앵무새에게 자신의 증명에 관해 이야기해 주었다는 것을 알게 되었어. 그런데 그 앵무새는 벌써 사라지고 없었던 거야. 나중에 알아보니까 화재로 집이 불타고 있을 때 도망친 앵무새는 그로루브르가 자주 갔던 술집에 몸을 숨겼다더군. 거기서 앵무새가 말을 하기 시작했는데 사람들은 앵무새가 말하는 것을 멈추게 할 수 없었지. 아무도 앵무새가 말하는 것을 이해하지 못했어. 그런데 한쪽 테이블에 동물 밀매업자들이 앉아 있었던 거야. 그들은 판금된 보호종들을 구하기 위해 아마조니아에 정기적으로 들르곤 했다더군. 이 밀매업자들이 그 앵무새의 가치가 상당하리라는 것을 금방 눈치챘던 게지. 다른 사람들이 그 사실을 알았을 때는 이미 너무 늦어 버렸던 거고. 그들은 곧바로 마나우스를 떠나 버렸으니까. 아, 우린 그리 멀지 않은 곳에 있었는데 말이야. 그들은 동물 밀매의 중심지인 파리에 있었어. 우린 앵무새를 데려간 밀매업자들을 찾았고 우여곡절 끝에 앵무새도 되찾게 되었지. 거기서 문제가 다 해결된 줄 알았네. 그런데 내 부하 가운데 한 녀석이 돌아서서 비행기 구석에 있는 덩치 작은 녀석을 가리키다가 그만 앵무새를 놓쳐 버렸지 뭔가. 다행히 그는 한번 맡은 일은 끝장을 보는 전문가라네. 그 친구에게 앵무새는 전부였고 우리 분야에서는 그런 것이 아주 중요하지. 그때 난 어디에 있었더라? 그 멍청이가 앵무새를 놓쳐 버리는 바람에 모두들 벼룩시장의 그 창고 안까지 뒤쫓아 갔었지. 그들이 막 앵무새를 손등에 앉히려는 순간, 자네 아이가 그들을 덮쳤지 뭔가. 뭐, 그다음 얘기는 자네도 잘 알겠지."

얼마 후 그는 승무원의 도움을 받아 화장실에 다녀온 다음 자리에 앉으면서 오타비오가 이야기한 내용을 곰곰이 생각해 보았다. 노쾨퇴르에 관한 한 가지 의문이 그의 머리를 혼란스럽게 만들었다. 화재 후 노쾨퇴르가 그로루브르의 단골 술집에 피신해 있었고 마치 계속 반복되는 녹음기처럼 쉴 새 없이 말했다고 했다. 하지만 솔직히 말해 당시 노퓌튀르는 제정신이 아니었음이 분명하다. 노퓌튀르의 기억상실은 모든 사람이 알고 있는 것처럼 벼룩시장에서 주먹으로 얻어맞아서가 아니라 화재로 인한 정신적 쇼크 때문이었다.

기장은 승객들에게 안전벨트를 매라고 했다. 제트 비행기가 난기류를 만난 것이다. 덩치가 작은 남자의 이마 위에 땀방울이 송골송골 맺혔다. 그는 도쿄 중심부에 있는 신주쿠 타워로 돌진하는 가미카제 전투기 조종석에 갇혀 있는 악몽을 꾸는 것 같았다. 승무원은 덩치 작은 남자가 토하려는 것을 보고는 얼른 비닐봉지를 내밀었다. 잠시 후 그의 코고는 소리가 들려왔다. 막스는 코를 골지 않았다. 막스는 고개를 잔뜩 수그리고 있었다. 줄리에타 마리가 막스의 머리를 조심스럽게 원위치로 돌려놓았다. 한동안 등받이에 기대고 있던 막스의 머리가 어느새 줄리에타의 어깨 위로 쓰러졌다. 그녀는 막스가 행여 불편해할까 봐 숨을 가늘게 내쉬었다. 막스의 빨간 머리칼이 그녀의 얼굴을 스쳤다. 정말 사랑스러운 아이였다.

*

신화의 도시, 마나우스. 그들은 첫날 밤을 대저택에서 지냈다. 20세기 초에 지어진 그 웅장한 건축물은 여전히 아름다움을 간직하고 있었다. 작은 파란색 금강사랑앵무가 사라졌다는 기사가 모든 신문의 제1면을 장식했다. 오타비오는 뤼슈 씨에게 신문을 보여 주었고, 뤼슈 씨는 다시 막스에게 그 신문을 넘겼다.

파란 금강사랑앵무로부터 아직 아무 소식도 없다.

작은 금강사랑앵무를 찾기 위한 조사는 아직 아무런 진척도 없다. 당국은 이 새의 실종이 작년에 억지로 짝을 지어 주려던 시도가 있은 직후에 일어난 일이라고 밝혔다.

머리 부분에 살짝 은색이 감도는 스픽스의 작은 금강사랑앵무는 세계에서 가장 희귀한 앵무새다. 실지 세계에서 단 하나의 종만이 야생으로 살고 있는 것으로 알려져 있다. 전문가들은 몇 년 전부터 제한된 지역에서 이들의 이동을 감시해 왔다. 이 새는 그 지역의 다른 희귀한 앵무새들과 짝을 짓는 습성이 있었다. 이 새의 혈통을 보존하기 위해 전문가들은 현재 동물원에 살고 있는 열일곱 마리의 파란 금강사랑앵무를 찾아냈다. 풀어주기 전에 자연에 가장 가까운 환경에서 스스로 먹이를 찾는 법이나 장시간 나는 법 등 혼자 살 수 있도록 하는 엄격한 적응 훈련을 실시했다. 그런데 억지로 짝을 지어 주려는 노력에도 불구하고 작은 금강사랑앵무는 동종이 아니더라도 자유롭게 선택한 연인과 함께 브라질의 숲속으로 도망치고 싶어 하는 것 같았다. 그리고 작은 금강사랑앵무는 사라졌다.

막스는 노퓌튀르에게 아무 말도 하지 않기로 마음먹었다.

*

다음 날 일찍, 그들은 그로루브르의 대저택으로 출발했다. 그곳은 숲의 입구 쪽에 있는 긴 강가에 위치하고 있었다. 화재가 발생하기 전에는 아마도 호화로운 파젠다(브라질의 대농원)였음이 분명했다. 막스가 시라쿠사에 있는 오타비오의 녹음실에서 보았던 그 저택은 이제 흔적만 남아 있었다. 약간 떨어져 있는 한 부속 건물만이 화재로부터 안전할 수 있었다. 현재 그 건물에는 원주민들이 살고 있었다.

집 앞에는 마차같이 생긴 두 개의 커다란 밴이 주차되어 있었다. 오타비오는 노퓌튀르에 대한 심문을 곧장 시작했으면 싶었다. 정신과 전문의가 그에게 당부했던 것처럼 이번에는 틀림없으리라고 낙관했다. 이 앵무새는 거의 반 세기 동안 자신이 살았던 장소로 마침내 돌아온 것이다. 그로루브르가 앵무새에게 증명들을 전수했던 바로 그곳 말이다. 이번 기회가 아니면 영원히 기억을 찾지 못할 것이다. 막스는 시라쿠사에서와는 조금 다른 단어를 준비했다.

피로에 지친 뤼슈 씨가 한쪽 밴에 들어가 쉬려고 하던 참이었다. 쉰 살쯤 된 한 원주민 여자가 그에게 다가왔다.

"당신이 파리에 있는 엘가르 친구인가요? 그는 죽기 전에 당신 얘기를 아주 많이 했어요. 처음에는 아니었지만."

그녀는 휠체어를 힐끗 쳐다보았다.

"하지만 당신 다리에 대해선 얘기하지 않았는데……."

그러더니 옷을 바닥에 깔고 앉더니 뤼슈 씨의 얼굴은 쳐다보지도 않고 혼자서 말을 시작했다.

"엘가르가 저쪽 숲에 있는 우리 마을에 처음 도착했을 때 난 어린 소녀였지요. 엘가르는 마을에서 키가 제일 크고 턱수염을 기른 지저분한 남자였어요. 하지만 어쩌나 잘생겼던지 하루 종일 파라고무나무의 수액을 채취하는 일꾼이었는데 나무를 뿌리째 뽑을 만큼 힘이 셌지요. 다른 사람들은 모두 거칠고 원주민들도 좋아하지 않았을뿐더러 잘 다루지도 못했지만 그는 좀 달랐어요. 결코 위협적이거나 폭력적이지 않았죠. 자부심이 있기에 그럴 수 있었을 거예요. 그는 무언가 받으면 꼭 대가를 지불하곤 했어요. 몇 차례 이곳을 들락거리다가 결국 정착하게 되었죠. 엘가르는 마치 우리 원주민 같았어요. 우리만큼이나 가난했죠. 제가 좀 더 컸을 때예요. 그가 멀리서 고갯짓을 하는 것이 보였어요. 그 사람은 바지 주머니에 항상 종이를 넣고 다니며 뭔가를 끼적이곤 했죠. 사람들은 그 일이 그에게 아주 중요한 것이라고 말했어요. 주술사는 '그것은 환각제야'라고 말하곤 했죠. 엘가르가 하루는 내게 이렇게 말했어요. '난 황금의 강에 간단다. 황금과 다이아몬드를 찾아서 말이야.' 그 후 몇 년 동안 그를 보지 못했죠. 난 처녀가 되었어요. 모두들 '멜리사는 못생기지 않았어'라고 말하곤 했어요. 우리 부모님은 내가 결혼하기를 원하셨지만 제가 거부했죠. 어느 날 저녁, 그가 밀림에서 나왔어요. 난 그 사람을 전혀 알아보지 못했죠. 수염도 없이 말끔하고 단정한 모습이어서 모두 그가 예전보다 더 위엄 있어졌다고들 했어요. 난 그를 따라 마나우스에 가곤 했어요. 엘가르는 돈을 아주 많이 벌었고 그 돈으로 항상 책을 샀죠. 아주 즐거운 시간이었어요. 그런데 언젠가 그를 정신 못 차리게 할 정도로 큰일이 일어났어요. 어느 날부터인가 그는 더 이상 절 찾지 않았죠. 집에만 틀어박혀 밤새도록 글을 쓰고 아침이 되어서야 잠자리에 들더군요. 마마구에나만이 한 번도 그의 곁을 떠난 적이 없었죠. 사실 난 질투심을 느꼈어요."

멜리사는 한참을 말했다. 그로루브르가 종적을 감춘 뒤 그녀는 딸 때문에 마을로 되돌아가야만 했단다.

"딸이 결혼하고 나서 전 숲속 마을로 돌아왔어요. 저기 보세요, 제 딸이에요."

길가 쪽에서 스무살 가량의 아주 큰 키에 날씬한 젊은 여자가 걸어오고 있었다.

멜리사가 불렀다.

"소르본!"

그러자 그 여자는 바쁘다는 손짓을 하고는 그대로 멀어져 갔다.

"따님 이름이 뭐라고요?"

"소르본요."

깜짝 놀라는 뤼슈 씨에게 멜리사는 이렇게 설명했다.

"엘가르는 늘 '소르본이 얼마나 아름다웠는지. 소르본이 얼마나 아름다웠는지'라고 말했어요. 그래서 제 딸이 태어났을 때 제가 소르본이라는 이름을 붙여 주었지요. 세상에서 가장 아름다운 여자가 되기를 바라면서요."

뤼슈 씨는 웃음을 터뜨렸다. 그의 시선은 길 위에서 경적을 울리던 얼룩덜룩한 색의 낡은 버스 쪽으로 종종걸음 치는 아름다운 소르본의 모습을 좇고 있었다.

뤼슈 씨는 냉방까지 된 아주 안락하고 고급스러운 밴 안으로 들어갔다. 그러고는 푹신한 침대에 드러누웠고 이내 잠들어 버렸다. 얼마나 지났을까. 누군가 그를 흔들어 깨웠다. 줄리에타 마리가 그에게로 몸을 기울이고는 이렇게 말하는 것이었다.

"오타비오가 당신한테 전하라고 했어요. 지금 상태가 별로 좋지 않으니 꼭 좀 오시라고요."

그녀는 뤼슈 씨를 다른 밴으로 안내했고 오타비오와 뤼슈 씨 둘만을 남겨 둔 채 밴을 떠났다. 오타비오는 창백한 얼굴로 누워 있었다.

"아, 피에르 뤼슈. 자네에게 할 말이 있네. ……중요한 일이야. 난 이 집에 불을 지르지도, 엘가르를 죽이지도 않았네. 그 친구가 내게 증명을 보여 주지 않아 몹시 화가 났던 것은 사실이야. 상상이 가나? 그는 나보다 앵무새를 더 좋아했어. 그의 장서들이 모두 어떻게 되었는지는 나도 모르네."

잠시 말을 멈추고는 호흡을 가다듬었다. 그리고 고통스러운 듯 가슴에다 손을 갖다 대었다.

"자넨 그가 일부러 앵무새에게 증명을 전수했다고 믿나?"

"의사를 불러야겠군."

"놔두게, 피에르 뤼슈. 깊이 있는 얘기를 하기에 좋은 순간이 온 것 같네. 내가 시칠리아를 떠나지 말았어야 한다는 걸 잘 아네. 내 아버지처럼 될 것이 분명해. 고향을 떠나오니 죽을 지경이군. 사람들은 제일 두려워하는 일이 다가오면 항상 그에 대한 준비를 하지."

뤼슈 씨는 오타비오에게로 몸을 기울이면서 말했다.

"나 역시 자네에게 할 말이 있네. 엘가르와 난 최근 들어 다시 연락하게 됐지."

"자넨 내가 그 사실을 모르고 있는 줄 알았나? 자네가 이 사건에 연루되어 있다는 걸 알았을 때부터 조사를 했지. 엘가르가 자네에게 자신의 장서를 보냈다는 사실도 이미 알고 있었네."

뤼슈 씨는 깜짝 놀란 표정으로 그를 쳐다보았다.

"자넨 거짓말을 잘하더군, 피에르 뤼슈. 철학이 자네에게 그렇게 가르치던가? 철학은 진리만을 가르친다고 믿었는데."

그는 힘이 드는지 잠시 말을 멈췄다가 다시 말을 이었다.

"그 책들을 잘 보관하게나. 그 친구가 남긴 거라곤 그것뿐이잖나. 난 앵무새가 말하지 않을 거라고 생각하네."

바로 그때 아주 가까운 곳에서 총소리가 들려왔다. 뤼슈 씨는 얼른 창문으로 내다보았다.

"피에르, 무슨 일이 일어났는지 알아보게."

뤼슈 씨는 서둘러 밖으로 나왔다. 한 50미터 정도 떨어진 곳에 사람들이 모여 있었다. 조금 전 막스가 노퓌튀르와 함께 있는데 덩치 작은 남자가 몹시 흥분한 채로 다가와서는 앵무새에게 이렇게 말했다고 했다.

"그래, 빨리 말해. 너, 우릴 무시하는 거야. 잘 봐, 너 때문에 주인어른이 어떻게 됐는지."

그는 한층 더 격분했다.

"만약 네가 말을 안 해 무슨 일이라도 생기면 다시는 지껄이지 못하게 할 거야."

그는 노퓌튀르를 잡으려고 손을 내밀었다.

막스가 소리쳤다.

"그만둬요!"

"넌 입 닥쳐."

노퓌튀르가 그 주변을 맴돌며 외쳤다.

"입 닥쳐! 입 닥쳐! 페르마! 페르마!"

노퓌튀르는 어디론가 날아가 버렸다. 겁에 질린 그 남자는 자신이 방금 저지른 잘못을 깨닫고는 돌아오라며 애원했다.

"안 돼, 노퓌튀르. 나와 약속했잖아……."

막스의 외침에도 불구하고 노퓌튀르는 숲으로 높이 날아오르더니 깔깔거리며 "페르마! 페르마!"하고 소리쳤다.

"가 버렸어, 저 멍청이. 아는 걸 모두 토해 내게 만들 테다!"

작은 남자는 권총을 꺼내 겨냥한 뒤 총을 쏘았다. 조금 전에 오타비오가 들은 소리가 바로 그것이었다. 막스는 총을 쏘지 못하게 하려고 그 남자를 덮쳤다. 남자는 막스를 힘껏 밀쳐냈다. 순간 막스의 표정이 굳어졌다. 너무 늦었다. 하늘을 날던 노퓌튀르는 날갯짓을 멈추고는 마치 돌덩이처럼 무겁게 떨어져 저택을 둘러싸고 있던 큰 나무 사이로 사라졌다. 막스가 울부짖었다.

"노퓌튀르가 죽었어!"

남자도 노퓌튀르가 숲속으로 떨어지는 것을 보고 투덜거렸다.

"지금부터는 아무한테도 말하지 못할 거다!"

이렇게 말은 했지만 남자의 얼굴도 창백해졌다. 그제야 자신이 무슨 짓을 저질렀는지 알게 된 것이다. 정말 어리석은 행동이었다. 오타비오는 결코 그를 용서하지 않을 것이다. 목숨을 잃어 버릴 수도 있는 일이었다. 그 남자는 몸을 떨면서 권총으로 막스를 위협했다. 막스는 울부짖기 시작했다.

"노퓌튀르가 죽었어. 노퓌튀르가 죽었다고."

남자는 순간 당황했다. 방아쇠에 걸고 있던 그의 손가락이 가늘게 떨렸다. 남자는 뒤쪽에서 들려오는 소리를 들었지만 돌아볼 새도 없이 그대로 기절해 버렸다. 곤봉을 손에 든 줄리에타가 막스에게로 달려들었다.

"괜찮아? 아무 일 없는 거니?"

"고마워요, 누나."

막스는 일어나면서 씩 미소를 지었다. 줄리에타 마리는 막스가 자신에게 미소를 보인 것으로 생각했다. 그러나 막스가 웃은 이유는 땅에 누워 있는 동안 노퓌튀르처럼 보이는 어떤 물체가 숲속 깊은 곳에서 나무 위로 다시 올라가는 것을 얼핏 봤기 때문이다. 그렇게 두 가설에 대한 증명은 아마존의 깊은 숲속으로 사라져 버렸다.

*

막스는 뤼슈 씨에게 자기가 본 것을 말하지 않았다. 그것은 막스만의 비밀로 남게 될 것이다. 뤼슈 씨는 노퓌튀르가 죽었으니 막스에게 노퓌튀르가 과거에 마마구에나로 불렸다는 것을 알려 줄 필요가 없다고 생각했다. 그래도 그는 평소 진중한 성격의 막스가 몹시 슬퍼하는 것을 보고 놀랐다. 뤼슈 씨는 오타비오에게 방금 무슨 일이 일어났는지 알리기 위해 밴으로 갔다. 문을 밀고 들어갔지만 아무 기척이 없었다. 오타비오는 침대에서 죽어 있었다. 탁자에는 그가 자필로 쓴 편지 한 장이 있었다. 문이 열리고 멜리사가 숨을 헐떡이며 차 안으로 들어왔다. 그녀는 뤼슈 씨에게 귀엣말로 조심스럽게 사인을 묻고는 급박하게 말했다.

"당신한테 호텔에서 연락이 왔어요. 페레트 양이 급한 일이라며 파리로 즉시 전화해 달라고 했답니다."

뤼슈 씨의 심장이 두근거렸다. 타비오와 노퓌튀르가 죽은 상황이었다. 줄리에타 마리가 뤼슈 씨를 호텔로 데려다주었다. 호텔 담당자가 서점으로 전화를 걸었다.

"여보세요, 페레트, 나 뤼슈요."

파리는 한밤중이었다. 뤼슈 씨의 전화가 페레트의 잠을 깨웠다. 그녀는 침대에서 몸을 일으켰다.

"노퓌튀르에게 무슨 일이 일어났나요?"

"아냐, 급하다고 전화한 사람은 당신이잖아. 쌍둥이에게 무슨 일 있소?"

"아뇨."

"책들은?"

뤼슈 씨의 머릿속에는 화재가 떠올랐다.

"아뇨. 신문 1면에서 읽었는데……."

잠시 후, 뤼슈 씨의 얼굴이 새파래졌다.

"이런, 빌어먹을!"

줄리에타 마리는 의아한 표정으로 그를 쳐다보았다. 뤼슈 씨는 줄리에타 마리가 들을 수 있게 스피커폰 버튼을 눌렀다. 페레트는 수화기에 대고 『르 몽드』에 난 기사를 읽어 내려갔다.

"페르마의 마지막 정리가 증명되었다. 영국의 수학자 앤드루 와일스는 수학사상 가장 유명한 가설을 증명하는 데 성공했다……."

줄리에타 마리는 버튼을 다시 눌렀다. 페레트의 목소리가 끊겼다. 그녀는 아주 조심스럽게 말했다.

"다행히 보스는 그 소식을 모른 채 눈을 감으셨네요."

슬픔이 배어 있는 미소를 지어 보이며 그녀는 이렇게 덧붙였다.

"이젠 모든 게 해결되겠군요."

26

•

돌다리

라비냥 거리. '1001개의 파피루스' 서점. 저녁 9시. 막스와 뤼슈 씨의 무사 귀환을 축하하는 파티가 한창이었다. 저녁 식탁은 매우 훌륭했다. 후식을 들면서 페레트가 약간의 격식을 갖춰 말했다.

"우리 가족이 다시 모였네. 물론 노퓌튀르는 이 자리에 없지만. 보고 싶어. 이제 드디어 결론을 내릴 때가 온 것 같네요. 라비냥가의 세 가지 문제 가운데 두 문제가 우리 힘으로는 아니지만 어쨌든 해결되었다는 것은 인정해요. 세 번째, 곧 그로루브르의 사인에 관해 뤼슈 씨는 오타비오가 털어놓았듯이 방화가 아니었다는 점을 우리에게 일깨워 주었고요. 그렇다면 사고 또는 자살밖에는 생각할 수 없겠죠. 현재 우리가 가지고 있는 정보에 따르자면 두 가지 가능성 가운데 그 어떤 것도 배제할 수 없어요. 반면에 완전히 해결되지 않은 문제가 하나 남아 있죠. 바로 그로루브르가 두 가지 가설을 해결했느냐 하는 거 말예요. 혼란스러운 와중에서도 전 그 문제를 어떻게든 해결해 보려고 노력했어요. 하지만 그로루브르 씨가 고령이었다는 사실과 다른 수학자들로부터 완전히 고립돼 있었다는 사실, 이 두 가지를 고려해 볼 때 우선 부정적인 결론을 내릴 수밖에 없었어요. 먼저 앤드루 와일스에게 알아봤는데 일반적으로 수학자들은 스물다섯에서 서른 살 이전에 연구 업적을 이룬다고 하더군요. 하지만 와일스가 페르마의 마지막 정리를 해결했을 때 그는 사십대였어요. 그로루브르 씨는 60세 무렵이었을 거예요. 고립에 관해서 뤼슈 씨가 우리에게 말했던 적 있죠? 수학자들은 늘 검은색 교탁 앞에 서 있거나 백지 또는 컴퓨터 모니터 앞에 앉아 있을 때처럼 혼자서 일하는 시간 외에 대부분의 시간을 세미나, 학회, 심포지엄, 국제회의 그리고 그들이 속해 있는 학과 혹은 연구소의 정기 회의에 참석하면서 보내죠. 그들은 토론하면서 작업의 진행 상황에 대해 얘기하고 동료들을 대상으로 새로운 개념을 시험해요. 요컨대 공개적으로 의견 교환을 하는 거죠. 한 수학자가 아마조니아 숲에서 다른 동료 그 누구와도 직접적으로 의사소통을 하지 않은 채 역사상 가장 뛰어난 수학자 100명이 모두 실패한 일을 성공했다면 믿을 수 있을까요?"

뤼슈 씨는 페레트에게 계속하라고 했다.

"대학에 소속되어 있었음에도 앤드루 와일스는 성공의 가도를 달렸던 지난 7년 동안 어떠한 세미나나 회의에 참석하지 않았어요. 물론 수학 전문 잡지에도 전혀 기고하지 않았죠. 동료들은 그가 연구 때문에 미쳤다고 생각할 정도였으니까요. 그러나 와일스는 다른 수학자들과의 지속적이고 친밀한 관계 없이도 페르마의 마지막 정리를 증명해 냈어요. 기껏 다른 동료들과 접촉할 수 있었던 유일한 통로는 저서나 잡지뿐이었는데 말이에요. 그럼 그로루브르 씨의 경우는 어떨까요? 아마존 서재는 귀중한 고서들로 이뤄져 있죠. 거기에는 최근에 발행된 책도 많이 포함되어 있어요. 대개 수학 분야의 저작들은 현황을 밝히는 데 다소 시차가 있기 때문에 최신 연구 결과를 게재하는 전문 잡지들을 통해야만 현황을 접할 수 있는 것으로 알려져 있죠. 다시 말하자면, 자신들의 연구를 유명 잡지에 발표함으로써 독자들로부터 하나의 발견을 완성한 학자로서의 자격을 공인받는 것이죠."

레아가 말했다.

"왜냐하면 보통의 연구자들은 자신들의 연구 성과에 대해 그로루브르처럼 비밀에 부치는 경우가 없기 때문이에요."

"맞아. 그런데 앤드루 와일스에 관해서 난……."

페레트는 조심스레 뭔가 말하려다 그만두었다. 그러고는 다시 말했다.

"……난 그가 비밀스럽게 일해 왔고 7년 동안 자신의 연구에 대한 중간보고를 하지 않은 것으로 알고 있었어요. 주변 사람들 가운데 어느 누구도 그 연구 결과가 공개되기 전까진 내용을 한 줄도 읽을 수 없었죠."

"그런데 그는 연구 결과를 발표했잖아요."

"다시 그로루브르 얘기를 해 보죠. 그는 수학에 관한 여러 가지 국제 학술 잡지를 정기 구독하고 있었어요. 여기 그 목록이 있어요. 세상과 떨어져 있었지만 그로루브르는 수학계의 동향에 대해 훤히 꿰뚫고 있었죠. 기껏해야 다른 수학자들에 비해 몇 달 늦는 정도였어요. 고립이라는 상황은 중대한 결함이 아닐뿐더러 그의 연구를 불가능하게 하는 충분한 이유가 되지 않았어요. 다들 그 점이 마음에 들진 않겠지만, 그렇다고 어떻게 이러한 사실을 부정하겠어요?"

조나탕과 레아는 그로루브르가 두 가지 가설을 증명하지 못했다고 생각했으며 심지어 그가 증명하지 못했기를 바라기까지 했다. 그들은 비밀을 용서하지 않았던 것이다. 하지만 삶 속에서 불가능성을 증명하기가 얼마나 어려운지를 알게 되었다.

뤼슈 씨도 그에 동의했다. 처음에 그는 그로루브르가 두 가지 가설을 증명했다고 확신했다. 그러나 시간이 지나면서 그 가설들이 굉장히 어려운 것임을 알게 되었고 그로루브르가 해결하지 못했을 것이라고 확신했다. 막스의 경우엔 전혀 관심이 없었다. 자신의 삶 속에서 해결해야 할 더 중요한 문제들에 직면하고 있었기 때문이다. 그는 무엇이 더 중요한지 스스로 결정해야만 했다. 막스는 페르마의 마지막 정리도, 골드바흐의 가설도 자신의 문제가 아니라고 생각했다. 페레트가 말을 이었다.

"뤼슈 씨가 두 번째 편지를 받았을 때, 나는 그로루브르 씨가 마나우스에서 살아남기 위해 가설을 필요로 했다고 생각했어요. 곧 그는 신화를 만들어 냈고, 그것을 믿어야 할 필요가 있었던 거죠. 그래서 자신이 가설들을 진짜 증명하리라고 확신했던 거죠. 그러고 나자 다른 사람들도 믿기 시작했던 거예요. 바로 오타비오 말예요. 그 신화의 작용이죠. 다른 사람들을 믿도록 만드는 것 말이에요. 그리고 신화는 수천 킬로미터를 넘어 이곳까지 전파되었죠. 처음에 저는 그로루브르 씨가 두 가지 가설을 증명했든 아니든 그 자체는 그리 중요하지 않다고 생각했어요. 왜냐하면 신화 속에서 진실의 문제는 중요한 것이 아니기 때문이죠. 그런데 두 사람 모두 시라쿠사에 가 있는 동안 갑자기 제 관점이 바뀌게 되었어요. 뭐랄까, 수학자의 처지에서 생각해 보니 제 자신이 신화를 만들었다는 것에 놀라지 않을 수가 없었죠. 신화에서 진실의 문제가 전혀 중요하지 않은 것이 아니라 오히려 그 반대였어요. 그것이 어떠했는가를 알아야 할 필요가 있다고 생각한 거죠."

그때 초인종 소리가 울렸다.

뤼슈 씨가 말했다.

"이 시간에 누구지?"

조나탕이 내려가서 문을 열자 하비비와 알베르가 들어왔다.

"불이 켜져 있기에 초인종을 눌렀죠."

"여러분의 무사 귀환을 축하하러 왔습니다. 늦어서 미안해요."

레아가 음료수를 가져왔다.

"여러분 한창 토론 중이었죠? 계속들 하시죠."

막스는 자리에서 일어나 6개월 이상 노퓌튀르가 머물렀던 홰 쪽으로 슬픈 시선을 던지고는 침실로 올라가 버렸다. 페레트가 다시 말을 이었다. 그녀는 아마존 서재에 있던 두 권의 잡지와 밑줄 친 기사들에 대해 말했다.

"난 그것이 어쩌면 그로루브르 씨가 우리에게 보냈던 암시가 아니었을까 생각했어요. 그렇지만 어떻게 알 수 있겠어요? 앤드루 와일스에게는 페르마의 마지막 정리에 대한 새로운 해법이 있었어요. 이제 사람들이 어떻게 그것을 증명했는지 알게 되었으니 이 부문은 한층 더 진보하게 된 거죠. 물론 때로는 하나의 결과를 증명하는 여러 방법이 있지만, 그래도 그렇죠, 누구에게 알아보겠어요? 전 아는 수학자가 한 명도 없었어요. 그러다 문득 과학 발견 박물관의 강사가 생각났는데, 모두들 기억하시죠? 일단 중요한 기사 목록을 모두 복사해 놨어요. 강사에게 찾아가서 밑줄 쳐진 기사 목록과 와일스의 증명 간에 어떤 관계가 있느냐고 물었죠. 그는 내 질문에 놀라더군요. 하지만 기다리는 관람객들 때문에 바빠 보여서 집 전화번호를 남기고 돌아왔죠. 이튿날 전화를 받고 서둘러 박물관으로 갔어요. 절 기다리고 있더군요. 그는 목록 가운데 가장 내용이 긴 기사를 제게 보여 주더니, '그 목록에 표시된 기사들은 모두 와일스가 자신의 증명을 위해 사용한 방법과 연구 결과들입니다' 하고 말하더군요. 전 그게 무슨 말인지 되물었죠. 그랬더니 하나의 비유를 들더군요. '건너갈 수 없는 유명한 강이 있다고 합시다. 제게 보여 주신 목록 가운데 한 기사에는 돌다리가 있습니다. 와일스는 이 돌다리를 이용해 결국 강 건너편으로 건너갈 수 있었다는 사실을 알 수 있습니다.' 이게 그의 대답이었어요."

페레트는 흥분을 감추지 못했다.

"그건 그로루브르 혼자서만 돌다리를 발견한 건 아니라는 걸 의미하는 거예요. 사실 그는 돌다리를 빌려 왔던 게 아닐까요? 있을 수 있는 일이죠. 돌다리를 빌려 와서 강을 건넜을까요? 아니면 도중에 익사했을까요? 그가 강을 건넜는지 혹은 도중에 익사했는지를 증명할 방법은 없어요. 실제 그가 페르마의 마지막 정리를 증명했다는 증거는 없지만……."

페레트는 이 대목에서 멈칫했다. 비밀스러운 일일 수도 있었다.

"그 강사와 저는 다시 만났어요. 언젠가 그가 저녁을 먹으러 왔을 때, 그에게 두 번째 목록을 부탁했죠."

조나탕이 재미있어하며 물었다.

"그래서요?"

페레트가 대답했다.

"골드바흐의 가설에 대한 기사들도 모두 그로루브르가 황금의 강을 건널 수 있게 해 준 돌다리였던 거야."

갑자기 불이 꺼졌다. 그리고 막스의 방문이 열렸다. 막스가 환하게 빛나고 있었다. 막스는 촛불이 가득 켜진 커다란 생일 케이크를 들고 조심스럽게 걸어 나왔다. 순간 모두들 일제히 소리쳤다.

"생신 축하드려요!"

막스는 뤼슈 씨에게 여든다섯 개의 초가 켜진 케이크를 내밀었다. 디오판토스, 오마르 하이얌, 그로루브르가 떠올랐다. 이로써 뤼슈 씨는 85세가 되었고, 줄곧 그를 짓눌러 왔던 끔찍한 징크스를 깬 승리자가 되었다. 그의 주머니 속에는 오타비오가 마나우스에서 운명하기 직전 남긴 메시지가 들어 있었다. 거기에는 이렇게 쓰여 있었다.

'크로토네의 피타고라스학파 집회 장소에 킬론이 불을 질렀을 때, 유일하게 탈출에 성공한 사람이 있었다. 바로 그로…….'

뤼슈 씨는 이 사실을 아무에게도 말하지 않기로 했다. 그것은 자신만의 비밀이기에.

27
.
새들의 회의

저녁이 되었다. 바깥세상에서 사자들이 목을 축이려 어슬렁거릴 때쯤, 아마조니아 밀림 한가운데에 있는 숲속 빈터에서 소음이 가라앉을 때쯤 정적이 찾아들었다. 어디선가 쉰 목소리가 들려왔다.

나무 높이 앉아 있던 아주 커다란 도가머리를 가진 앵무새, 마마구에나, 일명 노퀴튀르는 입을 열었다. 따라 하는 것도, 보고하는 것도, 전달하거나 가르치는 것도 아니었다. 이야기하고 있었다. 아니, 엄밀히 말하자면 증명하고 있었다.

주변은 나무들로 가득 차 있었다. 다양한 종류와 크기, 색깔 그리고 깃털을 가진 10여 마리의 새들이 조용히 그의 말을 경청하고 있었다. 제일 가까이에 있던 나무 위에서 그와 마주 보고 있던 아름다운 은빛 머리의 파란 금강사랑앵무가 노퀴튀르를 지그시 바라보았다. 존경 어린 침묵 속에서 오랫동안 새들의 회의가 진행되었다. 노퀴튀르는 그로루브르가 자신에게 털어놓았던 두 개의 길고 긴 증명을 이야기했다.

어느새 달은 높이 떠올라 숲속의 빈터를 환하게 밝히고 있었다. 갑자기 듣고 있던 새들 가운데 한 마리가 날개를 퍼덕이며 시끄럽게 울어 댔다. 나머지 새들이 모두 그 문제의 새를 향해 고개를 돌렸다. 그 새는 계속해서 울었다. 당황한 노퓌튀르는 하던 말을 멈췄다. 아마도 그 방해자는 골드바흐의 가설에 대한 그로루브르의 증명에서 결정적인 오류를 발견했는지도 모른다.

수학자 인명사전

▶ **가우스** Carl Friedrich Gauss, 1777~1855

브라운슈바이크에서 태어난 가우스는 두 살 때부터 신동이었다. 고지식하고 난폭했던 아버지와 달리 어머니 도로테아는 아들이 위대한 사람이 될 것이라는 기대를 갖고 있었다. 이러한 기대에 부응하듯 가우스는 말을 하기 이전에 계산하는 법을 알고 있었다고 한다. 고등학생 때부터 고등산술 연구를 개시하여 '황금정리'를 재발견하고 '최소제곱법'을 발명했으며, 괴팅겐 대학교에서 공부하면서 『정수론 고찰』을 저술했다. 수학의 중요성을 강조하여 '수학은 과학의 여왕이고, 산술은 수학의 여왕이다'라는 격언을 남긴 가우스는 천문학과 영문학에 매혹당했다. 특히 셰익스피어에 열광했으며 수학의 진보 외에는 아무런 관심이 없었다. 정수론, 합동수 이론, 정n면체의 문제를 해결했고 복소수를 도입해 근대 대수학의 발전에 획기적인 전기를 마련했다. 전쟁에 휘말려 위기에 처한 가우스는 오랫동안 편지로 교신하던 르블랑 씨가 자신이 여자이며 소피 제르맹이라는 것을 밝히고 그를 위기에서 구해 주자 평생 그녀와 우정을 교류했다. 죽는 날까지 연구를 멈추지 않았던 가우스는 그를 기리는 기념주화에서 '수학의 왕자'라는 칭호를 받았다.

▶ **갈루아** Évariste Galois, 1811~1832

수학과 과학의 역사에서 갈루아의 덧없는 생애에 필적할 만한 것은 없다. 갈루아는 파리 교외의 작은 마을에서 공립학교 교장이면서 계몽사상에 심취한 아버지와 법학부 교수의 딸이었던 어머니 사이에서 태어났다. 1832년 프랑스 대혁명 시대에 수학적 재능이 발현되기 시작한 갈루아는 수학의 정리를 읽는 동시에 증명할 수 있었다. 하지만 그는 입시에 번번이 낙방했다. 17세에 「순환 연분수에 관한 정리의 증명」을 한 갈루아의 첫 논문은 소수차 대수방정식에 관한 것이었다. 라그랑주의 『수치방정식의 해법』을 읽고 심취하여 오차 방정식 연구에 착수한 갈루아는 중요한 발견을 정리해 논문으로 제출했으나 주최 측에서 이를 분실하였고, 이런 일이 몇 번이나 반복되었다. 군론으로 알려진 고등대수학 분야를 형성했고 각의 삼등분 문제나 원적 문제가 해결 불가능하다는 것을 증명했다. 19세 때는 대수방정식론에 관한 논문을 썼다. 즉흥시인이었던 갈루아의 아버지는 그에게 불만이 있는 젊은 가톨릭 신부들의 모함으로 자살했고, 이때부터 갈루아는 가톨릭과 왕정에 대한 증오심을 키우게 되었다. 수학대상을 수상할 만큼 훌륭한 논문을 써서 푸리에에게 보냈지만 그는 논문을 보기 전에 갑작스럽게 죽음을 맞았다. 갈루아는 7월 혁명에의 참여를 막은 대학을 고발하는 투서를 보내서 퇴학을 당했다. 세 번째로 보낸 논문은 담당자였던 푸아송이 이해하지 못했다는 고백과 함께 보완을 요청했으나 갈루아는 그때 감옥에 구속되어 있었다. 1832년 콜레라가 만연하여 병원으로 호송된 그는 요양소 의사의 딸 스테파니를 만나 사랑에 빠지게 되었고 이로 인해 결투에 휘말리게 된다. 결투를 하기 전날 죽음을 예감한 그는 시간과 경쟁하며 편지를 썼다. 이 편지에서 그는 일종의 수학적 유서로서 오늘날 '갈루아 이론'과 '리만면'의 맹아라 할 만한 이론을 썼는데, 갈루아의 이론은 죽은 지 40년 후에야 빛을 보았다. 결투에서 총에 맞아 죽어가던 갈루아는 울부짖는 아우에게 "울지 마라. 스무 살로 죽으려면 대단한 용기가 있어야 하는 거야"라는 말을 남기며 21세로 죽음을 맞이했다. 60쪽밖에 되지 않는 전집이 남아 유일하게 그의 천재성을 보여 주고 있다. 현재 그의 이론은 양자역학에서 소립자물리학의 중심 원리가 되었다.

▶ **골드바흐** Christian Goldbach, 1690~1764

골드바흐의 가설을 비롯해 정수론의 발전에 이바지한 수학자. 오일러에게 자신의 이름이 붙게 될 가설을 편지로 보냈다. 그의 이론 중 아직도 완전하게 증명되지 않은 것으로 첫째, '모든 짝수 자연수는 두 소수의 합과 같다'. 둘째, '2보다 큰 모든 자연수는 세 소수의 합과 같다' 등이 있다. 곡선 이론, 무한급수, 미분방정식의 적분의 발전에 기여했다.

▶ **괴델** Kurt Gödel, 1906~1978

체코슬로바키아의 브루노에서 태어났으며 비엔나 대학교에서 수학을 전공했다. 1931년 「불완전성 정리」라는 논문을 발표했다. 모순이 없고 인식 가능한 논리 체계가 산술의 기본을 서술할 수 있다면 그 논리 체계는 불완전하여 증명할 수도 반증할 수도 없는 명제가 존재한다는 것이 첫 번째 불완전성 정리다. 두 번째는 그러한 논리 체계를 사용해서는 그 논리 체계 자체가 모순이 없음을 증명할 수 없다는 것으로, 이는 기존의 상식을 뒤흔들고 인간 인식의 한계를 극명히 드러낸 혁명적인 것이었다. 이는 수학, 철학, 언어학에 영향을 미쳐 이론전산학의 기초가 되었고, 연속체 가설이 기존의 수학과 모순되지 않음을 증명했다. 1949년에는 일반 상대성 이론과 관련된 논문을 발표하고 과거로의 시간 여행이 가능한 우주의 존재 가능성을 증명하였는데, 이는 이론물리의 탁월한 업적으로 알려져 있다. 괴델은 아리스토텔레스 이후 최고의 수리논리학자로 추앙받았으며, 20세기 위대한 수학자 중 한 사람으로서 프린스턴 고등연구소에서 아인슈타인과 함께 활동했다. 오랫동안 우울증에 시달려 왔던 괴델은 말년에 음식에 독이 들어 있다고 믿고 식사를 거부하여 굶어 죽었다.

▶ **그레고리** James Gregory, 1638~1675

스코틀랜드의 수학자, 천문학자. 미적분의 기본 정리를 최초로 증명했으며 미적분학 창안에 기여했다. 「원과 쌍곡선의 올바른 구적법」에서 무한 수렴급수를 사용하였고, 이 연구로 수렴급수와 발산급수를 구별한 선두주자가 되었다. 자신의 이름이 붙은 최초의 실질적인 반사망원경과 광도 측정법에 의한 별의 거리 측정법을 도입했다.

▶ **나시르 알딘 알투시** Nasir al-Din al-Tusi, 1201~1274

페르시아의 철학자, 과학자, 수학자. 이스마일리아의 통치자 나시르 앗딘 아브드 알라히의 점성가였다. 이스마일리아의 무리로 가장하여 테러 분파인 암살단 본부 알라무트 요새에 기거하면서 연구를 진행했다. 훌라구 칸은 1256년 몽골인들에게 요새를 내주고, 그를 자신의 참모로 등용했다. 종교 유물국 책임자로 관측소를 짓고 아랍어와 페르시아어로 된 책을 저술했다. 에우클레이데스, 프톨레마이오스, 아우톨리코스, 테오도시우스, 아폴로니우스 등의 저서 가운데 초기 아랍어 번역본을 보충, 개작 했으며 수학과 천문학 발전에 공헌했다.

▶ **뉴턴** Sir Isaac Newton, 1642~1727

영국 링컨셔주에서 태어난 뉴턴은 조산아이자 유복자였다. 타고난 허약 체질과 재혼한 어머니를 그리워하며 보낸 유년 시절의 어두운 환경은 그를 내성적이며 의심 많은 성격으로 만들어 대인 관계를 기피하게 만들었다. 캠브리지에서 2년간 독학으로 과학과 수학을 익힌 뉴턴은 빛, 색채, 시각에 관한 실험을 하면서 안구의 모양에 따라 물체가 어떻게 찌그러지는지 알아보기 위해 자기 눈을 대상으로 실험을 하기도 했다. 데카르트의 기하학을 독학으로 공부한 그는 페스트로 인해 고향으로 돌아와 오늘날 미분법, 적분법이라고 하는 '이항정리'와 '유율법'을 고안했다. 뉴턴과 라이프니츠는 미적분의 발견을 두고 오랜 세월 불편한 관계로 지냈다. 그는 과학적인 현상을 수학적으로 증명해 보임으로써 이론의 확실성을 높였다. 근대 과학사에서 가장 중요한 작품 『프린키피아』는 간단한 미적분에서 인력, 유체학, 태양 유성의 운동에서 조석이론까지 뉴턴 역학의 체계를 정립한 것이다. 광학, 역학, 수학 모든 분야를 통틀어 탁월한 과학자이자 발군의 수학자인 뉴턴은 왕립협회의 회장으로 여왕으로부터 공작 작위를 받아 '뉴턴 경'이 되었다.

▶ **달랑베르** Jean Le Rond d'Alembert, 1717~1783

『백과전서』의 기고가, 편집자로서의 명성 이전에 그는 수학자, 과학자로 더 유명
했다. 거의 독학으로 공부한 그는 26세에 달랑베르의 원리를 포함한 『역학론』을
출간했다. 이것은 뉴턴 운동에 대한 제3법칙이 고정된 물체뿐 아니라 자유운동
을 하는 물체에서도 성립한다는 것이다. 또한 편미분방정식을 만들고 「진동하
는 현에 대한 연구」에서 새로운 미적분을 현의 문제에 적용했다. 지축의 장동과
분점 이동의 근을 찾아 특성을 구분하는 등의 큰 공적을 남겼다.

▶ **데데킨트** Julius Wilhelm Richard Dedekind, 1831~1916

독일 출신으로 살아 있을 때는 인정받지 못했으나 그의 무한 개념과 실수의 구
조에 관한 개념 연구는 지금도 현대 수학에 영향을 미치고 있다. 그는 산술 개념
으로 무리수를 정의했는데 기원전 4세기에 에우독소스가 기하학적으로 접근하
여 무리수를 유리수의 근사로 정의한 것을 데데킨트는 실수가 직선 위의 점과
일대일로 대응한다면 유리수의 무리수는 간극이 전혀 없는 실수의 연속체를 이
룰 수 있다는 개념으로 발전시켰다. 정수의 성질과 수의 개념을 계속 연구하여
『대수적 정수론에 대하여』를 발표했는데 여기서 그는 대수적 정수로 이루어져
있고 그보다 더 큰 집단에서 분리된 수의 집합을 '이데알'이라고 했다. 이데알은
주어진 대수적 정수의 모든 배수로 이루어진 집합이다.

▶ **데모크리토스** Democritos, 기원전 460년경~기원전 370년경

그의 생애에 관해 알려진 것은 대부분 믿을 수 없는 전설뿐이다. 트라키아의 아
브데라에서 부유하게 살면서 동방의 여러 곳을 여행하고 장수를 누린 듯하다.
그는 지식의 거의 모든 분야를 다루는 73권의 책을 썼다고 전해지지만 오늘날
남아 있는 것은 대부분 윤리학에 관한 단편들이다. 실재 또는 존재가 영원하고

나눌 수 없는 통일체라는 엘레아학파의 주장에 동의했지만 그 실재가 하나뿐이고 고정되어 있다는 주장에는 반대했다. 허공은 무한한 공간인 진공이며 물질계를 이루고 있는 무수하고 영원하며 눈에 보이지 않는, 더 이상 나눌 수 없을 만큼 작은 원자들이 이 진공 속을 움직이고 있다고 생각했다.

▶ 데자르그 Girard Desargues, 1591~1661

프랑스의 수학자. 사영기하학의 주요 개념을 도입했다. 「원뿔과 평면이 만나는 경우를 다루려는 시도에서 나온 초안」은 원뿔곡선 이론에 적용되는 사영기하학에 혁신을 가져왔다. 이것은 그의 제자들 가운데 한 명인 프랑스 수학자 파스칼에게 상당한 영향을 미쳤다. 그러나 불행하게도 식물 이름을 딴 독특한 수학 용어 체계를 사용했고, 데카르트 기호 체계를 포함시키지 않았기 때문에 그의 저서는 2세기 동안 세상에 알려지지 않았다. 1845년에 필사본이 발견되고 뒤이어 사영기하학에 대한 관심이 되살아나자 비로소 그의 업적은 인정받게 되었다.

▶ 데카르트 René Descartes, 1596~1650

프랑스의 귀족 집안에서 태어난 그는 생후 며칠 만에 어머니를 잃었고, 이후 창백하고 약한 아이로 자랐다. 일생 동안 가까운 친구는 없었지만 친분이 있는 사람들에게는 놀랄 만한 헌신과 충실함을 보여 주었다. 열 살 때 라 플레쉬에서 논리학, 윤리학, 형이상학, 문학, 역사학, 과학의 정규 과정을 섭렵하고 대수학과 기하학 분야에서 독립적인 연구를 했다. 군대에서 인연을 맺은 비크맨은 그가 수학의 방대한 분야를 개척하도록 이끌었다. 그는 기하학적 도형의 복잡한 구조에 잠재해 있는 통일된 원리를 발견했고 그것을 표현하는 유일한 방정식의 형태가 있음을 발견했다. '나는 생각한다. 고로 존재한다'고 하여 과학적 진리를 찾기 위한 이성의 사용법을 예증했다. 그는 『방법서설』과 『정신 지도 규칙』에서 네 가지 규칙을 세웠다. 이것은 첫째, 자명하지 않다면 그 어떤 것도 승인하지 말 것, 둘째, 문제를 가장 단순한 부분들로 세분할 것, 셋째, 단순한 것에서 복잡한 것으로 나아가며 문제를 풀 것, 넷째, 추론을 다시 검토할 것 등이다. 데카르트의 기하학은 당시까지 분리되었던 기하학과 대수학을 통합했다. x, y, z를 미지수로 a, b, c를 기지수로 표현해 문자 표시법으로 방정식을 일반화하고 체계화했다.

▶ **들랑브르** Jean Baptiste Josepe Delambre, 1749~1822

프랑스의 천문학자로 천왕성의 위성에 대한 표를 작성했다. 「태양, 목성, 토성, 천왕성, 목성의 위성에 대한 표」를 간행했고 『미터법의 기초』에서 그 연산법을 자세히 설명했다. 또 고대, 중세, 근대 천문학사를 저술하기도 했다. 달 표면의 거대한 구덩이 가운데 그의 이름으로 명명된 것이 있다.

▶ **디오판토스** Diophantos, 200년경~284년경

생애에 관해서는 별로 알려진 것이 없고, 살았던 시기에 대한 논란도 많다. '대수학의 아버지'로 불리는 그는 대수방정식의 해와 정수론에 관한 『산술』로 잘 알려져 있다. 『산술』은 유일한 해를 갖는 정방정식과 부정방정식의 수치해를 제공하는 130개의 문제를 모아 놓은 것으로 총 13권에서 6권만 필사본으로 전해진다. 이전에는 연산과 논리, 근을 포함한 모든 대수학 문제를 기호 없이 표현한 것에 반해 디오판토스는 최초로 그리스 대수학에 기호를 사용했다. 33세에 결혼하고 84세에 죽었으며 죽기 4년 전에 42세의 나이로 죽은 아늘이 있었다고 전해진다.

▶ **라그랑주** Joseph Louis Lagrange, 1736~1813

이탈리아에서 프랑스 혈통의 부유한 가문에서 태어났으나 재무장관이었던 아

버지가 무리한 투자로 갑자기 파산하는 바람에 그는 교사가 되기 위해 수학을 공부해야 했다. 라이프니츠, 뉴턴, 오일러가 주고받은 편지를 읽으며 수학을 연구하고, 16세에 군사 학교에서 수학 강의를 하면서 수학자가 되었다. 해석학적 방법으로 '등주부등식' 문제를 해결하고 오일러의 극찬으로 베를린 아카데미 회원이 되었다. 파리에서 달랑베르를 알게 되고 오일러의 뒤를 이어 베를린 아카데미의 수장이 되었다. 『해석역학』을 연구하면서 역학 이론과 그와 관계된 문제를 푸는 예술, 거기에 모든 문제를 해결하기 위한 방정식을 이끌어내는 공식을 출발점으로 라그랑주의 제1운동, 제2운동 방정식을 만들었다. 미분방정식, 소수론, 존 펠 방정식으로 알려진 기초적으로 중요한 정수론 방정식, 확률에 관한 논문을 썼으며 「방정식의 대수적 해결법에 대한 고찰」로 대수학의 새로운 장을 열었고, 갈루아를 고무시켜 군론을 발전시켰다. 또한 일생 동안 발표한 이론의 거의 반 이상이 행성의 운동에 관한 것으로, 이는 달과 목성의 궤적, 태양의 운동, 황도를 지나가는 금성의 통과 방향, 태양 흑점의 계산 등이었다. 그는 일반적인 상황과 조건에서 해결할 수 있는 원론적인 이론을 세우고자 했으며 이 연구는 뉴턴의 이론과 밀접한 관계가 있다. 수론에서도 모든 자연수는 최대 네 개의 제곱수의 합으로 표현된다는 것을 증명했으며 특정한 값들을 계산해서 점진적으로 함수를 찾는 보간법 공식을 만들었다. 『함수의 미적분 강의』는 해석함수에 대한 최초의 교과서였다. 그는 뉴턴과 함께 과학의 경계를 넓히고 그 본질을 발견하는 데 결정적인 역할을 한 사람으로 꼽혔으며 추상적인 이론 속에 우아한 예술을 담은 것으로 칭송받았다.

▶ **라마누잔** Srinivasa Ramanujan, 1887~1920

인도의 천재 수학자. 12세에 『평면 삼각법』을 탐독하여 원주율 π의 계산과 무한급수와 급수 전개에 관해 익숙해진 그는 20세부터 자신이 발견한 수학적 결과들을 노트에 적기 시작했다. 영국 캠브리지 대학교 교수 하디에게 보낸 논문으로 그의 수학적 재능이 세상에 알려지고 정식으로 캠브리지에 초청되었다. 하디와 함께 불후의 논문을 발표하고 30세에는 영국 왕립학회 특별 회원, 캠브리지 특별 회원으로 선출되었다. 그러나 이때 건강이 악화되어 요양원에 입원하게 된다. 하디가 타고 온 택시 번호판 1729가 세제곱의 합으로 표현되는 두 가지의 방법이 존재하는 가장 작은 수라고 직관적으로 말했다는 일화는 유명하다. 37편의 논문과 3권의 노트, 미발표 원고를 남겼는데, 정식 수학 교육을 받지 않았는데도 불구하고 놀랄 만한 연구 결과를 냈다는 것이 지금까지 미스터리라고 한다. 그가 증명 없이 결과만 남겨 놓고 간 공식들은 현대에 들어 여러 수학자들에 의해 증명되고 있을 뿐 아니라 그 중요성이 입증되고 있다.

▶ 라이프니츠 Gottfried Wilhelm Leibniz, 1646~1716
다양한 면모를 가진 독일 철학자, 객관적 관념론자이자 합리론자로서 전기 부르주아 사상을 대표하는 라이프니츠는 대학교수인 아버지와 저명한 법률가의 딸이었던 어머니 사이에서 태어났다. '30년 전쟁' 중에 태어난 그는 아버지의 서재에서 풍성한 독서를 할 수 있었다. 독학으로 라틴어와 그리스어를 익힌 그는 네덜란드 과학자에게서 지도를 받았다. 라이프니츠의 천재성을 알아본 하위헌스는 그에게 '삼각수'의 문제를 던져 주었다. 『결합법』에서 문자로 표현하든 표현하지 않든 모든 추론과 발견을 수, 단어, 소리, 색과 같은 요소들의 질서 있는 결합으로 환원하는 방법을 제시하여 현대 컴퓨터의 이론적 선구가 된 모형을 정식화했다. 미적분의 근본 원리를 독자적으로 발견했으나 뉴턴의 영광을 가로채려 한 것이 아니라 아이디어를 얻었다는 사실을 시인했다. 브른그비크의 공작 작위를 받고 귀족 족보 작업을 위해 여행을 했다. 법어와 중국어에도 능통했으며 '기호 논리학'의 기초를 만들었다. 프러시아에 아카데미를 세워 초대 원장이 된 그는 1716년 하노버에서 실의와 고독 속에 삶을 마쳤다.

▶ **라플라스** Pierre Simon Marquis de Laplace, 1749~1827

프랑스에서 태어난 라플라스의 부모는 농부였다. 그의 유년기는 거의 알려진 바가 없고, 다만 그가 농부였던 부모를 부끄러워했다고만 알려져 있다. 비상한 기억력을 가진 시골 천재 라플라스는 부유한 유지의 후원으로 파리에 가게 된다. 파리 군사 학교의 교수가 된 후 그는 뉴턴의 만유인력의 세부 응용에 자신의 일생을 바치게 된다. 뉴턴의 중력 이론을 태양계에 성공적으로 적용시켜 관측된 행성들이 이론적인 궤도에서 벗어나는 현상을 낱낱이 해명하였으며 우주 진화에 관한 개념을 발전시켰다. 또한 과학 자료의 확률적인 해석이 유용하다는 것을 입증하기도 했다. 『확률해석론』에서 특정 사건들이 자연계에서 일어날 확률을 수학적으로 예측하기 위해 고안한 도구들을 설명했는데, 이를 일반적인 확률을 넘어서 현상의 원인과 인구 동태 통계 및 미래 사건 연구에도 적용시켰다. 수리물리학자로 자처한 그는 편미분방정식으로 구성된 포텐셜의 개념을 뉴턴의 유체 운동과 라플라스의 방정식과 연관시켰고 유체 운동, 중력, 전기강 등의 이론에 장족의 발전을 가져왔다. 한편 정치적으로도 천재적인 처세를 발휘한 그는 나폴레옹의 재무장관과 루이 18세의 상원위원장을 역임했다. 그는 프랑스의 뉴턴이라 불리며 확률론에 관한 근대 수학의 기초자로 평가받고 있다.

▶ **레코드** Robert Recorde, 1510년경~1558

16세기 영국의 의사, 수학자로 수학 학교를 세우고 대수학을 처음 소개했다. 영국에서는 최초로 수학과 천문학 책을 썼는데 그의 수학 교과서는 영국에서 1세기 이상 사용되었다. 최초로 알려진 저서는 대중적인 수학책 『기술의 기초』이고, 그 밖에 지구가 태양의 둘레를 돈다는 코페르니쿠스의 이론을 소개한 천문학 교과서 『지식의 성』과 에우클레이데스의 『기하학 원론』의 축소판인 『지식으로 가는 길』 등의 저서를 남겼다. 그중 등호 사용을 처음 제안한 『지혜의 숫돌』이 가장 뛰어난 저서로 평가받는다.

▶ **로바체프스키** Nikolaï Ivanovich Lobachevsky, 1792~1856

폴란드 혈통으로 러시아에서 태어났다. 가난과 무지에서 벗어나야 한다고 믿었던 어머니의 교육관으로 그는 13세에 카잔 대학교에 장학금을 받고 입학했다. 18세에 교수가 된 로바체프스키는 콜레라로부터 학교를 구하고 총명하고 부지런한 학생들을 발굴해 후원했다. 또한 러시아 학교에 물리 교육을 처음 소개하기도 했다. 유클리드 기하학을 연구했던 그는 유클리드 공리를 증명하기 위해 노력하던 중 '그 공리는 증명될 수 없다'는 놀랄 만한 발표를 했다. 이는 비유클리드 기하학 분야에서 '범기하학' '가상의 기하학'이라 불렸는데, 이것은 유클리드 기하학만큼 논리적인 것이었다. 또한 이론과학보다는 경험과학이라는 새로운 관점을 견지했으며 아인슈타인의 이론에서 정당성이 입증됐다. 생전에 그의 연구는 전혀 평가받지 못했으나, 죽은 지 10년 후 가우스의 일기를 통해 비유클리드 기하학을 연구했다는 것이 공개되면서 그의 연구가 관심을 받을 수 있게 되었다.

▶ **로베르빌** Gilles Personne de Roberval, 1602~1675

프랑스의 수학자로 곡선의 기하학을 발전시켰다. 파리의 콜레주 드 프랑스 수학 교수로 극소량법을 개량, 발전시켜 입체의 표면적과 부피를 구하는 방법을 연구했다. 곡선을 동점의 운동으로 취급하고 그 점의 운동을 두 개의 단순 성분으로 분해하여 접선을 긋는 일반적인 방법을 발견했다. 또한 그는 한 곡선에서 다른 곡선을 구하는 법을 발견했는데, 이 방법으로 어떤 곡선과 그 곡선의 점근선 사이의 면적과 같은 유한 차원의 평면 영역을 구할 수 있었다. 토리첼리는 이 곡선을 로베르빌 선이라고 명명했다.

▶ 르장드르 Adrien-Marie Legendre, 1752~1833

프랑스의 부유한 가정에서 태어나 마자린 대학교에서 수학과 물리학에 대한 최상의 교육을 받은 수학자로, 타원적분에 관한 그의 연구는 수리물리학의 기본적인 분석 수단이 되었다. 『새로운 혜성 궤도 결정법』과 『기하학 원론』은 주로 에우클레이데스의 『기하학의 원론』에 나오는 정리를 재정리하고 단순화시켜 효율적인 교과서를 만든 것으로 유럽과 미국에서 번역되어 기하학 교과서의 원형이 되었다. 원주율 π가 무리수임을 증명하였으며 라그랑주, 오일러가 중단했던 타원적분을 다시 연구했다. 「타원함수에 관한 논문」에서 타원적분을 세 개의 표준형으로 단순화했다. 정수론에 대한 자신의 연구를 체계적으로 정리한 『정수론』에서는 2차 상반법칙을 증명했다. 가우스가 '산술의 보석'이라고 했던 이 법칙은 페르마의 연구 이후 정수론에서 가중 중요한 결과물이 되었다. 말년에 그는 정부 측 후보자에게 투표하는 것을 거부한 대가로 연금이 중지되었고 소신을 지키다가 굶어 죽었다.

▶ 리만 Bernhard Riemann, 1826~1866

하노버 왕국의 브레젤렌츠에서 목사의 아들로 태어났다. 「주어진 수보다 작은 소수의 개수에 대하여」라는 논문으로 베를린 학술원의 정식 회원이 되었다. 가우스의 뒤를 이어 괴팅겐 대학교 교수로 부임하여 리만 기하학을 창시하고, 복소함수론, 아벨함수론, 소수의 분포이론, 수리물리학 등의 분야에서 뛰어난 업적을 남겼다. 공간기하학에 관한 그의 생각은 근대 이론물리학 발전에 큰 영향을 끼쳤고, 이것은 상대성 이론에 사용된 개념 및 방법의 토대가 되었다. 비유클리드 기하학을 고안한 그는 '한 직선 밖의 한 점을 지나고, 그 직선과 평행인 직선은 없다'고 가정한 후, 자오선상의 배 두 척은 만날 수밖에 없다는 것을 예로 들었다. 아인슈타인은 이 이론을 모형으로 하여 시공간 모형을 세웠다. 타원기하학이라고 하는 리만 기하학은 비유클리드 기하학의 하나로, 그의 이름을 딴 수많은 방법, 정리, 개념을 탄생시켰다. 리만 기하학에서는 평행선이 존재하지 않으며 삼각형 내각의 합은 180°보다 크다.

▶ **메넬라오스** Menelaos, ?

1세기 말에 알렉산드리아에서 활동한 그리스의 수학자. 구면삼각형을 최초로 표현하고 정의했다. 그의 가장 중요한 저작으로 꼽히는 『구면학』의 제1권에서는 유클리드가 평면삼각형을 다룬 것과 비슷하게 구면삼각형을 취급하여 수학적으로 다룰 수 있는 기초를 세웠다. 제2권에서는 천문학적 측정 및 계산에 관한 구면기하학과 구면삼각법의 응용을 다루었으며, 마지막 제3권에서는 메넬라오스 정리가 소개되었다.

▶ **몽주** Gaspard Monge, 1746~1818

프랑스 본에서 구멍가게 아들로 태어났다. 프랑스 혁명 시기에 과학 분야의 목소리가 높아지던 때라 계몽주의 사상에 영향을 받은 그의 아버지는 아들에게 공부를 시켰다. 수학과 과학에 재능이 있던 그는 취미로 도시계획 설계도를 만들었는데, 이것으로 인해 군사 학교에 입학했고 수학과, 물리학과 교수가 되었다. 그의 천재성은 군사적 측면에서 중요한 요새 구축의 설계에 능력을 발휘했다. 그는 에콜 노르말 대학교에서 '화법기하학'을 발전시켰고 표면 이론, 미분방정식 등 수학 이론을 연구했다. 프랑스 혁명을 위해 자신의 모든 능력을 다 바쳤던 몽주는 장관으로 임명되었다가 사퇴했다. 혁명군의 무장에 필요한 무기, 화약을 만드는 데 자연과학적 지식을 총동원하여 과학자의 군사 참여가 과학 발전에 박차를 가하는 한 사례가 되었다. 그는 에콜 공대 창립에 앞장섰고 초대 교수가 되었다. 「기하학을 위한 대수학」 논문을 발표했으며, 몽주의 기하학은 사영기하학으로 발전하였다. 나폴레옹의 총애를 받았던 그는 왕정복고 시대가 되자 완전히 축출되어 외로움과 궁핍함, 정신적 황폐함 속에서 죽음을 맞이했다.

▶ 바스카라 2세 Bhaskara II, 1114~1185년경

12세기를 주도한 인도의 수학자. 처음으로 십진법을 체계적으로 사용했다. 우자인 천문대 대장으로 저명한 인도 수학자 브라마굽타의 직계였다. 수학 연구서인 『릴라바티』와 『씨앗 계산』에서 십진법을 사용하였고, 브라마굽타와 다른 인도 수학자들로부터 나온 문제를 편집했다. 특히 펠 방정식($x=1+py^2$)의 일반해와 여러 특수 해를 구해 브라마굽타 연구의 결함을 보충했다. 근대 대수학에서와 같이 미지 값을 나타내기 위해 문자를 빌려 썼고 일·이차 부정방정식을 풀었다. 바스카라는 기호의 근대적 약속(음의 곱은 양, 음과 양의 곱은 음)을 미리 내다보았으며, 비록 $\frac{a}{0}+0=a$라고 잘못 진술하기도 했지만 $\frac{3}{0}$은 무한량이라고 진술한 것으로 보아 0으로 나누는 것의 의미를 이해한 최초의 사람이었다. 또한 그는 유명한 점성가였는데 구전에 따르면 불행한 운명의 뒤틀림과 자신의 점성술적 간여로 한 번뿐인 결혼과 행복의 기회를 빼앗긴 딸을 위로하기 위해 자신의 첫 작품 제목을 딸의 이름 '릴라바티'라고 정했다는 이야기가 전해진다.

▶ 바이어슈트라스 Karl Weierstrass, 1815~1897

독일 오스텐펠데에서 태어났다. 공무원이었던 아버지는 아들에게 좋은 교육을 받게 하려고 노력했다. 15세 때부터 수학에 흥미를 갖게 된 그는 독학으로 수학 공부를 했고, 야코비의 타원함수에 관한 책을 읽고 연구하기 시작했다. 야코비 함수의 역함수를 찾는 연구는 아벨 함수에 대한 연구로 연결되었고 「아벨 함수에 대하여」라는 논문으로 야코비의 역함수 문제를 해결했다. 이 논문으로 베를린 공학연구소 교수가 되었고, 따로 논문을 발표하는 대신 강의 시간에 새로운 연구 결과에 대해 이야기했다. '수학의 지배자'라는 칭호를 받은 바이어슈트라스는 해석학의 기초 이론을 증명하는 축을 만들었다. 수학자들은 '증명에서의 바이어슈트라스식 엄밀성'이라는 말을 쓰기도 한다. 응용수학에 거의 관여하지 않았고 재능 있고 뛰어난 학생들을 지원하는 목적의 순수 수학 교실을 설립했다. 여자 수학자 소피야 코발렙스카야의 특별한 재능을 알아보고 개인적으로 가르쳤으며 그녀와 공동 연구를 했다. 강의 중에 발표한 이론들을 출간하던 중 세상을 떠나 지금까지 그의 발견과 업적들은 불완전한 채로 전해지고 있다.

▶ 베르누이 형제 Jakob Bernoulli, 1654~1705 Johann Bernoulli, 1667~1748

스위스 바젤의 베르누이 가문은 열 명의 수학자를 배출한 놀라운 가문이다. 형 야코프는 재능이 뛰어난 수학자로 미적분학, 무한수열의 합, 확률론에 중요한 공헌을 했다.『추측술』은 페르마 – 파스칼의 교신을 통해 발전해 온 확률 계산에 더욱 과학성을 가지게 한 것이었다. 동생 요한은 라이프니츠의 미적분학을 유포한 수학자였다. 라이프니츠와 서신 교류를 하고 있던 요한은 뉴턴과의 분쟁에서 그를 보호하려고 했다. 그들은 서로 수학적인 경쟁자였다. 하지만 '조화급수'라 불리는 무한급수는 두 사람의 지혜가 합쳐져서 탄생한 것이다. 급수에 관한 개념이 정리되기 전에 그들이 무한한 합이 1이나 π로 귀결된다는 생각을 한 것은 혁명적이라 할 수 있다.

▶ 불 George Bool, 1815~1864

영국에서 태어난 불의 아버지는 상인이었고 아들에게 일찌감치 수학을 가르쳤다. 아버지와 지방 학교에서 수학의 기초를 배운 것 외에 독학으로 수학을 공부했다. 그는 논리학적 기법에 대한 생각을 발전시키고 자신의 수학 연구에서 끌어낸 기호논법을 바탕으로『논리학의 수리해석』을 출간했다. 이 책에서 그는 '논리학은 철학이 아니라 수학과 결합되어야 한다'는 것을 설득력 있게 주장했다.

불은 수학자로서 근대 기호논리학을 확립했다. '불 대수'라고 불리는 논리대수는 디지털 컴퓨터 회로 설계의 기초가 되었다.

▶ **브라마굽타** Brahmagupta, 598~655년경

고대 인도의 천문학자 중 학식이 가장 깊은 인물이다. 그의 저서 『우주의 창조』는 운문 형태의 글로 힌두인의 천문학 체계에 대해 노래하고 있다. 두 개의 장은 수학에 관한 것으로 등차수열, 이차 방정식, 직각삼각형, 삼각형 및 사변형의 면적, 표면적, 부피를 구하는 것에 관한 여러 가지 기하학 정리가 들어 있다. 나머지 23개의 장은 천문학에 관한 것으로 일식, 월식, 행성의 합, 달의 위상, 행성의 위치 결정 등을 다루고 있다.

▶ **비에트** Francois Viète, 1540~1603

프랑스의 수준 있는 집안에서 태어난 그는 수도원 학교에서 엄격한 교육을 받았다. 국회 변호사가 되어 수학자들과 친분을 쌓게 되면서 평면과 포물선에서의 삼각함수에 관한 정리를 포함한 책을 발간했다. 정치적인 혼란을 피해 은둔하며 대수학 이론을 발전시켰고 『분석적 예술의 입문』을 출간했다. 그는 현대의 대수학 기호를 알파벳으로 표현했으며 연산 기호와 알파벳으로 표현된 계산법이 계산 자체를 넘어서 수학에 끼치는 영향이 어떤 것인지 알고 있었다. 당시에는 기하학에만 제대로 된 수학적 정리와 증명이 존재했기 때문에 수학이 곧 기하학과 동일시되었는데 대수학이 독립하면서 기하학과 동등한 입장이 된 것이다. 비에트는 삼각함수, 극한값, 아폴로니우스의 '원의 접점 문제'를 해결하는 등 다양한 업적을 세웠다.

▶ **스테빈** Simon Stevin, 1548~1620

플랑드르의 수학자로 십진분수의 사용을 표준화하고 무거운 물체가 가벼운 물체보다 더 빨리 떨어진다는 아리스토텔레스의 학설에 반론을 제기했다. 또한 『소수』에서 십진분수와 이들의 일상적인 사용에 대해 완벽한 설명을 이끌어냈다. 그 표시법이 쉽지는 않았으나 일상 수학에서 사용할 수 있도록 한 것이다. 통화, 측정, 무게에 대해 십진제를 널리 도입하는 것은 시간 문제라는 주제로 『십진법』을 저술했다.

▶ **아낙시만드로스** Anaximandros, 기원전 610~기원전 546년경

그리스의 철학자이자 천문학의 창시자. 우주론 또는 체계적인 철학적 세계관을 전개한 최초의 사상가로 불린다. 탈레스의 제자로 알려진 그는 지리학, 천문학, 우주론에 관한 논문을 썼고, 당시에 알려진 세계에 관한 지도를 만들었다고 전해진다. 합리주의자로 대칭을 찬양했고, 기하학과 수학적 비례를 도입하여 천체 지도를 그리려고 했다. 이러한 그의 이론은 이전의 신비적인 우주관에서 벗어나 천문학의 발전을 예시한 셈이다. 세계를 구성하는 본질을 아페이론(무한자)이라는, 지각할 수 없는 실체라고 주장했다.

▶ **아낙시메네스** Anaximenes, 기원전 585년경~기원전 528년경

기원전 545년경에 활동한 그리스의 자연 철학자. 서양 최초의 철학자로 여겨지는 탈레스, 아낙시만드로스와 함께 밀레투스의 세 현인으로 일컬어진다. 탈레스는 모든 물질의 근본을 물이라 하고, 아낙시만드로스는 무한자라고 규정한 반면, 아낙시메네스는 아이르(안개, 수증기, 공기)라고 주장했다. 무지개가 여신이 아니라 응축된 공기에 햇빛이 비칠 때 일어나는 현상이라고 주장한 데서 분명히 드러나듯이, 그의 사상은 신화에서 과학으로 이행하는 단계의 전형을 보여 준

다. 그러나 우주가 반구라고 믿은 것처럼 신화적, 신비적 경향에서 완전히 벗어나지는 못했다. 농축과 희박화가 세계 형성의 원리라는 주장은 과학적 사상의 발전에 지대한 영향을 미쳤다.

▶ 아르키메데스 Archimedes, 기원전 287년경~기원전 212

시칠리아섬에 있는 시러큐스에서 태어난 아르키메데스의 아버지는 천문학자였다고 한다. 그는 알렉산드리아 도서관에서 공부한 것으로 추정되며, 유클리드의 영향을 받았다. 히에론 왕의 왕관과 관련된 유레카 일화가 유명하다. 구와 구에 외접하는 원기둥의 표면적과 부피의 관계, 아르키메데스의 원리, 정수역학, 광학, 지렛대, 도르래 등의 실용적인 도구를 개발했으며 당시로서는 가공할 전쟁 무기를 만들었다. 「구와 원기둥에 관하여」에서 구의 표면적은 원 넓이의 네 배이며, 구의 부피는 그 구가 내접하는 원기둥 부피의 $\frac{2}{3}$라는 결론을 도출했다. 그가 고안한 접근 방법은 정다각형을 내·외접시키는 것이다. 17세기 말 미적분학이 발달되기 전까지 입체의 부피와 겉넓이, π에 대해 그보다 앞선 수학자는 없었다. 그의 죽음은 연구에 몰두해 있는 그의 등을 칼로 찌른 말단 병사의 이야기로 전해지고 있다. 훗날 그의 무덤은 키케로에 의해 발견된 뒤 사라졌다가 1965년에 다시 발견되었다. 그가 남긴 가장 위대한 유산은 바로 순수 수학이다.

▶ 아르키타스 Archytas, 기원전 400년경~기원전 350년경

그리스의 과학자이자 철학자. 주로 그리스 마그나그라이키아의 타렌툼에서 활동했으며, 피타고라스 학설의 신봉자다. 수리역학의 창시자로 불리기도 한다. 피타고라스 2세대 추종자의 일원으로 피타고라스 이론을 경험적 관찰과 연결시키려고 했으며 기하학 분야에서 3차원 무형을 만들어 정육면체를 두 배로 만드는 문제를 풀었다. $a:b=b:c=c:d$로 표현되는 연속 비례에 관해 얻은 결론을 음악 화성에 응용함으로써 이미 알려진 반음계와 온음계의 음높이 음정 이외에 딴이름 한소리 음정계 음높이의 음정을 식별할 수 있게 했다. 그리고 현악기에서 나는 음조의 높이가 현의 길이, 장력과 관계 있다고 하던 옛 견해에 반대했다. 대신 진동하는 공기의 움직임과 관련이 있음을 제시했다. 피타고라스 정수론보다는 기하학, 음향학, 음악 이론에서 더 큰 업적을 남긴 것으로 평가된다. 친구 플라톤은 수학 연구에, 유클리드는 『기하학 원론 8권』을 쓰기 위해 아르키타스의 연구를 빌려 썼다는 증거가 남아 있다.

▶ 아리아바타 Aryabhata, 476~550

현대 학자들에게 저서와 경력이 알려진 가장 초기의 인도 천문학자, 수학자. 처음으로 대수학을 사용했다고 알려진 사람이다. 499년 당시에 알려진 수학 지식을 요약해 이행 연구로 쓴 『아리아바티야』는 천문학과 구면삼각법을 다룬 책이다. 이 책에는 산술, 대수학, 평면삼각법에 대한 33개의 공식이 나와 있다. 이것의 중요한 특징은 사실상 현대적인 방법인 연분수를 사용해 부정방정식을 다루었다는 점이다. π의 근사값을 정확하게 구했으며, 하늘이 회전하는 것처럼 보이는 것은 지구가 자신의 축을 중심으로 자전하기 때문이라고 가르쳤다.

▶ 아벨 Niels Henrik Abel, 1802~1829

노르웨이의 섬 피뇨이에서 태어난 아벨의 아버지는 목사였다. 훌륭한 사회봉사를 했으나 가정의 경제 사정은 좋지 않았다. 수도원 학교에서 수학을 전공한 홀름보에를 만나 자신의 수학적 재능을 드러내기 시작한 아벨은 믿기지 않을 정도로 짧은 시간에 당시의 수학 이론을 완전히 소화하고 스스로 연구하기 시작했다. 오슬로 대학에서 유례없는 장학금을 받고 연구를 할 수 있게 된 아벨은 『자연 과학 논문집』에 기고한 짧은 논문을 통해 천재성을 보여 주었다. 그의 관심은 타원 함수와 대수방정식의 해결 이론에 있었다. 그는 오차 방정식 해의 불가능성을 발견했다. 이 논문은 100년 넘게 풀리지 않던 문제를 해결하게 했고 지금까지도 수학의 고전에 해당한다. 『비노미알 급수에 관하여』는 무한급수의 수렴 이론을 전개하는 해석학의 기초를 정의했다. 이 이론은 '아벨의 연속 정리'라고 불린다. 아벨은 '아벨의 정리'라고 불리는 타원적분의 합이론을 일반화한 논문을 제출했으나 코시는 길고 어려운 논문을 읽어 보지도 않고 한쪽으로 밀어 놓았다. 아벨은 그 논문에 대한 답을 기다리며 다른 연구를 하고 타원적분에 관한 이론을 고찰했다. 가우스를 만나고 싶어 했으나 만날 수 없었던 아벨은 폐렴에 걸려 27세의 나이로 죽고 말았다. 안타깝게도 그 무렵 아벨의 천재성이 인정되어 생전에 그가 그토록 만나고 싶어 했던 야코비, 르장드르, 가우스의 극찬을 받으며 교수 자리가 협의되고 있었으나 그 소식은 아벨이 떠난 후에 도착했다.

▶ **아불 와파** Abul Wafa, 940~998
이슬람의 천문학자, 수학자. 삼각법 발전에 큰 기여를 했다. 그는 바그다드의 한 천문대에서 일했는데, 그곳에서 별을 관측하기 위해 최초의 벽 사분의四分儀를 만들었다. 달 이론에 탄젠트와 코탄젠트 삼각함수를 이용했고, 그 함수값들을 계산해 냈으며, 시컨트와 코시컨트 함수를 발견했다. 또한 구면삼각형에 대한 사인 정리의 일반성을 증명했으며, 사인표를 계산하는 새로운 방법도 개발했다. 그는 그리스의 수학자 에우클레이데스, 디오판토스의 분실된 저작과 아랍의 수학자 알콰리즈미의 저작을 번역하고 주석을 달았다. 그 밖에 『율법학자와 사업가를 위한 산술학에 필수적인 책』『장인을 위한 기하학적 구성에 필수적인 책』을 썼다.

▶ **아폴로니오스** Apollonios, 기원전 262년경~기원전 190년경

유클리드, 아르키메데스와 함께 기원전 3세기 수학의 삼대 거인이라 불렸다. 페르게에서 태어났다고 전해지는 그의 일생에 대해서는 전해지는 것이 거의 없다. 젊어서 알렉산드리아에서 유학했고 『원추곡선론』을 발표했다. 원추곡선이란 타원, 포물선, 쌍곡선을 통틀어 일컫는 말이다. 총 8권으로 된 이 책은 메나에크모스, 아리스타에우스, 에우클레이데스 등에 의해 연구된 원추곡선의 원리를 체계적으로 설명하고 있다. 5권에 소개된 곡선에 이르는 최대, 최소의 직선 법선에 대한 이론은 그의 천재성을 보여 주는 부분이다.

▶ **알콰리즈미** Al Khwarixmi, 780년경~850년경

이슬람의 수학자, 천문학자. 힌두 아라비아 수와 대수학 개념을 유럽 수학에 소개했다. 그가 산 시대는 이슬람 과학의 첫 황금시대였다. 기초 수학에 관한 저서 『적분과 방정식』은 12세기에 라틴어로 번역되었고, 여기에서 대수학이란 용어가 유래되었다. 힌두 아라비아 수에 관한 또 다른 책은 『힌두 계산 기술에 관한 알고리드미』로 라틴어판으로 보존되어 있다. 이 제목에서 알고리즘(산술)이라는 용어가 생겨났다. 또 알콰리즈미는 천문학 표를 편집했는데, 이것은 주로 산스크리트어로 된 책 『7세기 브라마싯단타』의 아랍어판인 『신드힌드』를 기초로 해서 만들었으나 그리스의 영향도 받은 것으로 보인다.

▶ **알하젠** Alhazen, 965년경~1039년경

아라비아의 수학사, 불리학자. 프톨레마이오스 이래 최초로 광학이론에 중요한 공헌을 했다. 한참 뒤인 1270년에 라틴어로 번역된 그의 광학 논문 「알하젠의 광학 보전 7권」에는 굴절, 반사, 쌍안시, 렌즈로 초점 맞추기, 무지개, 포물면경, 구면경, 구면수차, 대기굴절, 지구 지평선 가까이에서 겉보기에 행성의 크기가 두

드러지게 크게 보이는 현상 등에 관한 이론들이 실려 있다. 그는 빛이 눈에 보이는 물체로부터 나온다고 말해 시각을 정확히 설명한 최초의 사람이었다.

▶ **야코비** Carl Gustav Jacob Jacobi, 1804~1851

독일의 포츠담에서 유대인 은행가의 아들로 태어났다. 언어학과 수학 사이에서 무엇을 일생의 직업으로 정할지 고민하던 중에 빈약한 수학 교육으로 인해 독학으로 수학을 공부했다. 라그랑주의 대수적 분수들의 전개를 증명하며 박사학위를 받았다. 독일에서 최초의 미분기하학 강의를 했고 노르웨이 천재 수학자 아벨과 타원함수에 관한 경쟁을 벌였다. 파리 아카데미 회원으로 선출된 후 그는 "내 안에 넘치는 수학적 아이디어는 거의 악마적이다"라고 말할 정도로 연구에 매달렸다. 놀라운 창조력과 사고력, 문헌에 대한 방대한 지식으로 거의 모든 분야의 수학을 연구했으며 가우스 다음가는 독일 수학의 2인자로 꼽힌다. 그의 제3형식의 타원함수와 세타함수는 혁명적이었다. 또한 그는 편미분방정식에 관한 이론을 역학에서의 미분방정식 이론으로 발전시켰다. 천문학에서 간섭이론은 라플라스 이후 최고의 원칙으로 인정받았으며 대수학과 해석기하학에서도 공로를 세웠다. 또한 그는 알고리즘의 대가이기도 하다. 그는 매우 능동적으로 수학을 연구했으며, 처음으로 적분기호 $\int$ 을 사용했다. 천연두로 그가 사망했을 때 세계 수학계는 큰 별을 잃었다고 추모했다.

▶ **앤드루 와일스** Andrew Wiles, 1953~

앤드루 와일스는 열 살 때 캠브리지의 작은 도서관에서 '페르마의 마지막 정리'를 읽고 반드시 풀겠다고 다짐했다. 그 후 기초적인 수학 공부를 마치고 캠브리지 대학교 대학원에서 본격적으로 연구에 몰두하게 되었다. 10년 후 다니야마-시무라의 추론이 증명되면서 페르마의 정리도 옳다고 생각했고, 문제가 시작된

지 350년이 지난 후에야 첫발을 뗄 수 있었다. 철저하게 비밀을 유지하며 7년간 집중한 끝에 1993년 증명을 공개했다. 오류를 발견하고 다시 1995년 프린스턴 대학교가 증명의 완성을 공표했다.

▶ **에라토스테네스** Eratosthenes, 기원전 276년경~기원전 194년경

키레네에서 태어났으며 대부분 아테네에서 살다가 약 40세 정도에 알렉산드리아 도서관장을 지냈다. 그는 모든 분야에 박식했는데 순수 수학, 천문학, 지리학, 역사학, 철학뿐만 아니라 시에도 능통했다고 한다. 천문학의 원리를 시로 발표하기도 했으며, 운동도 잘해서 5종 경기의 챔피언이 되기도 했다. 그는 소수를 찾는 단순한 알고리즘을 만들었는데 이것을 '에라토스테네스의 체'라고 한다. 또한 그의 논문 중에 「지구의 측정에 관하여」라는 논문이 있었지만 유실되었다고 한다. 전해지는 내용으로는 이집트 셰네에 하지 정오에 태양이 수직으로 비추는 우물이 있었는데 에라토스테네스는 알렉산드리아가 셰네의 정북에 있다고 가정하고 두 도시 간의 거리를 측정하여 지구의 둘레를 측정했는데 실제 둘레와 놀랄 만큼 가까운 수치였다. 더욱 놀라운 것은 그 당시 그는 이미 지구가 둥글다고 추리했다는 것이다. 노년에 실명하자 스스로 굶어 죽었다고 전해진다.

▶ **에우데모스** Eudemos, 기원전 370년경~기원전 300년경

기원전 300년 이전에 활동한 그리스의 철학자. 아리스토텔레스의 제자로서, 친구인 테오프라스토스와 함께 스승의 철학을 체계적으로 완성했다. 『자연학』의 단편과 『분석론』은 같은 제목의 아리스토텔레스의 저서를 풀어 쓴 것이며, 기하학, 대수학, 천문학의 역사에 관한 그의 글들은 테오프라스토스의 『자연학자의 학설』을 완성한 것이다.

▶ **에우독소스** Eudoxos of Cnidos, 기원전 400년경~기원전 350년경

고대 그리스의 수학자, 천문학자. 정수론을 크게 발전시켰으며 처음으로 태양, 달, 행성의 운동에 관하여 체계적으로 설명했다. 천문학 분야에 기하학을 도입, 관측과 이론을 서로 연결시킴으로써 천문학의 발달을 가능케 했다. 유클리드가 『기하학 원론』을 저술할 때 일부분 에우독소스에게 의존했다고 알려지고 있다. 수학에 대한 에우독소스의 두 가지 주요 업적 가운데 하나인 비율론의 경우 제5권에서 광범위하게 다뤄지고 있는데, 무리수에 대한 현대적 관점의 주요 원천인 등비 정의가 내려져 있다. 이는 정수론에 중요한 공헌을 한 이론으로 수학은 특정 삼각형의 두 변처럼 잘 알려진 통분 가능한 양뿐만 아니라 통분 불가능한 양(지름과 원주같이 그 비가 두 정수의 몫으로 나타낼 수 없는 양)도 처음으로 설명할 수 있었다. 따라서 유리수로 표현된 직선으로 둘러싸인 부피와 넓이를 구하는 문제에 대한 초기 그리스 해법에 이어, 그는 비율론의 유리 근사에 의해 무리수와 관련된 측정을 다루었다. 곧 무리수가 유리수의 근사를 통해 정의될 수 있음을 보여 준 것이다. 또한 곡선으로 둘러싸인 넓이와 부피를 구하는 문제에서 새로운 해법을 제시하기도 했다. 무리수와 무한소 개념을 포함시켜 곡선의 성질과 같은 미지량에 가깝게 접근할 때까지 기지량을 연속적으로 나누는 법을 증명했다.

▶ **오마르 하이얌** Omar Khayyam, 1048~1131

페르시아의 시인, 수학자, 천문학자. 하이얌이라는 이름은 '천막을 만드는 자'라는 뜻으로 그의 아버지 직업에서 유래한 듯싶다. 그는 고향 니샤푸르와 발흐에서 과학과 철학에 관한 교육을 받은 후 사마르칸트로 가서 대수학에 관한 주요 논문을 완성했다. 셀주크의 술판 말리크샤로부터 역법 개정에 필요한 천문 관측을 해 달라는 부탁을 받고 다른 천문학자들과 협력하여 이스파한시에 천문대를 짓도록 위임받은 것으로 전해진다. 철학, 법학, 역사, 수학, 의학, 천문학 등의 분야에 능통했지만 불행히도 형이상학에 관한 몇몇 짧은 소논문과 유클리드 기하

학에 관한 논문 등 그의 산문 작품은 거의 남아 있지 않다. 그러나 에드워드 피츠 제럴드가 오마르의 시에서 영감을 받아 쓴 것으로 유명한 「오마르 하이얌의 루바이야트」로 인해 그의 시들이 주목받기 시작했다. 「포도주 한 단지, 빵 한 조각 그리고 그대」 「부귀를 쫓으라, 명예란 아무려면 어떠랴」 「한때 만발하던 꽃은 영원히 죽는다」. 이 사행시들은 거의 모든 주요 언어로 번역되었으며 페르시아 시에 대한 유럽인의 인식에 중요한 영향을 주었다. 오마르 하이얌은 시에서 주로 실재와 영원의 특성, 인생의 무상함과 불확실성, 인간과 신의 관계 등을 얘기하고 있다.

▶ **오일러** Leonhard Euler, 1707~1783

스위스 바젤에서 태어난 오일러는 아버지에게 교육을 받았다. 그의 아버지는 수학자 가문으로 유명한 베르누이 집안 사람으로부터 수학을 배웠다. 오일러도 바젤 대학교 시절 요한 베르누이 휘하에서 공부했다. 25세 때는 기계학에 관한 두 권의 책을 출간해 천재라는 극찬을 받기도 했다. 그는 지금까지 모든 수학자 중 가장 많은 논문을 썼다. 지나치게 수학 문제에 몰두하다 오른쪽 눈을 실명하기도 했다. 『무한소 해석』과 『미분법』으로 명성이 높아졌고 해석학, 대수학, 기하학과 정수론 등 수학의 모든 분야를 연구했다. 삼각법에서 사인의 계산을 발명했고 전체 주제를 기하학적 기반보다 대수적 기반에 놓았다. 말년에 양쪽 눈을 실명하고 난 후에도 뛰어난 기억력과 암산력으로 수백 편에 이르는 논문을 썼다.

▶ **오트레드** William Oughtred, 1574~1660

영국의 수학자, 감독 교회 성직자. 그의 가장 중요한 저서인 『수학의 열쇠』에는 힌두 아랍식 표기 및 소수에 대한 설명과 대수학에 대한 중요한 것들이 담겨 있다. 그는 다양하고 많은 대수 기호를 사용했는데, 비율을 나타내는 기호 ' : : '와 곱셈 기호 ' × '를 만들었다.

▶ 유클리드 Euclid, 기원전 330년경~기원전 275년경

오늘날 수학의 상징이자 세계 역사상 가장 위대한 수학 교과서 『원론』을 저술한 유클리드의 삶은 거의 알려진 바가 없다. 과학사에서 그를 알렉산드리아의 유클리드라고 부르는 것은 그곳에서 그가 활동했다는 것이 유일하게 전해지기 때문이다. 그에 대한 유명한 일화 중 하나는, 좀 더 빠르게 기하학을 배울 수 없겠냐는 왕의 말에 "기하학에 왕도는 없다"고 대답했다는 것이다. 또한 한 학생이 기하학이 무엇에 쓸모가 있냐고 묻자, 노예를 불러 명하기를 "저 학생에게 동전 한 닢을 갖다주어라. 이 불쌍한 인간은 자기가 배운 것으로부터 뭔가를 항상 얻어야 되는가 보구나"라고 말했다고 한다. 『원론』은 당시의 모든 수학적 결과를 체계적으로 모아 놓은 후 플라톤식 철학 기준을 철저히 적용한 책이다. 이 저서를 연구한 르네상스 시기에 대수학의 비약적인 발전이 있었다.

▶ 제르맹 Sophie Germain, 1776~1831

프랑스의 수학자. 음향학, 탄성학, 정수론 연구에 크게 이바지했다. 소피의 가장 큰 공헌은 x, y, z가 홀수인 소수 n으로 나누어지지 않는 경우의 페르마의 마지막 정리를 일부 증명한 것이다. 당시 여학생의 입학을 허용하지 않았던 파리의 국립공과대학의 통신 교육 과정을 이수한 소피 제르맹은 프랑스의 유명한 수학자 라그랑주, 독일의 가우스와 친구로 지냈는데, 자신의 신분이 밝혀지기 전까지 르블랑이라는 가명으로 이들과 편지를 주고받았다. 가우스는 그녀를 높이 평가해 그녀가 괴팅겐 대학교로부터 명예박사 학위를 받도록 추천했으나 불행히도 그녀는 이 학위를 받기 전에 죽었다.

▶ 카르노 Lazare Carnot, 1753~1823

프랑스의 정치가, 장군, 군사 기술 전문가. 프랑스 혁명기의 여러 정부에서 계속해서 관직을 맡았으며 보안위원회와 공안위원회 및 총재 정부(1793~1797)에서 주도적인 위원으로 활동하면서 혁명군의 병력과 물자를 동원하는 역할을 했다. 군사학, 정치학뿐만 아니라 수학과 역학에 대한 논문을 쓸 만큼 저명했다.

▶ **카르다노** Girolamo Cardano, 1501~1576

이탈리아에서 태어난 카르다노는 환영받지 못한 출생부터 시작해서 일생을 병약하게 살았다. 카르다노의 해괴한 성격은 심각한 자학에까지 이르렀고, 의사 면허를 따고도 개업을 할 수 없게 만들었다. 또한 꿈, 길흉의 징조가 그를 지배했으며 노름에 심취했다. 그는 도박을 과학적으로 연구한 끝에 『운수놀이 승부에 관한 책』을 집필하는데 이것은 최초로 확률론을 체계적으로 다룬 논문이었다. 그의 저술과 강연은 성공적이었다. 훗날 그는 의사와 교수를 비롯해 최상급의 자리에까지 올랐다. 그러나 아내가 31세의 젊은 나이에 죽고 연이어 자식들의 불행을 겪은 그는 노년에 투옥당하고 능욕당하며 끝없이 불행한 삶을 살았다. 자기 모순적인 성격을 갖고 있으나 엄청난 다작을 했다. 그는 『위대한 계산법』에서 삼차 방정식의 해법을 증명했는데, 그의 방법에는 오·륙차 방정식에도 적용될 수 있다는 암시가 담겨 있다.

▶ **카발리에리** Bonaventura Cavalieri, 1598~1647

이탈리아의 수학자. 적분학의 기초가 된 기하학을 발전시켰다. 유클리드의 업적에 자극을 받아 수학에 관심을 갖게 되었고 갈릴레오를 만난 후 스스로를 그의 제자로 여겼다. 1629년 볼로냐 대학교 수학 교수가 되기까지 극소량법을 완전히 발전시켰다. 극소량이란 기하 도형의 크기를 결정짓는 요소로서 적분학에 적용되는 개념과 비슷하다.

▶ 칸토어 Georg Cantor, 1845~1918

러시아 상트페테르부르크에서 유대인 부모님 사이에서 태어났다. 부모님을 따라 몇 번 국적을 옮겼는데, 세계적인 수학자로 인정받자 각 나라들이 자기 나라 사람이라고 주장하고 있다. 그러나 칸토어는 자신이 독일을 좋아했다고 고백하였다. 15세에 비스바덴의 김나지움에 입학하고 수학자가 되기로 한다. 취리히 대학에서 수학을 공부하다 베를린 대학교로 옮겼고 크로네커와 쿠머의 영향으로 정수론에 관한 연구를 시작했다. 여기서 무한급수에 대한 연구를 하게 되고 29세에는 무한집합에 관한 혁명적인 논문을 발표한다. 그 후 무한집합론을 창시했다. 그러나 40세 무렵 예민한 그의 감수성이 발작을 일으켰고 그 후 정신병원에서 생을 마감했다. "수학의 본질은 그 자유성에 있다"라는 명언을 남겼다.

▶ 케일리 Arthur Cayley, 1821~1895

영국의 수학자. 영국의 순수 수학을 위한 현대적인 학교를 세우는 데 앞장섰다. 케일리는 순수 수학의 거의 모든 분야를 다루었다. 교차선으로 생기는 점들의 순서는 공간변형학에서도 늘 일정하다는 개념은 대수불변론의 응용으로 케일리가 창안하고 실베스터의 도움을 받아 발전시켰는데, 물리의 시간, 공간 관계를 연구할 때 매우 중요하다. 모든 차원의 공간에 대해 케일리가 이룩한 기하학의 발전은 상대론에서 4차원(시간, 공간)의 개념을 뚜렷하게 했고, 기하 공간을 형성하는 요소를 점과 선에만 의존하던 것에서 탈피하는 데 중요한 역할을 했다. 케일리는 행과 열에 수를 나열하여 만든 행렬의 대수도 발전시켰는데, 행렬 곱의 차수와 순서가 결괏값을 결정하는 이 방법은 1925년 독일의 물리학자 하이젠베르크가 그의 양자역학 연구에 응용하기도 했다. 케일리는 또 유클리드 기하학과 비유클리드 기하학은 같은 종류의 기하학에서 특수화된 경우라는 개념을 제시했다.

▶ **코시** Augustin Louis Baron Cauchy, 1789~1857

프랑스 혁명을 둘러싼 정치적인 혼란에 휩싸인 파리에서 태어난 코시는 가난한 집의 수재였다. 그는 아버지의 교육열 덕분에 수학 공부를 할 수 있었다. 볼록다 면체의 각은 면에 의해 결정된다는 것을 증명하였고 대칭함수를 연구했다. 건강이 좋지 않았던 그는 꾸준히 논문을 발표했다. 그는 무한급수의 수렴에 대한 조건을 연구한 첫 번째 수학자였다. 『해석학 과정』은 미적분학의 기본적인 정리를 가능한 엄밀하게 전개하는 것에 관한 것이었다. 『미분 강의』에서는 처음으로 복소수의 복소함수를 정의했다. 그는 미분방정식과 수리물리학의 응용, 수리천문학에 관한 업적을 남겼다. 복소함수론에서 코시 적분 공식, 편미분방정식의 해에 대한 코시 – 코발렙스카야 존재 정리, 코시 – 리만 방정식과 코시 수열이 있다. 798편의 어마어마한 수학 논문을 남겼다.

▶ **쿠머** Ernst Eduard Kummer, 1810~1893

독일의 수학자. 환의 특수 부분군으로 정의되는 이상수를 소개하여 산술의 기본 정리를 복소수체까지 확대했다. 1843년 쿠머는 페르마의 마지막 정리의 증명을 시도하여 디리클레에게 보였으나 디리클레는 오류를 찾아냈다. 쿠머는 연구를 계속해 이상수의 개념을 발전시켰다. 이 개념을 이용하여 페르마 관계식은 소수라는 작은 군 이외에는 해를 가지지 않는다는 것을 증명했다. 이후 이 문제는 거의 쿠머의 업적을 토대로 발전했다. 파리 과학 아카데미는 1857년 그에게 대상을 수여했다. 이상수는 대수의 연산에 새로운 발전을 가져왔다. 또 사차 방정식에 기초한 곡면을 개발했는데 후에 그의 이름이 붙여졌다. 쿠머는 또한 가우스의 초기하수열을 확장시켜 미분방정식 이론에 유용한 발전을 이룩했다.

▶ **클라인** Felix Klein, 1849~1925

비유클리드 기하학의 연구, 기하학과 군론 사이의 연관성에 관한 연구와 함수론의 결과들에 관한 연구로 잘 알려져 있다. 본 대학에서 수학과 물리학을 공부했다. 세계적인 철학자 헤겔의 손녀와 결혼했다. 조용한 학자로서의 생에 대한 열망과 편집자로서 과학 활동을 활발하게 하는 것에 대한 소망이 항상 충돌하고 있었다. 그 후로 학술지 『수학연보』를 경영했다. 그는 「비유클리드 기하학에 대하여」라는 논문을 발표했다. 오차 방정식을 풀기 위해 초월함수를 이용하고자 했으며 타원 모듈라 함수를 연구했다. 그는 한 면만 붙어 있는 닫힌 곡면인 클라인 병을 비유클리드 공간에서 만들었다. 세계수학회의 위원장 자리에 올랐고, 독일의 수학 교육을 위한 책을 출판했으며, 『수리과학 백과전서』를 만들었다.

▶ **타르탈리아** Niccolo Fontana Tartaglia, 1499~1557

이탈리아의 수학자. 프랑스가 브레시아를 점령했을 때 기병에 의해 턱과 입천장이 찢어졌는데 이 때문에 언어 장애가 생겨 타르탈리아(말더듬이)라는 별명을 얻었다. 삼차 방정식을 푸는 방법을 발견하고 탄도 과학을 일으켰다. 포술에 대한 논문 「새로운 과학」은 떨어지는 물체의 법칙을 세우는 데 중요한 선구적인 연구였다. 논문을 발표한 뒤 곧 밀라노의 내과 의사이며 강연자인 카르다노로부터 삼차 방정식의 해법을 출판하자는 제안을 받았다. 그는 처음엔 거절했으나 비밀을 유지하는 조건으로 카르다노에게 털어놓았다. 1545년 카르다노가 『위대한 계산법』에 이 해법을 발표하자 타르탈리아는 『다양과 질문과 발견』에서 카르다노의 배신을 비난했다. 이로 인해 카르다노의 제자 페라리와 타르탈리아 사이에 여섯 개의 서신이 계속해서 오가며 논쟁이 벌어졌다. 그들의 싸움은 1548년 공개 토론에서 페라리의 승리로 끝났다. 가장 잘 알려진 그의 업적으로는 기초 수학을 백과사전처럼 다룬 「수의 측도에 대한 논문」이 있으며 유클리드와 아르키메데스의 번역물을 출판하기도 했다.

▶ **탈레스** Thales, 기원전 624년경~기원전 546년경

그리스 소아시아의 밀레투스에서 살았다고 전해지고 있으나 생존 연대는 분명하게 알려져 있지 않다. 다만 기원전 585년 일식을 예측했고 천문학에 몰두해 있다 우물에 빠졌다는 일화가 전해져 내려온다. 그는 수학에 있어 직관이 아닌 논리적인 증명을 요구하고 기하학에서 다섯 개의 정리를 발견한 인물로 알려져 있다. 그가 발견한 정의는 다음과 같다. 첫째, 원은 그 지름에 의해 이등분된다. 둘째, 이등변 삼각형의 두 밑각은 같다. 셋째, 교차하는 직선의 맞꼭지각은 같다. 넷째, 반원에 내접하는 삼각형의 한 각은 직각이다. 다섯째, 밑변과 밑변에 관계된 두 각이 주어지면 한 개의 삼각형이 결정된다. 이집트 피라미드의 높이를 측량하고 바닷가에서 바다에 떠 있는 배까지의 거리를 계산한 일화를 통해 그의 명성을 알 수 있다. 물이 모든 물질의 본질이라는 데 기초한 우주론을 펼쳤는데 이는 현상을 단순화하여 자연을 설명하고자 했던 데 의의가 있다. 그러나 당대의 자료가 전혀 남아 있지 않아 그의 철학적, 수학적 업적을 정확히 평가하기는 어렵다.

▶ **테아이테토스** Theaetetos, 기원전 417년경~기원전 369년경

그리스의 수학자. 수학 발달에 지대한 영향을 미쳤다. 키레네의 테오도로스, 아카데미아에서 플라톤과 함께 공부했다. 무리수 이론(그리스 수학에 변혁을 일으킨 이론)과 정다면체의 작도에 대해 연구했는데, 이로 인해 입체기하학의 창시자로 알려졌다. 에우독소스가 발전시켰고 유클리드가 정립한 『비율의 일반 이론』 저자이기도 하다.

▶ **테일러** Brook Taylor, 1685~1731

영국의 수학자. 미적분학 발전에 기여한 것으로 잘 알려졌다. 1708년 진동의 중

심에 관한 문제의 근을 구했는데, 이 근은 1714년에 발표됐다. 그러나 당시 유명한 스위스의 수학자 요한 베르누이와 우선권에 대한 논쟁이 벌어졌다. 테일러의 정리로 알려진 유명한 공식이 들어 있는 그의 저서 『증분의 직접 방법과 간접 방법』은 유한자의 미적분학이라는 새 분야를 고급 수학에 첨가시켰다. 그는 이 새로운 발전을 이용하여 진동하는 선의 운동을 역학의 원리에 근거하여 최초로 수학적으로 표현했다. 「직선 원근화법」에서는 원근화법의 기본 원리들을 설명했다. 이 논문과 「직선 원근화법의 새 원리」에서 최초로 소멸점 원리를 일반적으로 취급했다. 테일러의 저서는 간결하고 모호해서 두 논문 모두 즉시 영향을 끼치지는 못했으나 후에 가치를 평가받았다. 1712년 런던의 왕립학회 회원이 되었고, 같은 해에 뉴턴과 라이프니츠의 미적분학 발견에 대한 우선권을 놓고 벌이는 판결 위원회에 참석했다.

▶ **토리첼리** Evangelista Torricelli, 1608~1647

이탈리아의 물리학자, 수학자. 기압계를 발명했으며 그의 기하학 연구는 적분학의 발전에 큰 도움을 주었다. 천문학자 갈릴레오의 생애 마지막 3개월 동안 비서겸 조수로 일하고 난 뒤 갈릴레오의 뒤를 이어 피렌체 아카데미의 수학 교수로 임명되었다. 그는 진공관 속의 수은의 높이가 매일 변하는 것은 대기압의 변화에 의해 생기는 것이라는 사실을 발견했지만, 회전하는 바퀴의 둘레에 있는 한 점으로 그려지는 기하곡선인 사이클로이드의 계산을 포함해 순수 수학의 연구에 너무 깊이 몰두하고 있었기 때문에 자신이 발견한 것을 출판하지 않았다. 그의 『기하학 연구』에는 유체 운동과 포물체 운동에 관한 발견이 들어 있다.

▶ **튜링** Alan Mathison Turing, 1912~1954

런던에서 태어난 튜링은 인텔리 가문의 자손이었다. 자연에 관심이 많은 감성적이고 예민한 아이였던 그는 15세에 그레고리의 공식을 혼자 발견했고 어릴 적 우상이자 친구였던 크리스토퍼 말콤을 만난 후 학문에 몰두한다. 갑작스러운 크리스토퍼의 죽음을 겪고 대학에 들어온 튜링은 괴델의 '불완전성의 정리'를 듣고 '유한 회수의 조작'을 정의하면서 사칙연산을 포함해 논리적 과정을 실행할 수 있는 기계를 고안했다. 이 '튜링 머신'이 컴퓨터 이론의 배경이 된다. 전쟁 중에는 암호 해독에서 자신의 천재성을 발휘하기도 했다. 당시 위법이었던 동성애 사건으로 정신과 치료를 받은 튜링은 청산가리가 묻은 사과를 먹고 자살했다. 컴퓨터를 개발하고 나라를 구한 암호 해독가였으나 전쟁 중에는 모든 것이 기밀이었기 때문에 제대로 평가받지 못하고 냉전의 희생물이 되었다.

▶ **파르메니데스** Parmenides, 기원전 515년경~?

이탈리아 태생의 그리스 철학자. 소크라테스 이전 그리스의 주요 학파 중 하나인 엘레아학파를 세웠다. 존재하는 다수의 사물과 그들의 형태 변화 및 운동이란 단 하나의 영원한 실재(존재)의 현상일 뿐이라고 주장하고 '모든 것은 하나'라는 이른바 파르메니데스 원리를 세웠다. 이러한 존재 개념을 바탕으로 그는 변화와 비非존재를 주장하는 것은 비논리적이라고 말했다. 논리적 존재 개념을 바탕으로 현상에 대한 주장을 펼쳤다는 점 때문에 형이상학의 창시자 가운데 한 사람으로 여겨진다. 플라톤의 대화편『파르메니데스』는 파르메니데스의 생각을 다루고 있다.

▶ **파스칼** Blaise Pascal, 1623~1662

프랑스 오베르뉴 지방에서 태어난 파스칼은 어려서부터 수학에 비상한 능력을 보였다. 아버지는 수학을 배우지 못하게 했으나 되레 호기심을 가져 기하학의 성질에 대해 묻곤 했다. 남몰래 수학을 공부하여 중요한 기하학의 성질을 알아내고 특히 삼각형의 내각의 합이 180°가 된다는 것을 스스로 알아냈다. 유클리드의 『원론』을 읽고 16세에 『원추곡선시론』을 발표했는데 데카르트는 파스칼의 저술로 믿지 않았다. 그는 1652년 세무법원 판사였던 아버지를 위해 '파스칼의 계산기'를 고안하고 21세에 물리학에서 '파스칼의 원리'를 발견했다. 파스칼의 원리는 밀폐된 유체에서 주어진 압력은 그 압력이 주어진 범위에 관계없이 모든 방향에 같게 전달된다는 것이다. 직관론에 바탕을 둔 그의 사상은 장 자크 루소와 앙리 베르그송 및 실존주의자 등 후세 철학자들에게 상당한 영향을 미쳤다. 기적적으로 목숨을 건진 뒤로는 명상의 길로 들어섰다. 인간의 자유의지를 거부하고 신의 예정설을 추종하면서 얀선주의에 동조하게 된다. 1658년 치통을 앓던 중에 기하학적인 아이디어가 떠오르자 치통이 멎었다. 그 경험을 바탕으로 『팡세』를 집필하고 39세의 나이로 세상을 떠났다.

▶ **파포스** Pappos, ?

320년경에 활동한 그리스의 마지막 기하학자. 그의 대표적인 저서인 『수학집성』은 역사적인 주석을 달고 남아 있는 정리, 명제 등을 개선하고 수정하면서 고대 그리스 수학에서 가장 중요한 저서들을 체계적으로 설명했다.

▶ **페라리** Lodovico Ferrai, 1522~1565

이탈리아의 수학자. 사차 방정식의 일반해를 최초로 구한 사람이다. 가난한 집안에서 태어난 그는 열다섯 살 때 이탈리아의 유명한 수학자 카르다노의 심부름꾼으로 고용되었다. 카르다노의 강의에 참석해 라틴어, 그리스어, 수학을 배웠고 1540년 카르다노의 뒤를 이어 밀라노에서 유명한 수학 강사가 되었다. 그때 사차 방정식의 해를 발견해 나중에 카르다노의 저서인 『위대한 계산법』을 발표했다. 이로 인해 그는 이탈리아의 저명한 수학자 타르탈리아와 삼차 방정식 근에 대해 유명한 논쟁을 하게 되었다. 여섯 차례 글을 통한 논쟁 끝에 두 사람은 1548년 8월 10일 밀라노에서 만나 공개적인 수학 논쟁을 하여 페라리가 승리했다. 그는 곧 명성을 얻었고, 여러 가지 직책에 대한 제안이 들어왔다. 그중 만토바의 통치자인 C. E. 곤차가 추기경의 제안을 받아들여 세금 과세 집행관이 되어 부유해졌으나 나빠진 건강과 곤차가와의 다툼으로 부귀를 보장하던 자리를 포기해야 했다. 그 뒤 볼로냐 대학교 수학 교수직을 받아들였으나 곧 세상을 떠났다.

▶ **페르마** Pierre de Fermat, 1601~1665

프랑스 툴루즈 근처에서 피혁 상인의 아들로 태어났다. 30세에 지방의회 의원으로 선출된 바쁜 정치인이었다. 수학, 과학을 비롯한 고전 수집을 즐겼는데, 파포스의 『수집성』에 주어진 암시를 통해 아폴로니우스의 『평면의 자취』를 재생하던 중 해석기하학의 근본 원리에 대한 중요한 발견을 한다. 기하학에 어떻게 대수학을 응용할 것인가를 기술하고 있는 것이다. 파스칼과 활발하게 교류하면서 1650년대 확률론의 기초를 만들었고, 수론 분야에서는 디오판토스의 『산술』에서 심오한 발견을 하여 근대 정수론의 창시자라고 불리게 된다. 그는 데카르트와 무관하게 분석기하학의 기본 원리를 발견하고 미분학의 창시자로 극대·극소점 찾는 법을 발견했다. 페르마는 흔히 수학적 결과를 써 놓고 자리가 없어 증명을 쓸 곳이 없는 경우가 많았다. 특히 '페르마의 마지막 정리'로 불리는 명제는 『산술』이라는 책 여백에 써 놓은 공식으로, 완전제곱이 그보다 작은 두 수의 완전제곱으로 표시된다는 것이었다. 이 문제는 350년간 수학자와 비전문인들에게 도전의 대상이 되었으나 1993년 영국의 앤드루 와일스에 의해 증명되었다.

▶ **퐁슬레** Jean Victor Poncelet, 1788~1867

프랑스의 수학자, 공학자. 현대 사영기하학의 창시자 가운데 한 사람이다. 나폴레옹의 러시아 원정에 참가했다가 사라토프 감옥에 투옥되었을 때 『해석학과 기하학의 응용』을 저술했다. 원뿔곡선론과 연관된 극과 극선의 발견은 쌍대원리를 이끌었는데 발견의 우선권에 대한 논쟁이 생겼다.

▶ **푸리에** Joseph Baron Fourier, 1768~1830

프랑스 양복 상인의 아들로 태어난 푸리에는 여덟 살에 고아가 되었다. 하지만 그의 천재성을 알아본 어느 부인에 의해 군사 학교에서 교육을 받게 된다. 골치 아픈 문제아였던 푸리에는 13세 때 수학과 처음 상봉하면서 완전히 변했다. 교수가 된 푸리에는 기존의 고리타분한 수학 교육을 뒤집어 프랑스 교육을 한 단계 성숙시켰다. 그의 천재성은 교육에서도 드러났다. 『수학적 열이론』을 통해 고체의 열전도를 무한급수로 분석하는 방법을 제시했는데 이를 '푸리에 급수'라고 한다. 이것은 이전에 오일러에 의해 사용되었으나 인정받지 못하다가 푸리에를 통해 현대 수학의 중요한 위치를 차지하게 되었다. 이 개념을 적분으로 확대시켰으며 이는 태양 흑점, 조수, 날씨 같은 자연 현상을 둘러싼 수리물리학 연구에도 자극을 주었다. 이 연구는 근대 수학의 주요 분과인 실변수 함수론에 커다란 영향을 주었다.

▶ **푸아송** Siméon Denis Poisson, 1781~1840

프랑스의 수학자. 정적분, 전자기 이론과 확률론에 대한 업적으로 알려져 있다. 푸아송은 주로 전기, 자기, 역학 그리고 여러 다른 물리학 분야에 수학을 응용하는 데 관심을 쏟았다. 1837년 「견해의 확률에 대한 연구」에서는 푸아송 분포, 곧 푸아송 큰수의 법칙이 처음으로 등장했는데, 이는 현재 방사능, 교통 그리고 일반 분포들에 관한 문제를 분석하는 데 기본이 되고 있다.

▶ **푸앵카레** Jules Henri Poincaré, 1854~1912

프랑스 낭시에서 태어난 푸앵카레의 가문은 수상, 대통령 등을 배출한 집안이었다. 날 때부터 눈이 몹시 나빴던 그는 어려서부터 수학 영재였다. 그는 역사 인물 중 위대한 천재의 하나로 여겨지는데 그의 주된 수학적 발견을 유도한 자신의 수학적 사고 과정을 '수학적 창조'라는 제목으로 강연했다. 그는 정확한 연구 시간을 지켰으며 가장 기본적인 원리부터 사고를 발전시켰다. 『위치 해석학』은 초기 위상수학을 체계적으로 다룬 것으로, 이것으로 푸앵카레는 대수적 위상수학의 창조자로 불리게 되었다. 또한 다변수 해석함수론의 창시자로도 여겨진다. 응용 수학에서는 광학, 전기학, 전신술학, 모세관, 탄성론, 유체역학, 포텐셜 이론, 양자론, 상대성과 우주론을 연구했다. 천문학에서 삼체 문제와 빛이론, 전자기 파동을 연구했다. 또한 아인슈타인, 로렌츠와 함께 특수 상대성 이론의 공동 발견자로 인지된다. 그는 단지 공식적인 증명은 지식이 될 수 없다고 생각했으며 내용을 포함한 수학적 이유의 중요성을 강조했다. 뛰어난 직관을 갖고 있던 그는 물리학에서의 직관은 그의 감각이 그에게 세상에 대해 말해 준 것을 수학적으로 담는 것으로 보았다. 수학의 직관은 논리에 의해 채워질 수 없다고 말했다.

▶ **프톨레마이오스** Claudios Ptolemaeos, ?

127~145년에 알렉산드리아에서 활동한 고대 그리스의 천문학자, 지리학자, 수학자. 지구가 우주의 중심이라고 생각했다. 그는 뛰어난 기하학자로서 수학 분야에 중요한 업적을 많이 남겼다. 그러나 그의 생애는 거의 알려지지 않았다. 기하학 분야에서 새로운 증명과 정리를 만들었으며 『알마게스트』에서는 프톨레마이오스 체계라는 이론적 우주 모형을 제시하고 태양, 달, 행성의 위치와 겉보기 운동을 기술했다.

▶ 피보나치 Leonardo Fibonacci, 1170~1240년경

이탈리아 피사의 상업 중심지에서 태어난 피보나치는 상인이었던 아버지 때문에 일찍이 산술에 흥미를 느꼈다. 이집트, 시칠리아, 그리스, 시리아 등으로 여행하면서 동부와 아라비아 수학을 접하게 되고『산반서』를 저술했다. 이것은 산술과 초등대수에 관한 독립적인 연구인데 수를 읽고 쓰는 법, 정부와 분수의 계산, 제곱근과 세제곱근을 구하는 것, 일·이차 방정식의 해법 등이 수록되어 있다. 이 책에 실린 '피보나치의 수열'은 유럽에 알려진 최초의 점화수열로 1, 1, 2, 3, 5, 8, 13, 21, 34, 55……순으로, 처음 두 항을 제외하고 다음 항은 앞 두 항의 합으로 되어 있는 것으로, 아름다우면서도 중요한 성질을 갖고 있다. 또한 연속하는 두 항은 1 외에는 공약수가 없으며 황금분할비가 된다는 사실이 증명되어 있다. 그는 기하학과 삼각법을 다룬 방대한 자료집과『제곱수에 대한 책』으로 부정해석학에 관한 뛰어난 작품을 저술하면서 디오판토스와 페르마 사이의 가장 뛰어난 정수론 수학자로 일컬어진다.

▶ 피타고라스 Pythagoras, 기원전 580년~기원전 500년경

피타고라스 역시 그의 추종자들이 그를 베일 속에 감춰 버려서 확실하게 알려진 자료는 없다. 다만 탈레스 밑에서 공부했을 것이며, 여행을 매우 좋아했던 것으로 추측된다. 피타고라스의 정리를 증명하고 무리수를 기하학적인 방법으로 발견했다는 것이 그의 가장 획기적인 업적으로 평가된다. 또한 기원전 532년경 남부 이탈리아로 이주하여 크로톤에 도덕정치아카데미를 세웠고, 피타고라스학파를 만들었다. 플라톤과 아리스토텔레스의 사고에 영향을 미쳤고 수학과 서구 합리 철학의 발달에 기여했다. 일반적으로 객관 세계 및 음악에서 수가 갖는 기능적 중요성에 관한 이론을 창시한 것으로 알려져 있으나 남아 있는 저작은 없다. 피타고라스 사상은 수의 형이상학과 실재는 본래 수학적이라는 관념과 영적 정화 수단으로서의 철학의 역할, 영혼의 윤회와 영혼과 신적인 것의 합일 가능성,

테트락티스(4), 황금분할, 우주 조화와 같은 상징에 대한 호소, 비밀수호의 의무 등으로 요약되는 과학적 학문보다는 신비주의적 지혜에 가깝다고 할 수 있겠다.

▶ **필롤라오스** Philolaos, 기원전 470년경~기원전 385년경

피타고라스학파의 철학자. 그리스 사상가 피타고라스의 이름을 본땄다. 태어난 곳은 타렌툼이거나 남부 이탈리아의 크로톤으로 여겨진다. 피타고라스가 죽고 이탈리아 도시들 사이에 분쟁이 끊이지 않자 처음에는 루카니아로 피신했다가 다시 그리스의 테베로 갔다고 한다. 나중에 이탈리아로 돌아와 그리스 사상가 아르키타스를 가르친 듯하다. 수 분류의 중요성을 강조한 피타고라스의 유명한 수 이론을 배운 그는 10, 곧 처음 네 개의 수의 합이 지닌 성질에 특별한 관심을 갖고 있었다. 플라톤의 뒤를 이어 그리스 아카데미를 맡은 스페우시포스는 필롤라오스가 쓴 책을 바탕으로 처음 네 개의 수에 대한 이론을 다시 세웠다고 한다. 현재 필롤라오스의 저작은 단편만 남아 있다.

▶ **하디** Godfrey Harold Hardy, 1877~1947

영국의 수학자. 잉글랜드 서리주 출생. 옥스퍼드 대학교에서 기하학을 강의하고, 케임브리지 대학교에서 순수 수학 교수로 있었다. 라마누잔의 수학적 재능을 발견하고 그를 영국으로 불러들였다. 해석적 정수론에 많은 업적이 있고 가법적 수론加法的數論에서의 오일러법의 개량, 제타함수에 관한 '리만 가설'의 연구 등이 알려져 있다. 푸리에 급수에 대한 기여도 중요하다. 1908년에는 독일의 의사 W. 바인베르크와 동시에 하디-바인베르크의 법칙을 제시했다.

▶ **하위헌스** Christiaan Huygens, 1629~1695

네덜란드의 수학자, 천문학자, 물리학자. 빛의 파동설을 세웠고 토성 고리의 정확한 모양을 발견했으며 동역학(물체에 미치는 힘의 작용에 관한 연구)에 독창적인 공헌을 했다. 『시계 진동』에서는 여러 분야에 대한 수학 이론이 담겨 있는데 곡률에 대한 것을 비롯하여 동역학의 여러 문제에 대한 해답이 들어 있다. 부유하고 유명한 가문 출신인 그는 타고난 사교적인 성격으로 데카르트, 라이프니츠 등 당시의 탁월한 지식인들과 친구로서 서신을 주고받았다. 수학자로서 하위헌스는 천재적이었다기보다는 재능이 있는 편이었는데, 그 자신은 라이프니츠나 다른 사람들을 따라가는 데 어려움을 느꼈으나 뉴턴은 그가 오래된 종합적인 방법을 좋아했기 때문에 그를 칭송했다. 그의 회전체에 관한 연구와 빛 이론에 대한 기여는 영구적인 중요성을 가진다.

▶ **해리엇** Thomas Harriot, 1560~1621

영국의 수학자, 천문학자. 대수학의 영국학파를 창설했다. 「대수방정식 풀이에 응용되는 해석학적 기술」에서 계수와 근의 관계에 역점을 두어 방정식론을 발전시켰다. 이 책에서 그는 이미 알고 있는 근으로부터 방정식을 유도했으며, n차 방정식과 n개의 선형 방정식의 곱이 동등함을 보였다. 또한 기호 '<'과 '>'를 소개했다.

▶ **히파르코스** Hipparchos, 기원전 190년경~기원전 120년경

그리스의 천문학자, 수학자. 세차 운동을 발견했으며 태양년과 항성년을 정확히 구함으로써 1년의 길이를 $\frac{2}{13}$의 오차 내로 계산했다. 또한 처음으로 매우 정확한 별의 목록을 작성한 것으로 알려져 있다. 이러한 히파르코스의 천문학적 업적은 수학 분야의 발전을 촉진시켰다. 그는 삼각법의 초기 공식과 현의 계산표

를 만들었으며 구면 삼각형을 계산하는 방법을 알고 있었다. 평면기하학에서 프톨레마이오스의 법칙으로 알려진 정리도 원래는 히파르코스의 것인데 후에 프톨레마이오스가 모방한 것이라고 인정되고 있다.

▶ **히파소스** Hippasus, 기원전 530년경~기원전 450년경

피타고라스학파의 한 사람. 피타고라스의 비례론에서는 모든 명제가 같은 표준으로 잴 수 있는 크기에 제한되었다. 그러므로 $\sqrt{2}$가 무리수라는 발견은 '모든 것은 정수에 따른다'는 피타고라스학파의 기본적인 가정을 뒤엎는 것으로 학파는 이 사실을 비밀에 부쳐야만 했다. 전해 내려오는 이야기에 따르면 히파소스가 이 비밀을 외부인에게 누설했다는 이유로 바닷속에 내던져졌다는 이야기도 있고 피타고라스학파로부터 추방되었으나 죽은 후에는 그를 위한 묘비가 세워졌다고 전해지기도 한다.

▶ **히파티아** Hypatia, 370년경~415

이집트의 신플라톤주의 철학자. 여성 수학자로는 주목할 만한 첫 번째 인물이다. 수학자이며 철학자 테온의 딸로서 알렉산드리아에서 신플라톤주의학파의 지도자로 인정받았다. 그녀는 뛰어난 지적 재능과 달변, 품위, 미모를 두루 갖추어 따르는 제자가 많았다. 학습과 과학을 기호화했는데 당시 초기 그리스도교도들은 이것을 이교 신앙과 같은 것으로 여겼다. 그리스도교도들과 비그리스도교도들 사이에 벌어진 긴장과 폭동의 초점이 된 그녀는 끝내 광신적 그리스도교도들에게 처참하게 살해됐다. 알렉산드리아의 디오판토스 작품 『수론』, 아폴로니오스의 『기하』, 프톨레마이오스의 천문학설에 대한 해설서를 썼다고 전해진다.

▶ 히포크라테스 Hippocrates, 기원전 460년경~기원전 377년경

정확한 기록이 남아 있지 않으나 기원전 430년경 아테네로 왔다. 돈이 없어서 교사가 된 후에 기하학을 공부하게 되고 놀라운 성공을 거둔다. 『기하학 원론』을 저술하여 처음으로 공리와 공준을 만들고, 그것을 기준으로 정확하고 논리적인 방법으로 기하학의 정리들을 전개시켜 나아가는 원론을 저술하여 기하학을 학문 단계로 끌어올렸다. 또한 원의 면적을 구하려던 중 활꼴, 곧 초승달 모양의 도형 면적을 구할 수 있었는데 이 원론의 기초를 두 원의 면적 비는 각 반지름의 제곱의 비와 같다는 정리에 두었다고 전한다.

▶ 힐베르트 David Hibert, 1862~1943

독일에서 태어나 30세에 대학교수가 된 힐베르트는 불변식론, 기하학 기초론, 대수적 정수론, 포텐셜론, 적분방정식론, 수학 기초론 등 수학의 전 분야에 걸쳐 위대한 업적을 남겼다. 유클리드 기하학의 공리로 환원해 이에 입각하여 유클리드 기하학을 재구성했다. 1909년에 이룬 적분방정식의 성과는 20세기 함수해석학을 낳았다. 1900년 파리 국제 수학자회의에서 23가지 난제를 「수학의 과제들」이라는 연구 과제로 발표했고 그 문제들을 설명하려고 노력했다. 그 뒤 문제의 대부분은 풀렸고 각 해는 매우 중요한 의미로 밝혀졌다.

앵무새의 정리 2

ⓒ 드니 게즈, 2008

초　판 1쇄 발행일　2008년 2월 4일
개정판 1쇄 발행일　2021년 7월 30일

지 은 이　드니 게즈
펴 낸 이　정은영
편　　집　김정은 정사라
디 자 인　서은영 김혜원 연태경
마 케 팅　최금순 오세미 김하은
제　　작　홍동근

펴 낸 곳　(주)자음과모음
출판등록　2001년 11월 28일 제2001-000259호
주　　소　04047 서울시 마포구 양화로6길 49
전　　화　편집부 02) 324-2347 경영지원부 02) 325-6047
팩　　스　편집부 02) 324-2348 경영지원부 02) 2648-1311
이 메 일　munhak@jamobook.com

ISBN　978-89-544-4744-7 (04860)
　　　　978-89-544-4742-3 (set)